시경 속 동물

〔일러두기〕

1. 과거 지명은 한자 독음으로, 현재 지명인 경우 중국어 발음(한자)으로 표기했습니다. 단, 행정구역인 성(省)은 강 명칭인 '헤이룽장'과 행정구역 명칭인 '헤이룽장'이 겹치는 경우가 있어 모두 '중국어 발음+성(省)'으로 표기했습니다.
   (예) 헤이룽장성(黑龍江省), 안후이성

2. 외래어 표기는 국립국어원의 외래어 표기법에 따랐습니다. 중국 인명(영화, 소설 속 인물 명 포함)은 과거인은 한자 독음으로, 현대인은 중국어 발음으로 표기했습니다(사망 연도가 신해혁명(1911년) 이전이면 과거인으로 처리).

3. 시(詩), 사(詞), 산문(散文), 영화(映畫), 노래 제목은 신해혁명 이전 작품은 한자 독음으로 표기하고, 현대 작품은 국문으로 풀어쓰고 한자를 병기했습니다. 중국 현대 작품 중 이미 한국에 출판된 작품의 경우, 그 제목을 그대로 사용했습니다.
   (예) 루쉰의 산문집《아침 꽃을 저녁에 줍다(朝花夕拾)》

4. 동물 이름은 고어, 사어, 사투리 등 다양하게 사용되어 아래와 같은 원칙에 따라 번역했습니다.
   - 1순위: 표준국어대사전에 기재된 동물의 경우 가급적 한글 명칭을 사용
     (예) 펠리컨(x)→사다새
   - 2순위: 표준국어대사전에 기재된 일반적인 동물 명칭의 옛 이름의 경우 한자 독음 표기
     (예) 학→태금(胎禽)
   - 3순위: 표준국어대사전에는 없으나 네이버 한자사전에 등록된 동물의 한자 이름의 경우 한자 독음 표기
     (예) 콩새→익(鷁)
   - 4순위: 지역 방언이나 중국에서만 쓰는 동물의 품종 또는 중국 전설 속의 동물인 경우 한자 독음 표기
     (예) 모래무지→토보어(土步魚)
   - 5순위: 현재 사용되는 중국 지명이 들어간 동물의 사투리 명칭일 경우 중국어 발음(한자) 표기
     (예) 모래무지→우창어(武昌魚)

5. 요리명은 최대한 국어로 풀어썼으나, 일부 사투리 동물명이 들어가고 본문의 내용과 긴밀히 연관된 경우 한자 독음을 표기했습니다.
   (예) 모래무지를 '토보어'라고 부르는 지역에서 먹는 매운탕 '토보랄갱(土步辣羹)'

6. 주석은 시를 소개한 후 본문에서 설명하는 경우는 따로 주석을 달지 않았습니다. 최대한 본문에 녹여 쓰기 위해 노력했으나 그렇지 못한 경우는 따로 작성했고, 일부의 주석은 중복 포함된 경우도 있습니다.

천년의 역사를 품은《시경》,
그 속에 만물이 살아 숨 쉰다.

시경 속 동물

손님을 맞이하는 사슴과 사랑하는 이를 그리워한 풀벌레

하늘을 훨훨 나는 봉황과 오색빛깔 물고기의 향연

장샤오스
지음

이신혜
옮김

그 광야에는 없어라

아직 동물은 살아 있었으나、

3천 년 전 옛사람들이 광야를 주름잡던 시절에는 오늘날 우리가 볼 수 있는 동물보다 훨씬 많은 동물이 살고 있었다. 《시경》 속에서만 136종의 동물이 등장할 정도니까 말이다.

토템으로 삼은 일부 동물을 제외하면, 옛사람들은 당시 대다수 동물을 식량으로 간주했을 뿐 다른 의미를 부여하는 경우는 흔치 않았다. 그러나 어찌 되었든 옛사람들은 한낱 동물에 불과하기는 했지만 생생히 살아 숨쉬던 이 동물들을 시와 노래 속으로 끌어들여, 어떤 감정을 느꼈느냐에 따라 그분들 손 가는 대로 비유로도 쓰고, 상징으로도 쓰는 등 자유자재로 사용하였다. 그렇게 3천 년이라는 시간이 흐르며, 동물들은 시와 노래 속에서 문화적 코드로 자리매김했다.

일개 동물에서 확고한 문화적 코드가 되기까지 3천 년의 문화가 그 공백을 채웠다. 오늘날, 이 익숙하거나, 혹은 낯선 동물들은 '야만적'으로 느껴지기는커녕, 투명한 호박琥珀 속에 갇힌 것처럼 반짝거리면서 중화 문명의 작은 매개체로

써 한 번 더 과거를 곱씹어볼 기회를 준다. 하지만 많은 경우, 우리는《시경》을 읽으면서 그저 슬쩍 동물들을 스치고 지나갈 뿐, 그 긴 세월을 거치며 동물들이 역사 속 지식인과 백성들에게 어떻게 당해왔는지는 잘 모른다.

그래서《시경》속에 등장하는 동물들의 이름을 파헤쳐보면 아주 재미있을 것 같았다.

그리고 그 작업은 한밤중에 오롯이 옛사람들의 노래 속에 푹 파묻혀 하는 즐거운 취미 생활이 되었다.

대다수의 동물은 오늘날의 중국인도 직접 본 동물이지만, 일부의 경우 희귀 동물이 되어 과거와 달리 고귀한 대접을 받기도 한다. 하지만 그 고귀함은 위기로부터 비롯된 것이니, 현대인들은 부끄러움을 느껴야 마땅하다. 심지어 동물을 노래 가사 소재로 즐겨 쓰시던 옛사람들과 현대인들은 매우 다르니, 어쩌면 우리 현대인들의 생존력이 향상되면서 동물은 널리고 널린 육류 음식만도 못한 처지

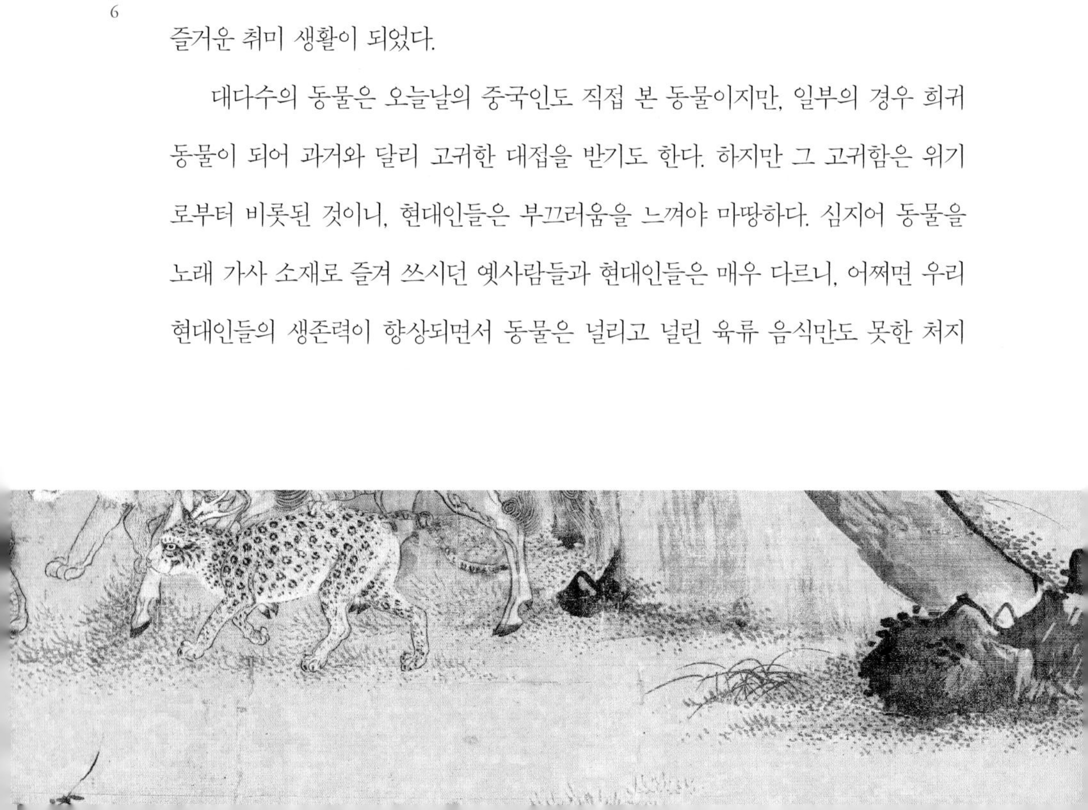

가 된 것 같다.

똑같은 먹을 것으로 취급받지만, 3천 년 전 동물들은 중화 문명을 먹이고 키웠다. 하지만 오늘날의 동물은 문명의 희생물에 불과하기 때문에 완전히 그 의미가 다르다. 전자의 경우 동물의 죽음은 인류 발전사에 있어 신성한 의미가 있지만, 후자의 경우 상대적으로 속된 죽음이다. 그래서 옛사람들은 살면서 마주치는, 혹은 이용했던 동물, 심지어 동물뿐만 아니라 파리나 쥐도 시 속에서 노래하고 춤추게 하면서 사람과 자연 간의 친밀감을 표현했다. 참으로 오늘날 보기 드문 행위이다.

비록 3천 년 전의 생활환경이나 생활 방식으로 돌아가고 싶은 생각은 없지만, 마음 속 깊은 곳에 뭐라 표현하기 어렵고, 쉽사리 사라지지 않으면서, 은근하게 느껴지는 갈증이 있다. 현대문명을 즐기면서도 옛사람들처럼 자유롭게 꽃, 풀 그리고 동물이 넘쳐나는 광야를 자유롭게 즐기면 얼마나 좋을까…….

사라진 광야가 너무나 많다.

동물들은 아직도 살아 있는데, 그 광야는 없다.

3천 년 동안 세상은 너무나 크게 변하고 뒤집어졌다.

한밤중에 《시경》을 읽다가 이런 생각이 들어 울컥했다. 다행히 다양하고, 흥미로운 문화가 갈수록 커져가는 동물들의 빈자리를 채워준 덕분에 섭섭한 마음이 조금 풀렸다. 그리고 문화적 의미에 초점을 두고 감상하다보니, 《시경》 속 소박함과 단순함에 눈을 뜨게 되었고, 세상에 희망이 아직 남아있었음을 느끼게 되었다. 수세대에 걸친 사람들이 아득한 광야 속에서 이토록 빛나는 세계를 만들었다는 것은 우리에게도 이 참된 아름다움을 만들고, 지킬 수 있는 더 높은 지혜가 있다는 것을 의미하기 때문에 희망을 느낀 것이다.

사냥꾼이 기르는 매와 개는 반려동물이면서도 전사戰士다. 그래서 사람을 떠나더라도 광야에 동화되어, 사람 손을 탔던 과거에 더럽혀지거나 다치지 않고 자

유롭게, 마음 내키는 대로 숲 속과 강가를 유랑한다. 이와 마찬가지로 진정한 아름다움은 사람이 다듬고 만든 것이기도 하지만 자연과도 잘 어울린다.

이 책은 《시경》 속의 일흔아홉 가지 동물을 선정해, 어떻게 사람 손을 탔는지(문화적인 차원을 말한다)를 대략 정리했다. 《시경》 자체에는 이런 이야기가 담겨있지 않기 때문에 문화적인 차원에서 다루어야 이야기보따리를 풀 수 있다. 그러나 《시경》이라는 우리 문화적 원전 속에 담긴 소박함과 단순함에는 대자연과 같은 광활함과 장엄한 아름다움이 녹아들어 있다. 그래서 이 이후의 그 어떤 문화적 발전도 《시경》 발끝에도 못 따라간다. 이렇듯 진정한 가치란 소박함과 단순함에 있다. 햇빛, 공기 그리고 물 같은 것들 말이다.

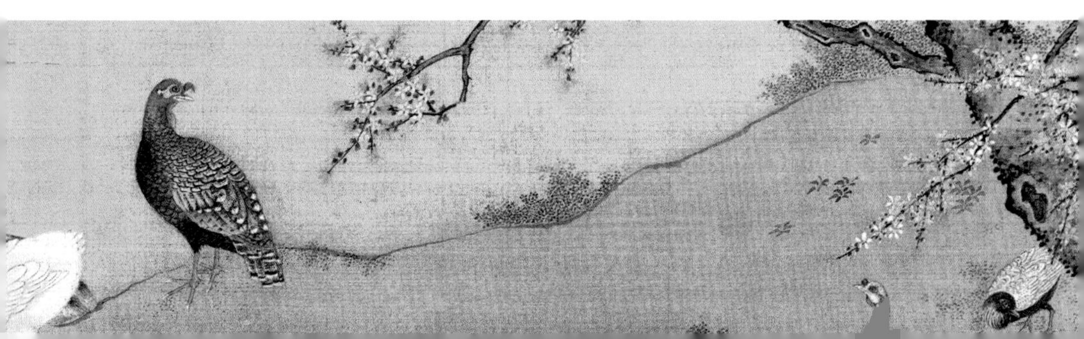

길짐승

곤충

새

물고기와 여러 동물

길짐승

기린

麒麟

풍수를 지키고,
백성을 보호하는 상서롭고 어진 동물

우리 집 아이가 두 살 반이던 때에 자금성紫禁城에 놀러 간 적이 있다. 녀석은 천안문 서쪽 쪽문의 흔들흔들하던 장식용 못을 뽑질 않나, 사람들이 안 보는 틈을 타서 난간 안쪽으로 파고 들어가 황제님 댁의 기린 발을 만지질 않나, 갖은 소란을 피우는 통에 지친 나는 "자식을 가르치지 않는 것은 아비의 허물이다!"[01]라는 생각이 들었다.

그래서 "너 저 무서운 동물이 뭔지 알아?"라며 아이에게 겁을 줬는데, 생각지도 않게 녀석은 가이드의 설명을 기억하고는 "기린이지! 안 무서워!"라고 대꾸하는 게 아닌가. 그래서 내가 "왜 안 무서운데?"라고 물으니, 아이는 "기린은 조그만 벌레도 안 밟지, 어린이도 안 물지."라고 대답했다.

하는 수 없이 나는 멀리 있는 경찰을 가리키며 "자꾸 아무거나 만지면 경찰 아저씨가 잡아간다."라고 말했다. 그러자 아이는 휙 하고 또 난간 안쪽으로 들어가 버리더니 기린에 찰싹 붙어 "이러면 못 잡지!"라며 웃었다.

기린의 발이여, 덕성스러운 공자여, 아아 기린이여!

麟之趾, 振振公子, 于嗟麟兮!

〈주남(周南)·인지지(麟之趾)〉[02]

만약 옛 책의 기록이 틀리지 않았다면, 공자님은 기린을 본 적이 있다. 게다가 기린을 봤기 때문에 《춘추春秋》 편찬 작업을 끝내기로 마음먹었다. 《경씨역전京

01 원문은 "자불교 부지과야(子不敎 父之過也)"로 《삼자경(三字經)》에 수록된 문장이다.

02 《시경》의 〈국풍(國風)〉 중 〈주남〉 편에 실린 주나라 시로 제후와 공자들을 기린에 빗대어 칭송하고 찬미하는 내용을 담고 있다.

氏易傳》[03]의 기록에 따르면, 때는 주 경왕周敬王 9년노 애공魯哀公 14년, 군주가 사냥을 나갔다 숙손씨叔孫氏의 가신인 약상鑰商이 기린 한 마리를 잡았으나, 이를 알아보는 이가 아무도 없었다. "노루의 몸, 소의 꼬리, 늑대의 머리, 말의 발굽을 가진 데다, 오색 빛깔이 돌면서도 배 아래는 누렇고, 키가 1장 2척[04]에 달하는" 동물이었기 때문이었다. 숙손씨 일가는 "이를 불길하다 여겨, 성 밖에 내다 버렸다." 후에 사

03 한나라 역학자 경방(京房)이 저술한 것으로 《주역(周易)》의 64괘와 음양오행설을 연구하고, 세상의 변화와 움직이는 이치를 탐구한 책이다.

04 1장은 10척이며, 3척은 약 1미터이기 때문에 현재 단위로 환산할 경우 약 4미터다.

람을 보내 공자님을 모셔 알아보니 그제야 진실이 드러났으나, 이미 늦고 말았다. 공자님은 아주 슬퍼하며 소맷부리로 눈물을 훔치셨고, 이에 제자 자공子貢이 놀라 "스승님 어찌 이렇게 슬퍼하십니까?"라고 여쭈었다. 공자님은 "현명한 군주가 등장할 때나 기린이 나타나는 법. 지금은 때도 아닌데 나타나 해를 당했으니, 그래서 눈물을 흘리노라."라고 대답하시고 나중에 기린에게 바치는 애가哀歌도 쓰셨다.

요순시대에는 기린과 봉황이 뛰어놀았다는데,

지금은 때도 아닌데 나타나 무엇을 구하려 했을꼬?

기린아, 기린아, 내 마음이 아프구나.

唐虞世兮麟鳳遊, 今非其時來何求? 麟兮麟兮我心憂.

당시 공자님은 이미 일흔한 살로 나날이 쇠약해지고 있었으니! 속세의 진정한 기린이자 걸출한 인재인 공자님 가슴에 가득했던 열정은 이제 거의 메말라 더는 끓어오르지 못하고 있었다. 그런 공자님이 "내 수양이 모자란 탓이다."라며 눈물을 흘린 것은 자기 자신을 위해서가 아니라, 더 좋아질 리 없는 세상을 향한 것이었다. 이렇듯 공자님은 항상 동체대비同體大悲05의 마음을 지닌 수행자였다. 어쩌면 실수로 인간 세상에 뛰어든 그 기린은 공자님을 '진정한 고향'에 모셔 가려 했던 것은 아닐까?

《시경》에서 《춘추》에 이르기까지, 일찍부터 기린은 진귀한 행운의 마스코트로 신격화되었다. 나중에 민간에서는 기린을 용의 아이라고 하는 등 별의별 묘사

05 인간이 겪는 희로애락을 자신의 것처럼 느끼고 자비를 베푸는 부처님의 마음을 가리킨다.

가 다 나오기도 했다. 또 겉모습은 이상하지만, 마음씨는 착한 '어진 동물仁獸'로 알려지기도 했다. 현대 고고학을 통해 발굴된 청동기 유물에도 위풍당당한 기린의 모습이 흔히 등장하는 것으로 보아 기린이 어떤 이미지로 전해졌는지에 대해서는 큰 이견이 없다. 여러 기린 중에서도 자금성에 있는 기린은 더 아름답고 훨씬 생동감 있어, 중국 고대 기린의 이미지를 집대성한 것이라 할 수 있다.

물론 기린이 어쩌면 전설 속의 동물이 아닐지도 모른다고 생각한 옛사람들도 많았다. 청나라 학자인 단옥재段玉裁가 주석을 단 《설문해자說文解字》[06]를 보면 아래와 같이 나와 있다.

단지 '린(麟)'이라 부르는 것은, 큰 수사슴이다.

'기린'이라 부르는 것은 어진 동물이다.

그러나 기린도 단지 '린'이라고 부를 수 있다.

單呼麟者, 大牡鹿也. 呼麒麟者, 仁獸也. 麒麟可單呼麟.

비록 실망스러운 표현이지만, 공자님 시대에 기린을 볼 수 있었다는 사실에는 부합하는 표현이다. 어쩌면 기린은 정말로 사슴 비슷한 짐승이고, 겉모습만 보통 사슴이랑 달랐을 수도 있지 않을까? 예를 들어 아프리카의 기린Giraffe을 보면, 어떤 것은 희끄무레한 색이 돌아 저 멀리에서 봐도 눈에 잘 띈다. 이런 경우 흔치 않은 물건일수록 귀하게 여기는 마음이 작용해 추켜세워지고 확대되기 마련이다.

06 후한의 학자 허신(許愼)이 1만여 자에 달하는 한자가 처음 만들어진 모양, 경위 및 발음 등을 설명한 것으로 오늘날의 옥편(玉篇)에 해당하며, 여러 학자가 이를 연구하고 주석을 달아 해설한 것 중에서 단옥재가 주석을 단 《단옥재주 설문해자(段玉裁注說文解字)》가 가장 뛰어나다고 평가된다.

재미있는 것은 청 왕조 역사서인《청사고清史稿》를 보면 소가 기린을 낳았다는 기록이 꽤 있는데, 옹정雍正 황제 때부터 건륭乾隆 황제 때까지만 봐도 여덟 건이나 있다. 그중에서도 옹정 5년에 발생한 사건은 상당히 자세하게 묘사되어 있다.

수주(壽州)[07] 민가의 소가 기린을 낳아, 어떤 방에서 불빛이 빛나니,
이를 이상하게 여겨, 때려죽여 가죽을 벗겨보니,
온몸이 갑옷 같은 비늘로 둘러싸여 있고, 머리에는 뿔을 숨기고 있더라.
壽州民家牛産麟, 壹室火光, 以為怪, 格殺之, 剝皮, 見周身鱗甲, 頭角猶隱也.

한편, 2015년 태국에서는 물소가 '머리는 악어를 닮고, 비늘이 달린' 동물을 낳았다고 해서 중국 누리꾼들은 기린이 나타났다고 놀라기도 했다.

옛날 사람들이 도대체 무엇을 보았는지 정확히 알 수 없으니, 우선 기린이라는 개념에 대응되는 실제 동물이 진짜 있었다고 생각해도 괜찮을 것 같다. 개념이란 언제나 실물보다 오래 남고, 심지어 실물이 표현하지 못하는 여러 가지 내용을 표현하는 것으로 변하기도 한다. 갓 태어난 아기를 예쁘게 부르고 축복하는 표현인 '기린아麒麟兒'라는 단어는 〈주남·인지지〉와 관련이 있고, 봉황의 털과 기린의 뿔이라는 뜻의 '봉모인각鳳毛麟角'이라는 표현은 천하의 인재를 가리키는 말이다.

오랜 세월 동안 기린, 봉황, 거북이 그리고 용은 상서로운 4대 동물로 여겨왔다. 한편, 자금성에서 많은 기린을 '보초병'으로 삼은 데는 고대 풍수학과 관계가 있을 가능성이 크다. 들리는 바에 따르면, 기린은 '오황살五黃煞, 천절살天折煞, 천심

07 현재의 안후이성(安徽省) 화이난시(淮南市)의 옛 지명이다.

살穿心煞 및 겸도살鎌刀煞' 등 다양한 살기를 누그러뜨릴 수 있다. 또 산 사람도 기린에게 보우를 빌 수 있고, 죽은 사람도 기린에게 도움을 청할 수 있다. 그래서인지 현재 우리가 접할 수 있는 기린 이미지 가운데 가장 오래된 난징南京 남조제왕릉南朝帝王陵의 기린은 묘지기의 역할을 하는 것 같다. 또한《홍루몽紅樓夢》에서 기린은 천애 고아로 친척 집에 얹혀살지만 언제나 명랑하고 당찬 캐릭터인 사상운史湘雲의 호신 부적으로 등장하기도 한다. 더 나아가 역사를 살펴보면 자기 자신을 기린이라 부른 실제·가상 인물들이 부지기수인데, 소설《수호전》에서 양산박의 총병도두령 역할을 하던 노준의盧俊義는 외모, 성품 및 능력이 모두 뛰어나 '옥기린玉麒麟'이라 불렸다. 실제 인물의 경우 1907년부터 문화대혁명 직전까지 '기린동麒麟童'이라는 별칭으로 불리면서 활동했던 경극의 대가 저우신팡周信芳이 있다.

야수에서 신성한 동물로, 또 청동상에서 석상으로 변한 기린의 변천사를 통해 중국인들의 풍부하고 대단한 상상력, 창의력을 엿볼 수 있다. 이런 관점에서 보면 기린은 언제나 살아 숨쉬며 우리와 오래도록 함께하고 있다.

麒麟

豺

늑대 떼쯤이야, 가뿐히 무리 지어 싸우는 짐승

승냥이

옛날에 아버지는 승냥이가 늑대보다 훨씬 똑똑하다고 하셨다. 왜냐하면 승냥이는 사냥할 때 사냥감의 항문을 콱 문 다음 창자를 몽땅 뽑아버려서 사냥감은 달리다, 달리다 보면 어느 순간 속이 텅 비어 그 자리에 털썩 쓰러져 버리기 때문이라는 것이다. 이 이야기는 평생 잊을 수 없는 기억으로 남아 승냥이라는 말만 들어도 '똥꼬'가 죄어드는 느낌이다.

사실 승냥이는 거의 없어졌다. 관련 자료에 따르면 지구상에 남아 있는 야생 승냥이는 5,000마리도 채 되지 않고, 중국에서는 국가 2급 보호동물로 지정되어 있다. 그러니 지금 승냥이에 관해 이야기하려면, 사진을 통해서나 겨우 그 모습을 확인할 수 있다.

나는 어렸을 때 허페이合肥 쯔펑산紫蓬山 가까이에서 살았다. 그리고 우리 아버지가 어렸을 때, 그곳에는 진짜 승냥이와 늑대가 살았다. 1950년대 어느 여름밤, 근처 마을 아이가 시원한 바람을 쐬러 나갔다 사라졌는데 이튿날 들판 수풀 속에서 그 아이의 신발 한 짝이 발견되었고, 어른들은 그걸 보고 승냥이나 늑대한테 물려갔다고 했다.

저 중상모략 하는 자, 누가 네게 계략을 꾸며주었나?

저 악귀를 잡아다가, 들판의 승냥이·호랑이에게 던져주시오.

승냥이·호랑이도 먹기 싫다 하면, 북방의 황무지에 버리시오.

북방의 황무지도 받기 싫다 하면, 신의 손에 맡기시오!

彼譖人者, 誰適與謀? 取彼譖人, 投畀豺虎.

豺虎不食, 投畀有北. 有北不受, 投畀有昊!

〈소아·항백(巷伯)〉[08]

옛날부터 사람들은 승냥이를 좋게 생각하지 않았다. 〈소아·항백〉에서 승냥이는 음흉한 소인배의 대명사로 표현된다. 그 당시 황야에는 승냥이가 신출귀몰했고, 대개는 동틀 무렵이나 해질 무렵에 나타났는데 승냥이의 사냥법이 옛사람들에게 깊은 인상을 남긴 것 같다. 하기야 '똥꼬 문제'로 걱정하지 않는 사람이 어디 있을까? 치질에 비견할 수 없는 끔찍한 고통이다!

이 사나운 야수의 겉모습은 늑대와 여우의 중간쯤이고, 털색은 붉은빛을 띤다. 안후이성의 장강長江 이남 지역인 안난皖南 산악지대에서는 여전히 종종 야생 승냥이를 볼 수 있다고 하지만, 그다지 수가 많지 않아 사람에게 위협이 될 정도는 아니다.

그러나 일단 승냥이가 무리를 이루면 그 살상력은 호랑이나 늑대보다 훨씬 강하다. 관련 자료에 적힌 내용을 보면 굶주린 승냥이들은 호랑이 입속의 먹이를 빼어 먹는 짓도 서슴지 않는데, 호랑이는 오히려 줄행랑을 친다. 승냥이 떼가 힘을 모아 갖은 방법으로 호랑이를 방해해 지치게 만들고, 지력과 체력이 모두 떨어진 호랑이는 결국 알아서 백기를 들고 링에서 내려오기 때문이다.

송나라 시인 하주賀鑄는 시 〈화빈노랑관호회고오수和邠老郎官湖懷古五首[09]〉의 제1수其一에서 이렇게 노래했다.

08 서주(西周) 주 유왕(周幽王) 시대 작품이며 《시경》에서 유일하게 저자 이름이 남아있는 시로 항백(당시의 환관) 관직을 맡고 있던 맹자(孟子)가 썼다. 간신과 소인배들의 모함으로 궁형(宮刑)을 당한 맹자가 이들을 고발하며, 불합리한 사회를 비판하는 내용을 담고 있다.

09 이 시 제목은 '빈노(邠老: 시인 반대림(潘大臨)의 자)와 함께 낭관호수(郎官湖: 이백이 이름을 지은 호수)에서 옛날을 회상하다.'라는 뜻으로 총 다섯 수(五首)의 시에 걸쳐 관직의 허무함과 덧없음을 토로했다.

이백(李白) 역시 세상의 그물에 사로잡혀,

가장 정정할 때 야랑국(夜郎國)[10] 으로 유배를 당했네.

외물(外物)을 저 멀리 버린들 무슨 소용인가,

흉악한 승냥이와 늑대가 세도를 부리는데.

白也遭時網, 臨年放夜郎. 何妨去物遠, 當道橫豺狼.

사실 승냥이는 대다수의 맹수처럼 사람과 직접 맞서는 것을 좋아하지 않는데, 어째서 옛사람들은 이렇게 승냥이를 폄하한 것일까? 인간의 본성을 잘 관찰해 보면 공포와 증오가 아주 밀접하게 연결되어 있음을 깨달을 수 있다. 만약 손에 칼을 든 사람 앞에 흰 토끼 한 마리와 늑대 한 마리가 나타난다면 이 사람의 칼은 어디를 향할까? 무서운 것, 즉 늑대를 겨누지 흰 토끼를 겨누지는 않을 것이다.

공포는 곧 증오를 낳는다. 옛사람들은 가끔 승냥이라는 이 똑똑한 야수의 침입을 받은 것 같다. 예를 들어 눈이 많이 와서 먹을 것이 부족할 때, 마을에 쳐들어온 외적처럼 승냥이 떼가 나타나 갖은 못된 짓을 다 했을지도 모른다. 그렇기 때문에 고전문학 속의 승냥이 이미지는 회생할 기회도 없이 계속 나빠지기만 했다. 예를 들면, 이백의 시 〈고풍古風 오십구수五十九首〉 중 제19수其十九 속 승냥이가 그렇다. 이 시 속에서 안사의 난이 일어나 기분이 좋지 않던 이백은 어느 날 마치 꿈처럼 화산華山의 연화봉蓮花峯에 놀러 갔다가 신선들도 만나고, 선학仙鶴도 타고, 낙양 하늘로 날아간다.

10 진한(秦漢)시대 중국 서남쪽 지역에 이민족이 세운 나라로 현재의 구이저우성(貴州省) 또는 후난성(湖南省) 일대에 존재했으며, 약 300년 정도 왕조가 지속된 후 전한(前漢)시대에 멸망한 것으로 추정한다.

낙양 들판을 내려다보니, 아득히 오랑캐 병사들이 달리네.

흐르는 피가 들풀을 적시는데, 승냥이와 늑대가 모두 관모를 썼구나.

俯視洛陽川, 茫茫走胡兵. 流血塗野草, 豺狼盡冠纓.

'활개 치는 인간 승냥이와 늑대'를 위한 또 하나의 슬픈 탄식이다. 하지만 실제 승냥이는 정말 억울하기 이루 말할 데 없을 것이다. "저희는 어쩌다가 한 번 사람을 해칠 뿐이잖아요. 사람이 사람을 해치는 것에 비하면 저희는 엄청 단순하고, 엄청 착하다고요!"

맞다, 승냥이는 단순하기 때문에 인간보다 훨씬 강력한 단합력을 가지게 되었다. '오합지졸'이라는 말은 절대로 승냥이에게 어울리는 표현이 아니다. 단합력이라는 차원에서 보면 승냥이들은 늑대 떼보다 대단하다. 다른 무리의 승냥이라도 하나의 목표에 고무되면 당장에 힘을 모아 싸우기 때문이다! 게다가 가뿐히 힘을 모아 함께 싸운다!

승냥이가 한 마리밖에 없다고 해서 얕잡아보면 안 된다. 1950년대 모스크바에서 승냥이가 엄청난 각개 전투 능력을 보여 사람들을 놀라게 한 적이 있기 때문이다. 당시 한 동물원이 중국 칭하이青海 승냥이 한 쌍을 들여와 야외 사육장에 가둬놓고 키우고 있었다. 사육장 바깥쪽에 약 4미터 너비의 도랑을 파고, 도랑 끝에는 1.2미터 높이의 돌담을 세운 다음 1.5미터 높이의 철조망 테두리로 돌담 위쪽을 쭉 둘러놨는데도 "풀떡 담을 넘은 수컷 승냥이가 모스크바 번화가를 돌아다녔다."고 한다.

1980년대 허페이 샤오야오진逍遙津 동물원도 승냥이를 기른 적이 있다. 그런데 그 동물원의 승냥이는 아버지 때문에 가지고 있던 내 기억 속의 무서운 승냥이 이미지를 완전히 바꿔놓았다.

승냥이들이 사는 '감방'은 아주 조그맣고, 상태도 시골 마을 돼지우리보다 약간 더 나은 수준이라 먼발치에서도 구린내를 맡을 수 있었다.

승냥이들이 '감방' 안에서 원을 그리며 뛰던 모습이 아직도 떠오른다. 아주 재빠르게 뛰다가 이따금 멈춰서 나와 눈을 맞추고는 또다시 원을 그리며 달렸다. 초조함이란 전혀 없는 모습이 마치 장난을 치는 것 같았다. 어딘지 심오하고, 나를 보는 듯하면서 보지 않는 승냥이의 눈빛이 지금도 기억에 또렷하다. 그런 승냥이의 눈빛을 통해 그들의 마음을 헤아려보는 일은 불가능하다.

사육장 속의 승냥이는 들개만도 못한 신세라, 아무리 봐도 '똥꼬 물어뜯기'

선수라는 전설에 걸맞은 모습이 아니었다.

요 몇 년 사이 쓰촨성四川省의 헤이수이허黑水河 자연보호구역에는 사람의 발길이 줄어들면서 다시 승냥이 십여 마리가 나타났다고 한다. 듣자 하니 승냥이들이 멧돼지나 오소리 같은 유해 동물을 많이 없애줬기 때문에 농민들이 '신통한 승냥이'라고 높여 부른다고 한다. 이것이 내가 뒤져본 자료 중 유일하게 승냥이를 긍정적으로 평가한 내용이다.

狼

인간이 피운 봉화 연기 속으로 사라진 늑대

늑대

"큰 회색늑대는 거친 숨을 몰아쉬며 나무 뒤에 숨어 기회를 엿보고 있다……."

내가 다섯 살이던 어느 저녁에 아버지와 함께 읽은 동화책에서 보았던, 평생 잊을 수 없는 글귀다.

하지만 그때 나는 늑대를 그림으로만 접한 탓에 생김새는 개와 비슷하면서도 개보다 사나운 동물 정도로만 알고 있었다. 그리고 사나운 적들이 대개 멍청한 것처럼 이 동화책 속의 늑대도 꼬마 흰 토끼나 꼬마 사슴이 파놓은 함정에 빠져 죽었다.

늑대가 앞으로 가려니 턱살이 밟히고,

뒤로 가려니 꼬리에 걸려 넘어지는구려.

배가 두둑한 군주의 후예는 새빨간 신을 신고 침착하게 걷는다네.

狼跋其胡, 載疐其尾.

公孫碩膚, 赤舃几几.

〈빈풍(豳風)·낭발(狼跋)〉[11]

〈빈풍·낭발〉에서는 늑대를 폄훼하지 않았다. 그저 주공周公의 난처한 상황을 늑대에 빗대어 중립적으로 표현하고 있다. 사실 고대에는 늑대며, 여우 같은 동물들이 아주 많았을 테니 사람들에게 꽤 위협이 되었을 것이다. 그러나 옛사람들은 늑대에 대한 해박한 지식을 가지고 있어서 마냥 늑대를 두려워하거나 미워하지 않았다.

11 주나라 시로 진퇴양난에 빠져 곤란한 늑대의 모습과 침착하고 지혜로운 군주의 후예의 모습을 대비하고 있다.

오늘날 지구상에는 회색늑대가 1만 마리도 채 남아 있지 않아, 이제 늑대는 약자가 되었다. 옛날에는 중국 전역에 늑대가 살았지만, 요즘은 동북 지역과 신장新疆, 네이멍구內蒙古 등 일부 지역을 제외하면 눈을 씻고 찾아봐도 늑대는 없다. 나는 어렸을 때 허페이 샤오야오진 동물원에 갈 때마다 늑대를 꼭 찾아봤다. 무서운 것을 알면서도 자꾸 공포영화를 보고 싶은 마음이 드는 것처럼 어린 시절에는 늑대가 바로 그런 존재였기 때문이다.

사실 인류 생활사에 늑대가 끼친 피해를 전반적으로 살펴보면 메뚜기 떼가 몰고 왔던 재앙에 비하면 훨씬 약했다. 동물학자들에 따르면 늑대는 극도로 배를 곯지 않는 한 사람을 공격하지 않는 편이다. 그런데도 중국 문학이나 외국 문학작품 속 늑대의 이미지는 흔히 부정적으로 나타난다. 청나라 초기에 포송령蒲松齡이 지은 소설집《요재지이聊齋志異》에는 교활한 간계를 쓰는 늑대에 관한 이야기가 나오는데, 이는 인간 세상이 얼마나 험악한지를 은유한 것이다. 유럽 동화 속의 늑대도 행실이 좋지 못하기는 마찬가지다. 예를 들어 〈빨간 모자〉 이야기는 중국 옛이야기인 '늑대 할멈狼外婆'[12] 이야기와 놀랍도록 비슷하다.

다시 〈빈풍·낭발〉을 음미해 보면 어딘지 모를 친근함이 느껴진다. 놀랍게도 이 시가 위대한 정치가였던 주공을 묘사하고 있기 때문이다. 그 말인즉슨, 당시 사람들은 늑대를 무작정 혐오하지 않았다는 것이다. 어쩌면 옛사람들의 눈에 늑

12 '늑대 할멈' 이야기는 다음과 같다. 부모님이 집을 비운 사이에 자매를 잡아먹으러 늑대가 외할머니 분장을 하고 나타난다. 자매는 늑대가 정말 자신들의 외할머니인 줄 알고 집으로 들이고, 밤이 되어 막내는 늑대 할멈과 한 침대에서 잠을 자다가 늑대에게 잡아먹힌다. 막내가 봉변을 당하자, 언니는 늑대가 외할머니가 아니라는 사실을 깨닫게 되고 화장실에 가는 척 집 밖으로 도망쳐 큰 나무 위로 올라간다. 늑대는 언니를 쫓아가 자신도 나무 위로 올려달라고 언니를 꼬드긴다. 그러자 언니는 나무 위에서 밧줄을 내려 늑대를 끌어 올리는 척하다 갑자기 밧줄을 놓아버려 늑대를 바닥에 추락하게 만들어 늑대를 해치우고 목숨을 건진다.

대는 옷 주고, 밥 주는 동물로 여겨졌을지도 모를 일이다!

늑대와 개는 친척 관계다. 그래서 개의 지능을 기준으로 늑대의 지능을 짐작건대 분명히 아주 똑똑할 것 같다. 어쨌든 간에 마을에 사는 개들보다 몇 배나 힘든 대자연 속에서 살아남았으니 말이다. 몇 가지 무섭거나 미심쩍은 이야기들을 빼고 보면 늑대는 동물 중에서도 단결과 협력을 잘하고 참을성이 강하며, 끈기 있는 동물이다. 늑대 무리는 집단을 이룬 인간들에 비하여 조화롭고, 전투력도 훨씬 강하다. 물론 그렇다고 인간들이 늑대를 배워야 한다는 것은 아니지만, 그래도 늑대 무리를 보고 뭔가 깨달을 필요는 있다. 특히 늑대는 은인을 위해 목숨도 버릴 정도로 은혜를 갚을 줄 아는 동물이니까 말이다.

늑대는 천성적으로 무리와 함께하기를 좋아하면서도 고독을 즐기는 동물이다. 늑대들은 사람과는 어울리기 싫어해서, 사람들한테서 멀리 떨어져 있으면서도 먹이가 풍부한 곳에서 자유롭게 사는 것을 좋아한다. 평균적으로 한 늑대 무리의 활동 영역은 약 30킬로미터×40킬로미터 정도 크기다. 그런데 인구가 늘어나면서 늑대들이 살 수 있는 곳이 날로 줄어들어 멸종할 가능성이 아주 커졌다. 게다가 늑대는 길들일 수 없는 동물이라서 인공사육이라는 방법을 써도 이 동물을 구제하기 힘들다는 게 문제다.

늑대는 개보다 고독을 즐기고 자존심도 강하다. 즉 천성적으로 고대 전설 속 영웅의 이미지와 대장부의 기개를 갖고 있다. 그래서 사람들은 늑대를 무서워하기도 하고 숭배하기도 한다. 인류학자와 역사학자들은 "돌궐突厥 계통 민족과 몽골인은 늑대를 토템 동물로 숭배했고, 알타이 민족의 한 분파인 퉁구스족 역시 늑대를 경외했다."고 말한다. 실제로 고대 돌궐 계통의 유목민족 가운데 소가 끄는 수레를 이용해 천막을 옮기는 모습에서 부족 이름이 유래된 고거족高車

族은 자신들이 아름다운 흉노족 공주와 늑대 사이에서 태어난 후손이라는 전설을 믿었다.

1980년대 타이완 출신 가수인 치친齊秦의 노래 중에 중국 방방곡곡에서 큰 인기를 얻은 〈북방의 늑대北方的狼〉라는 노래가 있었다. 이런 가사의 노래가 인기를 얻은 것을 보면 늑대도 이야기 속의 흉악한 모습에서 벗어나, 동경의 대상이 된 것 같다.

그 옛날, 만리장성에서 늑대의 분변을 태워서 봉화로 사용한 낭연狼煙이 피어오르면, 재빠르고 사나운 이민족 군대가 칼을 휘두르며 다가오고 있다는 의미였다. 이렇듯 그 당시 '이리 낭狼'이라는 글자에는 '수많은 위기'라는 뜻이 내포되어 있었다. 한편, 봉화를 올리는데 인간의 분변이 사용된 적은 한 번도 없었지만, '인간의 연기人煙'는 한층 끔찍하고 더욱 철저하게 '늑대 연기'를 뒤덮어버렸다.

虎

오만 가지 상념을 한 번에 날리는 포효

호랑이

사람들은 어릴 때부터 호랑이에 대해 이것저것 이야기하는 것을 듣고 자란 덕분에 부엌에서 흔히 보는 바퀴벌레는 잘 모르지만, 호랑이 이야기는 가지가지 줄줄 잘도 늘어놓는다.

내 기억 속 최초의 호랑이들은 전부 《수호전》의 무송武松과 《서유기》의 손오공한테 맞아 죽었다. 호랑이들이 약해서 그런 것이 아니라 인간 영웅 캐릭터를 돋보이도록 한 죽음이다. 바퀴벌레를 잡아 죽인 걸 자랑거리로 내세우는 사람은 없으니 말이다.

오래전부터 인간들에게 호랑이는 위협이 되지 않았다. 만약 요즘 호랑이를 직접 볼 기회가 있다면 그건 아마 오락거리로, 예를 들면 서커스나 동물원 같은 곳에서 보는 경우일 것이다. 그런 곳에 사는 호랑이는 살아 있는 호랑이지만 '진짜' 호랑이라 할 수는 없다.

진짜 호랑이들은 산속에서 위태롭게 살고 있으니, 우리네 부엌에서 음식을 훔쳐 먹는 바퀴벌레보다 못한 처지다. 이런 상황을 잘 알았던 노자老子는 "도가 작용하기에 약한 것도 존재한다."고 했다.

어찌 감히 호랑이와 맨손으로 싸우고,

감히 걸어서 강을 건너겠는가.

사람이 하나만 알고, 그 밖의 것은 모르는구나.

不敢暴虎, 不敢馮河. 人知其一, 莫知其他.

〈소아·소민(小旻)〉[13]

13 서주시대 작자 미상의 시로 간신을 가까이하고 참언에만 귀 기울이는 우매한 통치자를 고발하며 나라를 걱정하는 내용이다.

〈소아·소민〉에서는 감히 호랑이와 맨손으로 싸울 수 없다고 한다. 무송이나 손오공처럼 대단하신 '인물'들도 아는 이치다. 이 시구를 보면 알 수 있듯이 옛사람들은 참 진솔하다. 현대인들의 논리는 겉만 번지르르하니 진솔하게 표현하는 경우가 별로 없고, 더 나아가 헛수작도 좀 부리고 비비 꼬아야 모자란다는 소리를 안 듣는다.

그런데 여기 이 사람은 좀 많이 나갔다. 나중에 전국 누리꾼들이 '호랑이 저우周 씨'라는 별명을 붙여줄 정도였으니 말이다. 2000년대 초, 이 사람은 사진 속에 호랑이를 그려 넣은 후 숲속에 가져다가 사진을 찍고, 자연환경이 회복돼서 호랑이가 돌아왔다고 떠들고 다니다 결국 감옥살이를 했다.

"호랑이는 죽어도 위엄은 사라지지 않는다."는 옛말이 있듯이, 호랑이를 우습게 보면 안 된다. 그래서 현대 경극 〈웨이후산을 공략하라智取威虎山〉[14]를 보면, 두목 쭤산댜오座山雕는 높은 등받이 의자에 호랑이 모피를 깔고 앉고, 수하의 조무래기들은 끽해야 궁둥이에 개 털가죽이나 토끼 털가죽을 깔고 앉는다. 그렇지 않았다간 윗사람을 범한 죄를 저지르는 것이 되기 때문이다. 이렇듯 호랑이는 그 털가죽만으로도 큰 의미를 지닌다.

호랑이가 가진 의미는 청동기시대 유물에서 도철문饕餮紋 등 호랑이 관련 무늬를 흔히 찾아볼 수 있을 정도로 아주 오래전부터 이어져 내려왔다. 또 고대에는 군대 이름을 지을 때 '호

14 1965년 문화대혁명 시기에 제작된 현대 경극이자 공산주의 모범극(樣板戲)이다. 1946년 국공내전 시기를 배경으로 정의로운 공산당원들이 웨이후산(威虎山)을 근거지로 삼은 쭤산댜오(座山雕) 도적 일당을 소탕하는 과정을 그렸다.

랑이 호虎'라는 글자와 부호를 흔히 사용했고, 이런 이름 짓기는 수백, 수천 년이나 유행해왔다. 그렇기 때문에 호랑이는 맹수로서가 아니라 일종의 권위적 상징이자 기호로 더 많이 사랑받고 존경받아 왔다.

호랑이는 중국 사람들의 사랑을 듬뿍 받는 십이지 동물 중 하나다. 그래서 호랑이의 해 음력설에는 TV에서 활기차고 신명 난 호랑이 탈춤을 보여주는데 꽤 재미있는 볼거리다. 하지만 사람들은 흔히 고양이를 기준으로 호랑이를 상상하기 때문에 나는 이 '호랑이들' 또한 큰 고양이 이미지에 가깝다고 생각한다. 신바람에 취한 모습은 연출된 것일 뿐, 진짜배기 호랑이는 세상을 대함에 있어 기본적으로 엄숙한 표정과 묵직한 발걸음으로 자신의 태도를 드러낸다.

옛사람들이 공식적인 자리에 사용했던 호랑이의 이미지는 정도正道, 즉 '권위와 무력에도 굴복하지 않는' 이미지인데 이는 《시경》 속 호랑이의 분위기와 딱 맞아 떨어진다. 호랑이를 경시하는 것은 자기 목숨을 경시하는 것과 마찬가지다. 제 아무리 멍청한 동물이라도 강자 앞에서는 경외의 마음으로 강자를 우러러봐야 한다. 대자연이 호랑이를 창조한 것은 숲속의 제왕 자리를 호랑이한테 맡기려고 한 것이 아니라, 인간들에게 이 세상에는 머리 좋은 것보다 더 가공할 만한 것이 있으니, 아무리 머리를 굴리고 주도면밀하게 계획을 세워봐야 호랑이 포효 한 번이면 물거품이 되어 버린다는 걸 알려주려 한 것이 아닐까…….

불교에서 호랑이는 무서운 인간의 욕망을 표현할 때 자주 사용된다. 욕망이란 일단 풀어주면 호랑이처럼 날뛰어버리니 좀처럼 수습하기가 어렵다. 그러나 진짜 호랑이에게도 치명적인 약점이 있었으니, 바로 새 똥이다. 듣자 하니 새 똥 때문에 호랑이의 털이 썩는다고 한다.

청나라시대 글에서 찾아낸 재미있는 이야기에 따르면, 건륭황제 때 장쑤성江

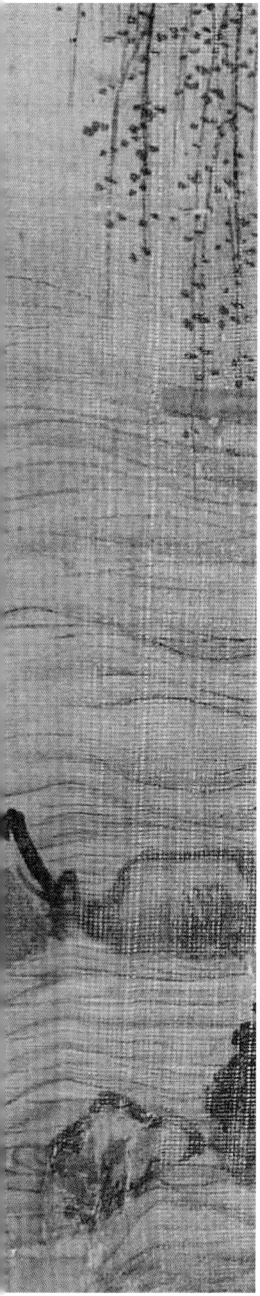

蘇省 이싱易興에 사는 한 사람이 호랑이를 오래 연구한 끝에 끈끈한 액체를 고아 호랑이가 종종 나타나 뒹굴뒹굴하는 풀밭에 발라두었다. 그런데 호랑이는 깨끗한 것을 좋아하는 동물이라(야옹이와 꼭 닮은 점이다), 털에 풀이 들러붙는 것을 견디지 못하고 핥고 또 핥아대다 끝내 열 받아 죽어버렸다. 그래서 그 사람은 무송보다 손쉽게 호랑이 한 마리를 손에 넣을 수 있었다.

호랑이를 오락거리로 만드는 과정에서 인간의 상상력은 큰 역할을 했다. 몇 년 전 거장 리안李安 감독의 영화 〈라이프 오브 파이Life Of Pi〉를 봤는데, 눈이 참 즐거운 영화였다. 사람들은 이 영화 속 호랑이가 바로 '욕망 같은 것'을 상징한다고 말했지만, 여러 번 영화를 감상하고 나자 그렇게 무겁게 해석하지 않는 게 좋겠다는 생각이 들었다. 화려하고 아름다운 영화의 미장센이 철학적인 분위기를 완전히 압도했기 때문이다.

손오공이나 무송과 다를 바 없이 기껏해야 인간의 가치를 부각하기 위해 호랑이를 배경으로 쓴 것에 불과하다. 《수호전》에는 호랑이를 때려잡은 이규李逵라는 또 다른 영웅이 있다. 사실 이규는 어머니를 위해 단번에 여러 마리의 호랑이를 잡았기 때문에 무송보다 훨씬 대단한 사람이지만, 무송이 호랑이를 잡은 이야기가 더욱 유명하다. 나는 《수호전》의 저자인 시내암施耐庵이 이규의 호랑이 소탕 장면을 표현하면서 디테일을 살리지 못했기 때문에 재미도 떨어지고, 비중도 줄어든 것이라고 여겼다. 그러나 재미를 추구하는 인간에게는 그저 재미있느냐 없느냐가 중요할 뿐 호랑이, 이규, 무송은 아무래도 상관없다.

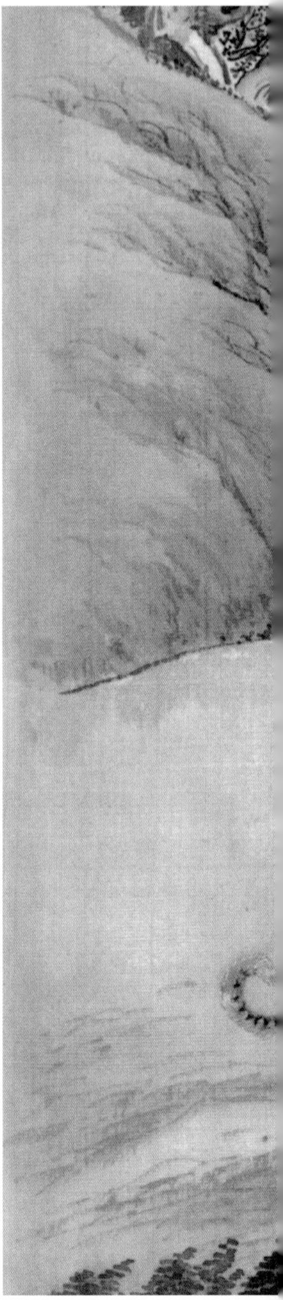

표범

구태여 세상을 시끄럽게 할 필요가 있는가?

豹

내가 군대에 있었을 때 군인 사택 단지에 종종 달구지를 끌고 와 잡동사니를 파는 할아버지가 있었다. 타이항산太行山 출신의 할아버지는 젊은 시절에 사냥꾼이었는데, 어느 날 산에 올라갔다가 표범의 화를 돋우는 바람에 죽을 뻔한 이후로는 산에서 내려와 살길을 찾게 되었다고 했다.

우리가 맥주를 사러 갔던 어느 날, 할아버지는 신이 났는지 무서운 이야기를 해 주었다. 1950년대 초, 해질 무렵 할아버지는 산에 갔다가 귀가하는 길이었다. 도중에 사람의 발길이 닿지 않은 숲을 거쳐 가는데 어디선가 썩은 냄새가 풍겨 혹시 근처에 시체라도 있나 싶어 발걸음을 재촉했다. 그렇게 서둘러 걷고 있는데 머리 위로 물방울이 뚝 떨어졌다. 손으로 만져보니 끈적끈적했고, 냄새를 맡아보니 시체 썩은 냄새가 났다. 머리를 들어보니, 나뭇가지 위에 백골이 훤히 드러난 노루 사체가 걸쳐 있는 게 아닌가!

할아버지는 "노루가 나무를 탈 줄 아나?"라며 뜸을 들였다. 우리가 물끄러미 서로 얼굴만 쳐다보니, 할아버지는 "표범이 끌고 올라간 거지."라고 했다.

표범 모피로 소매를 장식한 양털 두루마기를 입으신 분,

위풍당당하고 기백이 넘치는 분.

羔裘豹飾, 孔武有力.

〈정풍(鄭風)·고구(羔裘)〉[15]

옛사람들이 표범고기에 대해 이야기한 적이 있을까? 내가 기억하기론 옛사

15 춘추전국시대 시. 고대 사대부가 임금을 뵈러 갈 때 입던 관복인 '고구'라는 양털 두루마기의 아름다움을 강조하면서 정직하고 어진 고대 선비들을 찬양했다.

람들이 칭송한 것은 표범 모피밖에 없다. 〈정풍·고구〉도 표범 모피를 끌어다 시구를 꾸민 것이, '위풍당당함과 넘치는 기백'을 강조하려 한 듯하다. 표범은 재빠르고 사나우므로 충분히 토템의 반열에 올라 숭배 받을 수 있는 동물이다.

세계 4대 대형 고양잇과 동물 중에 표범은 사자, 호랑이, 재규어 다음 크기의 동물이지만, 허투루 봐서는 안 되는 맹수다. 그렇다면 옛사람들이 표범을 토템으로 삼아 숭배하지는 않았지만, 딱 한 번만이라도 표범과 싸워 이긴다면 무송과 같은 명예를 얻지 않았을까? 디즈니 고전 애니메이션인 〈타잔Tarzan〉에서 타잔은 표범을 해치운 후 고릴라 무리의 대장이 되는데, 원시사회에서 어떻게 권력을 인정받게 되는지를 매우 잘 표현한 에피소드다.

호랑이와 표범처럼 잔악한 자가 천국의 문을 지키니

아, 험난한 촉도(蜀道), 이루 말할 수 없이 어렵구나.

憎人虎豹守天關.

嗟蜀道, 十分難.

〈태상인(太常引)·증인호표수천관(憎人虎豹守天關)〉[16]

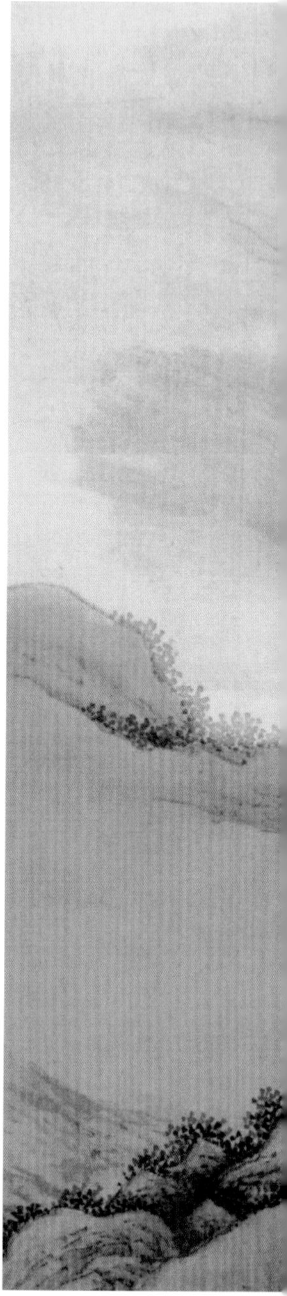

16 해당 문장은 시(詩)가 아니라 기존에 있는 노래에 맞춰 가사를 적은 형태의 문학을 지칭하는 '사(詞)'이다. 그중에서도 '태상인'이라는 '사패(詞牌, 고정적인 형태를 갖춘 곡조)'를 위해 만들어진 사(詞)이다.

송나라 시인 구숭丘崈이 〈태상인太常引·증인호표수천관憎人虎豹守天關〉이라는 사詞를 통해 묘사한 것과 마찬가지로 무사의 용맹함을 표범에 빗댄 표현은 흔한데, 그중에서도 가장 유명한 인물은 아마 《수호전》에 등장하는 두상이 표범을 닮아 '표자두豹子頭'라는 별명을 얻게 된 장수 임충林冲일 것이다. 원수를 외나무다리에서 만났을 때, 표범의 힘과 민첩함을 가진 자가 바로 하늘이 내린 승리자, 제왕이 된다.

그러나 실제 표범의 성격은 아주 괴팍해서 지 홀로 있는 것을 즐기지, 같은 표범들끼리 몰려다니며 이러쿵저러쿵하는 것을 싫어한다. 퍽 야옹이와 유사한 성격이다. 일상적인 활동은 낮을 피해 거의 저녁 무렵이나 새벽녘에 하는 것을 선호하는데, 이 또한 야옹이가 쥐를 잡는 시간대와 비슷하다. 헤겔은 "지혜의 여신 미네르바의 부엉이는 황혼녘에야 날아오른다."고 했지만, 나는 표범이야말로 백수百獸의 철학자라고 생각한다. 강한 지혜를 가진 사람은 정신적으로도 홀로 있는 것을 좋아한다. 설령 몸은 화려한 파티에 있더라도 말이다.

군 복무 시절, 그 늙은 사냥꾼이 표범은 먹이를 나무 위로 끌고 올라가 보관한다는 이야기를 들려줬을 때는 의아했지만 나중에 TV 프로그램에서 실제 장면을 보고 나서는 그 이야기를 진짜로 믿게 되었다. 표범은 똑똑할 뿐만 아니라 힘도 아주 세서 자기 몸집의 세 배나 되는 먹이를 나무 위로 끌고 올라갈 수 있다고 한다. 이렇게 대단한 표범은 사람을 상대하는 것을 꺼린다. 오래전 표범이 아주 많던 시절에는 산속에서 사람과 표범이 마주칠 수밖에 없었다. 그런데 산속에서 실제로 표범을 마주쳤던 경험자는 조금도 무섭지 않다고 한다. 그 자리에 서서 꼼짝하지 않고 표범과 서로 몇 분 정도 바라보면 표범이 알아서 조용히 떠난다고 했다. 사람이 표범과 부딪칠 일이 거의 없는데도 사람들은 항상 표범을 적대시해왔다는 사실이 참으로 아쉽다. 심지어 어릴 때 본 신문에는 표범을 죽인 일을 칭찬하는 뉴스가 실린 적도 있었다.

1980년대 중·고등학교에서는 유행가 가사가 실린 스타 포토카드가 유행했었다. 나도 타이완 영화배우인 린칭샤林青霞의 포토카드를 손에 넣은 적이 있는데, 표범 무늬 미니스커트를 입은 린칭샤가 상당히 관능적이어서 아주 인상적이었다. 오늘날 표범은 멸종위기 동물이기 때문에 표범 가죽 판매는 금지된 지 오래지만, 송나라시대 역학易學의 대가 소옹邵雍이 지은 시 〈매화시梅花詩〉에는 이런 시구가 있다.

한 판의 장기 같은 세상사, 초반부터 힘이 다했네.

마음 합치고, 힘 모아도 어려워라.

마치 표범이 죽어 가죽 한 장 남기듯.

가장 아름다운 추색(秋色)은 장안(長安)에 있다네.

如棋世事局初殘. 共濟和衷卻大難.

豹死猶留皮壹襲. 最佳秋色在長安.

〈매화시(梅花詩)〉[17]

17 북송시대 철학자이자 역학자인 소옹의 시로 중국의 10대 역사적 사건, 즉 ▲북송, 남송, 원나라, 명나라, 청나라 등 다섯 나라의 건국과 멸망, ▲중화민국 초기의 어려움, ▲공산당 혁명군의 승리, ▲장제스의 퇴각, ▲중화인민공화국의 수립 등을 예언했다고 한다.

이 시는 중국 고대부터 내려온 유명한 예언시預言詩인데, 시에 등장하는 표범과 표범 가죽의 진짜 의미가 무엇인지는 해석할 수 없다. '폭력의 미학', '패션의 미학'을 제외하면 예나 지금이나 표범이 가지고 있는 문화적 이미지는 거의 변하지 않았는데, 이 또한 표범의 독특한 문화적 표상이다.

나는 개인적으로 표범을 좋아한다. 다른 이유가 있어서 그런 것이 아니라, 독행독보하는 표범의 성격 때문에 좋아한다. 갓 입대했을 때 나는 전우들과 그다지 친한 사이가 아니어서 따돌림을 당하고 '독불장군' 취급을 받았다. 나는 나 자신이 마음 따듯하고 수더분한 사람이라 생각했다. 그런데도 고독해 보였던 것은 그 당시의 내 영혼이 혼자 있기를 좋아했기 때문이지 누가 딱히 미워서 그런 것은 아니었다. 다행히 나중에 조금씩 익숙해지면서 전우들이 나를 받아주고 좋아해준 덕분에 성격을 바꾸지 않고도 사람들과 어울릴 수 있었다.

세상살이를 하며 사실 표범처럼 살 수도 있다. 송나라시대 고승高僧 석정각釋正覺은 〈게송이백영오수偈頌二百零五首〉를 통해 "청룡은 허물을 벗고 우렁차게 승천하고, 검은 표범은 운무를 헤치며 움직이네蒼龍退骨而驤, 玄豹披霧而變."라고 노래했다. 이 얼마나 마음을 뒤흔드는 경지인가! 시끌벅적한 세상 속에서 이룰 수 있을까? 서로 무리를 지어 어울리지 못해 안달이 난 것이, 세상을 더 시끄럽게 만들고 있다.

곰

서리가 내리니 큰곰자리는 나무 끝에 걸리고

熊

일본 영화 〈그대여 분노의 강을 건너라君よ憤怒の河を渉れ〉가 한창 중국 전역에서 인기를 얻고 있을 때, 나와 학교 동무 왕王 군은 누가 더 높이 오줌을 누나 시합을 벌이고 있었다.

오줌 누기를 마치자 동무 녀석은 "그 영화 엄청 세더라."라고 했다. 그 말은 영화가 스릴 넘치고 액션이 시원시원하다는 뜻이었다. 게다가 녀석은 베테랑 형사인 야무라 경장矢村警長이 곰과 맞닥뜨렸을 때, 그 곰의 앞발에 맞아 어깨가 으스러지는 장면이 제일 눈을 뗄 수 없는 장면이었다고 알려줬다. 그러면서 야무라 경장의 다친 어깨는 누명을 뒤집어쓰고 범인으로 몰려 쫓기는 신세인 주인공 모리오카杜丘가 나중에 치료해 준다고 했다.

나는 약이 올라 미칠 지경이었다. 어떻게 나만 빼놓고 그렇게 재미있는 영화를 볼 수 있지? 나는 곧장 집에 가서 아버지께 곰에 대해 여쭤봤는데, 진짜로 곰 발바닥에 거칠거칠한 거스러미가 있어 살에 닿기만 해도 철컥 걸린다고 알려주셨다. 대단하다!

또 아버지께 우리 학교에서 남쪽으로 5킬로미터 남짓 떨어진 쯔펑산에도 곰이 사는지 여쭤봤더니 곰은 없지만, 아버지가 어렸을 때 승냥이와 늑대는 있었다고 말씀해 주셨다.

(서쪽에서는) 뱃사공 집 자식들도 곰 털 갖옷을 입고 으스대는구나.

舟人之子, 熊羆是裘.

〈소아·대동(大東)〉[18]

18 주나라 말기 장편 시로 억압받는 멸망한 은나라 및 그 속국 백성들이 거주하던 동쪽 지역인 대동의 백성들과 부유한 서쪽 지역 백성들(주나라)의 생활상을 대비시켜, 주나라의 핍박과 착취를 묘사했다.

대부분이 현재 중국의 북방 지역에 속하는《시경》속 지역에 곰이 살았다니, 이상하지 않은가? 북쪽 지역에 사는 곰은 겨울잠을 자지만 남쪽 지역에 사는 곰은 겨울잠을 안 자기 때문이다.《시경》속에 나오는 곰은 딱 '중간 지대'에 사는 곰일까?

아마 고대 중국의 날씨는 지금과 달리 정상적이라 옛사람들이 살던 초가지붕을 소복이 덮을 수 있을 정도로 눈도 많이 내렸을 것이다. 그러니 곰도 눈을 피해 중국 동·서부를 가로지르고 있는 친링산맥秦嶺山脈이나, 타이항산 남쪽으로 넘어가 산비탈 나무구멍 속으로 숨었을 것이다. 사실 겨울잠을 자느냐 마느냐는 곰이 사는 지역보다는 기후에 좌우된다. 그래서 옛사람들은 겨울잠 시기를 틈타 곰털 갖옷, 즉〈소아·대동〉에 언급되는 '곰 모피코트'를 만들 수 있었던 것이다.

이 시는 당시 백성들에게 세금을 가혹하게 거둬들인 통치자 주왕을 향한 불만을 담고 있다. 한편, 이 시에서 곰 모피코트를 비판의 소재로 삼은 점을 보면 당시 사람들은 일상에서도 자유롭고 풍부하게 시의 소재를 얻었음을 미뤄 짐작할 수 있다. 요즘 감히 이런 코트 따위로 돈 자랑을 하는 사람은 없으니 말이다.

가장 최근에 곰을 본 것은 베이징 동물원에서였는데, 그 굼뜬 모습은 그림과 영상 속의 모습과 다를 바가 없었다. 내가 어린 시절에 읽은 동화 속의 곰은 멍청하고, 자주 손해 보고, 욕먹는 이미지였다. 하지만 현실 속의 곰도 그렇다고 생각하면 절대로 안 된다. 곰의 자존심을 지켜주려고 하는 말이 아니라, 우리 자신의 안전을 지키고자 하는 말이다. 어떤 누리꾼은 곰의 IQ는 호랑이보다 훨씬 높아 사람과 자동차 사이의 연관성을 알기 때문에 차에 먹을 것을 두고 내리지 말라고 조언했다. 곰이 창문에 딱 달라붙어 차 안을 살펴보다 음식물을 발견했다간 그날로 그 차는 끝장난다고도 했다.

다행히 대개 곰은 성격이 부드러워 사람을 공격하지 않는다. 그래서 나는 옛 사람들이 겨울잠 시기를 틈타 곰 사냥을 한 것이 아닌가 하는 의심이 든다. 그렇지 않으면 사람을 많이 동원한다 해도 곰을 어떻게 할 수 없었을 테니 말이다. 이 녀석들은 몸집이 거대할 뿐만 아니라 두툼한 털과 가죽도 가지고 있어 급소가 아니라면 총알을 몇 발씩 맞아도 버틸 수 있으니, 창이나 돌멩이로 곰을 잡는다는 건 어림도 없는 소리다.

톨스토이의 동화였던가. 곰을 맞닥뜨린 사람이 죽은 척했다는 이야기가 나오는데, 이 이야기는 어린 나에게 아주 큰 상상의 날개를 달아주었다. 곰은 죽은 사람을 먹지 않는다는데, 그렇다면 나는 용감하니까 곰이 코를 씰룩거리며 내 냄새를 맡는 동안 재빨리 비수를 꺼내 곰의 심장을 찌르면 어떨까! 물론 이 어린 시절의 영웅적 상상은 너무 잔인하다는 이유로 곧 무시해버리기로 했다. 영웅은 비극적인 죽음을 이용해 탄생해서는 안 되기 때문이다.

끝없이 펼쳐진 높고 낮은 산, 자연의 정취를 좋아하는 내 마음이 흡족하네.
시시각각 바뀌는 산봉우리에 홀려, 혼자 고요한 오솔길을 걷다 보니 길을 잃었구나.
서리가 내리니 큰곰자리는 나무 끝에 걸리고, 노루는 조용히 개울물을 마시네.
인가는 어디쯤 있나 생각하는 와중에, 구름 밖 저 멀리 닭 우는 소리가 들리는구나.

適與野情愜, 千山高復低. 好峰隨處改, 幽徑獨行迷.
霜落熊升樹, 林空鹿飲溪. 人家在何許, 雲外壹聲雞.

〈루산산행(魯山山行)〉[19]

19 매요신의 《완릉선생집(宛陵先生集)》에 실린 서정시로, 현재 허난성 핑딩산시(平頂山市)에 위치한 루산의 아름다움을 노래했다.

선禪적인 분위기가 잘 드러나는 송나라 시인 매요신梅堯臣의 시 〈루산산행〉에서 곰은 아름다움을 부각하는 소재로 쓰였다. 조화롭고 평안한 세계 속에 오로지 곰만 있을 뿐 영웅은 없다. 그래도 아주 만족스러운 세계다.

인간이 곰의 자연스러운 모습을 따라 곰처럼 될 수 있다면, 정말 귀여워서 친구로 삼고 싶은 사람일 것이다. 나는 최근에 인터넷에서 곰과 관련된 아주 감동적인 영상을 보았다. 영상 속에는 까마귀 한 마리가 물에 빠져 오랜 시간을 버둥거렸는지 기진맥진한 채로 물속에서 푸드덕거리며 애처롭게 울고 있었다. 그런데 근처를 지나던 곰이 그 장면을 보고 어슬렁어슬렁 걸어오더니 몸을 숙이고 발을 내밀었다……. 까마귀는 소스라치게 놀라 죽을힘을 다해 퍼덕거리며 자리를 옮기려 했다. 그러자 곰은 느릿느릿 까마귀를 따라가더니, 한 번 더 발을 쭉 내밀어 이번에는 까마귀를 물에서 건져냈다! 처음에는 곰이 까마귀를 잡아먹나 했는데 잡아먹기는 커녕 까마귀를 바닥에 내려놓았다. 그러고 나서는 방향을 틀어 수박 껍질을 갉아 먹으러 가버렸다…….

당나라 문인 유종원柳宗元은 추위에 떠는 백성들과 달리 숯 화로의 따스함을 즐기는 귀족들을 보며 시 〈잡곡가사雜曲歌辭·행로난삼수行路難三首〉 중 제1수其一에서 "목탄이 불빛을 내뿜는 것이, 마치 몸을 둥그렇게 서린 용이 물보라를 일으키는 것 같기도, 용맹한 호랑이가 입을 벌린 것 같기도 하네. 또 마치 웅크리고 앉은 곰과 뛰어오르는 표범이 서로 힘을 겨루는 모습 같기도 하네 蟠龍吐耀虎喙張, 熊蹲豹躑爭低昂."라고 묘사했다. 이는 곰과 관련된 고대의 문화적 표상 중에서 곰을 나쁘게 표현한 대표적인 예다. 이렇듯 대개 곰은 다툼과 위태로운 상황을 상징하는 요소로 사용되었지만, 앞서 말한 동영상 내용을 보면 그런 생각은 깨끗이 사라진다.

도대체 왜 사람들은 천성이 선량한 곰을 일부러 왜곡하려고 했을까? 영화 〈그대여 분노의 강을 건너라〉 속의 그 곰도 실은 사람을 해치려고 한 것이 아니라, 겁을 먹고 놀라서 반사적으로 되받아쳤을 것이다. 곰은 잡식성 동물이다. 그래서 옛날에는 곰들이 자연 속에서 물고기도, 개구리도 얼마든지 잡아먹을 수 있었다. 하지만 환경이 심각하게 훼손된 지금, 태반은 '절밥'만 먹어야 하는 신세가 되었다.

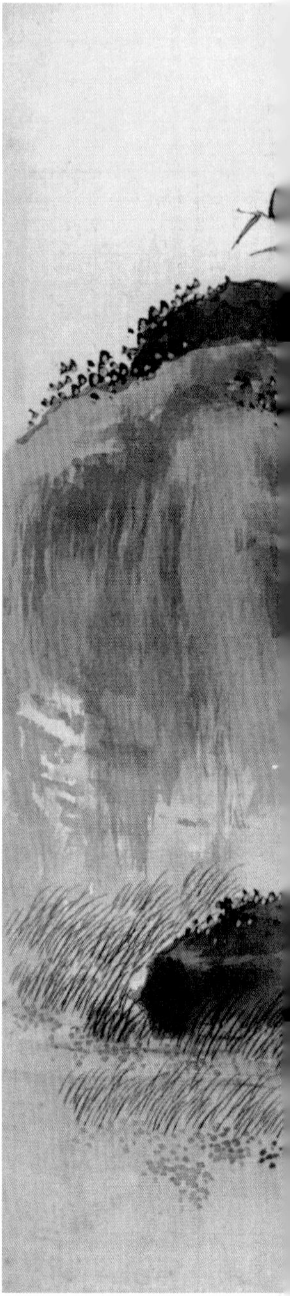

狐

인간이 똑똑해질수록 여우는 악독해진다네

여우

아침에 눈을 떠보니 집 안이 고요했다. 나는 따뜻한 이불 속을 벗어나기가 싫어 눈만 말똥말똥 뜨고서 천장을 바라보았다. 짚을 엮어 만든 거적으로 덮인 지붕은 색이 바래 얼룩덜룩했다.

한참 동안 한 곳만 뚫어져라 보고 있으면 뭔가 이상한 잔상이 보이기 마련이다. 거적 표면에 별의별 형상이 선명하게 떠오르더니, 여우 모양도 나타났다. 머리는 꼼짝 않고 있으면서 하반신만 일어났다, 앉았다 하는 여우를 보고 있자니 환각이나 착각이라는 것을 일면서도 기분전환에 제격이었다.

내가 일곱 살 남짓 되었을 때의 일이다. 그 당시 내 머리맡에는 제정러시아시대 시인 크릴로프Krylov의 우화를 각색한 그림책 《까마귀와 여우》가 놓여 있었다.

까마귀 입 속의 치즈를 훔쳐간 책 속 여우 덕분에 나는 아주 어릴 때부터 치즈라는 것에 관심을 갖게 되었다.

털이 북슬북슬한 여우는 깊은 풀숲을 헤치고,

출정하는 사람들을 태운 큰 수레는 큰길을 따라 달리네.

有芃者狐, 率彼幽草.

有棧之車, 行彼周道.

〈소아·하초불황(何草不黃)〉[20]

여우는 값나가는 털 때문에 단명하는 동물이다. 그런데 값비싼 동물인데도 칭송을 받기는커녕 항상 교활함과 간사함의 상징으로 소비된다. 〈소아·하초불황〉은 여우를 두고 이러쿵저러쿵하지는 않았지만, 황량한 광경을 묘사하기 위해 어

20 서주 말기의 작품으로 군역에 동원되어 동물처럼 산과 들을 헤매야 하는 백성의 고달픔을 표현했다.

우를 이용했고, 후대 시인들도 이런 전통을 이어 받아 한 시대나 한 가문의 몰락을 부각시킬 때 시 속에 여우를 등장시켰다.

좀 더 나이가 들어 쉽게 풀어쓴 구어체 버전의 《요재지이》를 읽고 이해할 수 있게 되자, 여우에 대한 상상의 나래를 펼치게 되었다. 여우는 자주 요정 캐릭터로 등장해 여러 재미있는 이야기 속의 주인공으로 나오기 때문에 어린 소년의 호기심과 모험심을 만족시키는 데는 더할 나위 없는 동물이다. 그 시절 나는 여우가 왜 미녀로 변신하는지에 대해서는 관심이 없었고, 변신술을 부릴 줄 안다는 것에만 매료되어 있었다. 손오공이야 영웅이니 당연히 도술을 일흔두 개나 부릴 줄 안다고 생각했지만, 여우도 그런 능력이 있었다니!

그래서 여우가 교활하거나 간사하다고 해도 상관없이 나는 내심 여우를 우러러보고 있었다.

몇 년 전에 읽었던 여우에 관한 흥미로운 기사가 생각난다. 영국 포츠머스의 한 초등학교에서 닭을 기르면서부터 야생 여우가 나타났다. 그런데 이 여우는 참으로 교양 있는 여우라 달걀 위에 살포시 앉아만 있었을 뿐 해코지는 하지 않았고, 또 어미 닭들도 여우에게 별 관심을 두지 않아서 결국 학교 직원이 닭장에 들어가 여우를 안고 나왔다는 것이다. 평화의 상징인 올리브 나뭇가지를 한아름 안고 어미 닭을 대신해 알을 품어주러 온 것을 보면, 이 여우는 자기 활동 영역 안에 있는 사람과 닭들을 다 파악하고 있었음이 분명하다.

일반적인 여우라면 노리고 있던 닭 무리를 전부 물어 죽인 다음 딱 한 마리만 입에 물고 도망간다. 어찌나 잔인한지 화가 머리끝까지 치미는 느낌이다. 그래서인지 과거 산림 지역에 살던 사람들은 여우가 아주 영악해서 집 지키는 개나 사냥개를 봐도 무서워하지 않았다는 등 여우와 관련된 이야기를 많이 알고 있다. 또 어떤 사냥꾼은 여우가 자기 사냥개를 유인해 강 위 살얼음판까지 쫓아오게 한 뒤, 흥분한 사냥개는 얼음 구멍에 쏙 빠지게 만들어놓고 자기는 유유히 얼음판을 미끄러지듯 지나가는 장면을 직접 본 적이 있다고도 했다.

민간설화 중에는 신선을 높여 부르는 단어인 '대선大仙'에 관한 전설이 있는데, 주로 여

우나 족제비가 대선이라 불렸다. 그래서 이 동물의 이름을 직접 말하는 불경을 저질러 보복을 당하지 않게끔 시골 노인들은 가족들에게 함부로 입에 올려서는 안 된다고 가르친다. 수천 수백 년 동안 여우라고 하면 사람들은 그 고운 털을 떠올렸고, 이를 제외하면 거의 모든 초점을 보통 동물을 능가하는 여우의 지능에 맞춰왔다.

후한의 학자 조엽趙曄이 춘추시대 오와 월 두 나라 사이에 있었던 분쟁을 기록한 역사서《오월춘추吳越春秋》에는 여우의 지적 활동이 우禹임금 시대까지 거슬러 올라간다고 적혀 있다. 이 이야기에 따르면, 우임금은 도산塗山이라는 이름의 산에서 꼬리 아홉 개를 가진 백여우를 본 뒤 이 지역의 여자를 아내로 맞아야겠다고 마음먹고, 근처에 살던 도산씨塗山氏의 딸 여교女嬌를 아내로 맞았는데, 사실 여교는 백구미호가 사람으로 변신한 것이었다.

비록 약간의 꿍꿍이셈이 있기는 하지만, 본질적으로는 낭만적이고 심플한 이야기다. 백여우는 실재하는 동물이지만 주로 북극권 근처에 살기 때문에 중국 옛사람들이야 본 적이 없을 터이다. 반면, 백구미호는 실재하지 않는 동물이다. 그런데도 옛사람들은 백구미호가 정말 있는 것처럼 이야기를 지어내고, 심지어 우임금에게 시집까지 보냈다.

위진남북조시대에 '여우 요괴狐狸精'에 관한 전설이 다수 나타난 것을 보면 이 이야기가 그 시대 문인과 귀족에게 많은 영향을 끼친 것 같다. 한편, 이 시기 전설 속의 아리따운 여우 요괴들은 라틴댄스의 열정이 영혼 속에 가득한지 적극적으로 남성을 찾아다니는데, 옛 중국인이 여성에게 요구했던 기준, 그리고 시각과는 전혀 어울리지 않는 특징을 갖췄다. 후에《요재지이》를 남긴 청나라 소설가 포송령이 이런 특징을 그대로 이어 받았다.

학자들에 따르면, 가장 먼저 여우는 토템이자 상서로운 동물로 인식되었고 요괴로 취급된 것은 후대에 들어서부터다. 이런 변화의 과정을 나는 윤리적, 도덕적 측면의 '타락'이라 말하고 싶다. 인간들이 똑똑해질수록 여우를 더 '악독'하게 표현한 것이 인간의 지적 성장과 정확히 반비례하기 때문이다.

인간들은 제 본질과 순수함을 살면서 잃어버렸으니, 여우가 더 악독해진 것이 아니라 도리어 인간이 더 악독해진 것이다. 반면 여우와 여우가 사는 세계는 그 고유의 아름다움을 유지하고, 더 꽃피우기 위해 노력해왔다. 예상 밖의 재해를 입었을 때도 호들갑 떨지 말고 '대자연이 재채기를 했구나' 하고 생각하면 된다. 그런데 야생 여우들이 자취를 감추면서 이제 대자연은 재채기 수준을 넘어 '폐병'을 앓고 있다. 정말 큰 문제다.

猫

세상에 낭만을 더하는 그윽한 눈빛

고양이

1991년 늦가을, 나는 논둑에서 변소로 쓸 만한 물꼬를 찾으려고 저녁이면 학교 동쪽 부근을 돌아다니곤 했다. 매번 집을 나설 때마다 "똘이야"라고 부르기만 해도 검은 고양이 똘이가 '휙' 하고 생각지도 못한 곳에서 깡총 튀어나왔다.

그리고 내가 논둑에 쪼그리고 앉아 있으면 똘이는 내 근처에서 이리저리 뛰어다니며 늦가을의 메뚜기며 귀뚜라미도 잡고, 때때로 들쥐를 쫓아다니기도 했다.

밤에 잠들기 전에는 똘이가 새벽에 집으로 돌아와 잘 것을 대비해 뒤쪽 창문을 살짝 열어두었다. 그러면 똘이는 대개 내 어깨쯤부터 이불 속으로 파고들어 허리나 발 부근까지 계속 내려갔다. 그 덕에 내 침대는 항상 고양이털이 가득했다.

그런데 똘이는 자주 죽은 쥐를 내 발치에 놔둬서 난감하기 짝이 없었다. 그래서 매일 아침에 일어나자마자 하는 일이 바로 쥐를 내다 버려야 하는지 확인해 보는 것이었다.

반달가슴곰도 있고, 큰곰도 있고, 고양이도 있고, 호랑이도 있네.

有熊有羆, 有猫有虎.

〈대아(大雅)·한혁(韓奕)〉[21]

〈대아·한혁〉에 '고양이'가 호랑이와 함께 등장하는 걸 보면, 보통 집고양이를 말하는 것이 아니라 스라소니나 시베리아, 중앙아시아 등지의 고원지대에 서식하는 마눌Manul이라 불리는 들고양이 같은 소형 맹수를 지칭하는 것 같다. 어찌 되었건, 고고학자들이 5300여 년 전 산시성 화현華縣 류즈진柳枝鎮 취안후泉護 마을

21 서주 주 선왕(周宣王) 시기의 시로 당시 제후국 중 하나였던 한국(韓國)의 제후인 한 후(韓侯)의 ▲서주 방문, ▲주 선왕 알현, ▲서주 왕족과의 혼례, ▲한국으로의 귀환 과정, ▲주 선왕의 명 이행 경과 등 일련의 정치적 사건을 순서대로 묘사했다.

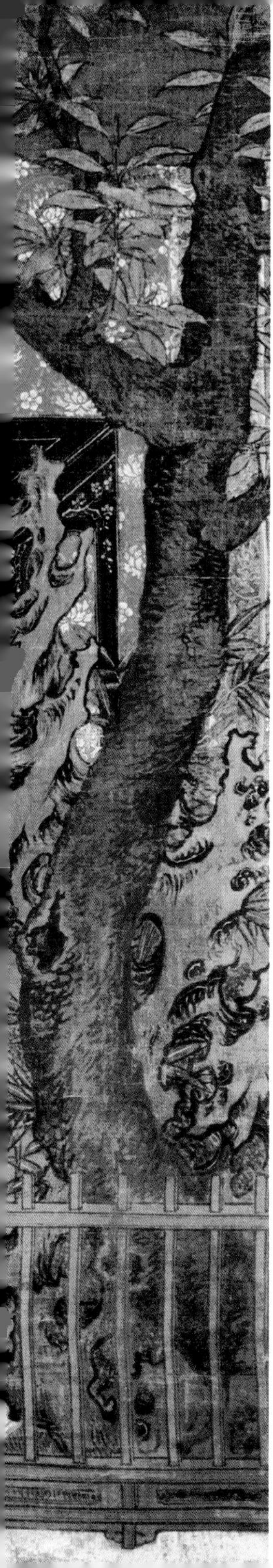

에 살았던 고양이 두 마리의 뼛조각 여덟 개를 발견한 것을 보면 당시 사람들은 이미 집고양이를 이용해 쥐를 잡을 줄 알았다.

당시 민가는 대부분 흙구덩이를 파고 그 위에 초가지붕을 올린 형태였다. 그러니 집고양이가 절대 사명을 완수할 수 없었을 만큼 쥐가 자유롭게 집을 드나들었을 것이다. 만약 내 추측이 틀리지 않는다면 집고양이가 다 먹지 못한 쥐는 사람이 맛있게 먹기도 했을 것 같다. 얼마 전 나는 동남아시아와 아프리카 일부 국가 원주민들이 꼬치전처럼 꼬챙이에 들쥐를 끼워 불에 구운 다음 한 마리를 통째로 먹으며 흐뭇해하는 장면을 본 적이 있는데, 옛사람들도 그러지 않았을까? 특히 보릿고개에는 들쥐를 놓고 고양이와 다퉈도 부끄럽지 않았을 테고, 더 심한 경우엔 야옹이 조림을 해 먹는다고 해도 무방했을 것이다.

그러나 고양이는 정말 귀여운 동물이기 때문에 고양이 조림을 해 먹는다는 것은 상상만으로도 싫다. 행운과 기쁨을 상징하는 고양이를 주제로 한 세화歲畫가 여전히 많은 사람의 사랑을 받을 뿐만 아니라, 반려동물로서의 인기가 높아지면서 고양이 똥만 전문적으로 치우는 '고양이 집사'라는 직업도 생겨났다. 본래 야생에서 살았던 이 동물은 천만 년이라는 시간이 흐르는 동

안 다윈의 진화론은 아랑곳하지 않고 '인간 뛰어넘기'를 진화의 최종 목표로 삼은 것 같다.

천리마와 검붉은 말과 같은 준마(駿馬),

하루에도 천 리를 달릴 수 있지만,

쥐 잡는 데는 들고양이만 못하다오.

騏驥驊騮, 一日而馳千里, 捕鼠不如狸狌.

〈장자(莊子)·추수(秋水)〉[22]

22 《장자》〈외편(外篇)〉에 실린 글이다. 추수는 '가을의 홍수'라는 뜻으로 가을 홍수를 맞이한 황허의 신 하백(河伯)과 북해(北海)의 신 약(若)이 '인간은 어떻게 속세의 사물을 인식하는가?'라는 주제로 나누는 이야기와 여섯 가지 우화로 구성되어 있다.

시에서는 '고양이 묘猫'가 아니라 '리성狸狌'이라는 한 자로 들고양이를 표현했는데, 아마도 원시시대 고양이를 지칭한 것 같다. 그런데 '고양이 묘'라는 글자는 처음에 무슨 생각으로 만든 것일까? 어떤 사람은 이 동물이 '미야옹' 하고 울기 때문에 이 울음소리를 따라서 '모 묘苗'라는 글자가 만들어졌다고 주장한다. 반면 송나라 학자인 육전陸佃은 "쥐는 묘苗에 해를 입히고, 고양이는 쥐를 잡으니, '모 묘'에서 글자를 따와 '고양이 묘'라는 글자가 생겨났다."고 했는데, 이 주장이 훨씬 수긍이 간다.

한편, 《예기禮記》에 등장하는 '영묘迎猫'라는 의식은 고양이를 풀어 들쥐를 잡아 고양이 신께 제사를 올리는 행사이다. 즉 옛사람들 눈에 고양이는 '경찰' 노릇을 할 수 있는 하늘이 내려주신 동물이었다. 이런 성격의 동물이 훗날 반려동물이 될 수 있었던 것은 고양이를 길들이고 퇴화시키면서 귀찮게 굴었기 때문이 아닐까?

그러나 고양이가 퇴화할수록 인간들의 문화는 발전했으니 반비례 관계다. 이런 과정을 거치면서 고양이의 지위는 질적으로 상승해서, 원래 사람을 위해 고양이를 길렀던 옛날과 달리 오늘날에는 그 반대가 되었다. 요즘 인터넷을 보니, 한 '집사'가 사진을 올리면서 얼마나 극진하게 고양이를 잘 보살폈는지 신나게 보고하면, 다른 '집사'들은 감탄을 금치 못하며 자기도 배워야겠다고 하

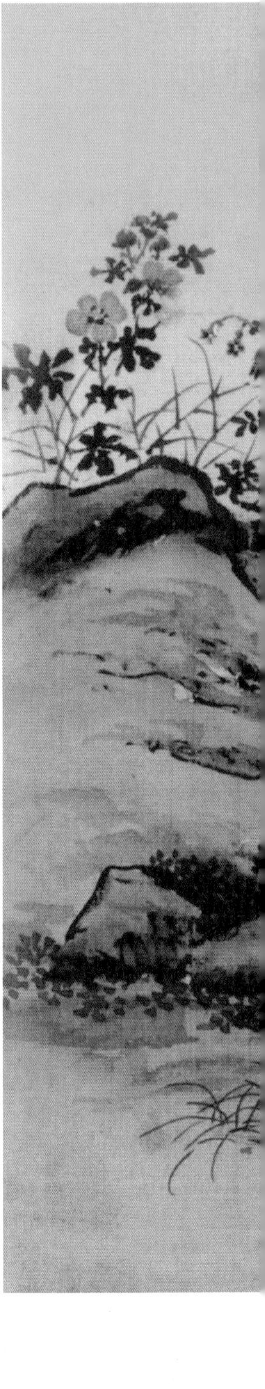

던데, 고양이 숭배가 이미 하나의 서브컬처로 자리 잡은 듯하다.

한편, 고양이가 그려진 피라미드 벽화나 파라오 미라 곁에서 고양이 미라가 발견된 것을 보면 이집트 파라오시대 사람들도 반려동물로 고양이를 길렀다는 사실을 알 수 있다. 그러나 고양이가 백성들에게도 이런 대접을 받았다는 뜻은 아니다. 어찌 되었건 유한계급의 취미인 만큼 대중적이지는 않았을 것이다. 또 중세 유럽의 검은 고양이가 마녀, 마귀와 한패로 몰려 몸 숨기기에 급급했던 것처럼, 고양이들이 비참한 운명을 맞이한 시대도 있었다. 반면에 고대 중국인들은 '검은 고양이는 악귀를 물리친다玄猫闢邪.'고 하여 검은 고양이 상像을 만들어 무속 장식품으로 삼기도 했다.

나는 어렸을 때부터 괴담을 좋아했다. 그중 장례식에 고양이가 나타나면 꼭 조심하라던 옛이야기가 아직도 기억난다. 만약 고양이가 죽은 이의 몸을 뛰어 건너가면 시체가 벌떡 일어날 수도 있다고 하는데, 그 이치는 이해가 가지 않는다. 한편, 근대 공포소설의 창시자인 에드거 앨런 포는 검은 고양이를 주제로 수많은 19세기 독자들에게 잔뜩 겁을 주기도 했다.

고양이를 공포의 대상으로 삼다니 고양이에 대한 모욕이다!

고양이는 어둠 속에서도 그윽이 눈이 빛난다. 그 눈은 사람을 해치려는 것이 아니라 세상에 낭만을 조금 더하기 위해 빛난다. 또 고양이의 마음은 여자의 마음처럼 심오하고 성격이 내성적인데, 표현을 잘 안 한다고 함부로 고양이를 분석하려 들면 안 된다. 남성들이 가진 여성에 대한 다양한 상상 중에는 고양이와 관련된 내용이 상당히 많은데, 그중에 '애교쟁이 들고양이 아가씨'도 포함되어 있다. 털이 복슬복슬한 애교쟁이 들고양이야 싫어할 수도 있지만, 향기를 폴폴 풍기는 '애교쟁이 들고양이 아가씨'에게는 싫다고 말하기 어렵다.

개

외로운 사람을 더 외롭게 만드는 동물

犬

친구인 자查 군 집 남쪽에는 청나라 말기 지주 장원莊園 하인용 집으로 썼던 것 같은 청벽돌에 검은 기와를 올린 건물들이 일렬로 쭉 늘어서 있었다. 돌이켜보면 마루 걸레받이 부분에 외부와 통하는 구멍이 따로 나 있던 것이 정말 정성 들여 만든 집이었다.

어느 날, 그 구멍 쪽에서 어렴풋이 동물 울음소리가 나서 안을 들여다보니, 새까만 두 눈이 나를 빤히 바라보았다. 강아지였다.

학교에 사는 주인 없는 어미 개가 새끼를 낳았던 것이다.

친구들도 금세 그 사실을 알고 몰려들었다. 다들 강아지를 밖으로 나오게 해서 안아보려고 갖은 수를 다 썼는데, 어미 개는 제 새끼를 해칠까 걱정이 되는지 불쌍한 눈망울로 우리 뒤만 졸졸 쫓아다녔다.

그때는 1980년대 초라 아직 중국에 '반려동물'이라는 개념이 없었고, 개의 품종도 다양하지 않아서 대개 '차이니즈 가든 독Chinese Garden Dog', 즉 토종개를 길렀다.

폴짝폴짝 도망가는 교활한 토끼들,

사냥개를 만나면 잡힐지니.

躍躍毚兔, 遇犬獲之.

〈소아·교언(巧言)〉[23]

23 이 시는 감언이설에 빠져 나라를 혼란하게 만든 왕을 풍자하는 동시에 참언하는 자들의 후안무치한 모습을 고발하는 내용을 담은 정치 풍자시다.

토끼 사냥에 개를 동원했던 옛사람들. 그 사냥 장면은 그야말로 장관이었을 것이다. 중국 토종개들은 사냥개만큼 빨리 달리지 못하기 때문에 아마 토끼를 몰기 위해 토종개 한 무리를 동원했을 것이다. 야생 토끼와 토종개가 벌판을 달리며 일으키는 흙먼지가 자욱하게 피어오르고, 야생 닭과 메추라기가 왁자지껄한 소리에 놀라는 광경이 눈앞에 그려지는 듯하다. 자연의 풍요로움과 신선함이 500년의 역사를 간직한《시경》의 노래에 그려지고 있다.

요즘 나는 아이의 학교 때문에 아파트를 따로 얻어서 살고 있는데, 이웃집 비璧 씨 할아버지는 엘리베이터 문 앞 한쪽에 검은 개 한 마리를 묶어 키우고 계신다. 그 녀석은 순수한 중국 토종개는 아니지만 아주 온순하고 예의가 바르고 절대 함부로 짖지 않는다. 할아버지가 녀석을 데리고 나와 집 바깥 나무에 묶어 놨을 때, 내가 그 앞을 지나가면 그제야 '멍멍' 하고 짖는다. 나를 다정하게 바라보면서 머리를 바닥에 찰싹 붙인 채 짖는데, 동물행동학자는 이런 행동을 함께 놀자고 조르는 것이라고 해석한다.

녀석의 주둥이를 벌려 이빨을 들여다보아도 괜찮을 정도로 이 검은 개와 나는 사이가 매우 좋다. 어떤 학자는 5만 년 전에 늑대가 길들여져서 개가 되었다고 주장한다. 한편, 중국 최초의 개는 구석기시대 뼈와 토기 등이 출토된 지린성吉林省 위수현榆樹縣 저우자유팡周家油坊 유적군 지하에서 반화석半化石 형태로 발견되었다. 이 개는 서기전 2만6천 년 전~서기전 1만 년 사이 구석기시대에 집에서 기르던 애완견의 뼈로 추정된다.

옛사람들은 개를 특별히 아껴서 사냥이나 집을 지키도록 한 것 외에도 중국식 샤브샤브인 훠궈火鍋 재료로 썼다. 많은 서양 사람들은 개를 친구로, 더 나아가 가족의 일원으로 생각하기 때문에 중국인들이 개고기를 먹는 것을 싫어한다. 나

역시 개를 친구나 가족처럼 여기는 터라 개고기를 먹지 않는다. 하지만 윤리적인 차원에서 그 근거를 찾기는 참으로 어렵다. 어찌 되었건 우리 마음대로 돼지, 소, 양보다 높은 계급을 개한테 줄 수는 없기 때문이다. 그러니 기껏해야 개 한 마리나 고양이 한 마리 때문에 다른 사람에게 상처를 줄 필요는 없다. 그것이야말로 반윤리적인 행동이니까 말이다.

깊숙한 골목에서는 개 짖는 소리가 들리고,

뽕나무 높은 곳에서는 닭 우는 소리가 들리네.

狗吠深巷中, 雞鳴桑樹顛.

도연명(陶淵明)의 〈귀원전거(歸園田居)〉[24]

인간의 삶은 단순할수록 진실하고 순수한 태도로 윤리를 지키며 살 수 있다. 그런데 철학의 하위 영역에 불과한 윤리학은 인간 세상의 윤리를 복잡하게 만들었다는 점에서 좀 '과하다' 싶은 부분도 있다. 보통 사람들은 결코 이런저런 '윤리학' 책으로 윤리를 배우지 않는다. 차라리 도연명처럼 개 짖는 소리나, 닭 우는 소리를 듣는 게 낫다. 이야말로 최상의 윤리적 상태에서 나오는 소리이기 때문이다. 인간들이 윤리를 내걸고 말싸움을 할 때, 인간의 윤리의식은 사실상 퇴색된 상태다.

개는 윤리를 모르지만, 사랑은 할 줄 아는 것 같다. 그래서인지 개는 자신을 사랑해 주는 사람에게 모든 것을 바친다. "왼손에 누렁이를 끌고, 오른손에 송골

24 동진(東晉)시대 시인인 도연명의 《도연명집(陶淵明集)》에 수록된 총 여섯 수의 장편 시. 관직에 환멸을 느낀 도연명이 전원의 아름다움에 매료되어 낙향하고 자연에 동화되는 과정을 시간 순서대로 묘사했다.

매를 앉혀左牽黃, 右擎蒼"[25] 다녔던 옛사람들은 비록 개를 사냥의 도구로 쓰기는 했지만, 서로 정답게 지내면서 순수한 감정을 나눴다. 이렇게 인간의 삶에 깊숙이 자리 잡은 개는 고대 문화 속에서도 쉽게 찾아볼 수 있다.

문밖 개 짖는 소리 크게 들려 나가보니,
벼슬아치님이 문 앞에 계시는구려.
狗吠何喧喧, 有吏來在門.
〈자파군수시(刺巴郡守詩)〉[26]

토끼는 개구멍으로 들락거리고,
꿩은 마룻대를 향해 푸덕거리네.
兔從狗竇入, 雉從梁上飛.
〈십오종군행(十五從軍行)〉[27]

위의 두 수의 한나라시대 시는 개를 가치적으로나 도덕적으로 판단하지 않는다. 그저 개의 이미지를 빌려 한 시는 긴장된 분위기를, 다른 한 시는 처량한 분위기를 그리고 있다. 이 두 수의 시가 인간의 슬픔과 실의를 표현하는 소재로

25 북송시대 시인 소식(蘇軾)의 《동파악부(東坡樂府)》에 수록된 사(詞) 〈강성자·밀주출렵(江城子·密州出獵)〉의 글귀로 외적을 물리치고 조국에 충정을 바치고 싶은 시인의 마음이 담겨 있다.

26 동진시대에 편찬된 지리지 《화양국지(華陽國志)·파지(巴志)》에 수록된 작자 미상의 한나라 한 환제(漢桓帝) 시대 시. 과중한 세금에 시달리는 파군(현재의 쓰촨성과 충칭시(重慶市)의 일부 지역) 백성들이 파군 태수를 신랄하게 비판한 내용이다.

27 작자 미상의 한나라시대 악부시. 열다섯에 전쟁에 끌려가 여든이 넘어 귀향한 노병이 마주하게 되는 황폐한 고향 집의 모습을 통해 전쟁의 참혹함과 군역의 고통을 표현했다.

개를 이용한 것처럼 개와 인간사는 별 관계가 없는 것 같아 보이지만 사실은 매우 밀접하다. 반면, 풍요로운 시대에는 인간 삶의 부수적인 요소일 뿐인 개를 행복한 삶을 표현하는 소재로 사용했다.

그러나 이제 개를 바라보는 시각이 바뀌었다. 개도 많아지고 품종도 다양해졌지만, 오히려 인간의 외로움을 더 부각하는 존재가 되었다.

지난 천만 년 동안 인간과 더불어 살아올 만큼 개는 인간과 가장 잘 어울려 사는 동물이다. 어린 시절에 친구들과 학교에 사는 떠돌이 어미 개의 강아지에게 장난을 걸었을 때도 그 어미 개는 그저 불안한 표정으로 우리 뒤를 쫓아다녔을 뿐 제 새끼를 지키겠다고 사납게 굴지 않았다. 아마 평소에 우리가 어미 개와 잘 놀아줬기 때문에 우리를 친구로 생각한 것 같다. 이런 측면에서 보자면 오히려 우리 인간이 개를 친구로 생각해야 한다. 사랑하는 법을 배울 기회이기 때문이다.

인간과 인간 사이에 악의가 커지면, 인간은 개만도 못해진다.

소

투우사는 영웅이 아니다

牛

소년 시절에 나는 사촌 동생과 소를 몰고 시골의 논두렁이며 저수지를 거닐곤 했는데 기분 전환에 그만이었다. 게다가 소 등에 올라타는 법도 배울 수 있었다.

소 등에 올라타는 방법은 두 가지다. 첫 번째 방법은 소가 머리를 숙여 풀을 먹을 때 소뿔을 딛고 올라타는 것이고, 두 번째 방법은 소 뒤쪽으로 다가가 소 뒷다리 구부러진 부분을 딛고 '휙' 뛰어 올라타는 것이다. 그러다 소와 사이가 좋아진 다음에는 소 뒤쪽이나 옆쪽에서 염소처럼 '폴짝' 뛰어 올라타는 새로운 방법을 고안해 써먹기도 했다.

소 등에 올라앉아 피리 부는 목동을 그린 그림이 많지만, 사실 시골에서 흔히 볼 수 있는 장면은 아니다. 나만 해도 피리 같은 것 없이 소 등에 앉아 두리번거리기만 해도 기분이 한껏 좋았다. 게다가 저수지의 백로, 풀숲의 야생 토끼 등이 자아내는 분위기가 피리로 만들어내는 분위기보다 훨씬 아름다웠다.

나는 이 제사를 받들어,

소와 양을 제물로 바치오니,

하늘이시여, 이 나라를 보우하소서.

我將我享, 維羊維牛, 維天其右之.

〈주송(周頌)·아장(我將)〉[28]

소, 양, 돼지는 '태뢰太牢'라는 이름이 따로 있을 정도로 옛사람들에게 중요한 제물祭物이었다. 이렇게 중요한 제물이었지만, 아직 생산력이 낮은 시대라 소 잡는

28 주나라 초기 시로 주 무왕이 출병 전 하늘과 아버지인 주 문왕(周文王)께 제사를 올리며 보우를 비는 것을 일인칭 시점에서 묘사했다.

일이 흔하지는 않았다. 일례로 송나라는 백성이 마음대로 소를 잡으면 범죄로 보고 형벌을 내리기도 했다. 그런데 《시경》 시 속의 '나'는 소를 제물로 바치는데, 이는 '나'가 일반 백성이 아니라 주 무왕周武王이기 때문에 가능한 일이다. 당시에는 '우인牛人'이라는 관직도 있었다. 《서유기》에서 옥황상제가 손오공에게 내린 말을 돌보는 '필마온弼馬溫'과 대략 비슷한 관직인데, 제사 때 소를 잡아야 할 일이 있으면 이 우인이 소를 잡았다.

그런데 《시경》에는 소를 이용해 논이나 밭을 갈았다는 내용이 없다. 학자들은 아직 농경 기술이 발달하지 않아, 당시에는 주로 운송, 제사 또는 식용으로만 썼을 것으로 추측했다. 그래서 고대 회화작품을 살펴보면, 공자가 자신의 정치적 이상을 홍보하기 위해 여러 나라를 두루 돌아다녔던 때를 지칭하는 주유열국周遊列國 시기를 묘사한 그림에서 소가 끄는 우마차를 타는 모습을 볼 수 있고, 노자가 후에 《도덕경》을 저술했다는 관문 함곡관函谷關을 지나는 그림에서는 노자가 직접 소를 몰고 가는 모습 등을 찾아볼 수 있다. 한편, 고전소설에는 소를 먹었다는 내용이 종종 등장한다. 예를 들어 《수호전》에 등장하는 영웅호걸들인 무송, 이규, 노지심盧智深 등은 심심찮게 "이보게, 삶은 소고기 두 근 주시게!"라고 말하는데, 보아하니 명나라 작가인 시내암은 아마도 송나라 때의 법까지는 미처 생각하지 못한 것 같다.

"장안의 드넓은 대로는 골목길까지 이어져 사통팔달하고, 푸른 소와 백마가 끄는 마차가 끊임없이 달리네. 높으신 분의 옥가마가 금빛 채찍을 휘두르며, 궁가宮家와 귀족들의 집을 드나드네長安大道連狹斜, 青牛白馬七香車. 玉輦縱橫過主第, 金鞭絡繹向候家."라고 기록되어 있는 당나라 시인 노조린盧照隣의 시 〈장안고의長安古意〉를 보면, 당시 당나라 수도 거리 곳곳에서 소똥 냄새가 진동했을 것 같다. 당나라에 가지고 있던 콩깍지가 벗겨지는 기분이다. "말 한 필이 붉은 먼지를 일으키니 귀비貴妃가 미소 짓네. 여지荔枝가 도착한 줄은 아무도 모르리라."[29]라는 시 속의 긴장감 넘치면서도 낭만적인 거리에 소가 어슬렁거렸다고 생각하면 더욱 그렇다.

상고시대에 소가 담당했던 특수한 업무 가운데 전투도 빠뜨릴 수 없다. 《삼국지》를 보면 소꼬리에 불을 붙여 적진으로 돌격하게 하는 '화우진火牛陣' 전술 덕분에 제나라는 연나라를 크게 한 방 먹인다. 그러나 이 전술이 널리 보급되지 않

29 당나라 시인 두목(杜牧)의 시 〈과화청궁절구삼수(過華清宮絶句三首)〉에 나오는 문장이다. 시인은 당 현종과 양귀비가 행궁으로 사용했던 화청궁(華清宮)을 지나며, 정사를 등한시한 당 현종과 사치를 일삼는 양귀비를 비판했다.

村童揷帽李始盈手撚
風箏手犢背瞑

은 것을 보면 상상 속의 전술이었을 것도 같다. 애초에 소꼬리에 불을 붙여 미쳐 날뛰게 한다는 것 자체가 허무맹랑한 생각이니 말이다.

농사에 소를 동원했다는 초기 기록도 《삼국지》에서 찾아볼 수 있다. 《삼국지》의 〈위서魏書 · 무 제기武帝紀〉 편을 보면, 조조가 원소를 꺾고 승리를 거둔 후 "백성들에게 농지를 불하하고, 관아에서 부림소를 나눠주며, 관학官學을 세워 백성을 가르쳤다授士田, 官給耕牛, 置學師以教之."고 한다. 이후 생산력이 발달하면서 소는 말의 위상을 뛰어넘었다. 특히 성격이 온순한 이 동물은 농부와 함께 밭을 갈고 김을 매기에 적합했기 때문에 1980년대까지 중국 농민들은 모두 소를 보물처럼 애지중지했다. 집단농장 체제를 뜻하는 인민공사人民公社의 말단 단위인 생산대生産隊, 마을 집단농장는 1958년부터 1984년까지 운영되었는데, 당시 생산대에는 외양간과 소 담당자가 따로 있었다. 그러다 나중에 공용으로 쓰던 소를 몇몇 가구에 나눠주고 기르도록 했는데, 모두들 정성 들여 소를 키웠다. 어린 시절 나와 사촌 동생이 몰던 소도 바로 생산대에서 공용으로 쓰던 소였다.

농경사회에서 소는 '부富의 상징'이었다. 이는 중국뿐만 아니라 외국에서도 마찬가지다. 특히 인도인의 소 의존도는 중국인보다 훨씬 더해서, 지금도 인도 거리 곳곳에는 소들이 한가하게 어슬렁댄다. 또 이 소들을 신성시해서 아무도 거리의 소를 방해하지 않는다. 그 외에도 아시아, 아프리카, 유럽 및 아메리카 등 모든 대륙마다 소를 국장國章으로 사용하는 나라들이 있을 정도니, 역시 소는 세계적인 행운의 마스코트인 것 같다.

당나라 문인 원진元稹은 시 〈생춘生春〉에서 "소에 채찍질하며 성 밖으로 나가자꾸나. 누에가 기어오르는 풀숲을 헤치고 땅을 갈자꾸나鞭牛縣門外, 爭土蓋蠶叢."라고 노래했다. 이는 중국의 음력설인 '춘제春節' 명절과 흙으로 빚은 소를 때리며 행운을 기원하는 '타춘우打春牛' 풍습이 공식적으로 탄생하기 전에 존재했던 백성들의 봄맞이 행사로, 매년 음력설마다 방송국에서 보여주는 휘황찬란한 '음력설맞이 특집 버라이어티 쇼'와는 닮은 점이 하나도 없다. 음력설이란 농민과 소의 명절이어야 한다는 것이 내 생각이다.

뽕나무와 대나무가 우거져 집 문을 가리고,
소와 양은 제 알아서 마을로 돌아왔네.
비 갠 앞산에는 구름 한 점 없는데,
석별의 정을 나누는 강가에는 물결 흔적 가득하네.
桑竹成陰不見門, 牛羊分路各歸村.
前山雨過雲無跡, 別浦潮回岸有痕.

남송 시인 육유陸遊의 시 〈추사秋思〉는 담담한 필치로 소가 유유히 농촌 마을을 지나가는 모습을 그렸다. 이때부터 이미 소는 풍부한 역사적·문화적 의미를 지녔고, 은나라와 상나라시대보다 훨씬 다채롭고 다양하게 표현된다. 은나라와 상나라의 유적이 발견된 허난성 안양현安陽縣의 인쉬殷墟에서 출토된 갑골문 중에 소뼈도 있었지만, 소의 의미를 강조한 것은 아니었다. 또 일부 청동기에서 단순하게 그려진 소의 모습이 발견되기는 했지만, 이 역시 제대에 제물로 올라간 소만큼 무게감이 있는 것은 아니었기 때문이다.

나는 스페인의 투우 경기를 좋아하지 않는다. 야만적인 시대로부터 이어져 내려온 구습이라니, 교양 있는 인간사회에서 반드시 없어져야 할 풍습이다. 소는 충직하고 온순하며, 인간의 생존을 위해 길이 남을 업적을 세우기도 했다. 육우肉牛로 키워서 그냥 잡아먹고 말지, 소를 놀리고 상처 주고 끝내 죽이기까지 하다니 잔혹하기 그지없다. 투우사는 영웅이 아니다.

羔羊

여성스러운 느낌을 풍기는 평평한 눈동자

새끼 양

새끼 양의 울음소리는 정말 귀엽다. 특히 봄에 풀밭이나 숲속에서 새끼 양의 울음소리를 듣게 되면 이 세상이 더 아름답게 느껴져 더 깊은 사랑에 빠질지도 모른다.

양, 특히 새끼 양은 진짜 목화솜 같은 부드러움을 지닌 모습이라서 더욱 사람의 눈길을 사로잡는다. 나도 예전에 새끼 양을 한 번 안아봤는데, 아기 고양이보다 온순했고 평평한 눈동자는 여성스러운 느낌을 듬뿍 풍겼다.

초원에 새끼 양을 풀어놓으면 축구공처럼 통통 튀며 신록의 초원을 훨씬 더 싱싱하게 만들어줄 것 같다.

새끼 양은 아기 천사들이다. 사랑할 수밖에 없는 존재들이다.

새끼 양가죽 갖옷, 명주실로 촘촘히 엮어 섭세하네.

퇴청 후에도 식사를 물리네, 그 모습 위풍당당하기도 하여라.

羔羊之皮, 素絲五紽.

退食自公, 委蛇委蛇.

〈소남(召南)·고양(羔羊)〉[30]

《시경》에는 '고양羔羊', '고羔'라는 한자가 여러 차례 등장하는데 이는 모두 새끼 양을 가리키는 것이다. 신선이나 조상들에게 장엄한 제사를 올리는 데 쓰였을 뿐만 아니라, 일상생활 곳곳에도 그 영향력이 미치지 않는 곳이 없을 정도로 두루두루 쓰임새가 많았기 때문이다. 새끼 양과 기러기를 약혼 선물 세트로 주기도

30 춘추전국시대 한족(漢族)의 민요다. 청나라시대 이전 학자들은 청렴한 대부(大夫)의 모습을 찬양하는 시라고 해석했으나, 청나라 이후 학자들은 시위소찬(尸位素餐)하는 관리를 풍자하는 시라고 해석하기도 했다.

했고, 새끼 양가죽을 돈으로 사용하기도 했다. 음식으로 쓴 예는 두말하면 잔소리라 입이 아플 정도다.

새끼 양은 인간의 본성 가운데 가장 신성하고 아름다운 부분을 상징할 때 자주 비유된다. 예컨대 따듯하고 선량하며, 공손하고 검소하며, 양보할 줄 아는 마음 같은 것들 말이다. 그래서 옛사람들은 군자를 새끼 양에 비유하는 것을 즐겼는데, 조정의 군자를 비유하는 것을 특히 좋아했다.

후한의 학자 반고班固가 전한前漢의 역사를 편찬한 《한서漢書》의 〈유림전儒林傳·장산부張山拊〉는 "주공과 소공의 덕과 어울리고, 충실하기가 〈소남·고양〉과 같구나德配周召, 忠合<羔羊>."라며 주공과 소공召公 그리고 새끼 양을 한데 묶어 칭송한다. 오늘날 국가 최고 영예 훈장을 받은 것과 비슷한 찬사가 아닐까?

그러나 현실 속 새끼 양의 미래는 아름답지만은 않다. '날 잡아 잡숴' 하는 온순한 성격 때문에 인간들에게 당하기만 한다. 보통 사람들이 '새끼 양'을 좋아하는 이유는 양고기 꼬치나, 양고기 샤브샤브가 떠올라서 그런 경우가 훨씬 많다. 그러니 인간은 동물을 '사랑'해서 동물에게 의미를 부여하는 것이 아니라, 우리 자신을 사랑해서 동물에게 아름다운 의미를 부여한다. 우리가 새끼 양과 달리 늑대를 찬미하지 않는 것도 간단한 이치다. 늑대는 잡아먹을 수 없으니까 말이다.

새끼 양을 찬미한 옛사람들의 진심을 부정하고자 하는 말은 아니다. 다행히 인간에게는 생각과 행동을 따로 할 수 있는 독특한 특성이 있어서, 한 사람이 열과 성을 다해 양고기를 즐길 수도 있고, 성심성의껏 양을 찬미할 수도 있다. 나만 해도 새끼 양도 안아보고 양고기도 먹어본 사람이며, 새끼 양과 양고기 둘 다 찬미해 마지않는 사람이다.

진나라 도교 학자인 갈홍葛洪은 내·외편으로 구성된 도교 경전 《포박자抱朴子》 중 〈외편·신절臣節〉에서 "조정에서의 품행은 숫돌의 정직함을 따라 단정히 하고, 평소 처신은 새끼 양을 따라 절제하라立朝則以砥矢為操, 居己則以羔羊為節."고 했다.

속세를 멀리 등진 도사님이 세인들에게 하는 충고인데, 한때는 번뇌를 벗어나야 하는 수도자가 이렇게나 조정 일에 신경 쓰다니 규칙을 어긴 게 아닌가 싶기도 했다. 그러나 다시 곱씹어보니 이 문장에 등장하는 '새끼 양'은 도교에서 추구하는 '맑고 깨끗한 삶'이라는 경지를 뜻하는 듯하다. "평소 처신은 새끼 양을 따라 절제하라."는 문장을 보자마자 딱 '논쟁은 피하고 온화하며, 나서지 않지만 삶의 즐거움과 활동은 즐기는' 인물을 표현한 것 같다는 생각이 들었다. 이런 대신大臣 혹은 백성이 되려면 얼마나 어려울까? 그야말로 '도道'에 가장 근접한 사람이 되어야 하니 말이다.

어떤 사람은 〈소남·고양〉이 풍자시라고도 한다. 청나라 학자인 모정은 《시경》 주석서인 《시절詩切》에서 "변변찮은 녹봉(식사와 대우)을 풍자하기 위함이다刺餼廩(膳食待遇)儉薄也."라고 했지만, 《시경》 시 중의 하나인 〈위풍魏風·석서碩鼠〉[31]를 보면 그렇지 않다. 이렇듯 옛사람들은 추악한 인간과 더러운 일을 추한 동물에 빗대어 풍자했다. 그러니 아름다움과 부드러움의 대명사인 새끼 양을 제목에 넣은 〈소남·고양〉을 썼을 것 같지 않다.

31 농민들이 착취자를 벼와 밀을 훔쳐 먹는 살찐 큰 쥐에 빗대 풍자한 내용이다.

새끼 양의 성스러운 아름다움은 경건하고 엄숙한 옛사람들의 제사에서만 볼 수 있는 게 아니라 후대 종교 문화에서도 찾아볼 수 있다. 또 새끼 양이 문화적 코드로 사용될 때는 그 자체로 '좋은 것'을 의미하기도 했다. 이는 정직하고 청렴결백한 관리를 뜻하는 사자성어 '소사고양素絲羔羊'이 〈소남·고양〉에서 비롯된 것만 봐도 알 수 있다.

수많은 후대의 시와 사에 등장하는 양의 이미지는 크게 변하지 않았다. 1930년대부터 1980년대까지 활동했던 작곡가 왕뤄빈王洛賓이 만든 칭하이青海 지역 민요 〈그 머나먼 곳에서在那遙遠的地方〉에 나오는 양의 이미지도 마찬가지다.

"나 한 마리 새끼 양이 되고 싶어라, 그녀 곁에 있게……."

我願做壹只小羊, 跟在她身旁.

〈그 머나먼 곳에서〉

이 노랫말은 사랑하는 여자를 위해서라면 영웅의 기상을 버리는 것도 마다하지 않고 그녀의 '새끼 양'이 되고 싶다는 한 남자의 마음을 표현하고 있다.

"그녀가 얇은 채찍을 들어, 내 몸을 살며시 때려도 좋아."

我願她拿著細細的皮鞭, 不斷輕輕打在我身上.

〈그 머나먼 곳에서〉

이 노랫말은 사랑에 빠진 남자는 제 영혼을 '새끼 양'으로 만드는 것도 기꺼이 받아들인다는 뜻으로 해석할 수 있다.

서양 명화에서 흔히 볼 수 있는 모습이기도 하다. 아름다운 귀부인은 앉아 있고, 그 옆에 한 청년이 귀부인의 다리에 비스듬히 기대어 서로 눈빛을 주고받는 모습을 그린 그림말이다. 그 그림 속 청년의 눈빛은 앞에서 말한 내 품속 새끼 양의 평평한 눈동자가 풍기던 여성스러운 느낌을 그대로 닮았다.

麞

인간과 함께 보호동물 목록을 만드는 동물

노루

초등학교 3학년 겨울방학에 아버지와 둘째 큰아버지 댁에 설을 쇠러 갔다.

큰아버지는 시안西安에서 10킬로미터 정도 떨어진 퇴역군 간부 휴양소에 살고 계셨는데, 그곳 남쪽은 친링산맥의 곁줄기와 맞닿아 있어 야생동물이 꽤 많았다. 큰아버지는 전국 각지에서 전투를 겪어본 군인이라 총을 좋아하셨고, 퇴역하고 나서는 사냥을 취미로 삼으셨다.

그날도 큰아버지는 총을 메고 우리를 데리고 산으로 오르셨다. 도중에 큰아버지가 잘 아는 산골 마을사람 집 어귀에서 담소를 나누며, 요즘 산토끼나 노루가 좀 어떠냐고 물어보셨던 기억이 아직도 난다.

그러나 아쉽게도 그날은 내가 딸린 탓에 산 깊숙이 들어가지 못해 큰 수확이 없었다. 대신 큰아버지는 사냥꾼한테 야생 노루고기를 사셨고, 그 덕에 나는 난생처음 노루고기를 맛봤다.

들판에 죽은 사향노루, 백모초에 싸여
소녀 마음에 봄바람 나니, 멋쟁이 청년이 유혹하네.
野有死麕, 白茅包之. 有女懷春, 吉士誘之.

〈소남·야유사균(野有死麢)〉[32]

후대의 사람들은 이 시에 등장하는 한자 '균麇' 또는 이체자 '균麢'을 사슴과 동물 '사향노루'라고 해석했지만, 사향노루는 주로 《시경》 속 지역과 정반대 방향에 위치한 푸젠성福建省과 장강 유역에 살기 때문에 내 생각으로는 이 시에 나오는

32 주나라시대의 시로 젊은 남녀의 연애하는 모습을 그리고 있다. 과거 학자들은 당시의 풍속을 비판하고 있는 시라고 해석했으나, 현대에 들어서는 진솔하고 담백하게 청춘 남녀의 연애 행각을 그린 연애시라는 평가가 우세하다.

동물은 북방 지역에서 흔히 볼 수 있는 '노루'일 가능성이 높다.

모두 사슴과에 속하는 이 동물들은 성격이 온순하고 겁이 많아서 무리 생활을 하는 동물 중에서도 맹수의 먹잇감이 되기 일쑤다. 생태계에서의 위상은 산토끼만도 못해서, 야생 사향노루는 중국 국가 1급 보호동물로 지정되었을 정도다.

《시경》이 탄생된 그 시대에는 온 숲속 사방팔방을 날뛰고 다니는 사향노루와 노루를 호시탐탐 노리는 호랑이, 표범, 스라소니, 늑대, 여우들이 있었지만 그 어떤 동물도 절멸하지는 않았다. 대지가 멸종 위기에 몰리는 동물이 없도록 대자연의 균형이라는 자비를 베풀었기 때문이다. 그래서 사향노루와 노루는 다른 동물에게 잡아먹히고 도망 다니며 살던 탓에 개체 수가 많지는 않았지만 절멸하지도 않았다. 오히려 맹수들이야 말로 세상이 발전함에 따라 가장 먼저 위기를 맞이했다.

"들판에 죽은 사향노루野有死麕"는 이 노루 혹은 사향노루가 어떻게 죽었는지 우리에게 알려주지 않는다. 그런데 "백모초에 싸여白茅包之"서 밀회를 즐기는 젊은 커플에게 발견된 것을 보면 숨을 거둔 지 얼마 되지 않아 맹수나 다른 사람이 채갈 새도 없었던 것 같다. 이 시대에 죽은 동물을 발견한 것은 하늘이 내린 선물과도 같으니, 횡재 중의 횡재다.

하지만 열애 중인 커플은 전혀 관심이 없어 보인다. 노루 혹은 사향노루 한 마리 따위는 사랑에 비해 아무것도 아니기 때문이다. 어떤 학자들은 이 노루 혹은 사향노루는 "멋쟁이 청년吉士"이 정을 통하기 위해, 즉 사랑하는 여인의 마음을 얻어 장가들고 싶어 직접 잡아다 선물로 준 것이라고 해석한다. 하지만 이는 고대 예법에 어긋나는 해석이다. 당시 연애 매너에 따르면, 더 인기 있는 선물인 기러기를 주는 게 맞다.

어찌 되었든 간에 광야의 로맨틱한 아름다움을 노래한 이 시를 감상하는 데는 전혀 지장 없다. 요즘 공원과 영화관은 사람이 너무 많아 미어터질 지경이니, 시간이 많이 흐르고 나면 우리는 아마 이런 식의 연애를 부러워하게 될 것 같다. 만약 데이트 장소에서 천방지축으로 뛰어다니는 노루 혹은 사향노루를 마주치게 된다면 놀라서 얼굴이 하얗게 질릴지도 모른다. 사람이 사육하는 노루 혹은 사향노루도 보기 힘든 세상이니 말이다.

사슴과 동물이니 노루 혹은 사향노루의 고기 맛은 사슴하고 비슷하지 않을까? 노루 요리를 파는 식당이 있는지 알고 싶다. 어린 시절에 큰아버지와 사냥을 나갔던 기억을 더듬어보면, 야생노루(사육한 것일지라도) 고기에는 맑은 숲 향기와 특유의 진한 맛이 가득했었다. 그런 노루고기를 흔해 빠진 음식으로 취급한 옛사람들과 달리, 지금 우리 현대인들의 식탁은 사실 궁색하기 짝이 없다.

흰 사슴, 노루 그리고 수사슴아,

뛰어다니기도 하고, 누워 쉬기도 하여라.

白鹿麏麚兮, 或騰或倚.

위 문장은 전국시대 후기 초나라 시가를 담은 《초사楚辭》의 〈초은사招隱士〉[33]편에 나온다. 원문에 나온 '노루 균麏 또는 이체자 麕', '수사슴 가麚'는 노루, 사향노루 등을 포함하여 사슴과 동물들을 두루 일컫는 단어다. 이 문장에서 사슴과 동물들은 황량함을 강조하고, 은거하는 선비들의 어려운 처지를 묘사하는 단어로 쓰였

33 〈초은사〉라는 제목은 은거하는 어진 선비들을 불러 모은다는 뜻으로, 전한시대 회남왕(淮南王) 유안(劉安)의 문객 일파인 회남소산(淮南小山)이 지었다고 알려졌다.

다. 한데, 백성들은 선비들이 희망을 가져다주기를 절실하게 바라며, 이 현자들한테 산에서 나오라고 소리 높여 부른다.

청나라 문인인 유대괴劉大櫆는 시 〈제여소경조문祭余少京兆文〉에서 〈초은사〉를 인용하기도 했다.

우환과 재난이 빈번한 시대, 궁벽한 바닷가로 몸을 피하네,

노루와 수사슴만이 나의 벗, 의탁할 곳 없어라.

艱虞廢放, 窮海之濱, 麕麚之侶, 猶不容身.

이 시구를 보아 하니, 인간에게 적합하지 않은 곳이 노루나 사향노루에게는 가장 안전한 터전인 것 같다. 호랑이나 늑대한테 쫓기더라도, 사람을 마주치는 것보다는 훨씬 안전하니 말이다. 이렇게 생각하니 나 자신을 포함한 인간 자체를 부정하는 것 같아서 마음이 썩 좋지는 않다.

큰아버지와 같이 산에 갔던 어린 시절을 돌이켜보면, 기다란 사냥총(화통)을 메고, 입에는 담뱃대를 물고 있던 사냥꾼을 길에서 마주쳤던 것도 기억난다. 그 자유로운 모습이란! 풍부한 야생동물 덕분에 얻은 자유다.

야생동물의 수가 빠르게 줄어들면서 우리는 우리 자신을 더 세게 옭아매고 있다. 이런 생각의 연장선상에서 보면, 갈수록 더 많은 동물이 보호동물 목록에 올라가는 시대를 사는 우리 자신도 이 죽음의 기운이 감도는 목록 속으로 앞다투어 뛰어들고 있는 것은 아닐까?

馬

필요한 것은 먹을 것이 아니라 낭만

말

처음 말을 타 본 것은 36살 때 장쑤성 이정시儀征市 교외의 한 유원지에서였다. 영화 속 늠름하고 위풍당당한 모습과 다르게 언제든지 굴러 떨어질 것 같아서 무섭기만 했다.

옆에 붙어 따라다니며 말을 끌어주는 직원이 있어서 다행이었다. 나는 말 등 위에 앉아서 몸을 꼿꼿이 세우고, 시선은 저 멀리 들판에 두며 야생 닭 우는 소리를 들어보려고 애를 썼다.

장쑤성을 포함해 상하이, 저장성浙江省, 안후이성 등 지역을 통칭하는 장강 삼각주長江三角洲 지역의 경치는 생기가 넘쳐, 가을임에도 불구하고 정말 매력적인 풍광을 자랑하고 있었다.

두려운 마음을 다잡기 위해 머릿속으로 풍경 생각만 되풀이했다.

돌이켜보면 평생 처음이자 마지막일 수도 있는 승마이자, 참 소중한 추억이다. 더군다나 그때 그 자리에는 내 정든 여자 전우들이 꽤 많아서, 그녀들 앞에서 체면 깎이는 짓을 할 수야 없었다.

그녀들과 함께하자니 꼭 새파랗게 젊은 시절로 되돌아간 느낌이었다. 그 시절 연모의 마음도 어렴풋이 되살아나는 것 같았다. 말을 타고 과거를 회상하니, 조금은 서글픈 느낌도 들었다.

> 쉴 곳은 어디며, 멈출 곳은 어디인가? 잃어버린 말은 어디 있나?
>
> 이 길을 따라가면 찾을까? 숲속에 숨어있었네.
>
> 爰居爰處? 爰喪其馬? 於以求之? 於林之下.
>
> 〈패풍(邶風)·격고(擊鼓)〉[34]

34 위나라 출신의 화자가 고달픈 군역에 지쳐 고향에 돌아가고 싶은 애타는 마음을 표현했다.

중화문명은 주로 북방에 기원을 두고 있다. 그리고 말은 지금도 이 대지를 질주하고 있다. 《시경》 속에 말이 아주 많이 등장하는 것을 보면, 다만 몽골인 만큼 말에 의지하지 않았을 뿐이지 당시에는 우리도 말의 민족이 아니었을까 싶다.

〈패풍·격고〉는 인간의 본성을 억누르는 매캐한 전쟁의 냄새를 풍긴다. 그 사이에서 활력 넘치는 발걸음으로 두려움 없이 앞을 향해 뜀박질하는 것은 말밖에 없다.

영화 때문에 나는 아주 어릴 때부터 말을 좋아했다. 말이라는 동물은 소처럼 친화력이 좋지만, 소와 달리 뿔이 자라지 않는다는 큰 장점이 있다. 그리고 그 무엇보다 부드럽고 정다운 빛이 가득한 두 눈과 샴푸 광고에 써도 좋을법한 여성미가 넘치는 우아한 갈기까지 가지고 있다.

향기로운 포도주를 달빛에 빛나는 옥 술잔에 담아,

마시려던 참에 출정을 재촉하는 비파소리 들리네.

葡萄美酒夜光杯, 欲飮琵琶馬上催.

왕한(王翰)의 〈양주사이수(凉州詞二首)〉

이 유서 깊고 이름난 글귀 속의 말 또한 인간이 만든 위기와 마주하고 있다. 하지만 말들은 탈속의 경지에 이르러 초연하고, 마치 인간들이 시끌벅적하게 뭘 하는지 전혀 이해가 가지 않는다는 모습이다. 그런데 군에 동원되어 전장에 떠밀린 옛날 시인들이 전시에 짬이 나면 말을 단골 소재로 삼아 붓을 들고 마음속 응어리진 것을 토로해서 그런지 말이 등장하는 옛 시에서는 냉병기冷兵器 시대의 잔혹함과 비애가 느껴진다.

장안의 옛길을 말이 느릿느릿 걷는데,

높디높은 버드나무 위의 가을 매미는 시끄럽게도 우네.

長安古道馬遲遲, 高柳亂蟬棲.

유영(柳永)의 〈소년유(少年遊)·장안고도마지지(長安古道馬遲遲)〉[35]

낭만시인 중에서는 유영을 따라올 자가 없다. 감성적인 필치로 말을 묘사한 덕분에 그의 글 속 말은 전마戰馬의 강인함과 냉철함과는 다른 느낌이다. 이런 묘사야말로 진짜 말의 본성을 잘 구현한 것이다. 그러니 세상에서 제일 온순한 이 동물과 함께 일상을 즐길 수 있다면 말과 사람 모두에게 얼마나 좋을까? 그야말로 상생의 관계라 할 수 있다. 전쟁은 인간 간의 이익 충돌로 인해 일어나니 말과 아무런 관계가 없다. 그런데도 억지로 말을 전쟁에 끌고 들어가니, 참 비열한 행동이다.

반면, 말을 즐겨 그린 것으로 유명한 현대화가 쉬베이훙徐悲鴻은 말의 지음知音이라 할만하다. 그는 예술적으로 말을 한 차원 높은 경지로 끌어올렸고, 요즘 그의 작품들은 거액의 가격표를 달고 미술품 경매시장에 나온다. 하지만 이는 예술이라면 응당 가져야 할 의미를 버리고, 우리의 미학적 시선을 꼬질꼬질한 시장 바닥으로 돌리는 것과 마찬가지의 행위다.

이런 사실을 말이 알았다면 분명 반대했을 것이다. 그들의 자유로운 질주는 시와 머나먼 여정에 어울리지, 시장 바닥에 어울리는 것이 아니기 때문이다.

35 북송 시인 유영의 사로 늦가을의 장안 거리를 보며, 자신의 젊음이 덧없이 지나갔음을 아쉬워하는 내용이다.

말들은 변경의 풀을 그리워하며 곱슬 털을 털고,
수리는 푸르른 하늘을 그리워하며 졸린 눈을 뜨네.
馬思邊草拳毛動, 雕眄青雲睡眼開.

유우석(劉禹錫)의 〈시문추풍(始聞秋風)〉[36]

어쩌면 이 시구는 말의 마음에 들지도 모르겠다. 달랑 네 개의 발굽으로 그 강인한 몸뚱이를 이리저리 자유자재로 움직이는 것을 보면 참 신비롭다. 하루에 수백 리를 달리는 것쯤이야 예삿일이라 이 세상이 아무리 드넓다 한들, 말들에게는 운동장이나 유원지 정도에 불과할 것이다. 인간의 구속만 없다면 말들은 고삐, 재갈 그리고 안장을 갖춘 하인이나 도구로서가 아닌, 훨씬 말다운 삶을 살 수 있을 것이다.

우리네 옛사람들은 말, 소, 양, 닭, 개, 돼지가 포함된 육축六畜 중에서 말을 으뜸으로 치기도 했다. 심지어 소보다 더 중요하게 생각했다니, 따로 생각하신 바가 있으셨는가 보다. 당 태종 무덤 소릉昭陵에 새겨진 여섯 마리 준마 부조浮彫를 뜻하는 '소릉육준昭陵六駿'을 보면 그 당시 사회 지도층이 얼마나 말을 좋아했는지 느껴진다. 이런 상류층의 시각이 백성들에게도 영향을 미친 것은 아닐까?

36 당나라 중기 시인인 우유석이 말년에 쓴 칠언율시로 가을바람을 의인화하여 시인과 가을바람의 대화를 시로 써 내려가 신선하고 상쾌한 느낌의 가을을 잘 표현했다고 평가된다.

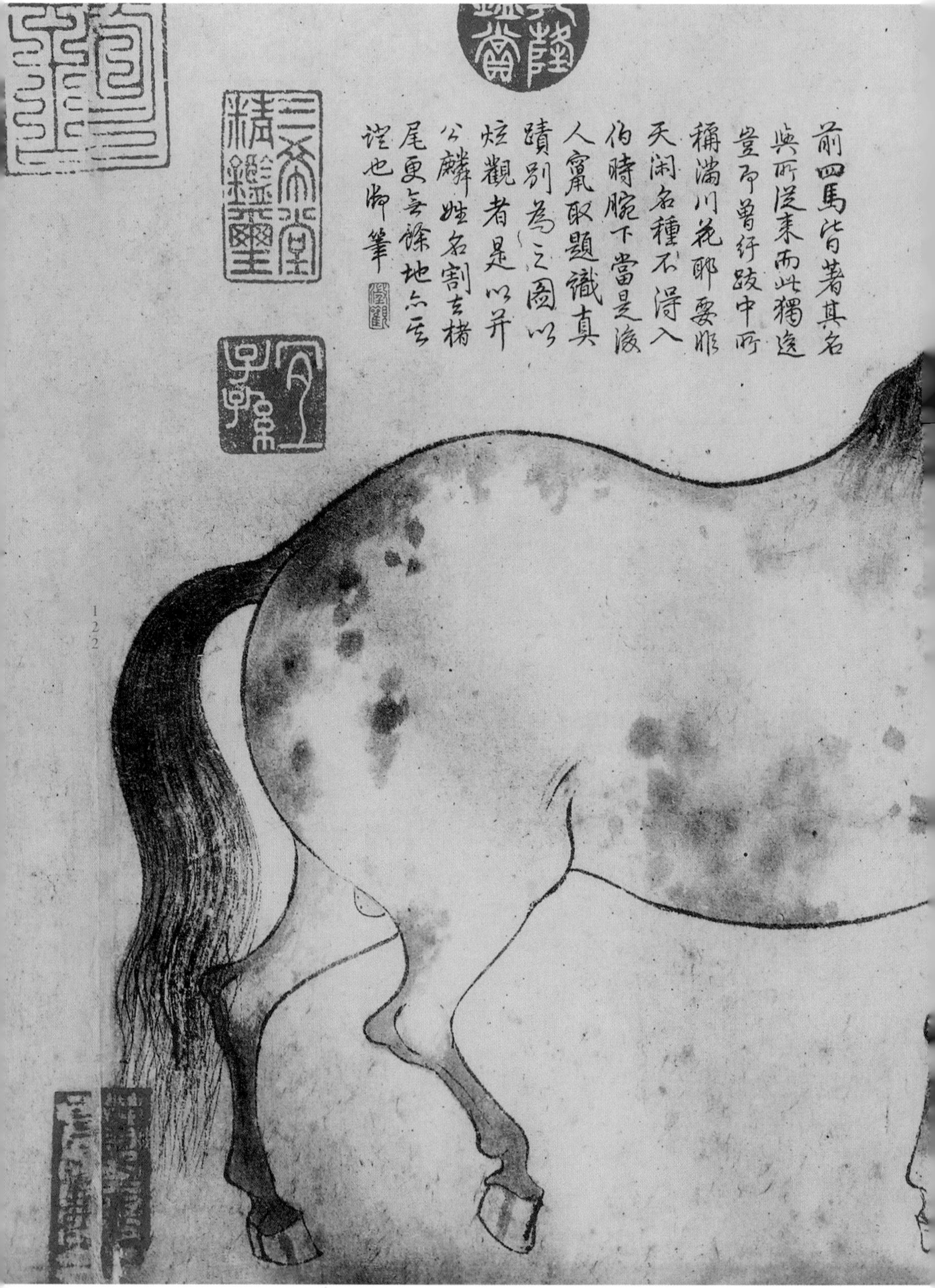
前四馬皆著其名
與所從來而此獨逸
豈即曾紆跋中所
稱滿川花耶要非
天閑名種不得入
伯時腕下當是後
人竄取題識真
蹟別為之圖以
炫觀者是以并
公麟姓名割去楮
尾更無餘地云云
證也御筆

마른 넝쿨에 휘감긴 고목도 해 질 무렵이 되니 까마귀가 제집이라 찾아오고,

작은 다리 아래 흐르는 물가에도 인가(人家)가 있건만,

황량한 옛길에 스산한 서풍이 불고, 비쩍 마른 말 한 필만 걸어오네.

枯藤老樹昏鴉, 小橋流水人家, 古道西風瘦馬.

마치원(馬致遠)의 〈천정사(天淨沙)·추사(秋思)〉[37]

원나라의 희곡 문학인 원곡元曲인 이 노래를 보면 말이 인간들의 삶 속에 얼마나 깊숙이 들어와 있는지 알 수 있다. 하지만 '비쩍 마른'이라는 단어가 참 마음을 아프게 하고, 아름답지만, 애달픈 여정에 허무하기 짝이 없는 동정심도 불러일으킨다. 말은 참 슬픈 동물이다. 우리 인간을 만난 후부터 길들임을 당해 완벽한 축생畜生으로 살게 되었으니, 이제 말에게 신비감이란 없다.

한자 '말 마馬'의 초기 상형문자는 그 생김새 자체가 지축을 박차는 준마의 느낌이다. 하늘 높이 쳐들린 꼬리와 힘차게 구를듯한 발굽을 보면 눈 깜짝할 사이에 자유롭게 하늘로 날아오를 듯하다. 그 몸놀림과 그 기세에 응축된 힘은 한 시대를 풍미했던 야심가도 감탄시켰다.

37 원나라 문인 마치원이 〈천정사〉에 맞춰 쓴 산곡(散曲, 일종의 운문)으로 정처 없이 떠도는 방랑객이 쓸쓸한 가을의 모습을 보며 고향을 그리워하는 마음을 담았다.

준마는 늙어 마구간에 누워 있어도, 그 뜻은 천 리에 있고.

열사는 늙었어도, 마음에 품은 큰 뜻 사그라지지 않네.

老驥伏櫪, 誌在千裏.

烈士暮年, 壯心不已.

조조(曹操)의 〈보출하문행(步出夏門行)·귀수수(龜雖壽)〉

이렇듯 말은 우리 마음속에서 영원히 늙지 않는 동물이다.

象

속된 것과는 함께하지 않는다

코끼리

70년대에 태어나 어린 시절을 보낸 사람들에게 코끼리는 평생 한 번도 직접 본 적 없지만, 친숙하고 오래된 친구 같은 느낌의 동물이다. 동화책, TV, 신문이나 잡지 등에서 자주 코끼리의 이미지와 이야기를 접한 덕분에 사자, 호랑이만큼 익숙한 동물이라 그렇다.

고등학교 1학년 때 우리 학교 정문 앞에는 대형 국영 서점인 신화서점新華書店이 있었다. 이 서점을 자주 들락거리다 디즈니 애니메이션을 책으로 펴낸 만화책을 발견했는데 도저히 안 살 수가 없어서 결국 간식 사 먹을 돈으로 세 권을 샀고, 혼자 기숙사 방에서 정독했다. 그때 읽었던 책 중의 하나가 바로《덤보Dumbo》다.

20년이 지나 회사 옆에 집을 얻어 혼자 살 때는 애니메이션 〈덤보〉 DVD를 사서 자주 감상하기도 했다. 지금도 나는 이 애니메이션에 등장하는 여러 캐릭터들을 각별히 아낀다.

칠흑같이 검은 머리, 구름처럼 많아 가채도 필요 없네.

두 귓불은 옥 귀걸이로 장식하고, 머리는 상아 비녀로 장식하니, 그 미모 희고 맑아.

鬒髮如雲, 不屑髢也.

玉之瑱也, 象之揥也, 揚且之皙也.

〈용풍(鄘風)·군자해로(君子偕老)〉[38]

38 춘추시대 시로 빼어난 미모를 가졌지만, 자기 아들을 왕좌에 올리려 남편과 의붓아들 사이를 이간질하고, 살해하도록 부추기는 등 추악한 짓을 일삼았던 위나라 위 선공(衛宣公)의 부인 선강(宣姜)을 풍자했다.

상나라, 주나라 선현들은 상아나 상골象骨로 다양한 물건을 잘 만들었고, 여성들은 '상아 비녀'로 머리를 치장하는 것을 즐겼다. 그런데 그 시절에도 코끼리가 있었을까?

영국 학자 마크 앨빈Mark Elvin의 책《코끼리의 후퇴The Retreat of the Elephants》에 따르면, 상고시대 황허 유역의 기후는 코끼리가 살기에 안성맞춤이었고, 심지어 코끼리의 세가 대단했다. 또 산시성 쉰이현旬邑縣에 위치한 코끼리·무소 화석전시관大象犀牛化石館에서는 1975년에 출토된 300만 년 전 코끼리 골격 화석을 볼 수

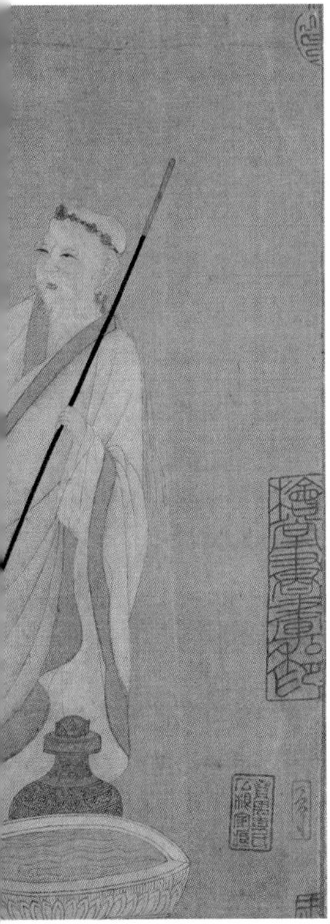

있다. 이 화석은 이 지역의 옛날 이름인 '빈豳'을 따라 '빈빈'이라는 이름도 가지고 있는데, 사실 빈빈은 신생대에 살았던 스테고돈Stegodon이라서 지금의 코끼리와는 아무 관계가 없다.

실제로 300만 년 전부터 3천 년 전의 춘추전국시대까지 이 지역에는 진짜 코끼리가 살았기 때문에 《시경》, 《좌전》, 《여씨춘추》 등 고전 속에서도 간단한 기록을 찾아볼 수 있다. 아쉽게도 불완전하고 파편적인 기록이라 당시 코끼리의 생태나 종에 대해 추측하기는 어렵다.

어떤 학자들은 당시 무역이나 조공을 통해 코끼리가 중국에 들어왔다고 주장하는데, 나도 이런 주장에 동의한다. 만약 옛사람들이 이 덩치 크고, 요모조모 쓸모 많은 동물을 길들이는 데 성공했다면 분명 코끼리와 관련된 문헌과 기록이 많이 남았을 것이 분명하기 때문이다.

생각해 보니 손권이 조조에게 코끼리를 선물했는데 그 누구도 코끼리의 무게를 잴 방법을 모르자 조조의 아들 조충曹沖이 지혜를 발휘해 코끼리를 배에 태워 무게를 쟀다는 《삼국지》 속 〈조충칭상曹沖稱象〉 이야기가 초등학교 국어교과서에도 있었다. 그러면 손권은 어디서 코끼리를 가져온 것일까? 책 속에는 답이 없으므로 여러모로 추측해 보는 수밖에 없다. 아마도 윈난성雲南省, 구이저우성에서 보내온 선물일 것 같으니, 그 지역에서 코끼리를 타고 쓰촨성까지 온 후, 다시 배를 타고 장강을 따라 남쪽으로 쭉 장쑤성까지 내려갔을 가능성이 크다.

또 이 이야기를 보면 거의 모든 삼국시대 지역에 코끼리가 없었는지 당시에도 매우 진귀한 동물로 취급된 것 같다. 삼국시대는 《시경》이 쓰인 시대보다 최소 700년 후이다. 그러면 장강과 황허黃河 유역의 코끼리는 이 시기에 완전히 멸종한 것일까?

그런데 또 고대 인류 유적과 상나라·주나라시대 고분에서 상아와 코끼리뼈로 만든 물건들이 출토되어, 후세 연구자들에게 아직도 풀지 못한 많은 미스터리를 남겼다. 그러니 이 문제는 우선 제쳐놓자. 어쨌든 간에 상아는 옛사람들의 삶과 일 속에 매우 자주 등장하는 물건이었다. 심지어 대신들이 조정에 나가 황제를 뵐 때 쓰는 상아홀象牙笏은 춘추전국시대부터 청나라까지 쭉 유행할 정도였다. 어릴 때는 신하들이 손에 쥐고 다니는 홀이 어디에 쓰는지 전혀 몰랐는데, 나중에 학교에서 시험 커닝하는 방법을 배우며 그 필요성에 눈을 뜨게 되었다. 황제께 말씀을 아뢸 때 조정 대신들도 잊어버릴 것을 대비해, 힌트 삼아 볼 수 있는 상아홀 '커닝 페이퍼'를 만들어 둔 것 같다.

그러나 상아로 만든 물건은 진지한 의미의 물건으로 사용되는 경우보다 일용품이나 장식품으로 쓰이는 경우가 많았다. 흔히는 여성들의 장신구로 사용되었지만, 부잣집 자제들이나 장군, 사령관들도 애용했던지라, 위진남북조의 정치가이자 문인인 장화張華의 시 〈경박편輕薄篇〉에도 상아가 등장한다.

별갑(鱉甲)으로 장식한 비녀, 상아로 만든 말채찍.

발에는 금박 입힌 신발, 손에는 오나라에서 온 보검…….

橫簪刻玳瑁, 長鞭錯象牙.

足下金鏤履, 手中雙莫邪…….

부잣집이나 고관대작 자제들의 사치스러운 생활을 묘사한 이 시를 보면, 말채찍을 상아로 장식한 것 같다. 중국에는 자질이 나쁜 자에게서 좋은 것이 나올 리가 없다는 뜻의 '개 입에서 상아가 나올 리 없다狗口裏吐不出象牙'라는 속담이 있다. 시인은 경박한 젊은이들을 보며 이 속담을 떠올리고 "썩을 놈들이 상아처럼 귀한 물건도 망치는구나." 하고 생각한 듯하다.

또 당나라 시인 포길包佶은 장시성江西省 루산廬山에 위치한 도교 암자 백학관白鶴觀에서 한 도사를 만났는데, 도사님이 가진 "쿤룬崑崙 상아 간簡에 깊은 감명을 받았다手護昆侖象牙簡."며 〈숙루산증백학관유존사宿廬山贈白鶴觀白劉尊師〉라는 시를 남겼다. 시의 과장성을 참작하더라도, 이 시구는 마치 도사님 손에 들린 상아 간이 전설 속 쿤룬산崑崙山에서 왔다는 것처럼 들린다. 물론 이 '쿤룬'은 지명이 아니라, 다른 도교적 의미가 있는 단어일지도 모른다.

상아는 그 자체가 워낙 진귀하고 희귀한 물건이라 옛사람들의 글 속에서 절대 범속凡俗한 것과는 함께하지 않는다. 이는 한때 인도에서 번성했던 불교문화가 중국에 전파된 후, 옛사람들이 불교와 관련된 '코끼리 문화'까지 함께 발전시켰기 때문이다. 이런 특징은 북송 정치가이자 문인인 왕안석王安石의 절구絶句 〈제서호서법화경題徐浩書法華經〉에서도 찾아볼 수 있다.

모든 법에 틀림이 없으니, 물소에도 상아가 생기리.

이 세상에 무량의경이 없다면, 오묘한 법화경이라도 찾고 싶어라.

壹切法無差, 水牛生象牙.

莫將無量義, 欲覓妙蓮華.

이 찬미의 시는 낭만적이면서 우아할 뿐만 아니라 굳센 정신도 느껴진다. 불교문화에는 푸른빛이 난다는 전설 속 코끼리인 향상香象이 차분한 발걸음으로 급류를 헤치며 용감히 전진하는 모습을 뜻하는 '향상도하香象渡河'라는 말이 있다. 그렇다면 '물소에도 상아가 생기리라'는 시구는 아무리 세속적인 인간이라도 경건한 마음으로 수련에 수련을 거듭하면, 향상과 같이 위대한 힘을 가질 수 있다는 뜻일 것 같다.

비록 지금은 윈난성 시솽반나西雙版納에서나 얼마 남지 않은 야생 코끼리를 볼 수 있지만, 이 코끼리를 통해서 《시경》 속 상나라, 주나라의 황허 유역을 눈앞에 그려 보는 것도 아주 멋지지 않을까? 상고시대 옛사람들의 삶에 야생 코끼리가 있었는지 확실히 알 수 없으니, 낭만적으로라도 상상해 보자.

쥐

쥐는 미키마우스가 아니라 쥐다

鼠

1985년 겨울, 큰 사촌 동생이 내 필통 속에서 커터 칼을 훔쳐갔다. 못된 자식!

다음에 외할머니 댁에 갔을 때는 녀석이 내 커터 칼로 쥐를 괴롭히며 노는 것을 목격했다. 사촌 동생은 먼저 쥐덫을 놓아 쥐를 산 채로 잡아 불집게로 꺼낸 그 자리에서 곧바로 커터 칼로 배를 갈랐다. 잔혹하기 이루 말할 데 없었다.

나중에 한동안 외할머니네 집에 쥐가 눈에 띄게 줄어서 큰 사촌 동생 녀석도 쥐잡이 놀이를 못하게 되었다는 소문이 나돌았다.

이 세상에 몇백억 마리나 되는 생쥐가 있는데, 왜 우리 외할머니 집만 싫어하는 것일까? 내 짐작으로는 이 똑똑한 동물이 그 집은 내 큰 사촌 동생 때문에 살기 나쁜 곳이라는 것을 직감하고, 떼로 도망간 것이 아닐까 싶다…….

아직도 가죽이 있는 저 쥐를 보라, 어찌 저리 위엄이 없을꼬.

사람이면서 위엄이 없으니, 차라리 어서 죽을 것이지!

相鼠有皮, 人而無儀.

人而無儀, 不死何為!

〈용풍·상서(相鼠)〉[39]

《시경》 속에 여러 차례 등장하는 쥐는 거의 다 악당 역할을 맡고 있다. 인간에게 많은 피해를 끼친 이 강인한 작은 설치류 동물이 우리 조상님도 두 손 두 발 다 들게 만들어서 그런가보다. 하지만 만약 현대의 광둥성廣東省 토박이를 시간을 거슬러 고대 세계에 초대할 수만 있다면 문학 속 생쥐의 이미지는 '맛난 음식'이 되었을지도 모른다.

39 주나라 사언시로 쥐를 위선적인 통치자에 빗대어 백성들을 괴롭히는 모습을 신랄하게 비판했다.

허페이 지역에서 자주 보이는 쥐는 회색 쥐와 갈색 쥐인데, 큰 집쥐, 작은 집쥐, 들쥐, 비단털쥐 등등의 이름으로 불린다. 어린 시절 외할머니 집에서 잘 때 야옹이가 가기 힘든 곳이라 그런지 쥐들이 지붕 들보에서 싸우는 소리가 들렸다. 집에 사는 뱀이 들보까지 기어 올라가 쥐를 잡는다는 말도 있었지만 내 눈으로 직접 본 적은 없다.

외할머니 집 마당의 대나무 사이에서도 생쥐는 자주 바스락바스락 소리를 내며 뛰어다녔다. 이 조그마한 동물과 나와의 거리는 이토록 가까웠지만, 우리는 별로 친하지 않았다. 한편, 《한서》의 〈오행지五行志〉에는 쥐는 태생이 도둑이라는 기록이 있다.

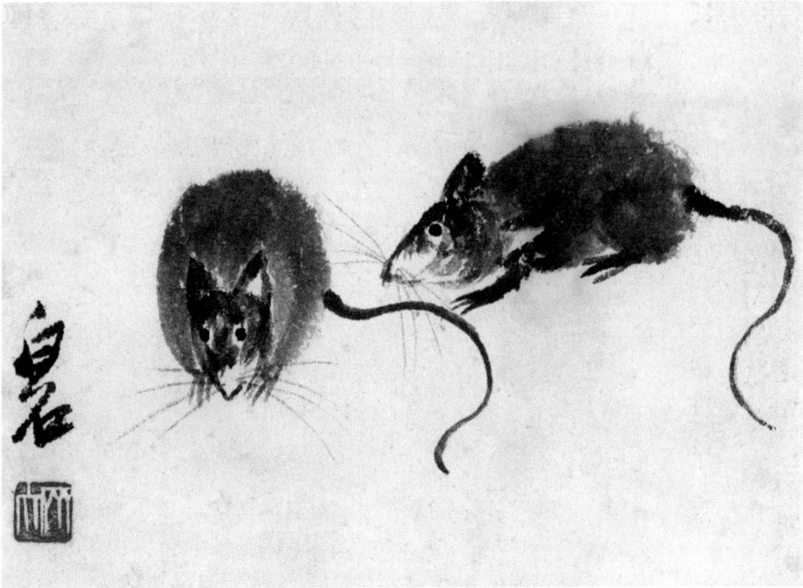

쥐와 벌레, 본디 도적질에 능하니!

鼠小蟲, 性盜竊!

또 한나라 정치가인 가의賈誼는 정론문 〈진정사소陳政事疏〉에 이런 기록을 남기기도 했다.

민간에 "물건을 던져 쥐를 잡고 싶으나, 물건이 깨질까 두렵네."라는 속담이 있다.

裏諺曰, "欲投鼠而忌器."

이런 기록들을 보아하니, 우리 인간들이 '쥐 잡아라!'라고 소리 질러온 역사가

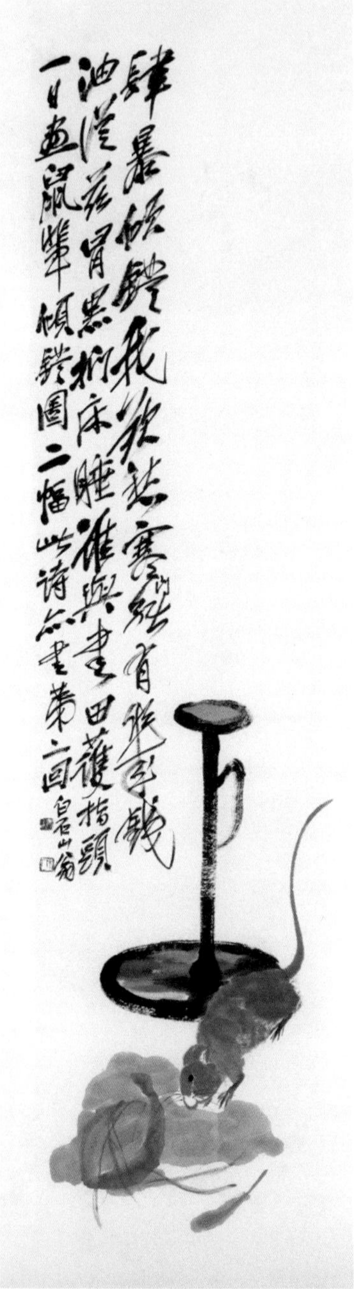

몇천 년이나 되는 것 같다. 이렇듯 쥐의 더럽고 흉악한 이미지는 인간 문화 속에 아예 뿌리를 내려 버려서, 제아무리 거대한 영향력을 가진 디즈니라도 쥐를 구제하지는 못했다. 그래서 간신이나 소인배 등을 쥐같이 생겼다고 표현하듯 많은 중국어 단어, 사자성어, 속어에서 쥐를 폄하하는 다양한 표현을 찾아볼 수 있다.

'급히 도망가는 꼴이 머리를 감싸고 도망가는 쥐 같다抱頭鼠竄', '쥐새끼처럼 겁이 많다膽小如鼠', '비굴하게 비는 것이 무릎 꿇은 쥐 같다蠖屈鼠伏', '못된 놈들끼리 힘을 모은 것이 고양이와 쥐가 함께 자는 모양새다貓鼠同眠', '뱀과 쥐가 득시글거리듯 해로운 것이 지천이다三蛇七鼠', '식견이 좁기가 쥐새끼 같다鼠目寸光', '쥐구멍에서 머리만 내놓고 엿보는 쥐처럼 우유부단하기 짝이 없다首鼠兩端' 등등……. 쥐와 관련된 무수히 많은 표현이 부정적인 의미의 전형으로 굳어져, 쥐보다 더 나쁜 이미지를 가진 동물을 찾아볼 수가 없을 정도이다. 완전 구제 불능이다.

그러니 어린 시절 처음으로 '미키 마우스'를 봤을 때 얼마나 놀랐겠는가! 그런데 쥐에 대한 시각의 전환은 후일, 특히 인터넷 시대에 큰 영향을 끼쳐 많은 중국인이 월트 디즈니의 뒤를 따라 추악한 것은 아름답게 포장하고, 아름다운 고전은 악의적으로 패러디하는 풍조를 낳는 데 일조했다. 이런 사유 방식이 나쁘다는 것이 아니라, 악용되는 경우가 많다는 점을 짚고 넘어가고 싶어서 하는 이야기다.

쥐는 어찌 되었건 쥐일 뿐, '미키 마우스'가 아니다.

'미키 마우스'의 이미지와 어깨를 겨룰만한 중국 쥐를 찾으라면, 일등 자리를 꿰찬 십이지지 속의 쥐를 꼽을 수 있겠다. 십이지지 순서에 관한 전설이 있기는 하지만, 옛사람들의 의도를 제대로 해석하기에는 역부족이다. 어쩌면 옛사람들이 그냥 별 깊은 뜻 없이 임의로 순서를 정한 것이 아닐까 싶다. 만약 그 깊은 뜻을 꼭 찾아야 한다면, '사물의 발전이 극에 달하면 반드시 반전된다物極必反'라는 사자성어의 이치에 따른 것이라고 이해해도 무방할 것 같다.

널리 알려진 편은 아니지만 쥐에 관한 다소 긍정적인 전설도 몇 가지 있어 소개해 보고자 한다. 우선 서역西域에 관한 내용을 다룬 후한시대 문헌인《서역구도西域舊圖》에는 "대진大秦, 고대 로마제국에는 독을 푸는 쥐가 있다大秦有辟毒鼠."는 기록이 있고, 왕희지王羲之의 편지를 모아 만든 초서 법첩法帖인《십칠첩十七帖》에는 "하늘을 나는 쥐 연고는 난청을 고칠 수 있다天鼠膏可治耳聾."는 내용도 있다. 또 동방삭은 "북쪽 황무지 얼음 아래 사는 얼음 쥐氷鼠는 가죽과 털이 부드러워 방석으로 만들 수 있다."라고 했다. 도대체 독을 푸는 쥐, 하늘을 나는 쥐와 얼음 쥐는 무슨 동물일까? 고대신화와 설화를 모아놓은 전국시대 책인《산해경山海經》에 나오는 신비의 동물 같은 것일까?

중·고등학교 시절에 카뮈의 소설《페스트》를 읽은 적이 있다. 비록 이 소설 속에서 쥐는 상징적으로만 사용되지만, 쥐를 향한 유럽인들의 뿌리 깊은 증오와 공포를 엿볼 수 있다. 이렇듯 일부를 제외한 대부분의 예술작품 속 쥐의 이미지는 우리가 누명을 벗겨주려야 벗겨줄 수 없을 정도로 나쁘다. 무수히 많은 기니피그가 인간을 대신해 실험 대상이 되고, 희생했지만 쥐에 대한 나쁜 인상을 만회하기에는 역부족이다.

요즘은 반려동물 시장에서도 귀여운 설치류를 판다. 하지만 이 동물에 대한 인간의 호감은 금방 사라지는 경우가 많고, 이 연약한 생명을 곁에서 오래도록 돌봐주는 일은 더더욱 하지 않으니, 대부분 불행한 결말을 맞이한다. 심지어 설치류 반려동물은 야생 쥐보다 훨씬 퇴화된 동물인데 말이다.

어떤 해의 가을, 외할머니 집 뒤 논을 산책하다 들쥐 떼가 발걸음을 종종거리며 재빨리 지나가는 것을 본 적이 있다. 워낙 생기 넘치는 모습으로 서둘러 발걸음을 재촉해 지나가는 바람에 내 뒤를 따라오던 토종개 녀석도 눈만 데굴데굴 굴리고 바라보기만 했다. 고고학자들이 안후이 지역에서 발견한 결과에 따르면, 쥐는 4,700만여 년 동안이나 지구에서 살았다. 우리 인류보다 지구의 '원주민'에 더 가까운 것이다. 그러니 언젠가 인류가 멸종하더라도, 쥐만은 계속해서 이곳에서 살아갈 것이다.

貉

너구리를 업신여기지 말라

너구리

딸아이가 두 살이 되던 해부터 우리는 일본 애니메이션 〈폼포코 너구리 대작전平成狸合戦ぽんぽこ〉을 비롯해 많은 애니메이션을 함께 즐겼다. 그런데 이 애니메이션은 〈변신 살쾡이百變狸猫〉라는 중국어 제목으로 개봉했지만, 실제로는 살쾡이가 아니라 너구리에 관한 것이다.

이 애니메이션에는 참 똑똑하고 귀여운 너구리들이 등장한다. 물론 그중에 장난꾸러기 너구리도 있지만 말이다. 이 너구리들은 제 삶의 터전을 지키기 위해 귀신과 도깨비인 척하는 것도 마다하지 않고 노력하지만 끝내 인간에게 지고 만다.

이 애니메이션은 내 딸아이가 가졌던 가장 최초의 호기심도 충족시켰을 뿐만 아니라, 동정심도 길러줬다. 그러나 애니메이션 속 너구리와 대자연 혹은 동물원에 사는 너구리는 엄연히 다른데, 지금까지 딸과 함께 살아있는 너구리를 보러 가지 못한 것이 아쉽다.

동짓달에 너구리 잡고, 여우를 사냥해 털을 얻어,

공자님께 털 갖옷을 만들어 드렸네.

壹之日於貉, 取彼狐貍, 為公子裘.

〈빈풍·칠월(七月)〉[40]

이 시에서 볼 수 있듯 너구리 털은 고대부터 최고급 소재로 평가되고 사랑받아왔다. 그래서 〈빈풍·칠월〉에는 너구리와 여우를 한데 묶어 왕, 제후와 귀족의 사치스러운 삶을 비유했다.

40 춘추전국시대 시로 총8장에 달해 〈빈풍〉 편에서 가장 긴 서사시로 손꼽힌다. 시는 음력 7월부터 시작하여 사계절 자연 풍광의 변화와 농노의 삶을 세밀하게 묘사했다.

내 평생 입어봤던 옷 중에서 가장 비싼 옷은 1995년 초 어머니가 우루무치烏魯木齊에서 사다 주신 칼라에 담비 털을 댄 이탈리아제 가죽 코트다. 그런데 담비貂와 너구리貉는 한자 모양은 비슷하지만 사실 담비는 족제빗과고, 너구리는 갯과라 아주 다른 동물이다. 나만 해도 10대 때까지 이 두 글자를 제대로 구분할 줄 몰랐다. 그런데 지금 야생 담비와 너구리의 삶은 똑같이 고되기 이를 데 없다.

야생 동물의 수가 급감하면서 육식동물인 너구리의 먹이가 줄어 어려워진 데다, 삶의 터전도 많이 파괴되어 날로 궁지에 몰리고 있다. 비록 아직 멸종 위기 동물 목록에는 이름이 올라가지 않았지만, 그날도 머지않은 것 같다. 그나마 '위로'가 되는 것은 너구리의 천적인 늑대와 스라소니 같은 동물 개체 수가 날로 줄어들고 있다는 사실이다.

너구리는 '평화를 사랑하는 동물'이라 평가할 수 있다. 비슷한 유형의 동물 중에서도 정이 많은 동물이라, 너구리와 오소리를 한 방에 넣어둬도 아주 사이좋게 잘 지낸다. 먹이를 먹을 때만 가끔 사나운 발톱을 드러낼 뿐, 너구리는 전반적으로 꽤 상냥하고 사근사근한 동물이다. 그런데 '나쁜 놈들은 너구리처럼 한통속이다.'라는 뜻의 사자성어인 '일구지학一丘之貉'은 어떻게 나온 것일까? 《한서》의 〈양운전楊惲傳〉에 이 사자성어가 나온다.

마치 과거 진나라의 군왕과 같이, 언제나 소인배의 참언에만 귀 기울이고,

충직한 대신들을 모함하여, 결국 망국의 길로 들어섰네.

만약 진나라가 그리하지 않았다면, 아직 여기 있었을지도 모르는데.

예나 지금이나 군왕은 똑같은 것이, 한 구릉에 사는 너구리 같구나.

若秦時但任小臣, 誅殺忠良, 竟以滅亡, 令親任大臣, 即至今耳, 古與今如一丘之貉.

너구리를 소인배, 악당, 악인에 빗대어 비하한 편향적인 표현이다. 우선 이 동물의 습성을 설명함으로써 너구리를 대변하고 싶다. 전문가의 관찰에 따르면, 너구리는 정해진 장소에서만 배설하니 시간이 지나면 똥이 가득 쌓여 악취가 펄펄 난다. 그래서 '똑같은 악취를 풍기는 나쁜 놈들처럼 죽이 잘 맞는다.'라는 뜻의 사자성어 '취미상투臭味相投'가 생겼는데, 이 사자성어가 '일구지학'으로 변한 것 같다. 또 너구리는 적에 쫓기는 위급한 상황이 되면, 지혜롭게도 분뇨糞尿를 뿜어 적의 진로를 방해한다. 이런 습성 때문에 너구리 악취가 사람들에게 깊은 인상을 남긴 것 같다.

한편, 송나라 시인 조번趙繁의 시 〈증기영견과제증육언사수曾耆英見過題贈六言四首〉에도 너구리가 등장한다.

옷은 여우와 너구리로부터 나오고,

재능은《시경》과《상서》로부터 얻을 수 있으나,

곤궁함과 통달함은 모두 운명에 달려 있으니,

어찌 하늘의 뜻이 사람에 달렸겠는가.

衣敝不羞狐貉, 氣華正在詩書.

窮通故是有命, 天也豈人力歟.

이 문장에서 너구리 가죽옷은 '부티'의 상징으로 '일구지학' 속 멸시의 의미는 찾아볼 수 없다. 즉 살아있는 너구리의 사회적 위상은 죽고 남은 가죽만도 못한 것이니, 이상하기 짝이 없다. 때로 인간의 가치관이란 이렇게 우스꽝스럽다.

2000년부터 '정부가 보호하는 유익하거나 혹은 중요한 경제적, 과학적 연구가치가 있는 육지 야생동물 보호 목록'에 너구리가 등재되었기 때문에 개체 수가 늘어날 가능성도 커졌다. 또 너구리라는 동물이 멸종 위기에 놓이는 것을 막을 방법 중에는 대규모 인공 번식이라는 방법도 있다. 하지만 이 방법은 값비싼 모피 의류를 만드는 데 쓰이고, 심지어 그림용 붓을 만드는 데도 쓰인다! 그나마 아직 너구리 털붓이 우수하다며 열성적으로 홍보하는 화가를 본 적이 없어서 다행이다.

일본인들은 일찍이 1940년대 중국 너구리와 한국 너구리를 섞어 7개의 아종亞種을 탄생시켰을 정도로 우리를 능가하는 너구리 연구 수준을 갖췄다. 그런데 그 연구에 동원된 너구리 중에서 헤이룽장성黑龍江省, 지린성에 사는 너구리와 한국 우수리 너구리 등 북방 너구리장강 이남의 너구리는 남방 너구리의 털이 가장 우수했다고 한다. 기후의 차이가 너구리 털가죽에도 큰 차이를 만들어서 지금까지도 우수리 너구리 털가죽은 명성이 자자하다.

그런데 실상 일본 야마토 민족大和民族의 사랑을 더 많이 받은 너구리는 사실 애니메이션 〈폼포코 너구리 대작전〉 속에 나오는 일본 너구리이다. 민간 전설 가운데는 너구리를 요사스러운 동물로 묘사한 때도 있지만, 이렇게 긍정적인 이미지로 그려지는 경우가 더 많다. '일구지학'이라는 사자성어가 전해졌을까? 그렇지 않다면, 적어도 일본에서만큼은 좋은 이미지를 유지하고 있을 것 같다.

매요신은 지금의 안후이성 징팅산敬亭山의 아름다움을 노래한 〈소정산昭亭山〉이라는 시에서 "짐승 중의 으뜸은 오소리와 너구리요, 물고기의 으뜸은 방어와 연어다獸則貛與貉, 魚則魴與鱮."라는 문장으로 이 산속에는 진귀하고 아름다운 동물이 많아 역시 명산이라 추켜세운다. 이 시구에서 너구리는 가죽 코트와 마찬가지로 높은 '지위'를 상징한다. 너구리란, 정말 알 수 없는 동물이다.

사슴

우리 삶 속의 작은 신(神)

鹿

살아생전 애연가였던 외할아버지 덕분에 나는 담뱃갑 수집을 좋아하게 됐다. 당시 허페이 지역에서 판매되던 담배들은 '광명光明', '단결團結', '다첸먼大前門', 또는 중화인민공화국의 첫 대규모 댐의 이름에서 따온 '푸쯔링佛子嶺', 첫 인공위성인 둥팡훙東方紅 1호가 발사된 날짜인 1970년 4월 24일에서 착안한 '424' 등등 모두 혁명 구호·지명·업적 등과 관련 있는 이름을 가지고 있었다. 그런데 그런 담배들 사이에서도 구정 명절에나 볼 수 있는 고급 담배가 있었으니, 바로 '녹용鹿茸'이라는 브랜드였다.

이 브랜드의 담뱃갑에는 새싹 모양의 자그마한 뿔을 가진 꽃사슴 머리가 하나 그려져 있었다. 그리고 그 담뱃갑에 코를 대고 숨을 들이마시면 상쾌한 향기가 나서 모든 녹용에서 다 그렇게 매력적인 향기가 나는 줄 알았다. 만약 지금까지 잘 가지고 있었다면 나만의 컬렉션으로 전시를 열 수 있을 정도로 많았지만, 안타깝게도 그때 모았던 담뱃갑들을 이미 다 잃어버리고 말았다.

1983년쯤 개봉했던 영화 〈불타는 원명원火燒圓明園〉 속에는 꽃사슴을 잡아 그 뿔을 자르고 피를 뽑는 장면이 있다. 이 장면이 내가 처음으로 '살아있는 사슴'을 본 장면이었다.

사슴들이 우우 울며, 참쑥을 뜯고 있네.

내 귀한 손님 오셨으니, 거문고 뜯고 생황(笙簧) 불어 풍악을 울리노라.

呦呦鹿鳴, 食野之苹.

我有嘉賓, 鼓瑟吹笙.

〈소아·녹명(鹿鳴)〉[41]

41 위나라의 민가(民歌)로 박달나무를 베는 벌목꾼이 시위소찬하는 관리의 모습을 지적하는 내용이다.

옛사람들이 노래한 사슴이 꽃사슴인지는 잘 모르겠다. 어쨌든 들판을 걷다가도 사슴과 마주칠 수 있었으니 옛사람들은 참 행복했을 것 같다. 부끄러움을 잘 타고 온순한 이 동물은 사람에게 백익무해하다. 그래서 집 뒷산에 사슴 떼가 있다면, 한 가족의 옷과 음식은 걱정할 필요가 없을 정도다.

역사학자들은 《시경》 속의 사슴은 대부분 사슴 종류 중 하나인 미록麋鹿, Elaphurus davidianus일 것이라고 추측한다. 그런데 이 미록은 당나귀, 말, 소, 사슴과 닮은 듯 닮지 않은 모습 때문에 '사불상四不像'이라는 속칭도 가지고 있다. 당시 이 사슴들은 중원 지역과 네이멍구內蒙古 오르도스Ordos 고원지대에서 흔히 볼 수 있는 야생 동물이었다. 또 명나라 신마神魔 소설인 《봉신연의封神演義》 속 주인공 강자아姜子牙가 타고 다니는 신비의 동물 '녹두치鹿頭豸'의 원형이 바로 미록이라고 한다.

공자님은 고대 육예六藝 중의 하나인 활쏘기에 아주 능하셨다고 하는데, 이런 종류의 활쏘기는 전쟁용이 아니라, 미록 사냥용이었다. 지금도 미록, 꽃사슴 등 모든 사슴과 동물은 경제적 가치가 높은 동물로 취급받으니, 옛사람들이 얼마나 이 동물을 애지중지했을지는 말하지 않아도 알 수 있다. 이렇게 탄생된 '사슴 문화'는 춘추전국시대 이전 시기부터 이미 전국으로 널리 퍼져 있었다. 그래서 상나라의 마지막 왕인 주왕紂王의 경우, 주 무왕의 병사들에게 쫓기자 백성들의 고혈을 짜내 보물로 가득 채운 누각형 금고인 녹대鹿臺에서 떨어져 죽었다고 한다. 왜 이 누각의 이름에 '사슴 녹'자를 썼을까? 나는 잘 모르겠지만, 누군가는 이 주제

로 박사논문을 쓸 수도 있지 않을까!

'영웅들이 사슴을 뒤쫓듯 승리를 쫓는다는 뜻의 군웅축록群雄逐鹿', '제위를 다툰다는 뜻의 중원축록中原逐鹿', '누가 사슴을 죽이느냐에 따라 승리가 달려있다는 뜻의 녹사수수鹿死誰手' 등은 모두 사슴을 우러러본 사자성어이다. 한편, 우임금이 만든 신성한 솥이라는 정鼎을 얻으면, 왕권을 얻을 수 있다는 뜻의 '문정중원問鼎中原'이라는 사자성어 속의 사슴은 부富뿐만 아니라 지존의 권위도 뜻한다. 앞서 거론한 사자성어 속 사슴도 문정중원 속 사슴과 같은 맥락이다. 이렇듯 선조님들은 옛날 옛적부터 사슴을 신격화했다. 아마 '사슴 녹'이라는 사람 성姓도 이런 연유로 만들어진 것이 아닌가 싶다.

녹용은 사실 수사슴의 2차 성징이자 전투용 무기지만, 자라서 녹각이 되면 제 생명의 법칙에 따라 때가 되면 알아서 떨어진다. 그래서 내가 TV에서 봤던 꽃사슴, 미록, 엘크들은 우스꽝스럽게도 뿔을 한 개만 달고 있었던 것이다. 한편, 자기애가 아주 강해 제 녹용을 아끼고 아끼다, 결국 맹수에게 쫓겨 달아나던 중 녹용이 나뭇가지에 걸려 목숨을 잃고 말았다던, 어린 시절에 읽었던 우화 속 사슴 이야기가 생각난다.

푸른 두루마기를 입은 젊은이여,

내 그대들을 항상 그리워하노니.

내게 그대들 때문에 지금까지 슬피 노래하네.

사슴들이 우우 울며, 참쑥을 뜯고 있네.

내 귀한 손님 오셨으니,

거문고 뜯고 생황 불어 풍악을 울리노라.

밝은 달 같은 그대들이여, 언제쯤 그 마음 얻을 수 있을까?

내 가슴속 오래 묵혀둔 울분, 사라지지 않네.

靑靑子衿, 悠悠我心.

但爲君故, 沈吟至今.

呦呦鹿鳴, 食野之蘋.

我有嘉賓, 鼓瑟吹笙.

明明如月, 何時可掇?

憂從中來, 不可斷絕.

세기의 야심가 조조는 자신의 시 〈단가행短歌行〉[42]에 아예 〈소아·녹명〉의 한 단락을 그대로 가져다 썼다. 그러나 조조가 정말로 야생 미록을 봤는지 아닌지는 확실하지 않다. 학자들은 진한시대만 해도 미록이 얼마 남지 않았고, 한나라 때는 아예 거의 절멸했다고 한다. 그러나 청나라 황실 사냥터에서도 미록이 진귀한 동물이라 사냥용이 아니라 관상용으로 길렀다는 기록이 있는 걸 보면, 동쪽이나 남쪽으로 도망간 미록도 있었나보다.

한편, 영국이 중국을 침략하는 과정에서 영국인들이 미록의 '혈통'을 보존했고, 1956년과 1973년 두 번에 걸쳐 중국에 미록을 선물한 덕분에 미록들은 제 조상들의 보금자리에 돌아와, 다시금 번영할 기회를 얻었다. 적고 보니 참 눈물나는 스토리다!

아쉽게도 우리는 '사슴이 우우 우는 소리'를 들어볼 기회가 없다. 동물원이나 사슴농장에 사는 사슴의 울음소리는 《시경》 속 그 멋이 없을 테니 말이다. 그 옛날, 사슴 사냥이란 위로는 황제와 문무 대신, 아래로는 서민과 백성들의 삶에 즐거움을 더하는 이벤트였을 것이다. 그렇지 않고서야 이토록 심오하고 광범위한 '사슴 문화'가 발달하지 않았을 테고, 공자님도 학생들에게 '활쏘기'라는 예술을 익혀야 한다고 강조하지 않았을 것이니 말이다.

독자들은 사슴고기를 먹어본 적이 있는지 모르겠다. 생전에 아버지는 내가 친링산맥 산자락 어귀에서 사슴고기를 먹어봤다고 하셨지만, 나는 전혀 기억이 나지 않는다. 이제 야생 사슴은 보호동물로 지정되어 있으니, 사슴고기를 맛보고 싶으면 사슴농장에서 슈퍼마켓에 고기를 공급하기만을 바라는 수밖에 없다. 그

42 조조가 한나라 악부시 양식을 빌려 쓴 시이며 총 두 수로 나누어 각각 선현들의 지혜를 빌려 천하를 통일하고 싶은 야심과 강직한 마음으로 인재를 구해 한나라만을 섬기겠다는 마음을 표현했다.

南蘋老人沈銓

런데 사슴고기를 살 때는 아주 조심해야 한다. 약용으로 쓰는 귀한 고기인 사슴고기를 가지고 평범한 돼지고기 맛 요리로 만들어버리면 안 되니 말이다.

貆

기여도 많이 한 당신은 오소리 같은 사람
재능도 있었고,

오소리

허페이 쯔펑산 일대에 돼지코오소리와 오소리가 있다는 말은 어려서부터 들어만 봤지, 실제로 본 적은 한 번도 없었다. 그런데 어느 날 학교 선생님 한 분이 화상에 특효라는 오소리 기름 한 통을 얻으셨다는 소식에 어머니는 나를 데리고 오소리 기름을 구경하러 선생님 댁에 갔다. 별 특별해 보이는 것도 없는 기름일 뿐이었다.

그런데 오소리고기는 돼지고기보다 훨씬 맛있는 엄청난 진미라는 어머니와 선생님의 대화는 아직도 기억이 난다. 쯔펑산의 한 농촌 초등학교의 젊은 교사였던 시절, 어느 날 동네 농민이 괭이로 오소리를 잡아 간장 오소리 볶음을 만들기에 몇 점 얻어 먹어봤을 뿐인데 지금까지도 잊지 못할 맛이라는 것이었다.

지금도 나는 오소리고기를 맛보고 싶다.

겨울에 사냥하지 않고,

밤에도 수렵하지 않는데,

어찌된 것이 댁 정원에 오소리가 매달려 있소?

높으신 나리들, 설마 공밥만 먹을 생각은 아니겠지요?

不狩不獵, 胡瞻爾庭有縣貆兮?

彼君子兮, 不素餐兮!

〈위풍·벌단(伐檀)〉[43]

43 위나라의 민가(民歌)로 박달나무를 베는 벌목꾼이 시위소찬하는 관리의 모습을 지적하는 내용이다.

선현들에게 오소리는 흔히 접할 수 있을 뿐만 아니라 아주 중요한 사냥감이기도 했다. 내 짐작이 틀리지 않다면 〈위풍·벌단〉에 묘사된 귀족 집 정원에 매달린 오소리는 아마 뇌물이었을 것이다. 오소리고기는 거창한 잔칫상에 올려도 손색없는 진미지만, 오소리 모피로 만든 고급 갖옷을 더 선호한 귀족들을 보면 알 수 있듯 옛사람들은 이 야생동물의 고기보다는 모피를 더 좋아한 것 같다. 심지어 지금까지도 오소리 모피는 고급 소재로 취급된다.

오소리도 이미 보호동물 목록에 이름을 올린 동물이다. 그래서 누군가 불법으로 오소리를 포획했다는 정보를 접수하면, 산림 관리를 담당하는 임업국林業局 등 정부 기관 사람이 찾아가 오소리를 몰수해버린다. 그 밖에도, 불법적인 방법으로 오소리를 산 음식점 등에 찾아가 돈을 주고 다시 되사들여 방생해 주는 마음씨 좋은 사람들도 있다. 그런데 오소리 한 마리를 방생하는 데 드는 비용이 1,000위안약 16만8천 원이나 돼 오소리를 구하는 데 한계가 많다고 한다. 값 좀 나가는 야생동물들은 모두 암담한 미래를 맞이하고 있는 시대, 육유의 시 〈한야寒夜〉가 생각나는 시대다.

해가 뉘엿뉘엿 저물어 사립문을 닫고, 책을 펼쳐 읽다 보니 밤이 깊었구나.

발이 추워 살펴보니 화롯불 꺼져가고, 눈이 침침해 살펴보니 등불 꺼져가네.

물고기가 힘차게 뛰어오르는 모습에 수달은 놀라고,

오소리를 쫓아간 개는 온 숲속을 헤집고 다니는데,

그간 받은 변변찮은 내 봉록을 생각하니, 부끄러움은 없어 마음이 놓이네.

閉户歲雲暮, 翻書夜向闌.

足僵知火盡, 目鈍覺燈殘.

躍浦魚驚獺, 穿林犬逐貛.

三年納微祿, 無媿得心安.

육유는 강렬한 저항시를 많이 남긴 시인이다. 그런 그가 이 시에서는 저녁에 책을 보다 지쳐, 오소리를 잡으러 사냥개를 끌고 나간 사람의 소리에 귀를 기울인다. 어쩌면 돼지코오소리가 돼지와 비슷한 울음소리를 내서 육유가 듣고 정확히 알아챈 것은 아닐까 싶다. 하지만 이 시는 송나라의 겨울밤을 묘사했다. 그러니 돼지코오소리나 오소리라면 모두 동굴에서 겨울잠을 자는 게 정상이다. 어쩌면 사냥꾼이 오소리를 잡으려고 동굴 입구를 마른 풀로 메워놓고, 불씨를 가져다 연기를 피운 후 도망갈 출구는 하나만 남겨 놓은 것일 수도 있다. 이런 오소리 잡이 방식은 오늘날까지 계속 전해져온다.

겨울철 오소리는 온몸이 기름으로 번들번들하고, 평소 1킬로그램 정도 나가던 몸무게도 1.5킬로그램으로 불어나기 때문에 사냥꾼 눈에 띌 수밖에 없다. 그런데 사실 오소리는 성격이 사나워서 궁지에 몰리면 무시무시한 동물로 돌변한다. 어떤 사람은 실수로 사육장 안에 들어있는 오소리에게 손을 물렸다가 그 자리에서 영구 장애를 입었다고 한다. 또 2017년에는 갑자기 '상고머리 형님平頭哥'이라는 신조어 별명을 가진 동물이 인터넷에서 큰 인기를 끌었는데, 이 '상고머리 형님'이 바로 '벌꿀오소리Honey Badger'다. 상고머리 헤어스타일이 눈에 띄는 이 벌꿀오소리는 복수심이 아주 강해서, 실수로 발만 밟혀도 끝까지 복수하러 사람을 쫓아온다. 심지어 내가 우연히 본 동영상 중에는 '상고머리 형님'이 복수를 위해 달리는 차를 끈질기게 뒤쫓아 가는 내용도 있었다.

돼지코오소리와 오소리만 있는 허페이와 달리 둥베이 지역에는 체격이 꽤 큰 늑대오소리Wolverine도 있지만, 본래 북극권 근처에 사는 동물이라 흔하지는 않다. 북극권 근처에서 사니 그 털이 얼마나 따듯하겠는가! 그래서 이누이트도 이 동물을 매우 아낀다고 한다.

명나라 시인인 주서周敘가 당 현종의 사냥 모습을 그린 〈제현종추환도題玄宗追獾圖〉의 제1수를 보면 아래와 같은 묘사도 볼 수 있다.

조현을 마치자마자 활시위를 메고 나가,
항상 남쪽 연무장에 사냥하러 가신다네.
오소리를 쫓는 것이 마음에 드시는지,
유렵(遊獵)하시며 근심을 잊으셨네.
해는 뉘엿뉘엿 구름 속으로 사라지고,
푸른 들판에 가을바람 부니,
간언하는 신하의 상주문 하나 없어,
늙고 보니 충언을 아끼지 않던 한휴[44]가 그립구나.

44 당 현종 집권 초기의 재상으로 항상 당 현종에게 직언과 충언을 아끼지 않았던 신하로 평가된다.

朝罷鳴弰動, 終南校獵遊.

追獾應適意, 銜橛卻忘憂.

日入黃雲暮, 風生碧草秋.

從官無諫疏, 老去憶韓休.

후대 사람들이 지어낸 묘사 아닐까? 당 현종 같은 황제가 사냥을 즐겼을 것 같지도 않고, 더군다나 '오소리'를 쫓는다는 것은 위풍당당하고 용맹한 제왕의 모습을 부각하기에는 역부족이다. 또한 고대 문인들은 자주 오소리를 악당과 소인배에 빗대거나, 황량하고 처량한 광경을 묘사하는 데 사용했기 때문에 이미지가 좋은 것도 아니다. 원나라 시인 산주山主의 시 〈임강선臨江仙 · 불향인전과미태不向人前誇媚態〉 속의 "적막하고 쓸쓸한 저 멀리 정원, 오소리와 여우만 자주 드나드네冷淡郊園消灑處, 獾狐來往頻遊."라는 표현은 얼핏 보면 오소리와 여우를 함께 등장시켜 쓸쓸함을 배가시킨 듯하지만, 사실 이는 당시 군자와 호인好人은 뜻을 펼치지 못하고 악당들만 득세하던 사회의 모습을 암시한다.

어린 시절 국어 수업 시간에 읽었던 루쉰魯迅의 글 속에는 그가 어린 시절 죽마고우 룬투潤土와 함께 쇠 작살로 '사猹'라는 동물을 잡았다는 내용이 나온다. 그때 선생님께서도 이 '사'라는 동물이 무엇인지 제대로 설명해 주시지 못했는데, 나중에 IT 시대가 돼서야 답을 찾았다. '사'가 바로 오소리였던 것이다. 오소리는 육식동물이라서 아마 룬투네 수박밭을 망치지 않았을 것 같은데, 그런데도 사람들이 꼭 오소리를 잡으려 들었던 것은 맛 좋은 고기와 질 좋은 모피 때문일 것이다.

송나라 학자 소백온邵伯溫이 왕안석의 신법新法 진행 과정을 옆에서 보고 기록한《소씨문견록邵氏聞見錄》에는 어떤 사람들이 왕안석을 오소리라고 비하했다는 내용이 있다. 또 왕안석의 정적인 채경蔡京의 아들은 이사녕李士寧이라는 '기인'이 왕안석의 전생을 보았더니, 왕안석의 어머니가 그를 낳으려고 하는 찰나 오소리 한 마리가 산실産室로 들어가서 다시는 나오지 않았더라는 말을 의도적으로 퍼트리고 다녔다. 왕안석도 맛 좋은 고기와 질 좋은 모피를 가진 오소리 같은 사람이라 사람들의 눈 밖에 난 것이 아닐까? 그러니 이 세상에 수많은 재능 넘치고, 기여 많이 한 사람들은 다 오소리 같은 사람이다.

豝

돼지는 내 생각에 반대할지도 모른다

암퇘지

나는 10여 살 정도 되었을 때 새끼 돼지를 구한 적이 있다. 그때 나는 외할머니를 따라 이모할머니 댁 문 앞을 지나고 있었다. 그런데 저 멀리 큰 나무 아래를 보니 누워 있는 어미 돼지를 둘러싸고 새끼 돼지 여럿이 왁자지껄하게 소리 내며 놀고 있었는데, 유독 한 마리만이 어미 돼지 젖을 얻어먹으려고 품속을 파고들어 가는 모양새였다.

한데 신기하게 다른 새끼 돼지들은 모두 다 분홍색이었는데, 젖 먹으려고 하는 새끼 돼지만은 자주색이었고, 어미 품을 파고들면서 뒷다리를 심하게 버둥거렸다. 다가가 자세히 살펴보니 어미가 새끼 머리를 짓눌러 오랫동안 숨을 쉬지 못해 보라색으로 변한 것이었다.

그래서 재빨리 어미 돼지의 배를 두 손으로 들어 올린 채 한쪽 발로 새끼 돼지를 그 속에서 끄집어냈다. 다행히 새끼 돼지는 금세 분홍색으로 돌아왔고, 이리저리 기어 다니기 시작했다.

단번에 작은 암돼지 쏘아 맞히고, 큰 외뿔들소도 잡았다네.

發彼小豝, 殪此大兕.

〈소아·길일(吉日)〉[45]

'파豝'라는 한자는 '어미 돼지에게 붙어있는 새끼 돼지' 또는 '바닥을 기어 다녀야 할 정도로 뚱뚱한 돼지 또는 어미 돼지'로 해석할 수 있다. 어쨌든 돼지는 돼지다. 그런데 3천 년 전 화살로 쏘아 맞힌 '작은 암돼지小豝'는 야생 새끼 멧돼지

45 서주 작품으로 총4장에 걸쳐 주 선왕이 사냥 전 길일을 점치는 상황, 사냥 전 말을 고르는 장면, 사냥터에서의 사냥 모습 및 사냥 후 잡은 짐승으로 신하들과 연회를 벌이는 광경 등을 자세히 기록했다.

일 가능성이 크지 않을까?

고고학자들은 초·중기 신석기 때부터 중국인들이 돼지를 길렀다는 흔적이 있고, 상나라, 주나라 때에는 돼지 거세 기술까지 발달했다고 한다. 이렇듯 돼지는 인류 최초의 동반자들 중의 하나였다. 물론 돼지는 내 생각에 반대할지도 모른다.

내 사촌 동생은 어렸을 때 일본과의 전투를 주제로 한 영화를 보더니, 돼지를 말 삼아 탄 적이 있다. 허페이 지역에는 말이 없었기 때문에 어쩔 수 없이 이모할머니 댁의 수퇘지를 검은 말 대신 탄 것이다. 사촌 동생은 돼지가 무방비한 상태일 때를 틈타 뻣뻣한 돼지 목덜미 털을 와락 움켜쥐고 등 뒤에 올라탔다. 그러자 수퇘지는 화들짝 놀라 혼비백산 달리기 시작했다. 사촌 동생은 풀쩍풀쩍 날뛰는 돼지 등 위에 앉아 두 다리에는 힘을 꽉 주고, 두 손은 돼지털을 꼭 붙들고 "이랴! 이랴! 전진!"이라고 소리를 질러댔다. 결국, 수퇘지가 못에 빠져 사촌 동생이 흠뻑 물에 젖는 것으로 끝나기는 했지만, 나는 참 용감한 녀석이라고 생각했다.

나는 질척질척한 진흙 같은 돼지 똥과 오줌이 사료와 뒤섞여 악취가 풀풀 풍기는 농촌의 돼지우리가 참 싫었다. 그런데 어른이 된 후 고고학 자료를 보던 중에 한나라 고분에서 출토된 집 모양 토기에는 우리네 시골 돼지우리와 별반 다를 것 없는 돼지우리가 딸린 것을 발견했다. 보아하니 2천 년 전이란 세월이 흐르는 동안 돼지우리는 하나도 발전하지 못한 듯하다. 한편 관련 자료에 따르면, 한나라 때 중국인들은 우량 돼지 종자를 선별하고 기르는 능력을 갖추고 있었고, 위진남북조 때부터는 점차 방목보다 가내 사육을 통해 돼지를 기르는 경우가 더 많아졌다. 이렇게 돼지의 야생성은 갈수록 약해졌지만, 옛사람들에게 돼지는 갈수록 믿음직한 동물이 되었다.

손님이 오면 돼지우리에서 한 마리를 잡아다 대접하는 것이 《시경》처럼 '작은 암퇘지'를 사냥하는 것보다는 훨씬 편했을 것이다. 나는 어릴 때 교사 사택 단지에서 살았는데, 단지 안에 있는 교직원 급식 식당 옆에도 돼지우리가 있었고 식당에서 일하는 아저씨들은 매일같이 남아도는 음식을 학교 돼지에게 먹이곤 했다.

그러다 큰 명절이나 구정 전에는 학교 돼지를 잡으려고 외부에서 도축 업자를 불렀다. 그런데 식당 아저씨들이 돼지를 끌고 나오려고 할 때마다, 육감六感이 뛰어난 돼지는 진작부터 저 인간이 도살꾼이라는 것을 느꼈는지 꽁지가 빠져라 도망가곤 했다……. 항상 어머니는 그 광경을 못 보게 내 손을 끌고 집으로 돌아갔지만 밖에서 돼지를 쫓는 왁자지껄한 소리는 여전히 잘만 들렸다.

돼지 잡는 날 저녁에는 더 많은 반찬을 제공하기 마련이라, 어머니는 나를 데리고 교직원 식당에 돼지고기를 먹으러 갔다. 그 많은 어른 사이에 끼어있으려니 어린 나는 너무 외로웠다. 오로지 돼지고기 간장조림 한 그릇만이 내 가장 좋은 친구였다.

돼지는 중국뿐만 아니라 전 세계 역사와 문화에 매우 중요한 동물이다. 내가 장담하건대, 무수히 많은 역사학자, 문인, 철학자 등등이 돼지고기를 먹다가 영감을 얻었을 것이 분명하다. 디즈니 애니메이션 〈아기돼지 삼형제〉는 보고 또 봐

도 지겹지 않고, 저팔계 이야기는 더더욱 말할 것도 없다. 그러나 나이가 들면서 갈수록 돼지고기가 싫어졌다. 돼지고기 비린내 때문에 그렇다.

며칠 전 도로에서 화물적재함 쪽에 쇠창살을 덧대어 돼지를 몇 십 마리나 꽉꽉 밀어 넣은 트럭을 봤다. 돼지 등 쪽에 붉은색 도장이 찍혀있는 것을 보아하니, 분명 도살장으로 향하는 길 같았다. 정말 끔찍한 광경이었다. 우리 현대인들은 화살이 아닌 도축 시설에서 돼지를 잡지만 이런 기술적 발전이 '단번에 작은 암퇘지를 쏘아 맞힌' 그 시절의 야성적이면서 자연스러운 아름다움을 대체할 수 있을까? 괜스레 감성에 젖어본다.

羊

삼백 수의 시를 탄생시킨 양고기

양

군인 사택 단지 서쪽 담벼락 밖은 곧바로 국도와 맞닿아 있었다. 그리고 그 국도 맞은편에는 야트막한 야산이 있었는데, 산 한쪽은 시멘트 공장을 허물어버리고 반쪽만 덩그러니 남아있었다.

나는 자주 담을 넘어 산을 타러 갔고, 덩그러니 남은 반쪽 산 낭떠러지에 앉아 하늘도 보고, 땅도 보고, 외로움의 맛을 실컷 즐겼다.

그런데 어느 날 해질 무렵, 국도를 걷고 있는 양 떼와 줄을 매단 대나무 막대기를 들고 이따금 양 떼를 향해 살살 흔들며 걸어오는 농부가 보였다. 전율이 느껴지는 광경이었다. 노을이 비쳐 붉게 타오르는 길을 고요히 걸어가는 농부아니면, 양 떼의 모습은 장관이라고 할 만했다.

해, 달, 별이 총총한 하늘, 모두 고요하고 훌륭한 광경이다.

이렇듯 진정한 장관은 조용하다. 한없이 넓은 녹색 대초원에서 하얀 양들이 거니는 모습을 담은 HD 이미지도…….

양치는 사람아, 누가 그대에게 양이 없다 하였나?

삼백 마리가 떼를 지어 있는데.

誰謂爾無羊? 三百維群.

〈소아·무양(無羊)〉[46]

당시 높으신 분들이 소유한 양은 한 무리당 약 300여 마리 정도 되었다하니, 이 정도면 대목장 수준이 아닐까? 양을 열 무리나 가지고 있었다면? 그러니 어떤 사람은 유목민처럼 양과 아주 가깝게 지냈을 것이고, 양을 치려면 양 꽁무

46 주나라 시로 간결한 필치로 번성한 소와 양떼를 노래했다.

니를 쫓아다녀야 하니 어슬렁어슬렁하며 유랑도 즐길 수 있는 삶이었을 것이다. 오늘날의 시각에서 보자면, 그야말로 시로 충만한 삶이다.

양이라는 한자에 '큰 대大' 자를 더하면 '아름다울 미美'가 되고, '물고기 어魚'와 양을 더하면 '고울 선鮮'이라는 한자가 만들어진다. 이렇듯 '양'은 오래전부터 좋은 뜻으로 사용되어 옛 청동기에 '길상吉祥'이라는 글자를 새길 때 '길양吉羊'으로 바꿔 새기는 일도 많았다. 또 대대로 양에 쓰인 미사여구는 많고 많아 이 책에서 다 인용하기 어려울 지경이니, 차라리 계속 양에 관한 내 개인적인 기억을 되돌아보는 것이 낫겠다.

어느 해의 여름이었다. 나와 누나는 백로를 구경하려고 강둑 건너편으로 가던 중 실수로 숲 너머의 작은 마을에 들어서게 되었다. 이 외딴 마을에는 분명 풀어놓고 키우는 개들이 있을 것 같아서 나는 촉각을 곤두세우고 사방을 주시했다. 주위는 조용했다. 그런데 별안간 마을에서 거무튀튀한 뭔가가 재빨리 튀어나오지 않겠는가! '짖는 개는 물지 않고, 무는 개는 짖지 않는다.'는 옛말이 퍼뜩 생각났다. 그래서 자세히 들여다보니, 검은 염소가 아니겠는가. 화가 머리끝까지 나서 그놈 궁둥이를 걷어차 주고 싶었다.

그 후 나와 누나는 큰 강

둑까지 걸어갔다. 수풀 속에 숨어 있던 새까맣고 동글동글한 '콩알' 같은 게 자꾸 발길에 차여서 보니 전부 양 똥이었다. 누나가 구린내 난다고 투덜투덜해서 나는 담배에 불을 붙였다…….

마치 《시경》 속에서 튀어나온 것 같은 광경이었다. 그리고 머나먼 시공간을 거스른 《시경》 속 시에서도 누나의 냄새가 나는 것 같다. 한편 옛사람들이 이토록 양을 중요시하고, 찬미한 것은 미각적 만족이라는 현실주의 때문이 아니라, 더 강렬한 낭만주의 때문이었다.

위타[47] 시대, 오색의 양이 있었으니, 상서로운 동물이라.

尉佗之時, 有五色羊, 以爲瑞.

옛날 옛적 전설에 따르면, 광저우廣州가 궁벽했던 시절, 배곯는 백성들이 속출하자 다섯 명의 신선이 다섯 마리 양을 데리고 하늘에서 내려와 백성들을 배불리 먹이고 돌아가 '양의 도시羊城'라는 별칭을 가지게 되었는데, 《한서》의 〈남월지南越志〉도 위와 같이 기록하고 있다. 여기서 등장하는 '오색의 양'은 아마 검은색, 흰색 그리고 노을에 비쳐 붉은빛을 띠는 '붉은 양'이었을 것 같은데, 나머지 두 색깔은 상상에 맡기는 수밖에 없다. 이렇게 골똘히 상상하다 보니 천국에까지 생각이 미쳤다. 서양 고전 명화 속 양들은 주로 성경이나 천국과 관련된 경우가 많아, 부드러운 이미지를 가지고 있는데 이 그림 속 양들은 마치 우리가 열렬히 찾아 헤매는 '자애로움'을 상징하는 듯하다. 우리 상상 속에서 양들은 강렬하고 초월적인

47 진나라 말기에 광둥성, 광시성(廣西省) 및 베트남 북부에 남월국(南越國)을 세운 초대 군주 조타(趙佗)의 별칭이다.

도덕적 정서를 부여받고, 신적인 존재로까지 격상된다. 이런 낭만적인 감정은 아마도 현실의 비통함에서 비롯된 것이리라.

또 다른 낭만도 있다. 수준은 조금 떨어져도 훨씬 익살스러운 낭만이다. 진 무제晉武帝는 후궁들을 보러 갈 때 양이 끄는 수레인 양차羊車를 타고 가는 것을 즐겼다. 양차가 어느 후궁의 처소 문 앞에 멈춰 서면, 진 무제는 그 후궁의 처소를 찾았다. 그러자 후궁들이 그의 총애를 얻고자 자기 처소 문 앞에 양이 좋아하는 먹이를 놓아두기에 이르렀다고 한다. 이 이야기 뒤에는 눈물로 강을 이룰 만큼 많은 눈물을 흘린 여성들의 사연이 숨겨져 있을 것 같다.

양은 쓰임새가 매우 많다. 상고시대에는 식자재, 제물로 쓰였다가 후에는 '궁정 마부' 역할까지 담당했으니, 인간의 삶과 얼마나 깊고, 넓게 연관되었는지를 알 수 있다. 한편, 문화적인 측면에서 양을 가장 멋지게 표현한 것은 국보 '사양방존四羊方尊'이다.

사양방존은 제사에 쓰이던 네 마리 양이 새겨진 사각형 청동기 술잔인데, 이 청동기 발굴에 매우 흥미진진한 스토리가 얽혀있다. 후난성 닝샹시寧鄕市에 사는 장姜씨 삼형제는 고구마를 심으려고 산 중턱을 곡괭이로 갈던 중, 이 보물이 딸려 나온 것을 발견했다고 한다. 당시는 일본의 중국 침략이 본격화되던 1938년의 4월이었다. 보통 서민이라면 입에 풀칠하는 것만으로도 다행이라 생각했던 시기이니, 이 물건이 국보인지 아닌지 누가 그리 관심을 가졌겠는가? 결국 사양방존은 단돈 은화 400닢에 팔렸고, 일가족은 신이 나서 어쩔 줄 몰랐다. 그 후 이 보물은 이 사람 저 사람 손에 돌고 돌아, 밀수되기에 이르렀는데, 후난성 창사현長沙縣 정부기관에서 이를 알아채고 보물을 몰수해 당시 후난성 주석 장즈중張治中에게 전달했다. 그러나 이 장군님은 보물을 대수롭지 않게 여겨 붓꽂이로 써버렸다.

국보의 수치이자 양을 멸시한 행위다. 어쩌면 왕만 가질 수 있었던 이 상나라 말기 제기祭器는 제대祭臺에서도 가장 빛나는 자리에 놓였을지도 모르는데, 이 무게감 있는 보물이 붓꽂이로 전락하다니……. 그 당시 사양방존이 받았던 대접은 위구르 자치구 투루판Turpan에서 출토된 세 마리 양이 그려진 직물織物 '삼양개태三羊開泰'보다 못한 대접이었다. 물론 '삼양개태'도 위진남북조의 귀중한 생활용

품이기는 하다. 한편, 이 '삼양개태'라는 것은 겨울이 물러가고 봄이 다가와, 음陰은 쇠하고 양陽이 성해 길한 날을 뜻하는 《역경易經》의 '삼양개태三陽開泰'에서 전래하였다.

선현들이 북방에서 양을 치던 그 시절은 조금 고생스러워서 그렇지 참 평화롭고 한가로운 시절이었다. 나는 양고기가 시 300수의 《시경》을 탄생시키는 데 영양학적으로 많은 이바지를 했으리라 믿어 의심치 않는다. 화하華夏의 광활한 벌판과 산을 품은 대서사《시경》은 양고기의 누린내와 동글동글한 까만 똥을 먹고 소화해 만든 양분으로 지난 2천여 년간 줄곧 우리를 먹여 살려왔다.

兎

옛사람들의 생활을 체험해 보자

토끼

허페이 화충공원花沖公園 근처 중고 책 골목 주변에는 자그마한 반려동물을 파는 곳이 많아서 저 멀리서도 토끼의 쿰쿰한 냄새를 맡을 수 있을 정도였다. 철제 사육장 속에 들어 있는 보드라운 토끼들은 겁이 많아 보였다.

사실 토끼들은 토끼 장수가 단장을 시켜놔서 아주 깨끗했기 때문에 쿰쿰한 냄새라는 것은 그저 내 소년 시절의 기억일 뿐일지도 모른다.

어머니는 학교 일 외에도 짬이 생기면 틈틈이 토끼 두 마리와 이 녀석들이 삽시간에 '제공'해 준 십여 마리의 후손들을 키우셨다. 그 덕에 우리 집 뒷마당에 아파트식 토끼장을 설치해야 했다. 순식간에 맨 처음 느꼈던 토끼 키우기의 즐거움은 사라지고, 어머니는 매일같이 토끼 먹일 풀을 찾아 헤매야 했다.

게다가 감금 상태의 토끼들이 똥도 누고 오줌도 누는 바람에 마당에는 기가 막힌 악취가 진동했고, 선생님 댁이라는 느낌과는 전혀 어울리지 않는 집이 되어 버렸다. 그러던 어느 날 결국 어머니는 토끼를 전부 다른 사람에게 줘버렸다.

토끼 한 마리, 진흙을 발라 익히니 맛이 좋구나.

향기로운 술도 준비해 두었으니, 손님께 한 잔 가득 따라드리네.

有兔斯首, 炮之燔之.

君子有酒, 酌言獻之.

〈소아·호엽(瓠葉)〉[48]

48 총4장에 걸쳐 호엽(박 이파리)을 따다 연회를 준비하고, 토끼고기와 술을 마련해 손님께 올리는 내용을 묘사했다.

〈소아·호엽〉에서 토끼에 진흙을 바른 후 굽는다는 시구를 보니 닭을 연꽃잎과 흙으로 감싸 굽는 '자오화지叫花雞'라는 음식을 만드는 방법이 떠올랐다. 얼핏 보면 원시적인 이 조리법은 전 세계 곳곳에서 지금까지도 흔히 사용된다. 또 얼마 전 봤던 영상 속 한 중국 산골마을 주민은 집 마당에 구덩이를 파고 고구마, 닭, 생선을 넣은 다음 흙으로 덮고, 그 위에 나뭇가지와 풀을 올려 불을 붙인 후 일가족을 불러 맛있게 먹었다. 그런데 예상 밖으로 이 동영상 조회 수가 몇백만이나 돼서 놀랐다.

어쨌든 오래되고 원시적인 어떤 것은 영원한 가치를 지닌다는 점을 강조하고 싶다. 이런 것들은 발전과 퇴보를 이미 초월한 것이기 때문에 더 앞서나가지도, 뒷걸음치지도 않는다. 자유롭기 때문에 영원한 것이다. 토끼도 그런 것 같다. 《시경》 속에서 폴짝 튀어나온 토끼는 내 기억 속 토끼의 비릿한 냄새와 싱싱한 느낌과 다를 것이 없기 때문이다.

중국의 전통적인 문화적 코드 중에는 토끼와 달이 빠질 수 없다. 옛사람들이 사랑해 마지않던 상아嫦娥는 항상 절굿공이를 든 토끼가 짝지어 등장하고, 한쪽에서 계수나무를 베는 오강吳剛[49]의 모습도 어렴풋이 모습을 드러내기 마련이다. 또 달에 있는 궁전이라는 광한궁廣寒宮의 적막함은 토끼가 나서서 해결하기도 한다. 이백은 암스트롱의 달 착륙이 성공하기 전 유일하게 우리에게 달 소식을 전해 준 뉴스를 전해 준 사람이다. "옥토끼가 달에서 신비한 약초를 찧는다는데,

49 〈오강과 계수나무(吳剛伐桂)〉는 중국 고대의 전설로 줄거리는 다음과 같다. 옛날 옛적 오강이라는 남자의 부인이 태양의 신 염제(炎帝)의 자손인 손백(孫伯)이라는 자와 사통했고, 이를 발견한 오강이 손백을 살해했다. 노한 염제는 오강을 달에 보내 아무리 베어도 쓰러지지 않는 계수나무를 베는 형벌을 내렸다. 후에 자신의 행동을 반성한 오강의 부인은 아들 셋을 각각 두꺼비, 토끼와 뱀으로 변신시켜 달에 보내 오강과 함께 하도록 했는데, 그중에서 토끼가 된 아들이 열심히 계수나무 잎과 줄기를 갉아 먹은 덕분에 오강이 계수나무를 쓰러뜨릴 수 있었다고 한다.

누구를 위해 약을 찧는가?白兔搗藥成, 問言與誰餐?"라는 소식을 시 〈고랑월행古郎月行〉을 통해 전한 바 있기 때문이다.

우리 집에는 중국 전역에 이름난 허베이 우창현武强縣 지역과 톈진시天津市 양류칭진楊柳青鎮 지역의 목판木版 세화를 소개한 책이 꽤 있는데, 그 세화 속의 토끼는 참 전통적이면서도 수수한 것이 미국 애니메이션 속의 벅스 버니Bugs Bunny보다 더 어수룩한 느낌이다. 하지만 이 토끼들은 아름다움의 상징 그 자체이기 때문에 이미지나 스토리로 승부를 보는 타입은 아니다. 과거 베이징 지역에는 구정 명절 때마다 거리에서 토끼 머리에 사람 몸을 한 흙 인형인 '토끼 대감님兔兒爺' 모양을 그대로 본 따 만든 '토끼 대감님 초롱'을 팔았다. 1940년대부터 1990년대까지 왕성하게 문학 활동을 펼쳤던 수필가인 왕쩡치汪曾祺 같은 선배 문인들도 토끼 대감님 초롱을 좋아해서 따로 글을 써서 이 전통을 소개도 하고, 자신의 감상도 토로한 적이 있다. 허페이에는 이런 풍습이 없지만, 토끼해가 되면 다양한 토끼 세화를 붙인다. 그런데 사람들은 자신이 태어난 해가 돌아오는 것을 '본명년本命年'이라 부르며, 액운이 들 수 있으니 특히 조심해야 한다고들 하는데 나는 이 말이 이해가 잘 안 간다. 토끼 띠 사람을 왜 토끼가 보호해 주지 않는다는 걸까?

토끼는 인간 세상의 시간과 공간에 제약받지 않고 폴짝폴짝 뛰어다닌다. 그러니 미리 도망칠 곳을 마련해뒀다는 뜻의 '교활한 토끼는 굴을 세 개 파놓는다狡兔三窟'라는 사자성어는 언덕이나 풀숲에 있는 토끼 구멍만 의미하는 것은 아닐 것 같다.

1984년 초, 허페이 지역에 농사에 도움이 되는 눈이 잔뜩 내려 내 무릎까지 쌓였다. 해가 얼굴을 내밀자, 눈앞에 놀라운 광경이 펼쳐졌다. 교정校庭의 눈밭 위에 야생 토끼 발자국이 찍혀있었다. 나는 지팡이 한 개를 들고 멀리까지 토끼 발자국을 따라 내달렸다. 비록 야생 토끼를 찾지는 못했지만, 내 소년 시절의 기억 중 유일하게 사냥의 즐거움을 느낀 날이었다. 지금 다시 생각해 보니 그날 나는 옛사람들의 삶을 몸소 느꼈던 것 같다.

퇴역 후 귀향해 사냥을 즐기는데,

그 화살 여전히 벼락 같고, 말은 나는 듯해.

넓디넓은 사냥터에 매와 사냥개는 나는 듯이 뛰어,

풀숲 깊은 곳의 살찐 여우와 토끼를 쫓네.

還家行且獵, 弓矢速如飛.

地迥鷹犬疾, 草深狐兔肥.

최호(崔顥)의 〈고유협정군중제장(古遊俠呈軍中諸將)〉[50]

작년 가을, 이 시 속 당나라 전성기의 광경이 내 눈앞에서 펼쳐진 적이 있다. 허페이 지역의 강인 파이허派河 서쪽의 공터를 산책하던 중 아무렇지 않게 두둑 아래로 내려갔다가 10여 미터 밖에 있던 야생토끼를 놀라게 한 것이다. 그 토끼는 마른 풀숲 사이에서 '휙' 하니 튀어나와 발이 땅에 닿지 않게 나는 듯이 도망갔다. 이렇게 민첩하고 영리한 동물이라 사람들은 토끼를 보고 야무지다고 칭찬하는 것 같다. 몽골, 러시아 및 일본 등지에도 모두 똑똑한 토끼와 관련된 전설들이 있고, 앞서 언급했던 미국의 벅스 버니는 똑똑한 수준을 넘어 얄밉지만 미워할 수 없는 꾀돌이 이미지까지 가지고 있으니 말이다.

고대 중국의 옥토끼는 똑똑함의 상징일 뿐만 아니라 신비로움과 사랑스러움의 상징이기도 하다. 그런데 인디언 창세 신화에 등장하는 '마나보조Manabosho'라는 흰 토끼와 비교하면, 옥토끼는 그다지 위대하지는 않다. 이 토끼는 괴물한테 먹혀 사라져버릴 위기에 놓인 인류를 구원하기 때문이다. 또 '마나보조'는 인류에

50 당나라 시인 최호의 시로 한 소년 협객이 군에 들어가 혁혁한 공을 세운 후 퇴역해 사냥하며 여가 생활을 보내는 일생을 묘사하며, 무공이 뛰어난 자를 칭송했다.

게 최초의 불을 훔쳐다 준 미주 대륙의 '프로메테우스'라고도 한다.

선현들은 토끼를 매우 아끼는 한편, 경계도 게을리하지 않아서, 옛날에는 임신부들에게 토끼를 먹지 못하게 했다. 토끼를 먹었다간 아기가 구순열이 생긴다는 것이다. 그런데 또 일부 지방에서는 여섯 명의 아이들이 식탁을 둘러싸고, 토끼를 손에 쥔 한 아이만 식탁에 올라서 있는 그림을 태어난 아기에게 선물로 줘야 그 아이의 일생이 평안하고 잘 자란다고 믿는 풍습도 있다. 이런 상반된 풍습은 귀에 걸면 귀걸이, 코에 걸면 코걸이처럼, 중국의 땅덩어리가 크니 똑같은 것이라도 해석이 달라질 수 있다고 생각하는 수밖에 없다. 그야말로 사자성어 '귤화위지' 속 스케일과 스타일에 꼭 들어맞는 생각이다.

兕

인간과 어울리다 보면 악당이 될 수밖에

외뿔들소

옛날 TV 프로그램에 쓰인 음악 중에는 좋은 음악이 별로 없었다. 하지만 국영방송 CCTV의 〈동물의 세계動物世界〉 오프닝 곡은 내 어린 마음을 송두리째 뒤흔들어 놓을 정도로 좋았다. 그래서 지금도 가끔 우연히 인터넷에서 이 TV 프로그램 동영상을 보게 되면, 그 익숙한 음악에 마음이 설렌다.

무소가 달리는 모습과 서로 싸우는 장면을 배경으로 흘러나오는 오프닝 곡의 영상이 절묘하게 어울리고, 일정한 박자의 드럼 비트가 무소의 힘찬 발걸음 같다.

그렇다. 브라운관을 통해 처음 무소를 접했을 때 나는 전율을 느꼈고, 곧장 무소와 사랑에 빠졌다. 남자아이들은 태생적으로 영웅 숭배 콤플렉스가 있는데, 이 감정과 무소 사이에 직접적인 상관관계가 있는 것 같다. 호랑이는 무소보다 겉멋 든 동물 같고, 사자는 좀 게을러 보인다. 오로지 고귀한 뿔과 흔들림 없는 눈빛을 가진 무소만이 마치 산처럼 동요도, 두려움도 없이, 무너지지 않고 그 자리에서 딱 버티고 서있는 느낌이다.

단번에 작은 암퇘지 쏘아 맞히고, 큰 외뿔들소도 잡았다네.

發彼小豝, 殪此大兕.

〈소아·길일(吉日)〉

이 시 속의 외뿔들소兕는 무소와는 다른 동물이지만, 오래전부터 학자들은 이 두 동물을 제대로 구분하지 못했다. 외뿔들소는 신성한 동물, 코끼리는 통속적인 동물이니 이 두 동물은 이미지만 비슷할 뿐 아주 다른 동물이다. 하지만 지금은 외뿔들소는 찾아볼 수 없고, 무소만 남아 있으니 이 둘을 적당히 얼버무려보자.

오랜 시간 동안 세상의 이치를 터득해

활짝 핀 석류꽃과 같이 궁에서 영예를 누릴지어다.

춘삼월의 경치는 초봄만 못하나,

종국에는 호랑이와 외뿔들소의 싸움에 그 꿈은 사그라지리라.[51]

二十年來辨是非, 榴花開處照宮闈.

三春爭及初春景, 虎兕相逢大夢歸.

이는 《홍루몽》 제5회에 수록된 예언시로 호랑이와 외뿔들소를 모두 같은 맹수의 범주에 넣고 있다. 또 《논어》의 〈계씨季氏〉 편에도 호랑이와 외뿔들소가 우리를 뚫고 나와 문제를 일으키면, 그 주인이 악행에 책임을 져야 한다는 뜻의 "호시출어갑虎兕出於柙"이라는 문장이 나온다. 그 밖에도 후한시대 문인 왕일王逸은 시 〈구사九思〉에서 "호랑이와 외뿔들소가 조정에서 싸우네虎兕爭兮於廷中."라는 시구로 악랄한 권력자를 호랑이와 외뿔들소에 비유하기도 했다. 한편 18세기 일본 화가인 후치 자이칸淵 在寬(일설에는 호소이 준細井 徇)이 시경 속 동물을 주제로 1779년

51 이 시의 제목은 〈가원춘의 운명(賈元春判詞)〉으로 소설 《홍루몽》의 남자 주인공 가보옥(賈寶玉)의 누이이자, 황제의 후궁 현덕비(賢德妃)로 책봉된 가원춘(賈元春)이 호랑이와 외뿔들소로 상징되는 궁내 두 세력의 다툼으로 목숨을 잃게 될 것이라고 예언한 시이다.

출판한 그림책《고회시경명물古繪詩經名物》에는 짧고 가늘면서 곧은 외뿔을 달고 있는 소머리와 사슴 몸뚱이를 한 동물로 외뿔들소가 그려져 있는데 이도 저도 아닌 것이 전혀 호랑이와 같은 맹수라고 볼 수가 없을 지경이다. 차라리 그냥 무소를 그리지!

나는 동물원 무소밖에 본 적이 없지만, 확실히 〈동물의 세계〉 속 에너지 넘치는 무소와는 달랐다. 야성적인 멋이라고는 없는 무겁고 투박한 몸체를 보고 나는 뿔 하나가 덜 달린 검은 물소인 줄 알았다. 반면 상고시대 사람들은 외뿔들소를 '천하가 곧 흥할 때 출현한다逢天下將盛,而現世出'며 상서로운 동물로 여겼으니, 기린과 어깨를 나란히 할 정도다.

그런데 고대 중원과 오르도스 지역에도 무소가 있었을까? 실제로 고생물학자들이 그 지역에서 코끼리뼈를 발견한 적이 있다. 아프리카의 경우 무소와 코끼리가 함께 초원과 숲에서 살아가니, 어쩌면 아주 오래전 옛사람들이 살던 시절의 기후도 동물이 사는 데 적합해서 다양한 생물이 번영하지 않았을까?

아마 중국인은 대부분 손오공의 원수 '외뿔들소 요괴兕怪'에 관한 이야기를 알 것이다. 하지만《서유기》의 작가 오승은吳承恩이 외뿔들소를 묘사한 부분을 살펴보면, 분명 무소의 모습을 묘사한 것 같아 조금 고개가 갸웃거려진다.

들쭉날쭉한 외뿔, 번쩍이는 두 눈.… (중략)
털과 가죽은 푸르딩딩하고, 몸은 쇠처럼 단단하다.
연서[52]와 달리 물을 비추지 못하고,
수소와 달리 밭을 갈지 않는다.… (중략)
흉측한 모습을 자세히 들여다보니,
과연 외뿔들소 대왕이라 불릴만하구나!
獨角參差, 雙眸幌亮.
… 毛皮青似靛, 筋攣硬如鋼.
比犀難照水, 像牯不耕荒.
… 細看這等兇模樣, 不枉名稱兕大王!

52 진나라 전설에 따르면 이 세계에는 뿔에 횃불을 달아 호수의 요괴들을 비출 수 있는 '연서(燃犀)'라는 동물이 있다고 한다.

그런데 또 정체가 드러나자 이번에는 푸른 소로 변신해서 태상노군太上老君 노자님의 발이 되어, 그분을 모시고 함곡관을 건너간다. 보아하니 인간 세계에 발을 들이면 외뿔들소는 악당으로 변하고, 천국으로 돌아가면 다시 신기한 귀염둥이 동물이 되는 듯하다. 그러니 이런 논리로 보면 구구절절이 진실만 말했다손 치더라도, 아무래도 오승은은 반사회적인 인격을 가진 인물인 것 같다.

무소, 외뿔들소, 미록, 사슴이 가득하네.

犀兕麋鹿滿之.

《묵자墨子》의 〈공수公輸〉 편에 나오는 이 문장을 보면 알 수 있듯 그 시절에는 무소와 외뿔들소가 흔히 볼 수 있는 동물이었을 뿐만 아니라 자연의 풍요로움을 상징하기도 했다. 한나라 장안의 지리와 주나라 유적 등의 위치를 기록한 《삼보황도三輔黃圖》의 기록에 따르면, 한 무제漢武帝 때 시안에 살던 원광한袁廣漢이라는 부자는 자기 개인 정원에 하얀 앵무새, 보랏빛 원앙새, 야크, 푸른 외뿔들소 등 진귀하고 기이한 동물을 많이 길렀다. 그러니 이 시절부터 외뿔들소가 이미 희귀해진 것 같다. 어쩌면 무소 혹은 외뿔들소가 짧은 시간 내에 급속도로 절멸한 것 때문에 갑자기 이 동물들은 전설 속 동물이 되고, 더 나아가 인간의 상상력이 이들을 과장하고 신격화한 것은 아닐까?

어떤 학자는 《좌전》의 〈선공宣公·선공2년宣公二年〉 편에 "아직도 무소와 외뿔들소가 많다犀兕尙多."는 기록이 있었으나, 그 이후의 고전에는 무소와 외뿔들소를 볼 때마다 아연실색했다는 내용만 남아있다고 주장했다. 그러면 화하의 자연에서 살던 이 동물들의 운명은 그때 갑자기 전환기를 맞이한 것일까?

이미 출토된 유물 중에 청동 술 주전자인 '시굉兕觥'이라는 것이 있다. 이 육중한 청동기 유물의 전체적인 형상은 무소와 비슷하고, 뚜껑은 뿔이 달린 맹수의 모습을 하고 있다. 어떤 학자들은 외뿔들소는 사실 암컷 외뿔들소를 가리키는 것이라고 하지만 꼭 그렇다고 결론짓기는 어렵다. 《산해경》의 〈해경海經·해내남경海內南經〉 편에는 "외뿔들소의 북서쪽에는 무소가 있는데, 그 형상은 소와 비슷하지만 검다兕西北有犀牛, 其狀如牛而黑."라는 기록이 있어, '외뿔들소'라는 글자가 어쩌면 랜드

마크로 사용되었을 가능성도 있기 때문이다. 그러다 당나라 때가 되면, 시인 이상은李商隱이 시 〈무제이수無題二首〉에서 "아름다운 봉황새와 달리 날개가 없어 함께 하지 못하나, 마음속에는 영험한 무소의 뿔이 있어 그대 마음과 통하네身無彩鳳雙飛翼, 心有靈犀壹點通."라고 노래해, '무소'를 텔레파시의 상징으로 썼다. 뒤죽박죽이다.

꼬치꼬치 따질 필요는 없다. 자연의 순리에 따라 때로는 신비감을 지켜야 하는 동물도 있으니 말이다. 동물원에서 본 무소는 씁쓸한 아쉬움만 남겼지만, 보는 것만으로 경탄을 금치 못하게 했던 어린 시절 브라운관 속 무소처럼 말이다.

猱

황산의 지게꾼은 인간 세상의 원숭이로다

원숭이

문화대혁명이 시작되었던 1966년, 아버지가 징강산井岡山에 계실 때 원숭이를 파는 동네 주민을 마주쳤다고 한다. "원셍이, 원셍이, 6전에 한 마리!" 아버지는 이렇게 징강산 사투리를 따라하셨다. 나는 "진짜 싸다! 그래서 사셨어요?"라고 신이 나서 여쭤봤지만, 아버지는 당시 수중에 6전이나 가지고 있는 사람은 드물었다며, 비싼 가격이라고 짚어주셨다. 더군다나 굶주리는 날이 태반이라 원숭이에는 눈길도 가지 않았다는 것이다.

뜨거운 피가 펄펄 끓는 청년이었던 나의 아버지는 씩씩하게 동서남북, 각지를 돌아다녔다. 그러나 되돌아보니, 당시 청소년들은 다들 아무것도 모르는 원숭이들이었다는 말씀도 하셨다.

원숭이는 가르치지 않아도 나무를 잘 타니, 진흙처럼 잘도 달라붙사옵니다.

毋教猱升木, 如塗塗附.

〈소아·각궁(角弓)〉[53]

이 시 속의 한자 '원숭이 노猱'에 해당하는 동물의 학명은 '긴꼬리원숭이 Macaque'이지만, 유인원 또는 붉은털원숭이Macaca Mulatta로 해석하기도 한다. 그러나 옛사람들의 시각에서 보면, 긴꼬리원숭이가 우리가 흔히 보는 원숭이보다 더 신비로운 느낌이었나보다. 옛사람들은 '원숭이는 반응이 빠릿빠릿하니, IQ도 좋겠구나.' 하고 생각하셨나 보다. 그래서인지 많은 신화와 전설에 원숭이 혹은 긴꼬리원숭이가 꼭 등장한다. 특히 후에 원숭이들에게는 《서유기》라는 큰 영예가

53 주나라 시로 왕에게 간신과 소인배들을 멀리하고, 피를 나눈 친인척을 가까이해 군주로서의 덕을 쌓으면 원숭이가 가르치지 않아도 나무를 타듯 백성들이 왕을 잘 따라올 것이라 간언하고 있다.

주어졌다. 사실 저자 오승은이 대대로 전해져 내려오는 '서역에 불경을 얻으러 가는 기행'에 관한 전설을 모아 손오공을 탄생시키기는 했지만, 최초의 원형은 훨씬 더 이른 고대 인도 서사시까지 거슬러 올라간다.

영웅 숭배 콤플렉스 때문일까. 중국 남자아이라면 분명 원숭이인 척해 본 적이 있을 것이다. 한때 나와 내 동무들은 모두 손에 기다란 막대기 하나 들고, 손오공이 되어 여름방학 내내 상상 속의 긴고아와 맞서 싸우거나, 교정의 잡초며, 작은 나무 사이를 휘젓고 다녔다.

《시경》은 사람이 모방에 능하다는 점을 "원숭이는 나무를 잘 탄다."라는 말에 비유하며, 빠르고 민첩한 원숭이의 나무 타기 실력을 언급했다. 그래서인지 이후 고전 중국 시 속 원숭이들은 주로 기지를 발휘해 위험을 탈출하는 장면에 등장한다.

저 강 아래 세상은 참으로 위험하고,
굽이굽이 높은 산은 파도와 같다네.
산꼭대기는 어렴풋해 보이지도 않건만,
처량한 원숭이들만 깎아지른 듯한 벼랑에 매달려 있네.
水於天下實至險, 山亦起伏為波濤.
其巔冥冥不可見, 崖崖鬥絕悲猿猱.

왕안석의 시 〈갈온작질무산고애기표일인역두편(葛蘊作巫山高愛其飄逸因亦作兩篇)〉[54]에서 발췌

54 '명필가 갈온이 〈무산은 높다〉라는 시를 지었는데, 그 뛰어난 시에 감동해 나 또한 두 수를 짓는다.'라는 뜻이다.

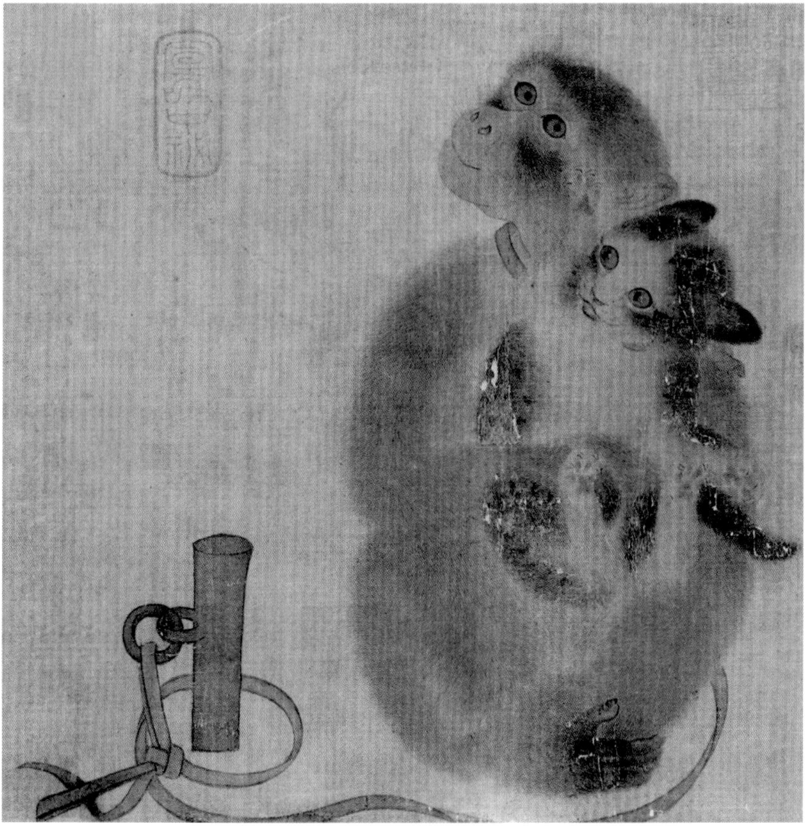

이 시를 남긴 왕안석은 '처량한 원숭이들'이라는 표현으로 쉽게 범접할 수 없는 위험한 궁지를 강조했다. 이 표현에서 원숭이는 험난한 지세를 가늠하는 척도로 쓰였다. 당나라 시인 정현淨顯의 시 〈제광애사능가산題廣愛寺楞伽山〉에는 "새도 살 수 없는 기이한 곳, 원숭이마저 종적을 감춰 기묘하기 이를 데 없다靈異不能棲鳥雀, 幽奇終不著猿猱."라는 표현으로 석가모니가 《능가경》을 설했다는 험준한 능가산의 모습을 묘사하는 동시에 자취를 감춘 원숭이라는 말로 신비로움을 더했다. 이런 생각을 하다 보니 머릿속에 아미산 자락의 이름난 원숭이가 떠올랐다.

그곳의 원숭이들은 365일 내내 산 절벽과 벼랑길에 딱 달라붙어서 관광객이 주는 간식을 얻어먹으려고 대기한다. 그런데 어떤 관광객이 원숭이의 심기를 거슬러서 위험에 빠진 적이 있다고 한다. 험난하고 깎아지른 벼랑길을 원숭이들이 널찍한 대로大路 삼아 차지하고 있으니, 원숭이가 움직일 때마다 사람들은 주의를 기울일 수밖에 없다. 그렇지 않았다간 원숭이 장난에 당한 사람이 엉덩이를 툭툭 터는 그 짧은 순간에 훅하고 흔적도 없이 사라져버린다. 하지만 그 사람은 올라갈 수도 내려갈 수도 없는 그 산에서 구조대를 하염없이 기다리는 수밖에 없다.

당나라 시인 이하李賀는 시 〈신호자필율가申胡子觱篥歌〉에서 "건장하고 힘찬 몸놀림이 원숭이 같다俊健如生猱."라는 표현으로 건장한 병사들을 칭찬했는데, 이 표현은 올림픽 체조 소년들에게도 참 잘 어울리는 표현이다. 하지만 여성을 원숭이에 빗대면, 결과가 별로 좋지 않은 경우가 많다. 원나라 작가인 관한경關漢卿의 잡극 오늘날의 오페라 작품《사천향謝天香》의 제1절第一折에는 이런 가사가 나온다.

> 연주도 못하고 노래도 못하는 것들은 일단 제명하게,
> 진즉 알았다면 벙어리 원숭이라도 시킬 것을.
> 先將那等不會彈不會唱的除了名字, 早知道則做個啞猱兒.

이 가사에서 원숭이는 기생을 뜻하는데, 명나라와 청나라 때까지 계속 인용되어, 명나라 희곡戲曲 작가 서복조徐復祚의 《투사기投梭記》 중 〈모찬謀竄〉 편에는 "원숭이 같은 기생 옥모화안은 둘째치더라도, 고생만 죽도록 시키면 미인박명하지 않겠소, 내 어미 고생하는 꼴은 보기 싫구려全不想猱兒玉貌如花朵, 拼得個珠沈玉破, 須念我娘兒折磨."라는 가사도 나온다. 그런데 왜 기생을 '원숭이 노猱'나 '원숭이 후猴'라는 글자

로 표현했을까? 우화 '힐노미호黠猱媚虎'가 어쩌면 우리에게 이 문제의 답을 줄 수 있을지도 모르겠다. 이 우화는 《현혁편賢奕編》[55]과 《고금담개古今譚概》[56]라는 두 권의 고사집에서 찾아볼 수 있지만, 사실은 원나라 이전 시대부터 내려온 이야기이다. 이 이야기의 대략적인 줄거리는 이렇다.

원숭이가 호랑이 머리를 긁어주니, 호랑이 기분이 아주 좋아졌다.
한데 원숭이가 호랑이 머리를 긁어 구멍을 내, 골수를 파먹고 호랑이에게도 맛보여줬다.
그리고 한참 후 원숭이가 쪼르르 나무 높이 도망갔을 때가 돼서야,
호랑이는 머리가 텅 비고, 골이 지끈지끈한 것을 깨달았다. 그렇게 호랑이는 죽었다.
猱幫老虎搔頭, 老虎很舒服.
殊不知猱兒在其頭上搔出壹個洞來,
挖腦髓吃, 還給老虎嘗壹點. 之後老虎感覺頭空且疼時, 猱兒卻溜到高木上. 虎死.

'원숭이 노猱'라는 한자는 이제 잘 쓰지 않지만, 모험심 넘치는 관광객을 끌어들이기 위해 얼마나 위험한 구경거리가 있는지를 홍보할 때는 종종 사용된다. 천혜의 요새라 불리는 쓰촨성의 젠먼관劍門關도 2016년에 원숭이와 새만이 다닐 수 있는 험준한 길이라는 뜻의 '원노조도猿猱鳥道'라는 관광용 코스를 개방한다고 홍보할 때 '원숭이 노'라는 글자를 사용했다. 이 코스는 화산華山의 무시무시하게 좁은 산길과 매우 비슷한데, 가장 넓은 길은 너비 30센티미터가 안 되고, 좁은 곳

55 명나라 작가 유원경(劉元卿)이 저술한 고사집으로 대부분 고대 저서에서 소재를 따왔으며, 일부 직접 창작한 이야기도 담겨있다.

56 명나라 소설가 팽몽룡(馮夢龍)이 저술한 고사집으로 대부분 고대 우화, 설화, 농담 등을 정리하고, 일부 수정해 기록한 것이다.

은 겨우 15센티미터밖에 되지 않기 때문에 높고 가파른 절벽에 딱 달라붙어서 가는 수밖에 없다. 그런데 이 코스는 주변 지역의 주민들과 선현들이 약초를 캐러 갈 때 쓰던 지름길로 아주 유서 깊은 곳이다. 그들에게는 일상다반사로 지나다녔던 길이 특급 명승지를 홍보하는 광고 문구가 된 것이다.

송나라 문인 주밀周密은 남송시대의 사건과 풍속 등을 기록한 책인 《제동야어齊東野語》에는 한 시골 노파가 "산골짜기를 원숭이처럼 넘나들었다上下山谷如飛猱."는 짤막한 기록이 있다. 아마 젠먼관과 화산의 원주민들이 바로 이렇게 살지 않았을까? 예전에 황산에 갔을 때, 어깨에 몇 십 킬로그램의 무거운 물건을 멘 지게꾼이 좁고 위험한 황산의 산골짜기를 나는 듯이 빠른 발걸음으로 다니는 것을 본 적이 있다. 그분들이야 말로 우리 시대의 진정한 '원숭이'다.

곤충

蜮

청산가리 같은 독성을 가졌을까?

물여우

물여우[57]는 여우의 일종일까, 아니면 《산해경》에 등장하는 발 세 개 달린 자라 '삼족별三足鱉'일까, 그도 아니면 무엇일까? 옛사람들도 정확히 답을 내리지 못한 문제다. 어쨌든 매우 특이하고 무시무시한 벌레다.

남몰래 사람을 헐뜯는다는 뜻을 가진 '함사사영含沙射影'이라는 사자성어를 어릴 때 들어봤을 것이다. 그런데 이 사자성어는 물여우가 물속에 숨어 있다 사람이 나타나면 모래를 뿜어 공격한다는 전설에서 유래된 것이다. 물여우에게 당하면 어떤 이는 병에 걸리는 정도로 가볍게 끝나지만 심한 경우 목숨도 잃는다고 한다. 현대인의 시각에서 보면 물여우는 꼭 저격수 같다. 그래서인지 옛사람들은 물여우를 '사공射工', 즉 활잡이라 불렀다.

귀신이거나 물여우라면,

내 평생 다시 보지 않으면 그만인데.

당신은 얼굴도 있고 눈도 있는데,

그 속은 도무지 알 길 없네.

为鬼为蜮，则不可得. 有靦面目，视人罔极.

〈소아·하인사(何人斯)〉[58]

57 자라처럼 생겼지만, 날개가 있고, 물속에 살며, 활시위 모양의 혀에 모래를 머금고 있다가 사람이 다가오면 모래를 뿜어 공격한다는 상상 속의 해충이다.

58 과거 학자들은 이 시를 "소공(蘇公)이 폭공(暴公)과 단교하기 위해 쓴 시"라고 평가했으나, 현대 학자 장량푸(姜亮夫)는 시대적 배경을 봤을 때 폭력적이고 가정을 돌보지 않는 남편을 비난하지만 동시에 집에 돌아오기를 간절히 바라는 아녀자가 지은 시라고 분석했다.

3천 년 전부터 물여우와 귀신을 한데 묶어 말할 만큼 옛사람들에게 물여우는 공포와 증오의 대상이었다. 지금도 여전히 물여우의 존재를 증명할 증거는 없지만, 많은 사람이 물여우가 정말 있다고 믿는다. 또 이따금 우리 주변의 누군가는 사람 거죽을 뒤집어쓴 귀신이나 물여우일지도 모른다는 나쁜 생각도 한다. 원나라 시인 호래昊萊의 시 〈시나时傩〉에는 "사나운 귀신이 날뛰고, 발역도 창궐해厲神乃恣肆, 魃蜮並猖狂" 이를 퇴치하기 위해 동자승과 무당이 동원되었다는 내용이 나온다. 민간 무속이나 제사 광경을 묘사한 이 문장 속의 한자 '발역魃蜮'도 물여우를 뜻한다. 이 시의 내용을 토대로 미루어 짐작건대 물여우는 아주 오래전부터 우리 인간 세상에서 활개를 치고 다닌 듯하다. 하지만 인간의 힘으로는 물여우에게 반격할 방법이 없으니, 그저 하늘의 초자연적인 힘이 개입하기만 바라며 이런 신묘한 의식을 펼쳤나 보다.

구양수는 시 〈자기강산행지평육역自岐江山行至平陸驛 · 오언이십사운五言二十四韻〉에서 "물가에 가면 물여우 공격이 두렵고, 숲에 가면 사나운 호랑이가 무섭구나水涉愁蜮射, 林行憂虎猛."라 했다. 많은 사람이 이 문장을 두고 간신의 참언을 두려워한 것이라 해석했지만, 내가 보기에는 대자연을 보고 느낀 경외감을 표현한 것 같다. 사실 물여우가 물속에 사는 해충에 불과하다면, 너무 두려워할 필요는 없다. 그런데 어렸을 때 어른들은 물귀신이 아이 발목을 딱 잡고 물속으로 끌고 들어가니, 오후에는 강에 멱 감으러 가지 말라고 신신당부하셨다. 그러면 물여우도 물귀신의 일종이 아니었을까? 발목을 잡지는 않을 뿐이지 말이다.

하지만 귀신이나 물여우는 무서운 존재가 아니다. 인간이야말로 귀여우면서도 무서운 존재다. 인간이 일으킨 전쟁이나, 억울한 옥살이로 수천 명의 사람이 목숨을 잃으니 말이다. 명나라시대 문인 심덕부沈德符가 명나라 만력제 시대 제도,

인물, 사건, 소문 등을 모은 사료《만력야획편萬歷野獲編》의〈왕사죽王師竹·궁서宮庶〉편에도 이런 기록이 남아있다.

물여우 같은 송유(宋儒)라는 자의 참설 때문에
웅등박(熊登樸)이라는 자는 두 번이나 누명을 쓰고,
결국 까닭 없이 벼슬을 강등 당했다.
이 판결을 내린 장거정(張居正)[59]에 대해 사람들은
항상 현명하시던 재상님이 이번에는 사리 분별을 잘못하셨다하더라.
又因宋儒讒說致熊登樸兩遭蜮射, 無端左官,
人謂江陵英察, 玆事則太憒憒雲.

찬찬히 읽어보면 웅등박이라는 이름을 가진 자가 소인배의 중상모략에 당해 목숨은 건졌으나 벼슬길이 막혔다는 이야기일 뿐, 수많은 지식인의 목숨을 앗아간 청나라시대 필화 사건들과 비교하면 별 대수롭지도 않은 일이다.

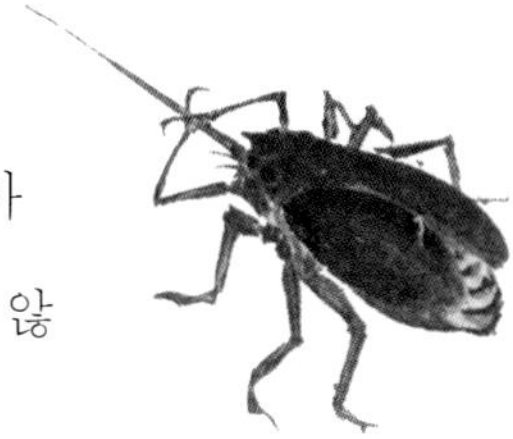

왕조 말기에는 항상 사회가 혼란해졌고, 귀신과 물여우가 판을 치고 다녔다. 그러다 우연히 그 시대에 태어난 걸출한 문인들은 직접적으로 사회를 비판할 수 없으니 마음 속 분노를 글로 표현했다. 이런 문인 중에 동물 우화를 많이 남긴 공자진龔自珍이라는 청나라 문인이 있다. 그가 남긴 여러 우화 중 물여우에 관

59 명나라의 만력제 시대 정치가로 토지, 재정 개혁을 추진했다. 지금의 후베이성 징저우시(荊州市)에 속하는 강릉현(江陵縣) 출신으로 장강릉(張江陵)이라는 별칭으로 불렸다.

한 우화인 〈부역捕蜮〉은 《요재지이》에 비견할만한 작품이다. 이 우화 속의 물여우는 질투심이 많아서 예쁜 옷을 입은 사람을 보기만 해도 눈이 뒤집히고 이를 바득바득 갈 정도지만, 검은 상복만큼은 질투하지 않기 때문에 검은 옷을 입고 물여우 무리에 잠입해 이들을 소탕한다는 이야기다. 그런데 이 우화보다 훨씬 옛날에 남겨진 기록을 보면 물여우가 이렇게까지 사악한 해충으로 묘사되지 않는다. 예를 들어, 진나라와 위나라 역사서인 《죽서기년竹書紀年》을 보면 아래와 같은 내용이 나온다.

주 혜왕 2년에 왕자 퇴(頹)가 반란을 일으켜, 혜왕은 정나라에 의탁했다.
이에 정나라 사람들은 혜왕에게 많은 옥을 얻었는데,
옥이 물여우로 변해 사람을 쏘았다고 한다.
周惠王二年, 王子頹亂, 王出居鄭, 鄭人入王府多取玉, 玉化為蜮射人.

물여우의 '역蜮'과 '옥玉'은 중국어로 모두 '위'라고 발음한다. 그래서 후에 주나라를 배신하는 정나라 사람은 물여우 같은 인간들이라는 뜻으로 그들에게 복수하기 위해 '옥'이라는 글자 대신 '역'이라는 한자를 쓴 것은 아닐까? 일단 열어버리면 수습하기 어려운 판도라의 상자처럼, 안타깝지만 물여우의 이미지도 그 누구에게도 환영받지 못하는 해충이라는 이미지로 굳어져버렸다. 이로부터 수백 년 후에 나온 서진시대 전설 모음집 《박물지博物志》에도 물여우는 남방 지역의 물속에 살며 주둥이 부분이 활처럼 휘어져 있고, 뜀뛰기에 능할 뿐만 아니라, 총알보다 아픈 모래알을 뿜어낸다고 기록되어 있다. 모래알 자체는 독성이 없는데, 물여우가 독을 품고 있다는 뜻일까? 그렇다면 그 독은 목을 콱 막히게 하는 가스 같은 것일까? 아니면 유독성 강한 청산가리 같은 독일까? 아무래도 그런 기록은 없는 것 같다.

사람을 물여우에 비유한 표현은 많지만 무기를 쓰지 않고 말로 상대를 무너뜨리는 상황을 표현할 때만큼 적절하게 쓰이는 때도 없다. 말로 사람을 쓰러뜨리는 것은 계층, 악당, 영웅을 가리지 않고 누구든지 대단하다고 평가해왔으니 말이다.《박물지》에는 물여우에 대한 또 다른 아래와 같은 기록이 있다.

(물여우는) 사람의 그림자를 기(氣)를 이용해 반사하는데,

그 그림자에 몸이 닿으면 종기가 생기고,

치료하지 않으면 목숨을 잃는다.

以氣射人影, 隨所著處發瘡, 不治則殺人.

기氣 역시 말처럼 보이지 않는 존재다. 이렇듯 보이지 않는 힘으로 사람을 죽이는 경우를 무림에서는 '고수'라고 부른다. 어린 시절에 봤던 스릴러 영화 가운데 악당이 흔적이 남지 않는 독침으로 사람을 찌르고 다닌다는 줄거리의 영화가 있었는데, 영화 제목은 기억나지 않는다. 그런데 나중에 소련의 정치범 수용소인 굴라크Gulag에 관한 책을 읽다가 이 영화 속 이야기처럼 우산 끝으로 독약을 분사해 사람을 독살했다는 기록을 발견했다. 알고 보니 이 비밀 무기는 소련 KGB가 발명한 것으로 이 무기에 당한 피해자는 아무 고통도 느끼지 못하다가 몇 시간 안에 급사한다고 한다. 물속에 숨어있다 모래를 뿜는 물여우의 공격법에 현대 첨단 과학을 접목한 무기라 할 수 있겠다.

나비 애벌레

아름다운 나비의 보잘것없던 전생 이야기

蠋

옛날 쌀독에는 작은 우윳빛 애벌레가 잘 생겨서 자칫하다간 쌀에 섞여 애벌레를 넣고 밥을 짓는 수도 있었다.

그래도 어릴 때는 애벌레를 전혀 무서워하지 않아, 덥석 잡아다 손바닥 위에 올려놓고 물끄러미 관찰하기도 했다. 애벌레는 어떻게 쌀독 안에서 살까? 참 이상하다. 마실 물도 없는데 쌀만 먹고 어떻게 자랐을까? 나중에 알고 보니, 쌀독 안은 벌레 알이나 벌레가 수분을 섭취할 수 있을 정도로 아주 습해서, 얼마든지 그 안에서 부화하고, 자랄 수 있다고 한다.

쌀에서 자라는 애벌레가 다 크면 작은 회백색 나방이 된다. 나도 실제로 그런 나방을 본 적이 있는데, 쌀독 안에서 푸드덕거리다가 밤이 되면 등불에 달려드는 것이 정말 고약하기 이를 데 없는 벌레였다.

꿈틀꿈틀 기어가는 애벌레도 들판에 뽕나무라는 집이 있건만.

웅크리고 야영하는 이 몸, 수레 아래서나 겨우 잠을 청하네.

蜎蜎者蠋, 烝在桑野.

敦彼獨宿, 亦在車下.

〈빈풍·동산(東山)〉[60]

이 시 속의 '촉蠋'이라는 한자는 나비 애벌레 또는 나방 애벌레를 뜻하는데, 몸체는 연둣빛이 돌고, 누에와 비슷하게 생겼다. 메주콩 한 다발을 수확하면 그 사이에서 꼭 초록빛 또는 붉은빛 애벌레 한 마리를 잡을 수 있을 만큼 자연에서

60 관숙과 채숙 등이 동쪽에서 반란을 일으켜 주공이 이를 진압하러 갔던 '주공의 동정(東征)' 시대를 배경으로 군역에 동원된 백성이 가족과 집을 그리워하는 내용을 담고 있다.

아주 흔히 볼 수 있는 벌레다. 닭 사료로 안성맞춤이기도 해서, 나는 이런 애벌레를 볼 때마다 어머니가 기르시던 닭에게 먹이로 던져줬다.

약을 뿌리지 않고 잎채소를 키우면 애벌레가 생기기 마련이다. 내가 어렸을 때 우리 어머니는 친환경적으로 채소를 기르셨다. 그 덕에 채소를 수확해 보면, 벌레가 파먹은 구멍이 송송 나 있고, 이파리 사이에는 쌀벌레보다 조금 더 큰 크기의 애벌레들이 숨어 있었다.

일반적으로 나비 애벌레들은 나무 위에서 산다. 우리 집 뒷문에는 오동나무가 여러 그루 있었다. 어느 해 여름에 대나무 작대기를 들고 오동나무 나뭇잎을 찔러봤더니 굵기는 내 엄지손가락만 하고, 코뿔소 같은 외뿔이 머리에 달린 나비 애벌레가 갑자기 툭 하고 떨어졌다. 보기만 해도 소름이 끼쳐서 차마 손으로 잡을 엄두가 나지 않았다. 때마침 사촌 동생이 우리 집에 놀러 온 날이라 애벌레를 모종삽으로 떠서 녀석한테 보여줬더니, 사촌 동생은 놀라서 큰 소리를 지르며 도망가 버렸다.

그런데 훗날 책을 읽어보니 애벌레를 다룬 기록이 너무 많아 놀랐다. 심지어 《장자》에도 아래와 같이 애벌레가 언급되어 있다.

> 땅벌은 애벌레를 부화시키지 못하고,
> 난쟁이 닭은 백조 알을 부화시키지 못하네.
> 奔蜂不能化藿蠋,
> 越雞不能伏鵠卵.

이 문장 속의 '촉蠋'은 콩잎에 사는 초록빛 애벌레를 뜻한다. 나비나 나방의

애벌레에 불과하니 성충만큼 생김새가 예쁘지는 않다. 더군다나 나비는 아름다움의 상징이 아닌가. 여자아이 머리에 나비 리본을 달아주면, 훨씬 귀여워 보일 정도로 나비는 아름다운 존재이다. 그렇지만 애벌레가 나비가 된 것이라고 과학적으로 말하면 좀 불편한 느낌이 든다. 아무래도 애벌레라고 하면 좀 살풍경한데, 나비라고 하면 시적인 느낌이 잘 살기 때문이다. 《신데렐라》 같은 외국 동화를 보고 있어도 이런 생각이 든다. 이런 외국 동화 속의 인물들은 꼭 자기계발서 주인공처럼 환골탈태에 능해서 그렇다.

동진시대 사학자 간보干寶가 고대 민담을 모아 엮은 단편소설집 《수신기搜神記》에는 '파랑강충이'라는 특별한 애벌레에 관한 이야기가 나온다.

(파랑강충이 애벌레) 생김새는 누에 같은데, 애벌레를 잡으면 그 어미가 즉시 날아오니, 애벌레와 어미가 서로 멀리 떨어지지 않는다.
몰래 애벌레를 가져가 숨겨도, 애벌레가 어디 있는지 어미는 반드시 찾아낸다.
(生子)大如蠶子, 取其子, 母即飛來, 不以遠近, 雖潛取其子, 母必知處.

'어머니의 자식 사랑'을 칭송한 이 글은 세월이 흐르면서 차츰 사람들에게 악용되기 시작했다. 파랑강충이 피를 돈에 묻힌 후 이 돈으로 물건을 사면, 어미 피가 묻거나 애벌레 피가 묻은 돈 중 하나가 반드시 그 사람 수중으로 되돌아온다는 전설이 퍼진 것이다. 돈에 눈 먼 고대 사람의 상상력에 혀를 내두르게 된다.

내가 어렸을 때는 외할머니가 기르시던 포동포동한 누에가 대나무로 만든 누에 채반에서 꿈틀거리는 것을 구경한 적이 있다. 이 누에들도 '애벌레'의 일종이다. 누에들은 뽕나무 잎을 배불리 먹고 고치를 만든다. 어느 해였던가, 나도 귀여운 누에고치 하나를 얻어서 조금 가지고 놀다가 솜이불 아래 넣어두고 까맣게 잊어버린 적이 있다.

그렇게 한 1~2주 지났을까, 어느 날 모기장에 누런 나방이 들러붙어 꼼짝도 하지 않고 있는 것을 발견했다. 그제야 누에가 부화한 것은 아닐까 하는 생각이 들어 솜이불을 들춰보니 정말 고치가 열려있었고, 표면에는 참깨만한 누에알도 붙어있었다. 이렇게 부화를 끝낸 누에는 아마도 세상에서 제일 가치 있는 '애벌레'일 것이다.

고대 사람들은 다양한 곤충의 애벌레를 그저 '애벌레'라고만 기록했기 때문에 분명 실제와 기록상에 차이가 있을 것이다. 예를 들어 애벌레가 이파리를 갉아먹어 생긴 자국을 지칭하는 '촉수蠋繡'라는 단어는 분명 나무 속에 사는 애벌레 때문에 만들어진 것이다. 이 애벌레는 나무 속을 파고 들어가며 긴 통로를 만드는데, 나무를 잘라보면 애벌레가 만든 흥미로운 무늬, 즉 촉수를 관찰할 수 있다.

최근에는 아주 맛있는 '애벌레'를 다룬 영상을 본 적이 있다. 대나무에 사는 옅은 노란색 애벌레를 보고 영상에 등장하는 현지인은 별미라며 눈에 띄는 족족 잡아 입에 던져 넣고 와작와작 씹어 먹는다. 솔직히 보면서도 내심 거부감이 들었다. 또 다른 현지 사람들은 도시에서 온 관광객들에게 이 애벌레를 함께 먹자며 초대도 한다. 결국 관광객 중 대장부 한 명이 나서서 눈을 질끈 감고 애벌레를 냅다 입속으로 던져 넣었다…….

옛사람들은 다양한 '애벌레'를 먹고 살았다. 비록 우리 속을 메슥거리게 만드는 애벌레지만 고급 식재료가 부족했던 고대에는 양질의 단백질 공급원이었다. 문장 맨 앞에 거론했던 쌀벌레도 내가 몰라서 그렇지 분명 적게 먹지는 않았을 것 같다.

薑

귀한 손님께 올리는 값비싼 식재료

전갈

2010년 6월, 〈칭다오일보青島日報〉 신문사 사내 식당에서 난생 처음 전갈을 먹었던 날이 아직도 기억난다. 식감은 바삭바삭해서 괜찮았지만, 맛은 별로 없었다. 솔직히 칭다오 지역의 해산물이 훨씬 맛있었다.

내가 어렸을 때는 우리 집 구석 곳곳에서 전갈이 자주 튀어나왔다. 꼬리를 높게 들고 황급히 도망가는 모습이 우스워 그나마 지네보다는 덜 무서워했다. 그런데 요즘은 거미의 친척뻘인 이 벌레를 자연에서 만나기 어려워져서 특별 보호 야생동물로 지정되었다고 한다.

최근에 나는 허페이 지역의 유명 먹자골목인 레이罍 거리에서 전갈튀김 파는 것을 본 적이 있다. 값이 꽤 나가기에 전갈튀김 장수에게 어디서 공수해온 전갈이냐고 물어봤더니, 인공 사육한 것이라는 대답이 돌아왔다. 그리고는 누가 전갈튀김을 사 먹나 궁금한 마음에 잠시 근처에서 관찰해 보니 의외로 젊은 여성들이 주 고객이었다.

그 귀족 아씨들, 쫑긋 세운 전갈 꼬리 같은 곱슬머리를 하고 있었지.

彼君子女, 卷發如蠆.

〈소아·도인사(都人士)〉[61]

여자의 곱슬머리를 전갈 꼬리에 비유한 이 시를 읽다 보니 1986년에 방영된 중국 드라마 〈서유기〉 속의 전갈 요괴가 생각났다. 아름다운 여성으로 둔갑한 이 전갈 요괴도 살짝 구부러진 앞머리를 하고 있는데, 아주 매혹적이다. 옛사람들이

61 동주(東周)시대 작품으로 주 평왕(周平王)이 수도를 호경(鎬京)에서 낙읍(洛邑, 현재의 뤄양(洛陽))으로 옮긴 후 과거의 영광을 그리워하는 주나라 사람들의 감정을 표현했다.

나 우리나 보는 눈은 같나보다.

그러나 문화사적인 측면에서 봤을 때 전갈이 가진 가장 오래된 이미지는 바로 '사악함'이다. 나쁜 마음을 가진 사람을 가리킬 때는 '뱀과 전갈의 마음을 가진 사람蛇蠍之心'이라고 하고, 해악을 끼치는 일을 지칭할 때는 '뱀의 머리와 전갈의 꼬리蛇頭蠍尾' 같다고 하는 등 긍정적인 의미를 가진 표현은 하나도 없다. 어찌나 부정적인지, 이런 표현만 놓고 보면 전갈과 마주쳤을 때 무서워서 도망도 못 칠 것 같다. 그런데 최상급 전갈 독 가루 가격은 금보다 비싸 1킬로그램당 180만 위안(약 3억 원)에 육박할 정도라는 것을 알고 나서도 전갈과 마주쳤을 때 도망갈 수 있을까? 정말 어려운 문제다. 이렇듯 전갈을 사육하는 진짜 목적은 전갈튀김용으로 팔려는 게 아니라, 전갈 독을 채집하기 위해서다. 심지어 요즘에는 전갈에게 한약재를 먹여 독성을 강화하는 사육 방법 등 여러 가지 기술이 개발되었다고 한다. 이처럼 예로부터 전갈은 좋은 약재로 취급받았다. 남송시대 화가 겸 시인 공개龔開가 《수호전》의 등장인물 초상화와 더불어 찬사의 시를 써넣은 화찬畫讚 〈송강삼십육인전宋江三十六人贊〉에는 호걸 쌍미갈雙尾蝎 해보解寶에 대해 이렇게 묘사되어 있다.

의사의 지침에 따라 사용하면, 전갈은 온몸이 귀히 쓰인다네.

그러나 그 성질에 어긋나게 쓰면, 뇌신(雷神)도 노하게 할지니.

醫師用蠍, 其體貴全.

反其常性, 雷公汝嫌.

산속에 숨어 활동하는 의적 해보를 머리부터 발끝까지 귀한 전갈에 비유한 것은 그를 폄하하려는 것이 아니라 오히려 용맹함을 강조하기 위함이다. 사람들은 무서운 동물을 보면, 내심 무서워하면서도 우러러보는 등 참 복잡한 감정을 느낀다. 하지만 지네, 독사, 전갈, 도마뱀과 두꺼비 등 독을 가진 다섯 가지 동물을 지칭하는 '오독五毒' 중 하나라도 전갈처럼 인간에게 이롭다면, 우리 인간들은 기꺼이 공존을 택한다.

다양한 단오 풍습 중에 모든 지역에서 통용하는 풍습도 있다. 예를 들어 '오독'에 맞서 싸우기 위해 쑥 우린 술이나, 비소 화합물인 웅황 가루를 탄 웅황술을 곳곳에 뿌려두는 풍습이 바로 그렇다. 전갈과 같은 벌레들은 이 시기에 유달리 독성이 강해지기 때문이다. 또 종이를 오려 만드는 페이퍼 커팅 작품이 널리 사랑받았던 옛날에는 시골집 문 어귀에 '전갈을 쪼아 먹는 수탉'이나 '곡괭이로 전갈을 잡는 농부'의 모습을 묘사한 작품들을 흔히 볼 수 있었다. 잘 수집해 보관해 두었더라면, 작은 전시관을 열어 전시해도 좋을 만큼 수준 높은 작품들이었다.

지난 4억 년 동안 전갈은 꼬리에 붙은 독침 하나에 의지해서 지구 곳곳을 누비고 다니며, 아프리카 사막과 초원에도 종종 나타난다. 예전에 몽구스와 전갈의 전투를 다룬 TV 프로그램을 봤다가, 화들짝 놀란 기억이 있다. 이 세상에 내 발 크기보다 훨씬 큰 전갈이 있었던 것이다. 나는 TV 속 몽구스가 대형 전갈 침에 찔려 무슨 일이라도 나지 않을까 걱정했는데, 몽구스는 전갈을 무서워하기는커녕, 재롱부리듯 이리 뛰고 저리 뛰며 전갈을 공격하더니, 멋지게 사냥에 성공해 전갈을 맛있게 먹고 배를 채웠다.

다시 본론으로 돌아와서 옛날이야기를 한번 살펴보면, 전갈과 관련된 온몸이 으스스 떨릴 정도로 무서운 이야기도 있다. 폭군으로 유명한 상나라 주왕의 애첩 달기妲己가 주왕에게 자신은 임신부 배 모양만 보고 태아의 성별을 감별할 수 있다고 하자, 주왕은 달기가 가리키는 임신부의 배를 갈라 확인하는 잔인무도한 짓을 저지른다. 그뿐만 아니라 달기가 고안한 방법에 따라 마음에 들지 않는 사람을 뱀과 전갈로 가득 찬 구덩이 속으로 던져 넣는 '채분지형蠆盆之刑'이라는 가혹한 형벌도 내렸다. '세상에서 가장 악한 것은 여자의 마음'이라는 말이 훗날 사람들 사이에서 퍼지게 된 것은 어쩌면 이 이야기에서 비롯된 것은 아닐까?

얼굴은 빙그레 미소 짓고 있으나,
그 속 깊은 곳에 독기를 숨겨뒀네.
왼쪽으로 꼬아 엮이지도 않은 억새 새끼로 귀신을 잡고,
거꾸로 뒤집힌 전갈 꼬리로 무고한 사람을 해치려 하네…….
含笑吟吟, 懷毒深深.
左搓芒繩生縛鬼子, 倒拈蠍尾殃害平人.

송나라 고승 석유일釋惟一은 시 〈게송偈頌〉에서 사람의 마음을 전갈에 비유해 비판했다. 하지만 전갈은 먹이를 잡거나, 몸을 지키는 등 순수한 목적으로만 독을 쓰기 때문에 제 자신을 인간에 비유했다는 것을 알면 불쾌해 할지도 모른다.

가시개미, 전갈, 두꺼비 같은 동물은 우리에게 나쁜 이미지를 가진 동물이다. 하지만 광둥 사람들은 이 동물을 최고급 식자재로 취급하고 손님께도 대접

하니, 정말 용감한 사람들이다. 그런데 나중에 동남아시아, 그중에서도 특히 캄보디아를 다룬 자료를 보다 보니 캄보디아 사람들은 큰 거미까지 먹는다는 내용이 있지 뭔가? 광둥 사람들에게 대적할만한 사람들이 또 있었다.

이런 곤충을 식재료로 쓰라면 좀 꺼려지지만, 약재로 쓰라면 얘기가 또 달라진다. 어떤 사람이 산둥성 이멍산沂蒙山에 사는 전갈은 다른 전갈보다 독성이 세서 약효도 그만큼 좋다며 인터넷에 올린 전갈주 제조법을 본 적이 있다. 이 제조법에 따르면, 우선 전갈을 깨끗이 씻은 후 소금물에 불린 후 10분간 삶고, 그늘에서 말려서 전갈 15그램당 500밀리리터의 술에 넣고 일주일만 담가두면 전갈 담금주가 만들어진다. 이 술은 신경계통과 소화계통 질환에 좋고, 심뇌혈관 질병도 고칠 수 있다고 한다. 독한 전갈도 올바르게 쓰면 사람 목숨을 구하는데……. 어쩐지 나 자신이 초라하게 느껴진다.

螽斯

무슨 낯짝으로 《시경》에 돌아오려 하는가?

여치

어릴 때는 어린이 책만화책 한 권만 얻어도 뛸 듯이 기뻤다. 그런데 한 권이 아니라 3분의 1만 얻으면 기분이 어떨까?

30년 전 여름방학 때 내게 일어났던 끔찍한 사건이다. 심지어 그 문제의 책이 소설 《요재지이》에 수록된 〈촉직促織〉[62] 이야기를 어린이용으로 각색한 만화책이라면 어떨까. 게다가 10장쯤 읽었을 때 그 뒷장이 사라졌다는 걸 알게 되면! 세상에 이보다 더 화나는 일이 또 있을까?

아무리 애를 써도 별다른 도리가 없으니, 결국 내 상상력을 동원해 모자란 부분을 채워 넣기 시작했다……. 그렇게 나는 귀뚜라미 이야기를 지어내기 위해 지난한 시간을 보냈다.

파르르 떨리는 여치 날개, 무리를 지어 낮게 날아가네.

많고 많은 그대의 자손, 가문 번창하리.

파르르 떨리는 여치 날개, 무리를 지어 찌르르 우네.

많고 많은 그대의 자손, 대대로 번영하리.

파르르 떨리는 여치 날개, 온 천하에 가득한 여치 무리.

많고 많은 그대의 자손, 화목하고 단란한 일가가 되리.

62 명 선종(宣宗)시대를 배경으로 한 소설로 주요 줄거리는 다음과 같다. 귀뚜라미 싸움에 빠진 황제가 전국에 싸움 잘하는 귀뚜라미를 진상할 것을 요구했다. 그러나 주인공 성명(成名)은 마땅한 귀뚜라미를 찾지 못해 관아에 끌려가게 되고, 이에 성명의 아내는 무당을 찾아 귀뚜라미를 얻게 해달라고 빈다. 무당의 말에 따라 신비한 귀뚜라미를 얻게 되었으나, 성명의 아들이 호기심에 가지고 놀다 귀뚜라미를 죽이게 된다. 가족이 다시 위기에 처하자 아들은 우물에 빠져 자살하고 용맹한 귀뚜라미로 환생한다. 성명은 귀뚜라미가 된 아들을 황제에게 바치고, 귀뚜라미의 싸움 실력에 만족한 황제는 성명 집안에 후한 상을 내린다.

螽斯羽, 詵詵兮. 宜爾子孫, 振振兮.

螽斯羽, 薨薨兮. 宜爾子孫, 繩繩兮.

螽斯羽, 揖揖兮. 宜爾子孫, 蟄蟄兮.

〈주남·종사(螽斯)〉[63]

이 시 속의 한자 '종사螽斯'는 여치라는 뜻이다. 여치와 귀뚜라미는 과는 같지만 사실 다른 곤충이고, 베짱이, 철써기 등도 같은 과 곤충에 속한다. 생김새를 보면, 여치와 귀뚜라미는 좀 통통한 편이고, 베짱이와 철써기는 다소 마른 편이다. 《시경》은 이런 곤충들을 기록한 최초의 책이다.

이 시를 읽다보면 그 경사스러운 분위기가 느껴진다. 여름에 도시 거리를 걷다 끊임없이 오가는 차들이 만들어내는 소음을 뚫고 '찌르르 찌르르' 하는 베짱이의 '환희의 송가'가 들려 찾아보니, 베짱이를 파는 농민을 발견했을 때 같은 느낌이다.

베짱이 기르기는 송나라 때 시작되었고, 명나라시대에 들어서자 황제마저 이 곤충에 빠졌으며, 베짱이 놀이에 빠져 시간을 허비하는 풍조는 청나라까지 이어졌다.

본래 베짱이나 귀뚜라미를 기르기 시작한 이유는 여가나 정취를 즐기기 위해서가 아니라 귀뚜라미 싸움에 돈을 걸기 위한 도박용이었을 것 같다. 〈촉직〉

63 알을 많이 낳는 여치처럼 대대손손 나라가 번영하기를 기원하는 내용의 주나라 시다.

이야기만 봐도 얼마나 많은 가정이 명나라 상류층의 귀뚜라미 사랑과 도박 때문에 무너졌는지 알 수 있다. 이 이야기의 저자 포송령은 청나라 사람이지만 그 역시 명나라와 비슷한 사회 분위기 속에서 자라났다. 다만 청나라 황실을 배경으로 소설을 쓰기는 껄끄러우니 다른 왕조로 바꿔 썼을 뿐이다.

여러 여칫과 곤충 중에서 철써기는 가장 흔하게 접할 수 있는 곤충이다. 철써기 몸체는 옥 같은 비취색에 유선형인데, 그 움직임이 경쾌하기 이를 데 없다.

몇 년 전 여름날 저녁, 방충망 너머에서 우렁찬 철써기 울음소리가 들려왔다. 그래서 손전등을 들고 소리를 따라 살금살금 다가간 후 녀석의 위치를 정확히 파악할 때까지 기다렸다가 재빨리 손전등을 켰다. 그러자 《시경》 속의 곤충과 똑같은 철써기가 내 눈앞에 '짠' 하고 나타났다.

갑자기 울음소리가 뚝 그친 걸 보면 그 철써기는 깜짝 놀라 어리둥절한 상태였던 것 같다. 울음을 그친 철써기는 조용히 풀잎 위에 앉아서, 오선지를 그리는 것같이 한들한들 더듬이를 흔들고 있었다.

"베짱이 울면 여름 온다."라는 속담이 있다. 그런데 이 예쁜 곤충의 수명은 매미와 비슷해서 길어야 3개월에 불과하다. 여칫과 곤충 중 가장 흔히 볼 수 있는 철써기는 전국 어디에서나 만날 수 있다. 그러니 만약 현대화가 이뤄지지 않은 시대, 즉 고대 여름으로 시계를 되돌린다면 전 세계 어디에서나 철써기가 부르는 '환희의 송가'가 들리지 않을까?

후한 말기 경학자 정현鄭玄이 주석을 단 《시경》을 보면, "음과 양으로 나뉘면서 감정이 있는 것은 모두 질투라는 것을 한다. 그러나 여치만은 그렇지 않다. 제각기 살며 자손을 남겨, 자연히 큰 무리를 형성하게 되었다. 황후와 비 역시 응당 이러한 덕을 가져야 할지어다凡物有陰陽情欲者, 無不妬忌, 維蚣蝑不耳, 各得受氣而生子, 故能詵詵然眾多. 後妃

之德能如是, 則宜然."라는 기록이 있다.

여치는 옛사람들이 좋아했던 여러 상징 중의 하나다. 자손을 많이 남겨서 행운의 상징으로 여겨졌을 뿐만 아니라, 인간이 가져야 할 우수한 품성, 즉 질투하지 않는 마음을 가졌다는 평가도 받았다. 앞서 거론한 '황후와 비의 덕' 역시 황후와 비가 여치와 같은 마음을 가지면, 궁은 평안하고, 백성들은 국모의 사랑을 얻을 수 있다는 점을 강조한 것이다.

고대의 여치는 이토록 고귀한 신분의 곤충이었지만, 나중에 도박의 도구로 전락해 버리고 말았으니 참 불쌍하다. 이제 무슨 낯짝으로 《시경》으로 돌아올 수 있을까? 그 옛날의 영광은 세월이 흐르며 속세의 먼지에 뒤덮여 온데간데없어졌다.

다행히 몇몇 역사 속 문인들이 예술을 통해 여치의 아름다운 면모를 되살리기도 했다. 명나라 시인 공정운孔貞運은 여치가 가진 '황후와 비의 덕'을 그대로 이어받아 "규방에서 《시경》의 〈주남·규목樛木〉[64]과 〈주남·종사〉를 노래하니, 화목하기 이를 데 없구나!閨門之內, 歌樛木而詠螽斯, 和氣蒸蒸也!"라고 칭찬했다. 청나라 말기부터 현대까지 활동한 중국 화가인 치바이스齊白石도 베짱이와 철써기 등 곤충을 많이 그렸는데, 요즘 미술품 경매시장에서는 그림에 그려진 곤충 마릿수에 따라 가격이 매겨질 정도로 작품 값이 비싸다고 한다. 독자 여러분도 그의 그림이 '천 위안' 대인지, 아니면 '만 위안' 대인지 한번 세어보시는 것은 어떨까?

예술과 관련 없는 베짱이라도 몸값이 비싸다. 싸움을 잘하는 특급 베짱이의 몸값은 10여 년 전에 이미 천 위안 대를 돌파했다고 한다. 여칫과 곤충을 장난

64 서주의 시로 큰 나무를 칭칭 감고 올라가는 칡덩굴처럼 자손이 늘어나, 가정이 번창하고 행복하기를 기원한다는 내용이다.

감으로 취급하는 전통이 이토록 오래오래 이어져 오고 있다. 심지어 전문적으로 사육도 한다고 하니 쉽게 보고 덤빌 일이 아니다. 보통 사람들은 잘 모르지만 약효도 좋으며, 붓기, 배뇨 감소, 허리와 무릎 통증, 무좀에 특효라고 한다.

여치는 참 변신을 잘하는 곤충이다. 《시경》 속 후손의 번성을 기원하는 행운의 곤충에서 무좀 특효약까지, 어찌나 변신의 폭이 큰지 웃음이 날 정도다. 그래도 여치는 참 귀여운 곤충이다.

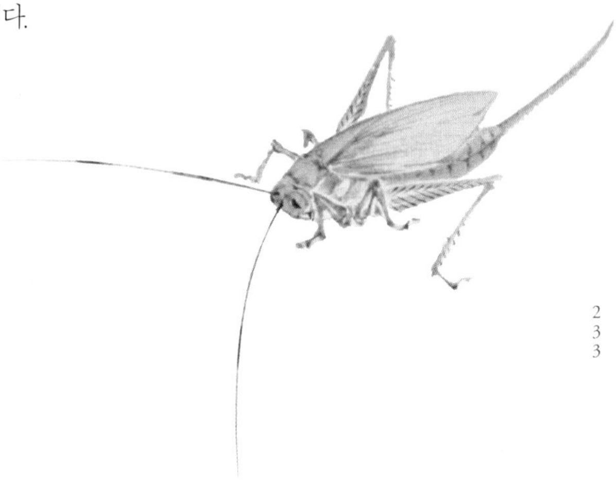

皇蠢

황제가 꿀꺽 삼킨 메뚜기

메뚜기 애벌레

내가 아직 소년이던 1986년 봄에서 여름으로 넘어가던 때, 논두렁을 걸어가던 중 논에서 '사각사각' 하는 소리가 들려왔다. 가까이 다가가 살펴보니, 익어가는 벼가 폴짝거리는 메뚜기 탓에 남실대며 내는 소리였다.

사실 인간에게 이득이 되는지 아닌지를 잣대로 평가하지 않으면, 메뚜기는 예쁘고, 귀여운 작은 곤충이다. 또 메뚜기들은 외로운 겁쟁이들이다. 대개 풀숲 사이에 몸을 숨기고 있다가, 유사시에는 자그마한 닭다리 같은 통통한 두 다리로 도망간다.

메뚜기는 사람을 해칠 생각이 없다. 그저 배만 채우고 싶을 뿐이다.

풀벌레는 찌르르 울고, 부종(阜螽)은 폴짝거리며 뛰는데.
임은 보이지 않으니, 내 마음속에 근심만 쌓여가네.
내 님 볼 수 있다면, 내 님 끌어안을 수 있다면, 근심 걱정 없을 텐데.
喓喓草蟲, 趯趯阜螽.
未見君子, 憂心忡忡.
亦旣見止, 亦旣覯止, 我心則降.
〈소남·초충(草蟲)〉[65]

이 시 속의 '부종'은 메뚜기 애벌레를 뜻한다. 나도 우리 아파트 단지 풀밭에서 연둣빛과 황토색, 두 가지 종류의 메뚜기 애벌레를 본 적이 있다. 땅콩만한 크기라 녀석들이 놀라서 난리를 치지 않는 한 사람들의 눈에는 잘 띄지 않아 해코지당하는 일도 잘 없다. 이런 메뚜기 애벌레의 습성을 보면, 조용히 내면의 소리

65 군역 때문에 집을 떠난 남편을 그리워하는 아내의 마음을 담은 주나라 시다.

에 집중하는 것이 얼마나 중요한지 느낀다.

그런데 애벌레가 자라 메뚜기가 되어 온 세상을 날아다니기 시작하면, 사람의 마음을 산란하게 만든다.

1998년에는 메뚜기 떼가 산둥, 허난, 허베이 및 텐진 등을 찾아와, 80만 제곱킬로미터에 달하는 지역에서 자라던 작물을 깡그리 먹어 치웠다. 그러고도 이듬해 이 무적의 메뚜기 떼는 1998년에 피해를 준 지역뿐만 아니라 다른 9개 지역까지 진출해, 또 80만 제곱킬로미터 면적의 농경지에 피해를 줬다.

작지만 무한한 위력을 가진 곤충이다.

당나라 말기 명승名僧 관휴貫休의 시 〈동양리란후회왕조사군東陽罹亂後懷王慥使君 · 오수五首〉[66]에도 메뚜기가 나온다.

병사들이 눈 깜짝할 사이에 강을 건너오니,

동서남북에 목숨을 잃은 백성 많고도 많아.

대낮에도 분탕질하건만,

메뚜기처럼 몰려오는 것을 당할 재간이 없소.

只報精兵過大河, 東西南北殺人多.

可憐白日渾如此, 來似蝗蟲爭奈何.

66 이 시의 제목은 현재 저장성 진화시(金華市)에 해당하는 동양군(東陽君)이 이민족에 의해 침략당한 후 평소 존경하던 예장군(豫章君) 태수(太守) 왕조(王慥)를 그리워한다는 뜻이다.

메뚜기처럼 밀려들어오는 반란군 때문에 도탄에 빠진 백성들의 모습이 눈앞에 그려지는 듯하다. 무기를 들어봐야 무슨 소용이겠는가! 손에 무기를 든들 무슨 소용이겠는가! 이런 거대한 세력 앞에서 미약한 힘으로 반항한들, 계란으로 바위 치기에 불과하다. 큰 힘보다 큰 세력이 훨씬 중요하기 때문이다. 그런데 메뚜기가 바로 세력을 키우는 데 탁월한 능력을 갖춘 곤충이다.

그러나 《시경》에서 노래한 여러 '풀벌레' 중에서 메뚜기 애벌레를 노래한 이 시는 남편을 그리워하던 아녀자가 악의 없이, 아무것이나 손에 잡히는 대로 잡아 가사의 소재로 쓴 것이다. 고대 사람들은 메뚜기 떼의 습격을 받은 적이 없어서 그런 것일까? 어떤 심정으로 메뚜기 애벌레를 이렇게 노래했던 것일까? 사랑과 그리움에 지쳐 이 세상 모든 것을 미화한 것은 아닐까?

이렇게 고대의 메뚜기 애벌레들은 3천 년 전 여성들의 노래를 들으며, 따스한 문화의 빛을 받고 꿈틀꿈틀 자라날 수 있었다.

그러나 메뚜기에 관한 후대의 시를 보면, 《시경》 속 메뚜기의 이미지와 사뭇 다르다.

옛날에 한 어진 관리가 현명히 지방을 다스렸더니,

메뚜기가 그 지역에서 사라졌다 하더라.

또 덕이 넘치는 정관(貞觀) 시대에는 태종이 하늘을 바라보고 메뚜기를 집어삼키니,

황재(蝗災)가 사라졌다 하더라.

我聞古之良吏有善政, 以政驅蝗蝗出境.

又聞貞觀之初道欲昌, 文皇仰天呑壹蝗.

당나라 문인 백거이白居易는 시 〈포황捕蝗〉에서 이렇게 메뚜기를 노래했다. 보아하니, 당 태종에게도 메뚜기는 버거운 상대였나 보다. 얼마나 갈급했는지 하늘에 소원을 빌더니 나중에는 아예 체통마저 벗어던지고 메뚜기를 집어 삼켜버렸다. 그런데 한 가지 궁금한 점이 있다. 황제가 삼킨 메뚜기는 익힌 메뚜기였을까?

이런 질문을 하는 이유는 사실 우리 현대인이 메뚜기를 아주 좋아하기 때문이다. 나는 엄두가 안 나서 차마 못 사 먹어봤지만, 허페이의 먹자골목 레이 거리에서도 메뚜기를 파는 것을 본 적이 있다. 물론 나뿐만 아니라 아무리 맛있어도 메뚜기를 못 먹는 사람이 많다. 그러니 나만 잘못된 것은 아니다.

미국에서 열리는 '식용곤충 연회'에서는 귀빈들에게 미국산 메뚜기 요리가 제공되는데, 아주 인기가 좋다고 한다. 또 어떤 나라에서는 메뚜기로 통조림, 과자, 아이스크림도 만든다. 의학적으로 보면 메뚜기는 위를 따듯하게 하고, 비장을 튼튼하게 하며, 소화를 돕고, 기침을 멎게 하는 등 여러 가지 질병에 효능이 있다. 명나라 약학자 이시진李時珍의 약학서 《본초강목本草綱目》을 봐도 메뚜기가 얼마나 쓰임새 있는지 알 수 있다.

미안하지만 아무리 그래도 나는 절대 메뚜기를 못 먹을 것 같다. 내가 어렸을 때 본 메뚜기는 투실투실한 다리 빼고는 살점이라곤 한 점도 없었던 데다가, 배 속에는 간장처럼 검은 분변이 가득 찬 것이 고약한 냄새까지 풍기고 있었기 때문이다. 옛 기록을 보면 메뚜기는 대부분 해충으로 분류되어 있지만, 어떤 지방의 농민들이 메뚜기 사당을 짓고 메뚜기를 모셨다는 기록도 있다. 하지만 이런 풍습도 메뚜기 떼가 몰려들지 않기를 기원하기 위해서일 뿐이다. 어쨌든 여러 기록을 봐도 메뚜기는 옛날부터 맛있는 음식과는 거리가 멀었다.

청나라 옹정황제 때 편찬된 지리지 《하남통지河南通志》 속 "명나라 숭정崇禎 13

년, 카이펑開封 지역에 메뚜기 떼가 몰려와, 가을 농사를 망쳐, 사람이 사람을 잡아먹을 정도였다崇禎十三年, 開封大蝗, 秋禾盡傷, 人相食."라는 기록만 봐도 메뚜기 떼 때문에 피해를 보았을지언정 차라리 동족상잔을 택했지, 메뚜기를 잡아 영양을 섭취했다는 내용은 없을 정도다.

반면 백성들이 행복해지면, 메뚜기는 장난감도 되었다가 예술품도 되었다가 하면서 이미지 변신을 꾀했다. 송나라 시인 방회方回는 시 〈유월이십일우六月二十日雨〉에서 이렇게 노래했다.

하늘은 애초 인간들이 올리는 기도를 들어주지 않으려 했으나,
오랜 가뭄에 시달리는 땅을 보고 측은지심이 들었다.
그래서 하늘이 천둥과 소나기를 내리자,
물안개 피어오르는 땅의 모습이 퍽 아름다웠다.
낡은 신발에 진흙이 묻고,
한 벌밖에 없는 옷은 흠뻑 젖을 정도로 기쁜 비가 내렸다.
그러나 사람이 논두렁에 앉아 골똘히 생각해 보니,
가을 곡식 익으면 책맹이 오겠구나 하는 생각이 들었다 한다.

天憐野老饑, 初不待人祈.
雷與奔騰驟, 煙兼映帶微.
已拚泥斂屐, 更喜滴單衣.
暗想田塍上, 禾秋蚱蜢飛.

이 시 속에 나오는 '책맹蚱蜢'이란 단어는 조금 덩치가 크고 어벙한 메뚜기를 뜻한다. 물론 그냥 흔히 보는 메뚜기라고 생각해도 무방하다. 시인은 들판을 바라보며 메뚜기들은 그 존재만으로 아름답고, 대지는 드넓은 마음을 가지고 있어 해충이든 사람이든 가리지 않고 모든 것을 포용한다며 대자연을 노래한다.

이렇듯 '메뚜기 애벌레'도 따지고 보면 참 귀여운 존재다.

蝤蠐

평생 해충으로 살아도 귀염 받는 벌레

나무굼벵이

허페이 지역 아이들은 하늘소를 '널빤지소'라고 부른다. 그리고 내가 어렸을 때는 널빤지소 몸통에 실을 묶은 후 공중에 던져 날아가면 다시 줄을 당겨 돌아오게 하는 등 연처럼 가지고 놀았다.

나무에서 흔히 발견되는 이 해충은 대부분 검은색 바탕에 흰색 점이 찍혀있는 모습이다. 또 하늘소 주둥이는 무시무시하게 생긴 집게발 같은 모양인데, 진짜로 물렸다간 극심한 통증에 시달릴 수 있다. 그래서 하늘소를 가지고 놀 때 특히나 더 조심했지만, 남자아이들은 항상 이런 스릴을 즐긴다. 그래야 더 흥미진진하니까 말이다.

'널빤지소'를 잡기 위해서 나와 동무들은 숲속 곳곳을 헤매고 다녔다. 다행히 이 곤충은 멍청한 편이라서 쉽게 잡을 수 있고 하늘소의 양 날개는 딱딱한 껍질 같은 것으로 덮여있어서 날아오를 때도 천천히 날아오르고, 일단 날더라도 멀리 날아가지 못한다.

손은 봄 새싹같이 보드랍고,
피부는 굳기름처럼 희고 윤기 나네.
목은 나무굼벵이처럼 희고 길며,
이는 박 씨처럼 가지런하네.
手如柔荑, 膚如凝脂.
領如蝤蠐, 齒如瓠犀.

〈위풍(衛風)·석인(碩人)〉[67]

67 제 장공(齊莊公)의 딸 장강(莊姜)과 위 장공(衛莊公)의 성대한 혼례 행차를 묘사하며, 장강의 빼어난 미모를 칭송했다.

옛사람들은 미인의 목과 피부를 하늘소 애벌레인 나무굼벵이에 비유했다. 어딘지 좀 이상하다. 나무굼벵이가 꿈틀거리는 모습은 구더기보다 훨씬 더 격하고 흉하기 때문이다.

최근에 한 인물이 나무에 붙어 있는 살아있는 나무굼벵이를 떼어내더니, 그중 몇 개를 그대로 입속에 집어넣어 먹는 영상을 봤다. 정말 등골을 오싹하게 만드는 영상이었다. 그런데 불현듯 예전에 나도 '매미 애벌레'를 잡아다 튀겨먹었던 것이 기억났다. 그러니 그 영상 속의 사람이나 나나 오십보백보이다. 게다가 전 세계에는 4만여 종에 달하는 하늘소가 있고, 중국에만 3,550종이나 되며, 또 그중에 식용 가능한 하늘소나 나무굼벵이 종류도 아주 많다고 하니, 나무굼벵이 몇 마리 잡아먹었다고 괜스레 호들갑 떨 필요도 없다. 심지어 고대 의사들은 하늘소를 약으로 쓰기도 했으니 말이다.

학질과 신열을 치료하고,

어린아이의 급경풍 및 부스럼을 치료할 수 있다.

瘧疾寒熱, 小兒急驚及疔腫.

《본초강목》

구체적으로 보자면, 한약방에서는 뽕나무하늘소의 애벌레를 '상두충桑蠹蟲'이라는 약재 이름으로 부른다. 이 약재는 과로로 생긴 어혈을 풀고, 피가 뭉쳐 월경이 끊긴 증상과 아픈 등허리 등을 치료하는 등 쓰임새가 많다. 또 하늘소 종류별로 약효에도 차이가 있어서, 알락하늘소의 경우 '허한 간 기능을 보하고, 풍을 다스린다.'고 하며, 모유를 늘리는 효능도 있다고 한다. 그런데 하늘소를 약재로 쓸 때는 펄펄 끓는 물에 하늘소를 삶은 후 말려서 쓴다. 참 잔인하다.

하늘소가 이런 결말을 맞이하는 것을 보면, 나무굼벵이들의 장래도 암담하기 짝이 없다. 나무굼벵이일 때는 해충으로 취급하더니, 나중에는 사람 몸에 유익하다면서 약재로 둔갑시킨다. 고대 시와 글 속에서 노래하는 나무굼벵이의 이미지와 현실 속 나무굼벵이 앞에 놓인 운명은 그 간극이 너무 크다.

풀빛 구름이 나무굼벵이처럼 희고 긴 미인의 목을 감싸니.

온몸에서 조금씩 향이 피어오르네.

훗날 그 누가 지금 이 순간을 보았다 증명해 줄 수 있을까.

저 멀리 밝은 달과 창문 앞 꽃 그림자밖에 없으니.

綠雲滿壓蝤蠐領.

漸愧也, 滿懷香擁.

此際有誰知證.

但樓前明月, 窗間花影.

송나라 문인 왕제수王齊叟 역시 남성의 관점에서 아름다움을 묘사하며, 《시경》 속 나무굼벵이의 이미지를 사詞 〈실조명失調名〉에서 그대로 재현했다. 하지만 내 생각에 여성들은 절대 자신이 나무굼벵이에 비유되는 것을 좋아할 것 같지 않다. 또 다른 송나라 문인 장뢰張耒는 〈증인삼수차운도경贈人三首次韻道卿〉에서 이렇게 나무굼벵이를 표현하기도 했다.

나무굼벵이라고 다 희고 고운 목덜미를 닮지 않았지만,
초승달은 누에나방 모양 눈썹을 닮아 아름답구나.
未必蝤蠐如素領,
故應新月學蛾眉.

이렇게 나무굼벵이를 여성에 비유한 표현이 흔하게 사용되면서, 사람들도 이런 비유에 익숙해져 갔다. 아름다움도 때로는 억지로 치켜세워서 만들어낼 수도 있지만, 무리하게 만들어낸 아름다움이라 그런지 우리 눈에는 어쩐지 억지스러워 보인다. 《시경》 속 '굳기름처럼 희고 윤이 나는 피부'라는 노랫말에서 느껴지는 매끈함이나, 은은한 향기와는 사뭇 다르다. 그럴 수밖에 없는 것이 아무리 자그마한 애벌레라고 해도, 굳기름이나 옥보다 거친 느낌을 줘서 그렇다. 다행히 현대인들은 미인의 대명사로 나무굼벵이를 쓰지 않는다. 나무굼벵이도 '유행' 타는 대명사라서 이제는 역사의 뒤안길로 사라져 버린 것이다. 그래도 참 수명이 긴 유행이라, 명나라의 이름난 재자才子 서위徐渭의 시 〈심숙자해번도위증이수沈叔子解番刀為贈二首〉에도 등장한다.

태백성이 높이 뜬 가을에 비가 오지 않아

답답한 마음처럼 오랑캐를 무찌르고 싶은 그대의 마음을 알고 있소.

아직 다 자라지 않은 흰 뱀이 상자에서 뛰쳐나가 승천하고 싶어 하는 모양이구려.

이 칼을 차고, 동북으로 향하면,

오랑캐들도 죽음이 두려워 그대 앞에 무릎 꿇으리.

나무굼벵이같이 아리따운 여지(閼氏)도 그대에게 신묘한 거울을 바치리.

知君本有呑胡氣, 太白正高秋不雨.

白蛇五尺自西來, 出匣不多飛欲去.

佩此刀, 向遼陽, 土蠻畏死爲君降.

閼氏縱有菱花鏡, 斷卻蝤蠐那得妝.

여기서 나무굼벵이가 거론된 이유는 북방 소수민족의 군주 또는 왕의 처첩을 뜻하는 '여지'의 아름다움을 칭송하기 위해서였다. 그런데 시를 읽다 보면 좀 이상한 느낌이 든다. 사나운 유목민이 나무굼벵이 같다는 찬사를 받아들였을 리 없으니 말이다. 그들이 선호하는 아름다움은 야성적이고 자유분방한 아름다움일 텐데, 나무굼벵이가 꿈틀거리는 모양새를 보면 유목민 남성은커녕 유목민 여성들의 미의 기준에도 전혀 어울리지 않는다.

사실 시간을 거슬러 소크라테스가 살았던 때를 봐도 미의 기준을 둘러싼 논쟁은 단 한 번도 멈춘 적이 없었다. 사람과 시대가 변하면서 새로운 미의 기준이 만들어지고, 또 옛날 미의 기준은 부정당하기도 한다. 예를 들어 우리 시대의 미인들은 노출을 좋아하는데, 이 미인들에게 '목이 참 나무굼벵이 같으시네요.'라고 칭찬하면 뺨을 얻어맞을지도 모른다. 반면, 노출을 좋아하는 이 미인들을 고대로

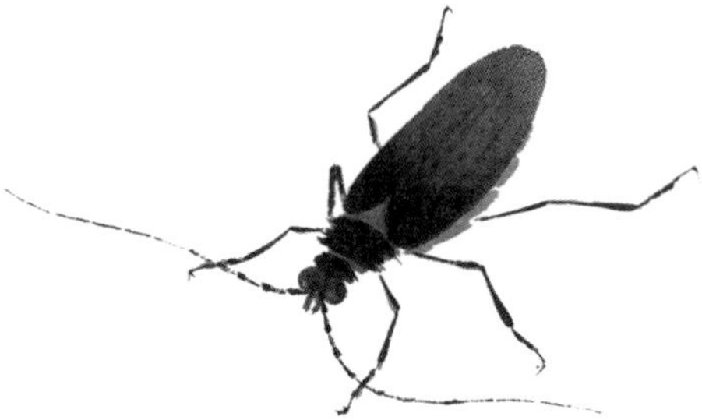

보내면, 십중팔구 미풍양속을 해친다는 명목하에 초주검이 되도록 맞을지도 모른다.

나무굼벵이는 '역사의 산물'이다. 한때는 시적 정취를 자아내는 단어였지만, 후대까지 그 이미지를 이어가지는 못했다. 반면 약재로서는 영원불변한 가치를 지녔다. 소 뒷걸음에 쥐 잡는 격이다.

蛾

반려동물로는 탈락, 미인의 대명사로는 합격

나방

옛날에는 집에서 석유등을 썼기 때문에 봄과 여름이면 나방이 많이 날아 들어왔다. 못생긴 벌레지만, 숙제를 들여다보고 있는 것보다 나방 잡는 게 훨씬 재밌어서 나방이 날아들면 잠시 쉬는 시간을 가지고 나방을 잡으러 다녔다.

나방은 좀 덜떨어진 곤충이다. 흔히 쓰는 '불에 뛰어드는 나방'이라는 표현처럼 불만 보면 달려드는데, 열정적이거나 헌신적인 성격이라 그런 것이 아니라 그냥 덜떨어져서 불에 뛰어드는 것이다. 그래서 나는 항상 '나방은 불에 달려들어도 뜨겁지도 않나?'라고 생각했는데, 나중에 생물학과 물리학을 배우고 나서야 그 이유를 알았다. 알고 보니, 빛만 보면 달려드는 건 나방 제 고유의 습성 때문에 그런 것이었다. 이 습성에 의한 관성 때문에 나방은 불을 봐도 멈추지 못하고, 불 속에 뛰어들어 검게 그을린다. 참 교훈을 얻을 줄 모르는 벌레다.

나방 몸에는 가루가 많이 붙어 있다. 그래서 어릴 때 나방을 잡으면 어른들이 "어서 버려, 나방 가루 삼키면 벙어리 된다!"라고 경고를 하시곤 했다.

이마는 매미처럼 네모지고, 눈썹은 누에나방 더듬이 같네,

생긋 웃는 모습은 얼마나 예쁘고, 눈은 또 얼마나 맑고 고운지.

螓首蛾眉, 巧笑倩兮, 美目盼兮.

〈위풍·석인〉

미인의 눈썹이 나방누에나방 같다니, 도대체 어디서 '영감'을 받은 걸까? 좀 억지스럽다.

당나라 미인들의 눈썹은 나방 더듬이 같다기보다는 나방 그 자체와 닮았다. 솔직히 내가 보기에 옛 미인도 속 당나라 여인들은 그 누구 하나 예쁜 사람이 없

老萍

다. 뚱뚱한 것은 둘째치고라도 두 마리 누에나방이 붙어있는 것 같은 모양새의 눈썹은 육감적이기는커녕 격이 떨어지는 듯하다. 반면 요즘 일본 미인들이 전통 의상을 입고 찍은 사진에서는 그 옛날 호화로운 당나라의 분위기가 잘 느껴지지만, 자세히 살펴보면 어딘지 모르게 이상한 점이 눈에 띈다. 얼굴을 온통 희게 분칠한 것이나, 두 마리 누에나방 같은 눈썹 때문에 소름이 돋는다. 당나라 시인 이하李賀의 시 〈야좌음夜坐吟〉[68]에도 나방 모양 눈썹에 대한 이야기가 나온다.

차가운 서풍에 휘장은 나부껴 물결이 이는 듯하고,

분칠한 내 얼굴은 찌푸린 푸른색 나방 같은 내 눈썹을 비웃는 듯해.

西風羅幕生翠波, 鉛華笑妾顰青蛾.

이 시에 나오는 '푸른색 나방'이라는 단어도 미인의 눈썹을 의미한다. 푸른색 나방 같은 눈썹을 찡그렸다, 풀었다 하는 모습이 시인에게 연민의 정을 불러일으킨 듯하다. 하지만 푸른색 나방 같은 눈썹이라는 표현은 '버들잎 같은 눈썹柳眉'이라는 표현보다 여린 느낌이 덜하고, 고상한 멋도 떨어진다. 그런데도 '나방 같은 눈썹'이라는 표현이 《시경》에 있으니, 후대 사람들은 이에 대해 의구심을 가지거나, 고칠 생각도 못한 것 같다. 문화가 가진 '관성의 힘'이란 이토록 대단한 것이다. 만약 나였다면 '버들잎 같은 눈썹'을 끝까지 고수했을 것이다. '나방 같은 눈썹'이라는 표현 때문에 미인들이 나방을 건드려 벙어리가 되는 건 싫으니 말이다.

곤충의 일종인 나방은 나비와 생김새가 매우 흡사하다. 그래서 많은 사람들

68 차가운 가을바람에도 아랑곳하지 않고 창문을 연 채 떠나간 연인이 돌아오기만을 기다리는 여인의 심정을 묘사한 시다.

은 이 둘을 잘 구분할 줄 모르는데, 사실은 아주 간단하다. 나비는 멈춰 있을 때 두 날개를 닫고 꼿꼿한 모양을 유지하지만, 나방은 멈춰 있을 때 두 날개를 쫙 뻗고 납죽 엎드려 있다. 활동 시간대도 달라서 나비는 대낮에, 나방은 밤에 활동하는 등 차이가 있다. 그래서 나비가 나방보다 훨씬 '떳떳한' 느낌이다.

요즘 중국에서 유행하는 '요사스러운 나방幺蛾子'이라는 단어는 괜스레 평지풍파를 일으키는 사람을 뜻한다. 하지만 이런 사람을 나방에 비유하는 것은 나방에게 불공평하다. 밤에 활동하는 것을 좋아하기는 하지만, 밝은 빛을 보면 목숨을 잃을 위험을 무릅쓰며 빛을 향해 뛰어드니 나방의 본성은 밝고 깨끗하다. 또 나비처럼 대낮에 돌아다니지는 않지만 캄캄한 밤에도 빛을 찾아내는 두 눈도 가지고 있다.

음험하기 짝이 없는 나방이 너풀너풀 방 안 등불에 매료되어 날아드네.
이 불에 빌붙은들 무슨 소용이 있으리오. 그저 제 몸만 활활 태울 뿐인 것을.[69]

鬼蛾來翩翩, 慕此堂上燭.
附炎竟何功, 自取焚如酷.

이 옛 시는 힘 있는 자에게 빌붙는 소인배를 나방에 비유하면서 또 나방을 억울하게 만들었다. 반면 사람의 행동을 묘사하는 데 '불에 뛰어드는 나방 같다.'는 표현이 널리 퍼지면서, 나방에 이상주의적인 색채도 부여되었다. 나방은 불에는 뛰어들어도 권세가에게 빌붙는 벌레는 아니니 소인배보다는 훨씬 낫다. 또 소

69 송나라 시인 하주의 시 〈촉아(燭蛾)〉에 나오는 문장이다. 권세에 빌붙는 소인배는 나방에 비유하고, 속세를 떠난 청렴한 선비는 매미에 비유하며 소인배를 비판하는 내용이다.

인배는 이득을 얻기 위해 불에 뛰어들다가 죽 쑤어 개 주는 꼴이 되는 경우가 허다하지만, 나방은 이익을 취할 의도로 불에 뛰어드는 것이 아니다. 나방이 불에 뛰어드는 이유는 단순하기 그지없다. 그래서 청나라 학자 위원魏源도 아들 교육을 위해 지은 시 〈독서음시아기讀書吟示兒書·오수五首〉에서 나방을 칭찬한다.

> 나방은 불을 싫어해서가 아니라 불을 사랑해서 불에 뛰어들지,
> 세찬 날갯짓을 하며 밝은 불로 뛰어드니, 제 몸 불타 죽는 것도 아랑곳하지 않는단다.
> 飛蛾愛燈非惡燈, 奮翼撲明甘自隕.

사랑과 증오의 감정을 가진 벌레로 묘사하는 동시에 영웅적인 희생정신까지 가진 벌레로 그려냈다. 이런 비유적이거나 과장된 표현들도 '누에나방 같은 눈썹' 보다야 좋다. 새로운 미의 기준과 숭고미崇高美의 기준을 제시했을 뿐, '누에나방 같은 눈썹'이라는 표현처럼 미학적인 측면을 훼손한 것은 아니기 때문이다.

사실 나는 인간의 본성을 나방에 비유할 필요는 없다고 본다. 나방은 캄캄한 밤에 활동하며, 제 원초적인 본능에 이끌려 사방팔방 날아다니는 벌레일 뿐이니까 말이다. 인간과 달리 나방은 숭고함이나 선량함과 같은 긍정적인 단어를 이해하지 못하고, 저급함이나 악독함과 같은 부정적인 단어도 모른다. 그래도 나방의 삶은 노자님이 세상에서 가장 깨끗하다며 높이 샀던 '핏덩이의 마음赤子之心'처럼 순수하니, 그 순수함만큼은 우리 인간이 선망의 대상으로 삼을만하다.

궁궐에서 외로이 사는 제 신세를 한탄하는 궁녀의 이야기를 담은 시 〈증내인贈內人〉을 쓴 또 다른 당나라 시인 장호張祜도 시를 통해 나방을 노래했다.

저 대문 너머 달빛은 궐 안 나뭇가지 끝까지 비출 수 있는데,
나는 저 해오라기 부부 둥지를 바라만 봐야 하네.
등잔불 아래서 옥비녀 비스듬히 꺼내 들어,
붉게 타오르는 심지 살짝 밀어, 날아든 나방 구해 줬네.
禁門宮樹月痕過, 媚眼惟看宿鷺窠.
斜拔玉釵燈影畔, 剔開紅焰救飛蛾.

이 시 속의 나방은 동정의 대상이다. 아마 "붉게 타오르는 심지를 살짝 밀고 날아든 나방을 구한" 이 미인이 자기애와 자기 연민의 감정을 이 불쌍한 나방에 투영한 것 같다.

이 보잘것없는 벌레가 고대 문화 속에서 차지하는 위상은 고양이나 개와 다를 바 없이 대단하다. 반려동물로는 탈락이지만, 기나긴 세월 동안 미인의 대명사로 사용되었으니 말이다.

蒼蠅

단순하고 순결한 자에게는 적이 없다

파리

어렸을 때는 한여름에 진동하는 악취도 아랑곳하지 않고 공중변소로 뛰어 들어가 낚시용 미끼인 파리를 잡곤 했다.

공중변소의 파리들은 대개 똥파리들이었고, 손을 휘휘 내저으면 한 움큼 잡을 수 있을 정도로 똥 위에 빽빽하게 붙어있었다.

그렇게 잡은 파리는 날개를 떼어내고 병에 넣었다. 병이 절반 정도 차면, 곧장 강으로 가서 낚싯바늘에 파리를 꿰고, 낚싯대를 드리웠다…….

동네 도랑에는 '살치'라는 물고기가 살았다. 살치 몸은 기다랗고 얇은데다, 몸놀림이 재빠르고, 먹성도 좋다. 그래서 낚싯대를 드리우기 무섭게 미끼를 덥석 문다. 그렇게 한 마리를 낚으면 또 미끼를 달아 낚시하기를 반나절만 반복해도 한 무더기 살치를 잡을 수 있다.

1980년대의 풍경은 이랬다. 그런데 요즘은 살치를 보기 어려워졌다. 자연 그대로의 야성적인 연못에나 살치가 있지 않을까? 파리야 여전히 많지만.

닭이 우는 것을 보아하니,
조정의 대신들은 다 모이셨겠네요.
닭이 운 것이 아니라네,
파리가 윙윙 소리를 내는 것이라오.

雞既鳴矣, 朝既盈矣.
匪雞則鳴, 蒼蠅之聲.

〈제풍(齊風)·계명(雞鳴)〉[70]

70 이 시는 날이 밝았으니 어서 조정에 나가보라고 재촉하는 부인과 날이 밝은 것이 아니라 달이 아직 지지 않은 것이라 주장하는 남편의 대화로 이뤄져 있다. 방탕한 관리들을 풍자하기 위한 시라는 평가와 현숙한 아내를 그리워하는 남편의 마음이 담긴 시라는 등 다양한 해석이 있다.

파리는 우리뿐만 아니라 옛사람에게도 골칫거리이자 기쁨을 가져다주는 존재였다. 우리나 옛사람들이나 보는 눈은 똑같으니, 파리를 봤을 때 받는 느낌이나 달을 봤을 때 느낌이나, 우리 모두 느끼는 바는 똑같을 것이다.

나이를 먹어가면서 나는 파리라는 놈들이 싫어졌다. 파리한테 무슨 큰 죄가 있어서 그런 건 아니고, 내 마음이 탁해져서 그렇다. 어릴 때는 여름만 되면 공중변소에 들어가서 파리를 잡아 왔다. 그때는 공중변소가 더럽다고 느끼지 않았기 때문이다. 심지어 손을 휘휘 저은 후 움켜쥐었던 그 똥파리들 발에는 똥까지 묻어있었는데 말이다.

어린 시절의 내 손에서는 냄새가 많이 났지만, 오히려 지금보다 더 깨끗한 손이었다.

봄이 오면 파리도 되살아난다. 꽃이 넘실대는 들판에서 파리도 꽃들과 함께 산다. 모든 파리가 다 똥을 좋아하는 것은 아니다. 어떤 파리들은 꿀벌처럼 꽃술에서 만들어지는 달콤한 꿀만 먹고 살기도 한다. 어느 날 파이허 강변에서 사진을 찍다가 이름 모를 파리와 마주친 적이 있다. 그 파리는 날렵한 몸놀림으로 복숭아 꽃잎을 박차고 날아오르더니 눈 깜짝할 사이에 하늘과 한몸이 되었다.

파리가 우리 인간과 얼마나 오래 함께 살았는지는 모르겠다. 그런데 만약 파리가 정말 세상에서 사라진다면 정말 좋은 일만 생길까? 아직 확실하게 입증된 것은 없다. 사람들이 파리를 싫어하는 이유는 위생 문제 때문이다. 하지만 다시 옛날로 되돌아가 보자. 그때는 아직 과학기술이 발전하지 않은 탓에 대부분 사람이 비위생적인 환경에서 살았다. 그래도 인간들이 파리 때문에 멸종된 예는 없었다. 그러니 파리가 총알보다 훨씬 '위생적'이다.

내 큰아버지는 예전에 국민당과 공산당 내전 기간 때 산둥성 지역에서 벌어진 멍량구孟良崮 전투에 나갔다가 파리 덕분에 목숨을 건졌다. 그때 큰아버지는 여러 발의 총탄에 맞아 기절했다. 전투가 끝난 후 전우가 기절한 큰아버지를 끌고 군영으로 돌아왔지만, 한참 동안 숨소리가 들리지 않아 다들 죽은 줄 알고 영안실로 보내려고 했다고 한다.

며칠이 지났는지 알 수 없지만, 한참 후에 큰아버지가 깨어났을 때…… 총상을 입은 왼쪽 손목 부위에 구더기가 생긴 것을 발견했다. 왼쪽 손목뿐만 아니라 총상을 입은 부분은 많았지만, 원래 이 상처는 수일 내로 치료하지 않으면 목숨을 앗아갈 수도 있는 치명적인 상처였다. 그런데 다행히 구더기가 썩은 살과 함께 세균까지 다 먹어 치워버린 덕분에 악화하지 않았던 것이다. 이렇게 해석하는 게 정확한지는 잘 모르겠으니, 전문가가 계시면 알려주시기를 바란다. 어쨌든 간에 구더기 덕분에 큰아버지는 기사회생했다. 그로부터 한참 후, 내가 어렸을 때도 큰아버지는 왼쪽 손목에 시계를 차지 못하셨다. 다른 사람들보다 왼쪽 손목이 훨씬 가늘었기 때문이다.

파리 애벌레인 구더기는 아프리카나 아마존 지역 원주민에게 아주 좋은 단백질 보충 식품이다. 또 사막이나 초원을 오랫동안 걸으면 노출된 피부에 더러운 것들이 묻는데, 사람을 향해 몰려드는 파리 떼가 이 더러운 것들을 싹 청소해 줘서 오스트레일리아 원주민은 파리를 무서워하지 않고 오히려 파리를 고맙게 여긴다.

단순하고 순수한 사람일수록 파리에 대한 적대감이 적은 것은 아닐까? 그래서 파리는 사람 마음의 순수성을 가늠하는 척도, 또는 나이를 판단할 때 쓸 수 있는 기본적인 척도다. 똥 위에 찰싹 붙어있는 파리를 인간들은 더럽다고 하지만, 우리 배에 똥이 그득하게 차 있는 것은 모른다는 점이 참 우습다.

얼마 전 겨울 오후에 물을 부어둔 재떨이를 들고 베란다에서 담배를 피우고 있었다. 그런데 쉬파리 한 마리가 물에 빠져서 허우적거리고 있는 게 아닌가. 어릴 때처럼 손을 내밀어 녀석과 인사를 하지는 않았지만, 종잇조각을 가지고 와서 쉬파리를 물에서 건져 베란다 밖으로 던져줬다. 그러자 녀석은 공중에서 날개를 퍼덕이더니 눈 깜짝할 사이 날아가 시야에서 사라졌다.

쉬파리의 동족이 우리 큰아버지를 구해 줬기 때문에 나도 그 파리를 구해 줬다. 또 나는 대부분 사람과 달리 파리를 그렇게 혐오하지 않는다. 《시경》도 파리를 품어줬는데, 내가 뭐라고 점잖을 뺄까? 나는 《시경》의 시처럼 우아한 사람도 아닌데 말이다!

蟋蟀

우연히 얻은 심오한 깨달음

귀뚜라미

30여 년 전 어느 겨울밤에 나는 교정을 가로질러 동무 리웨이궈李衛國네 집에 놀러 갔다. 그런데 그의 집에 찾아갔더니 그의 어머니가 "웨이궈는 솥 저으러 갔어"라고 알려주셔서 발길을 돌려 '낡은 집'으로 내 동무를 찾으러 갔다.

그 '낡은 집'은 청나라 말기 이홍장이 이끌던 의병대인 회군淮軍의 장군이 쓰던 저택이었는데, 웨이궈의 아버지는 그 집을 고쳐 부뚜막을 짓고 큰 솥을 걸어, 저녁마다 죽을 쒀서 학생들에게 팔고 있었다. 내 기억에 그때 죽 한 그릇 가격은 몇 전 정도에 불과했지만, 그래도 학생들 머릿수가 많았으니 매일 저녁 몇 십 위안 정도의 짭짤한 수익을 올리지 않았을까 싶다.

내가 찾아갔을 때 웨이궈는 때마침 부뚜막에 장작과 벌레를 던져 넣으며 불을 때고 있었다. 그는 나를 보자 기뻐하며 "요즘 귀뚜라미가 엄청 많아! 너도 봐봐!"라며 제 등 뒤에 쌓여있던 땔나무를 치워 내게 보여줬다. 그러자 그의 말처럼 온 벽에 다닥다닥 붙은 귀뚜라미가 눈에 들어왔다.

겨울이라 귀뚜라미도 추위를 탔나보다.

귀뚜라미가 방에 들어와 우는 것을 보아하니,

세밑이 가까워졌구나.

蟋蟀在堂,

歲聿其莫.

〈당풍(唐風) · 실솔(蟋蟀)〉[71]

71 귀뚜라미가 방에 들어올 정도로 날씨가 추워진 것을 보며, 한 해가 저물었음을 깨닫고 더욱 근면 성실하게 살아야겠다며 자신을 채찍질하는 내용의 시다.

이 시 속의 '실솔'은 바로 내가 어린 시절 가지고 놀던 귀뚜라미의 옛 이름이다. 나중에 학교에 들어가서 루쉰의 산문 〈백초원에서 삼미서옥으로從百草園到三味書屋〉[72]를 읽었는데, "방울벌레는 나지막이 노래 부르고, 귀뚜라미는 거문고를 탔다油蛉在這裏低唱,蟋蟀們在這裏彈琴."라는 문장을 발견했다. 아무래도 대문호의 어린 시절도 나와 별반 다르지 않았던 듯하니, 귀뚜라미가 선사하는 이 소박한 즐거움은 시대를 불문하고 많은 이들의 사랑을 받아왔나보다.

그런데 나와 내 동무들 사이에서 귀뚜라미 싸움이 별 인기가 없었던 것은 참 아쉽다. 우리 모두 그저 귀뚜라미를 손에 놓고 만지작거리며 놀기만 한 탓에 귀뚜라미의 싸움에 대해서는 아는 바가 없었다. 우리 집은 중·고등학교 교정 안에 위치한 사택에서 살았는데, 교정에도 여러 종류의 귀뚜라미가 있었다. 리웨이궈가 부뚜막 속으로 던져버린 귀뚜라미는 마르고 작은 종류라 딱 봐도 투지가 전혀 없어 보이는 반면, 풀숲에서 잡은 귀뚜라미는 대개 덩치가 크고, 초콜릿 색 몸체에서 번쩍번쩍 광이 나는 것이 본새가 달랐다.

초등학교에 들어가고 나서, 어린이 책을 읽고 이해할 수 있게 되자 귀뚜라미에 관한 지식도 쌓여갔다. 그 중에서도 《요재지이》를 각색한 만화책에 귀뚜라미 싸움에 관한 명나라 이야기인 〈촉직〉이 실려 있던 것이 아직도 기억난다. 이 이야기의 줄거리는 귀뚜라미 싸움 때문에 한 농민 가정의 아들이 목숨을 잃고, 이 아들의 영혼이 귀뚜라미가 되어 복수한다는 내용이다. 그런데 우리 학교는 귀뚜라미 싸움 같은 장난을 권장하는 분위기가 아니라 아무도 귀뚜라미 싸움을 하지 않았다. 그 탓에 대대로 전해 내려오는 유서 깊은 귀뚜라미 문화를 한 번도

72 루쉰의 산문집 《아침 꽃을 저녁에 줍다(朝花夕拾)》에 실린 작품으로 어린 시절 뛰놀았던 정원 백초원(百草園)과 공부를 하던 서당 삼미서옥(三味書屋)에 대한 추억에 관한 산문이다.

즐겨본 적이 없다는 점이 아직도 아쉽다.

귀뚜라미를 다룬 고서들은 아주 많이 남아있다. 그중에서도 〈촉직〉의 모티프만 따와 《촉직지促織志》라는 제목으로 다르게 해석하고, 편집한 이야기책의 판본은 최소 네 가지나 된다. 여러 종류의 《촉직지》 중에서 남송을 멸망에 이르게 한 간신이자 귀뚜라미 싸움을 즐겼다는 가사도賈似道가 쓴 판본이 있다고 하는데, 이 재상님이 쓴 책은 제목만 남기고 사라져 후대에 전해지지는 못했다. 또 풍류가로 유명한 북송의 송 휘종宋徽宗도 귀뚜라미 싸움을 좋아해서, 각양각색의 뛰어난 귀뚜라미를 전국에서 수집했고, 이 귀뚜라미 수집 때문에 나랏일을 그르쳤다고 한

三百石印富翁齊白石居京華

다. 그런데 나는 이 말을 믿지 않는다. 예술과 오락을 사랑한 황제는 분명 폭군보다 훨씬 인간적이었을 것이다. 그러니 설령 일을 좀 망쳤다손 치더라도, 그건 휘종이 황제의 본분을 지키지 못해서 그런 말을 들은 것이지, 황제가 아니라 보통 백성이었다면 다들 별로 개의치 않았을 것이다. 원나라 산곡 작가 장양호張養浩가 산곡 〈동관회고潼關懷古〉에서 "나라가 흥해도 백성은 고달프고, 나라가 망해도 백성은 고달프다興, 百姓苦, 亡, 百姓苦."라고 했을 정도로 독재 정치 체제하의 백성들에게 나랏일은 눈곱만큼도 중요하지 않았다.

항저우(杭州)에서 귀뚜라미 싸움이 유행해,
귀뚜라미 가격이 천정부지로 치솟았다네.
오늘날 놀이 유행이 바뀌어
베이징에서 이미 사라진 귀뚜라미 싸움이 지방에서 유행이라네.
杭城鬥蟋蟀, 壹只值萬錢.
今日竊風起變化, 京都不玩民間玩.

지금도 활동 중인 천즈쑤이陳誌歲라는 이름의 현대 시인은 시 〈실솔요蟋蟀謠〉에 이렇게 기록했다. 그런데 사실 요즘 베이징 사람들도 귀뚜라미 싸움을 아주 좋아한다. 매년 10월마다 귀뚜라미 싸움대회가 열리는데 우승자가 나올 때까지 싸움은 멈추지 않아 한 달 내리 진행되기도 하고, 가장 강한 귀뚜라미는 '벌레의 왕'이라는 명예로운 칭호도 받는다. 현재 베이징에는 십만 명에 가까운 귀뚜라미 애호가가 살고 있고, '귀뚜라미 전문 위원회'에 등록된 사람만 천여 명이나 된다고 한다.

솔직히 별로 칭찬할만한 일은 못 된다. 귀뚜라미 애호가가 십만 명이나 된다는 것은 분명 그에 상응하는 규모의 귀뚜라미 판매시장이 있을 테니 말이다. 실제로 한 자료에 따르면 2010년 산둥성 닝진현寧津縣이라는 지역은 '중국 최고의 귀뚜라미 마을'로 선정되었다. 상하이, 베이징, 톈진, 항저우, 난징, 광저우, 선전深圳 등 대도시의 귀뚜라미 애호가들 덕분에 이 지역 주민들은 귀뚜라미만 길러도 부자가 될 수 있다. 빠른 속도가 보편화된 정보화 시대와 전혀 어울리지 않는 상황이라, '놀이에 빠져 이성을 잃다玩物喪誌'[73]라는 옛 교훈이 과연 정말 시대에 뒤떨어진 것인지 다시금 생각하게 만든다.

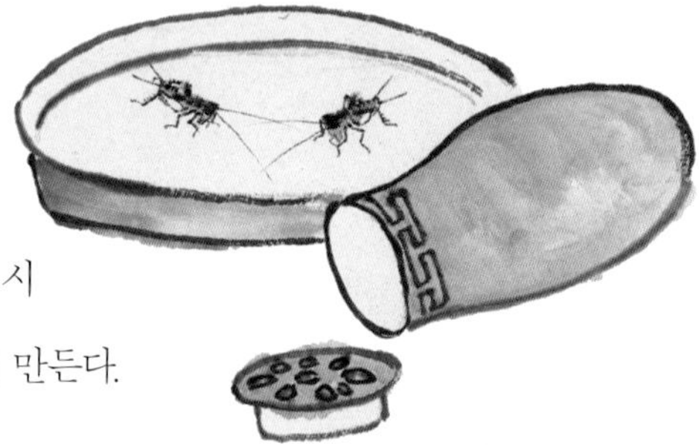

자그마한 귀뚜라미,

소 한 마리에 버금간다네.

小蟋蟀, 比頭牛.

닝진현 마을에 전해 내려오는 말이다. 아직도 농업 의존도가 높은 지역에 이런 말이 내려오다니 왠지 모를 허무함이 느껴진다. 차라리 이 많은 귀뚜라미 애호가들이 파브르처럼 귀뚜라미의 굴과 알을 연구하고, 《파브르 곤충기》 같은 결과물을 내면 그나마 다행일 텐데 말이다. 아무리 귀뚜라미 싸움을 붙여댄들 귀뚜라미 싸움으로는 고차원적인 지식이나 품격 있는 문화를 만들어낼 수 없다.

73 위나라의 위 의공(衛懿公)이 학(鶴)에 빠져 정사를 돌보지 않아 결국 북방의 이민족에게 침략당한 일화에서 나온 고사성어다.

귀뚜라미를 기르고, 싸움을 붙이는 풍습은 당 현종 시대에 시작해서 송나라 때 유행하고, 명청시대에 성행해 지금에까지 이르렀다. 이 과정에서 귀뚜라미에 관한 책이 많이 탄생하기는 했지만, 어린 시절 여름밤마다 풀숲에서 들려오던 귀뚜라미 소리만큼의 운치는 없다. 알 수 없는 먼 곳에서 들려오는 그 맑은 소리는 어린이들의 호기심을 자극했고, 나도 모르게 귀뚜라미를 찾아 헤매도록 만드는 신비한 힘이 있었다…….

손전등을 들고 살금살금 다가가면 귀뚜라미는 갑자기 울음소리를 뚝 그쳤고, 그러면 온 세상이 고요해졌다……. 유교경전인《대학》에 "마음을 차분히 하면, 마음이 평안해지고, 마음이 평안해지면 깊이 생각할 수 있고, 깊이 생각하면 깨달음을 얻으리라靜而后能安, 安而后能慮, 慮而后能得."라는 말이 있다. 아직 어렸지만 우리는 이 격언처럼 귀뚜라미가 울음소리를 그친 그 찰나에 드러난 실마리를 잡았고, 그렇게 우연히 심오한 이치를 깨달았다.

하루살이

정말 사람보다 짧게 살까?

蜉蝣

여름철 방충망에는 상당히 예쁘게 생긴 옅은 초록색 작은 곤충이 자주 들러붙는다. 그런데 절대 손으로 이 곤충을 잡아서는 안 된다. 그랬다간 '악취' 비슷한 냄새가 손에 남기 때문이다. 사실 무슨 냄새인지 콕 짚어 표현하기는 어렵지만, 어쨌든 사람을 불안하게 만드는 냄새를 남기고 간다.

이 벌레가 바로 하루살이다. 어릴 때는 숙제를 하다가 따분해지면, 등불을 보고 모여든 하루살이를 가지고 장난을 쳤다. 연필 끝으로 잠자리처럼 투명한 하루살이의 날개를 꾹 누른 후, 요리조리 빛을 비춰가며 녀석이 버둥거리는 것을 관찰했다. 가볍고 날렵한 생김새의 하루살이는 옅은 녹색인 경우도 있고, 우윳빛이 나는 경우도 있었다. 하지만 하루살이는 아주 연약한 곤충이라, 내 장난에 오래 버티지 못하고 조금만 잘못하면 죽어버렸다.

그래서 나는 대개 조금만 가지고 놀다가 놓아주곤 했지만, 창문을 살짝 열어 그 틈 사이로 내보내 주면 순식간에 다시 방충망에 들러붙었다…….

하루살이 날개는 총천연색 옷과 같이 아름답지만,

그 짧은 생을 생각하니 근심만 들끓네,

나는 어디로 가야 하는가?

蜉蝣之羽, 衣裳楚楚.

心之憂矣, 於我歸處.

〈조풍(曹風) · 부유(蜉蝣)〉[74]

74 하루살이처럼 인간의 삶도 덧없음을 한탄하는 내용인데, 현대 학자들은 강대국의 틈바구니에서 생존의 위협을 느낀 조(曹)나라 귀족 계층의 불안감이 담겨있다고 해석한다.

옛사람들은 하루살이를 아름다운 곤충이라고 높이 평가했다. 그런데 어떤 학자는 조 소공曹昭公이 '사치를 일삼는 데다 간신을 가까이 한 인물'이라는 이유를 들어 하루살이를 다룬 《시경》의 〈조풍·부유〉는 조 소공을 풍자한 것이라고 해석했다. 하지만 나는 그 어떤 논리적 연관성도 이 시에서 찾을 수 없었다. 《시경》 속의 많은 풍자시가 거의 다 이런 식이다. 특정 사물에 특정 인물을 대입할 수만 있다면, 밑도 끝도 없이 그 인물을 비판하는 시라고들 한다.

하지만 사실 중국 고대 문화 속에서 하루살이가 맡은 역할은 '인생이란 무엇인가'를 되돌아보게 하는 역할이다. 북송 문인 소식의 시 〈전적벽부前赤壁賦〉[75]를 보면 그렇다. 소식이 "(우리 삶은) 광활한 하늘과 땅에 사는 하루살이 같고, 망망대해 속의 좁쌀처럼 보잘것없어라寄蜉蝣於天地, 渺滄海之壹粟."라고 할 정도로 하루살이의 짧은 삶은 절로 탄식이 나오게 만든다. 심지어 아리스토텔레스가 하루살이에게 지어준 고대 그리스어 이름은 '촉박하다'라는 뜻일 정도다.

2017년 여름을 앞둔 지금은 하루살이가 왕성하게 활동하기 시작하는 시기다. 그런데 뉴스를 보니, 태국의 묵다한Mukdahan이라는 도시는 4월 3일에 벌써 하루살이에게 '대폭격'을 당해, 그날 저녁 '셀 수 없이 많은 하루살이가 바닥에 떨어져, 눈이 소복이 내려앉은 것 같았다.'라고 한다.

어릴 때는 이 예쁜 벌레가 하루밖에 못 산다는 것을 모르고, 그저 유쾌한 작은 잠자리라고 생각했었다. 하지만 어쩌면 하루살이에게 수명의

75 소식의 《소동파전집(蘇東坡全集)》에 실린 대화식 시로 친우들과 적벽에 뱃놀이를 하러 간 소식이 대자연과 죽음 앞에서 조조와 같은 영웅의 삶도 덧없음을 노래했다.

길고 짧음은 별문제가 아닐 수도 있다. 하루살이는 태어나면서 죽을 때까지 빛을 쫓아다닌다. 1979년부터 1992년까지 활동한 몽롱시朦朧詩[76] 시인 구청顧城이 "검은 밤이 나에게 검은 눈을 주었지만, 나는 그 검은 눈으로 빛만 찾아다니지黑夜給了我黑色的眼睛, 我卻用它去尋找光明."라고 한 것과 마찬가지로 안타깝기 그지없다.

하루살이는 평생 인간의 두 눈이 하는 일과 똑같은 일만 하고 산다. 그렇지 않았다면 태국 도시의 밤거리를 뒤덮는 일도 없었을 것이고, 유사한 사건이 2013년 8월 25일 저녁 도나우 강 강가에서, 또 2014년 7월 20일 저녁 미시시피 강 유역에서 벌어진 적도 없을 것이다. 어쩌면 외국 하루살이는 우리가 아는 하루살이와 다른 종류일지도 모른다. 하지만 생김새는 달라도 모두 같은 꿈을 꾸고 있는 것 같다.

나는 나를 포함한 우리 인간을 벌레에 비유하며 조롱하고 싶지는 않다. 빛을 찾는 일감각적인 측면이나 이성적인 측면을 포함하여은 부산을 떨어가며 할 필요가 없기 때문이다. 오히려 이런 일은 혼자서, 조용히 해야 한다. 또 시시각각 빛만 찾아 헤맬 필요도 없다. 때로는 책도 좀 보고, 시도 좀 쓰고 하면서 여유롭게 시간을 보내야 한다. 왜 이런 말을 하느냐면, 너무 짧은 하루살이의 일생 대조를 이루는 빛을 쫓는 그 강한 의지가 너무 감동적이라 나 자신이 부끄러워져서 그렇다.

물고기는 하루살이를 특히 좋아한다. 짝짓기를 마친 하루살이 수컷은 그 즉시 죽기 때문에 물고기 입장에서는 쉽게 얻을 수 있는 맛난 먹이다. 중국 고서에는 하루살이를 볶아 먹을 수 있고, 맛은 매미 같다는 기록이 있다. 그런데 나는 어쩌면 옛사람들이 말하는 하루살이는 우리가 보는 '이 하루살이'가 아니라 그

76 1960년대 문화대혁명 시기를 거친 청년 시인들의 마음속 울분과 상처를 모호하고 함축적인 문체로 표현한 시로 1970년대 말부터 1980년대 초까지 유행했다.

시절의 '그 하루살이'가 아닌가 싶다. 볶아 먹든, 구워 먹든 간에 '이 하루살이'는 작고 연약하기 이를 데 없어 손가락으로 살짝 누르는 것도 못 버티니 말이다.

인간들이 하루살이의 가치를 먹는 데 두지 않고, 앞서 거론했던 '인생이란 무엇인가'를 되돌아보게 하는 역할에 두고 있어 다행이다. 그런데 '인생이란 무엇인가'라는 질문에 대한 많은 답변 중에 하루살이가 부정적인 답변으로 소비되는 이유는 하루살이가 우리에게 주는 감상적인 느낌이 경고의 의미로 다가오기 때문인 듯하다. 진나라 정치가 부함傅咸의 시 〈부유부蜉蝣賦〉를 봐도 그런 점이 눈에 띈다.

(하루살이는) 해가 지고 뜨는 것을 모르고, 계절이 바뀌는 것에 관심도 없다네.

단 하루만 살아도 만족하며 사니, 그 외에 더 무엇을 바라겠는가?

작은 웅덩이에 살아도 만족하며 사니, 큰 강이며 큰 호수가 무슨 소용 있으리오.

(蜉蝣) 不識晦朔, 無意春秋.

取足壹日, 尙又何求?

戱渟淹而委余, 何必江湖而是遊.

이 시 속의 하루살이는 화려하고 떠들썩한 인간 삶과 정반대인 도교 선인 같은 느낌을 준다. 인간은 제가 가진 것에 만족할 줄 모른다는 점은 아마 인간과 하루살이의 가장 큰 차이점일 것이다. 현대인의 수명은 약 삼만 일로 하루살이 수명의 삼만 배에 달한다. 하지만 하루살이의 수명이 정말 사람보다 짧다고 말할 수 있을까? '수명상대론壽命相對論'적인 문제는 아닐까?

伊威

치통을 낫게 하는 신통한 곤충

공벌레

1970~80년대 어린이들은 그럴싸한 장난감 얻기가 참 어려웠다. 그래서 대부분 근처에서 흔히 구할 수 있는 돌멩이나, 아이스크림 막대기 같은 물건이나 살아있는 동식물을 장난감으로 삼았다.

그중에서도 공벌레는 재미있는 장난감이었다. 이 벌레는 아주 예민해서 톡 건드리기만 해도 노란색 콩 같은 모양으로 몸을 둥그렇게 만다. 어린 시절에 우리는 이 공벌레를 주워 살살 던지면서 구슬치기 놀이처럼 누가 더 멀리 굴리나 시합을 했다.

공벌레는 어둡고 습한 곳에 득시글거리고 있었으므로, 우리는 매미나 잠자리 같은 곤충을 공벌레보다 훨씬 귀한 벌레로 치고, 공벌레는 대수롭지 않게 생각했다.

방 안에는 쥐며느리가 득시글대고

문가 곳곳에는 갈거미 거미줄이 가득하네.

伊威在室,

蠨蛸在户.

〈빈풍·동산〉

옛사람들은 공벌레를 '이위伊威'라고 불렀는데, 꼭 외국인 이름 같다. 쥐며느리鼠婦, 구불벌레負蟠라는 예스러운 이름으로도 불리고, 수박벌레西瓜蟲, 땅진드기地虱같이 촌스러운 이름으로도 불렸다. 고대 사람은 대개 땅굴을 파고, 그 위에 움막을 지어 어둡고 습하고, 벌레가 가득한 벌레 천국에서 살았기 때문에 우리보다 공벌레를 만날 기회가 훨씬 많았다고 한다.

다행히 공벌레는 사람을 물지 않아서 아무리 많아도 괜찮다. 그렇지만 공벌레를 보고 있으면 어딘지 모를 거북한 느낌이 드는데, 환공포증이 있는 사람이라면 더욱 그렇다. 어느 날 돌멩이를 들었더니 공벌레가 불꽃놀이의 불꽃처럼 사방으로 흩어지는 것을 본 기억이 난다. 재빠르게 도망가는 공벌레 중에 한 마리를 손으로 꾹 눌러 들여다보니, 배 아랫부분에 다닥다닥 붙은 발로 버둥대는 모습이 꼭 파도가 치는 것 같았다.

나는 1980년대 말에 고등학교를 다녔는데, 우리 학교 구내식당은 1950년대 건물이라 공벌레가 아주 많았다. 그래서 급식실 조리사 아저씨가 만들어주신 채소 반찬이나, 부추 반찬 속에서 기름과 소금을 뒤집어쓴 공벌레와 노래기를 건져낸 게 한두 번이 아니었다. 역겹기야 하지만, 실수로 먹었더라도 별 탈은 없다. 한의학에서는 공벌레를 따듯한 산성 성질의 약재로 취급하며, 독이 없을 뿐만 아니라 임산부의 방광염이나 풍치 통증도 치료할 수 있다고 한다. 옛말에 '치통은 큰 병은 아니지만, 아프기 시작하면 사람 잡는다.'라는데, 공벌레가 급한 불을 끄는 데 도움이 된다니! 공벌레를 다시 보게 됨은 물론이고, 절로 우러러보게 된다. 그런데 한의학 고서에 적힌 공벌레의 명칭은 너무 다양해서 전부 나열하기 힘들 정도다. 동서남북을 막론하고 모든 지역의 한의학 서적이 공벌레를 다루고 있는 것을 보면 옛사람들은 아주 철저히 공벌레를 연구한 것 같다.

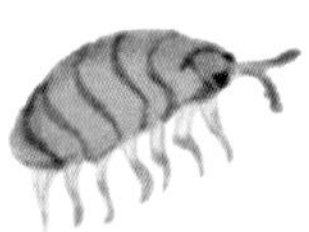

현대인에게 공벌레는 대수롭지 않을 뿐만 아니라, 심지어 혐오의 대상이 되기도 하는 하등동물인 반면, 고대 문화 속에서 공벌

레는 꽤 무게감 있는 역할을 맡은 곤충이었다. 공벌레를 보는 시각이 이렇게 대조를 이루는 이유는 고대 의학(약학)이 우수해서일까, 아니면 과학이 발전하면서 공벌레가 우리의

관심 밖으로 밀려나서일까? 치통 치료만 놓고 보면, 공벌레가 양약이나 의료기기보다 훨씬 간단하고 효과 빠른 치료제일 수도 있다. 더 중요한 것은 공벌레 치료제가 훨씬 저렴하다는 점이다.

공벌레가 노지에서 키우는 유채나 토마토 같은 식물에 큰 피해를 준다지만, 화학비료와 농약이 흙에 미치는 영향에 비하면 그 피해는 새 발의 피에 불과하다. 공벌레도 살 수 없는 흙이라면, 식물이 무럭무럭 자란다 해도 인간에게 무슨 의미가 있을까 싶다.

그런데 예부터 내려오는 전설에 따르면 이 원시적인 벌레에게도 고약한 면이 있다. 송나라 대학자 육전陸佃이 편찬한 사전《비아埤雅》를 보면 그렇다.

> 쥐며느리(鼠負 또는 鼠婦)를 먹은 사람은 색에 미혹되기 쉬우니,
>
> 이 벌레에 '며느리'라는 이름이 붙었다.
>
> 鼠負(婦), 食之令人善淫, 故有婦名.

이 의견이 업자들 눈에 띄었다간 공벌레를 차세대 '비아그라' 따위로 만들지 모르니 제발 그들 눈에 띄지 않았으면 좋겠다.

공벌레는 쓰임새가 많은 한약재라서 요즘 다시 주목을 받고 있다. 그래서 요

즘 사람들은 풀밭의 풀을 뿌리째 뒤집어엎은 뒤 잘 말린 다음, 다시 물을 뿌려 촉촉하게 만들고, 한 달 뒤 그 풀을 걷어 그 사이 자라난 공벌레를 잡는 등 갖가지 방법을 동원해 공벌레를 잡는다. 그도 아니면 어두운 구석에 구덩이를 파고, 과일 조각을 넣은 컵을 그 속에 넣어두는 방법으로도 공벌레를 많이 유인할 수 있다.

반면 공벌레를 대규모로 사육하려면, 온도, 습도, 밀도뿐만 아니라 급여하는 사료, 햇빛까지 전부 지켜야 할 규정이 있어서 아주 번거롭기 짝이 없다. 정말 신기하다. 어렸을 때는 어디든 구석진 곳에만 가면 얼마든지 잡을 수 있을 정도로 공벌레는 흔한 벌레였는데, 사육 규정을 지켜 키워야 할 만큼 연약한 벌레였나?

이처럼 인간의 주목을 받고, 돈벌이 수단이 되기 시작하는 순간 자연에서 살던 동식물들은 응석받이가 되고, 연약한 존재로 변해버린다. 동식물이 이런 취급을 받게 되는 것을 논리적으로 설명할 수는 있지만, 좋다고 해야 할지 나쁘다고 해야 할지는 잘 모르겠다.

갈거미

역사와 문화를 자랑하는 거미

蠨蛸

아들인 나는 서너 살 때부터 어머니가 무서움을 느낄 때 옆에서 힘이 되어 주는 역할을 했다. 그래서 어머니는 겨울밤마다 공중변소에 갈 때 나를 데리고 가셨다. 공중변소는 우리가 살던 사택 단지 서쪽 논두렁 부근에 있었다. 그런데 가로등이 하나도 없어서 겨울밤에는 손전등을 들고 나가야 할 정도였기 때문에 어머니는 나를 끌고 가셨던 것이다.

어린 시절의 나는 어디서든지 재미있는 것을 찾아내 가지고 놀 줄 알았다. 예를 들어 공중변소에서는 청벽돌에 붙어사는 거미가 내 장난감이었다. 이 거미는 방사형의 흰색 거미줄을 아주 낮은 곳에 쳐놓고 살고, 생김새는 꼭 모기 같아서 쉽게 찾아낼 수 있었다. 그래서 어머니가 손전등으로 벽을 비춰주시면 나는 그 거미를 잡고 놀았다.

어머니는 그 거미는 '희희喜戲'라는 이름으로도 불리는 갈거미인데, 닭 모이로도 쓴다고 하셨다. 갈거미는 뜀뛰기를 아주 잘했다. 하지만 나는 그때부터 이미 갈거미 잡기 선수라서 갈거미 두어 마리 잡는 것은 일도 아니었다.

방 안에는 쥐며느리가 득시글대고

문가 곳곳에는 갈거미 거미줄이 가득하네.

伊威在室, 蟰蛸在户.

〈빈풍·동산〉

이 시 속에 나오는 '소소蟰蛸'라는 한자는 갈거미라는 뜻이다. 흔히들 희자喜子, 희주喜蛛, 벽희壁蟢라 부르기도 한다. 요즘에는 사람들 입에 잘 오르내리지 않는데, 생김새가 볼품없는 데다 주거 환경이 좋아지면서 사람 사는 집에 잘 나타나

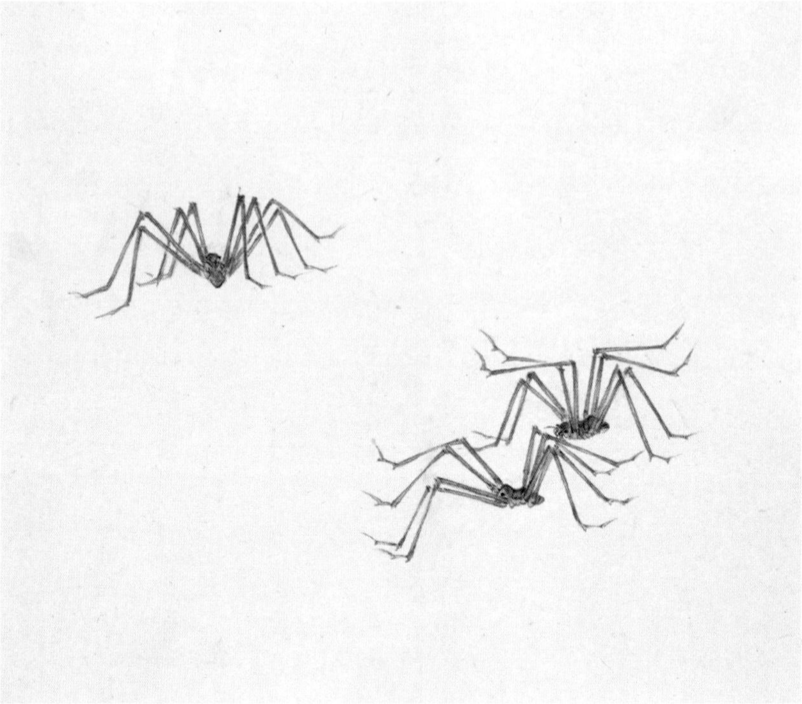

지 않아서 그렇다. 우리는 이렇게 또 실수를 저지르고 있다. 《시경》 속에 한 자리를 자치할 정도로 갈거미는 흔한 거미가 아니라 역사와 문화를 가진 거미이기 때문이다.

옛날에는 갈거미를 '희자'라고 부르면서 행운을 가져다주는 벌레라고 생각했다. 북제北齊 문인 유주劉晝는 《신론新論》[77] 속 〈비명鄙名〉이라는 글에서 "요즘 사람들은 한낮에 들판에서 희자를 마주치면, 기쁨과 즐거운 일이 찾아올 징조라 한다今野人晝見蟢子者, 以為有喜樂之瑞."라고 기록했다. 이를 보면 행운을 얻을 기회는 대낮에 국

77 춘추전국시대에 유가, 묵가, 명가, 법가 등 제자가의 학설을 종합한 학파인 잡가(雜家) 학설 논설서다. 《유자신론(劉子新論)》 또는 《유자(劉子)》라는 이름으로도 불리며, 정치적으로는 유가의 학설을 따르고, 철학적으로는 도가의 학설을 따라야 한다는 내용이 주를 이룬다.

한되나 본데, 어렸을 때 나는 밤에만 갈거미들을 잡아서 행운을 얻을 기회가 없었던 것일까? 당나라 대신이자 문인인 권덕여權德輿의 시 〈옥대체玉臺體〉에도 갈거미가 나온다.

어젯밤에는 치마끈이 스르륵 풀리더니, 오늘 아침에는 희자가 날아왔다네.

화장용 분을 버리지 말아야지, 내 낭군님 돌아올지 모르니.

昨夜裙帶解, 今朝蟢子飛.

鉛華不可棄, 莫是槁砧歸.

위 시에 등장하는 '고침槁砧'이라는 한자는 당시 사용했던 남편을 지칭하는 은어다. 시의 주인공은 아침에 갈거미를 보았을 뿐만 아니라 전날 밤에 치마끈이 풀어진 것도 느꼈다고 한다. 옛사람들은 치마끈이 풀어지는 것이 오랫동안 밖에 나갔던 남편이 돌아올 징조라는 전설을 믿었다. 게다가 갈거미까지 나타났으니 조짐이 아주 좋다. 그래서 이 여인은 서둘러 화장을 하고 남편 맞을 준비를 하는 것이다. "희자가 날아왔다네"라는 시구는 가벼운 갈거미의 움직임을 생생하게 잘 묘사했다.

갈거미는 둥글둥글하고 통통한 배를 가진 보통 거미와는 달리 아주 말랐다. 갈거미는 입이 짧아서 일 년 내내 먹는 파리를 전부 세 봐도 몇 마리밖에 되지 않는다. 내가 봤던 갈거미 거미줄에 걸린 사냥감들도 대개 모기나, 개미 같은 작은 곤충들밖에 없었다. 갈거미가 사람 사는 집이나 화장실 벽에 붙어사는 것을 좋아하는 이유도 아마 까다로운 먹성과 관계가 있을 것 같다. 요나라 시인 이제현李齊賢은 시 〈거사연居士戀〉에서 이렇게 말했다.

까치는 울타리 부근의 꽃가지에 앉아 울어대고,

갈거미는 침대 머리맡에서 거미줄을 치네.

鵲兒籬際噪花枝, 蟢子床頭引網絲.

침대 머리맡에서 일하는 갈거미라니, 우리 인간과 얼마나 친한 사이였는지 알 수 있는 대목이다. 또 옛 시인들은 시의 소재로 갈거미를 사용할 때 다른 길조의 상징과 더불어 쓰는 것을 즐겼는데, 청나라 대문호 김농金農의 시 〈희지蟢子〉에서도 이런 면모를 엿 볼 수 있다.

신방에 화촉 밝히니 기쁨이 넘치고,

갈거미는 부부의 연을 맺어주고자 붉은색 실을 자아내네.

雙燭生花送喜頻, 紅絲蟢子漾流塵.

지금까지 거론한 문장만 보더라도 다양한 길조의 상징들이 갈거미와 짝을 이뤄 나온다. 치마끈, 까치, 촛불까지 그 대상이 어쩌나 다양한지 혀를 내두르게 만든다.

고대의 위생 수준은 오늘날과 비교할 수 없이 열악했기 때문에 갈거미 같은 작은 동물들이 자주 나타났다. 그래서인지 시와 글 속에서도 종종 얼굴을 비추는 편이다. 어떻게 보면 이런 생물들은 고대인들의 글에 '살아 숨쉬는' 맛을 더해 주는 소재다. 과거나 지금이나 로맨스는 똑같은데, 영화나 소설은 도시의 거리, 자동차, 카페, 호텔 등을 배경으로 한다. 어쩌면 이래서 사랑이 변질된 것은 아닐까? 반면 갈거미와 함께하는 남녀 간의 로맨스는 훨씬 자연스러워 보인다.

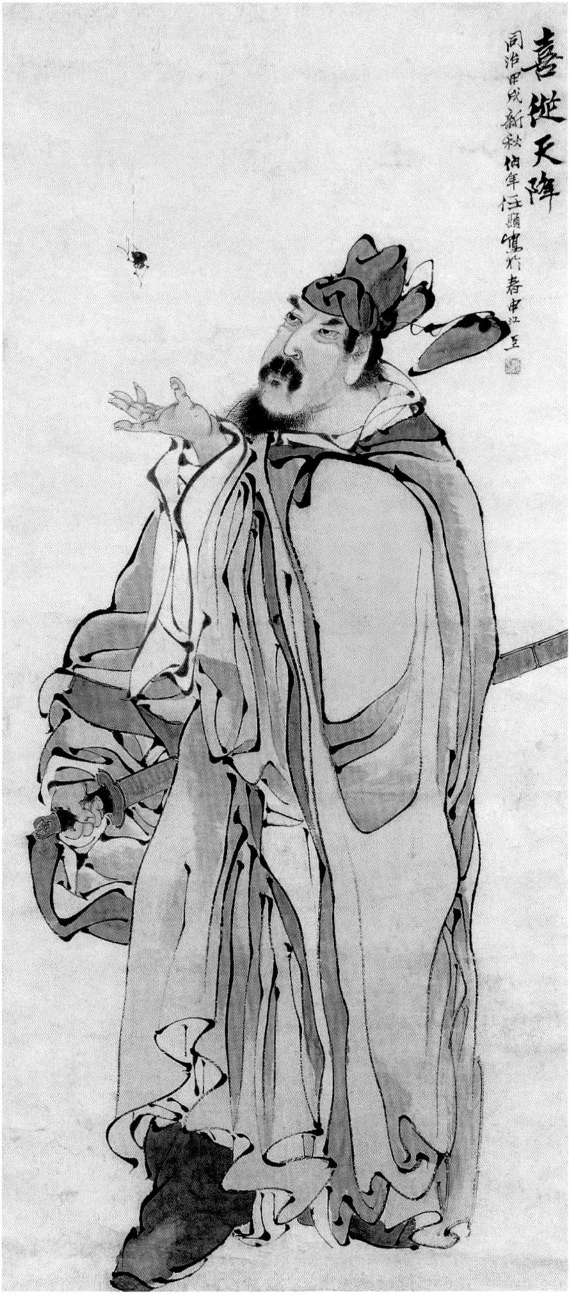
喜從天降
同治甲戌新秋伯年任頤寫於春申江上

《시경》이 세상에 등장한 이래 지난 2~3천 년 동안 갈거미는 발전도, 진보도 하지 않고 제 본래 모습 그 자체를 유지하며 지금까지 살아왔다. 얼마 전 나는 어떤 시골 마을의 낡은 토담집에서 사는 갈거미를 봤다. 그 갈거미는 여전히 방사형 거미줄을 친 채, 2~3천 년 전 제 조상들이 잡아먹었던 벌레들의 후손을 기다리고 있었다. 한편 팔순이 넘은 토담집 주인 할머니는 내가 어렸을 때 자주 보던 고풍스러운 스타일의 옷을 입고 계셔서, 갑자기 나는 시간이 거꾸로 흐른 듯한 느낌을 받았다. 그와 동시에 가난에 대한 기억도 함께 떠올랐지만, 애써 회피하며 그 기억은 오래된 시 같은 것에 불과하다고 나 자신을 타일렀다.

어떤 사람들은 갈거미처럼 과거의 시간 속에 멈춰있다. 이들은 바깥에서 아무리 호들갑을 떨며 이런저런 성취를 자랑해도 아무 관심이 없다.

갈거미는 방 안 가득 거미줄을 치고, 귀뚜라미는 서글프게 우는구나.

蟏蛸結思幽，蟋蟀傷褊淺.

이백은 시 〈옥진공주별관고우玉真公主別館苦雨, 증위위장경贈衛尉張卿 · 이수二首〉[78]에서 갈거미를 이렇게 표현했다. 대개 갈거미는 길조로 여겨지지만, 이 시 속의 갈거미는 다소 우울한 느낌을 준다. 갈거미라고 모두 행복을 가져다주지는 않았던가 보다. 또 다른 당나라 시인 저광희儲光羲의 시 〈옥중이요장설리정류제공獄中貽姚張薛李鄭柳諸公〉[79]에서도 이런 점이 드러난다.

78 이백은 여러 차례 벼슬을 얻으려고 노력했으나, 벼슬을 얻지 못하고 당 예종(唐睿宗)의 아홉 번째 딸인 옥진공주(玉真公主)의 별장에 식객으로 있었다. 이때 옥진공주의 조카사위이자, 황제의 비밀 경호원에 해당하는 관직 위위경(衛尉卿)이던 장기(張垍)에게 이 시를 지어줬다.

은하수는 집 아래 흐르고,

갈거미 거미줄은 창문을 가릴 정도네.

河漢低在户, 蠨蛸垂向牖.

인생 최대의 곤경에 빠진 시인은 갈거미가 눈앞에 나타났음에도 그 어떤 기쁨도 느끼지 못하고, 광활한 우주를 향해 자유를 갈망하며 탄식을 토해낸다. 그 누구도 들어주지 않는 이 탄식은 갈거미만 들어주는 듯하다.

79 저광희는 당 현종 때 감찰어사(監察御史)까지 올랐던 관리였으나, 안사의 난 때 반란군에게 사로잡힌 뒤 강제로 벼슬을 살게 되었고, 후에 난이 평정된 후 다시 조정으로 복귀해 용서를 빌었으나 옥에 수감되어 이 시를 썼다.

宵行

닷새만 사는 삶이니 얼른 결혼해야지

반딧불이

어린이의 여름밤에는 빠질 수 없는 것이 있다. 바로 반딧불이다. 학교 운동장에 풀이 무섭게 자라 종아리 부근까지 올라올 정도가 되면, 나와 동무들은 손에 부채를 들고 풀밭을 뛰어다니며 반딧불이를 쫓아다녔다. 우리 인생에서 가장 즐거운 순간이었다.

나와 내 친구 성용聖勇은 각자 작은 유리병을 들고 반딧불이를 잡아 병에 넣은 후, 유리병 벽을 타는 모습과 반짝반짝 빛을 내는 꼬리를 구경했다. 반딧불이를 넣은 유리병은 꼭 전구 같았다.

융성永生이라는 이름의 친구도 기억난다. 그 친구는 여름만 되면 병이 났는데, 뇌 기능 이상으로 인한 병을 앓고 있어서 반응이 좀 느렸다. 그래서 우리의 여름밤과 달리, 그 친구는 혼자 대나무로 만든 평상에 누워 조용히 지냈다. 나와 성용은 가끔 이 친구가 누워있는 평상 아래로 슬그머니 들어가, 갑자기 부채를 쑥 들어 올리고, 또 조금 있다가 반짝반짝 빛나는 유리병을 쑥 들어 올렸다. 그러면 융성은 놀라서 소리를 지르곤 했다. 인간의 타고난 본성이 반드시 선하지만은 않다는 말은 우리가 행동으로서 증명했다.

집 근처 곳곳에 노루 발자국 나 있고,

반딧불만 깜빡이네.

町疃鹿場,

熠耀宵行.

〈빈풍·동산〉

반짝반짝하는 반딧불이 고전 속 밤을 빛내주는 듯하다. 이 반딧불을 보고 시의 화자는 "반딧불만 깜빡이네"라고 노래한다. 고대 자연 속에는 여러 동물이 살고 있었기 때문에 반딧불이를 잡으러 간다는 것은 상당히 위험한 일이었다. 내가 어렸을 때만 해도 어른들은 "반딧불 있는 곳에 가면 뱀 있다!"라며 경고하곤 하셨다. 물론 정말 그런 것은 아니고, 그저 아이들을 겁주기 위해 하는 말이다. 사실 반딧불이와 뱀은 공생관계가 아니고, 반딧불이가 빛을 내는 것은 짝짓기를 위해 짝을 찾고 있어서 그렇다. 반딧불이 중에서도 물가에 사는 애반딧불이의 수명은 5일 정도에 불과하다. 이렇게 짧은 시간 동안 종족 번식이라는 사명을 완수하기 위해 어떤 애반딧불이는 식음을 전폐하기도 한다.

전 세계에 약 2천여 종의 반딧불이가 있는데, 중국에는 54종이 산다는 말도 있고 100여 종이 산다는 말도 있다. 한편, 중국에서 가장 흔히 볼 수 있는 반딧불이는 큰깃동 반딧불이, 희홍姬紅 반딧불이와 창흉窗胸 반딧불이 등 세 가지 종류다. 내가 어렸을 때 가지고 놀았던 반딧불이는 초록색 빛을 내는 종류였는데, 황토색 등딱지를 벌려보면 그 아래 날개가 있고, 그 날개로 파닥거리며 빠르지도, 느리지도 않게 날아가는 걸 구경할 수 있었다. 옛사람들은 반딧불이가 날아다닐 때 구불구

불한 시냇물을 그리는 것처럼 불규칙하게 날아다닌다며 '유형流螢'이라고 부르기도 했는데, 반딧불이의 행동을 어쩌나 사실 그대로 잘 묘사했는지, 이름만 들어도 그 움직임이 실감나게 느껴진다.

촛불이 병풍을 비추는 가을밤,

한 손에 둥글부채 들고 날아다니는 반딧불이를 잡네.

銀燭秋光冷畫屛,

輕羅小扇撲流螢.

두목(杜牧)의 시 〈추석(秋夕)〉[80]

고대 부잣집 아가씨들의 생활은 상당히 폐쇄적이었다고 한다. 그래도 따분하기만 한 것은 아니었다. 악기, 바둑, 글씨, 그림 등을 배우기도 하고, 심심할 때는 날아다니는 반딧불이, 즉 '유형'을 잡기도 했다. 그런데 반딧불이는 주로 밤하늘을 장식하는 용도로만 쓰였는지, 별 실용성은 없는 것 같다. 물론 반딧불이가 가진 시적 정취를 망칠까 두려워 한의학 자료는 찾아보지 않았다.

어쩌면 '형설지공螢雪之功'같이 유명한 이야기가 있는데, 왜 반딧불이가 가치가 없냐고 묻는 독자들도 있을 수 있겠다. 실제로 반딧불 덕분에 진나라 정치가 차윤車胤은 예부상서禮部尙書까지 될 수 있었다. 그러나 이 진나라 역경 극복 스토리의 진상은 무엇일까? 고대에는 유리병이 없었으니, 아주 얇은 명주 주머니에 엄청나게 많은 반딧불이를 채워 넣어야 '램프'로서의 역할을 할 수 있었을 것이다. 그런데 헐벗고 굶주리던 차윤이 명주 주머니를 가지고 있었다니, 어불성설이 아닐까?

80 궁녀가 칠월 칠석에 혼자 견우성과 직녀성을 바라보며 외로움을 토로하는 당나라 시다.

허페이의 도시 규모가 커지면서 이제 여름에도 반딧불이를 보기 어렵다. 전문가들은 반딧불이를 환경오염 여부를 나타내는 지표종이라고 한다. 즉 반딧불이가 서식하기 어려운 지역이 늘어났다는 것은 인간에게도 좋은 소식이 아니다. 밤마다 반딧불이를 쫓아다녔던 어린 시절의 추억을 돌이켜보면, 들판에서는 때때로 개구리가 개굴개굴 울고, 귀뚜라미와 철써기는 귀뚤귀뚤 울어 마치 음악 공연장에 온 것 같았다. 이런 소리가 빚어내는 조화로움과 아름다움은 이제 도심에서 50킬로미터 떨어진 곳으로 나간다 한들 느낄 수 없는 것이 되었다.

달도 뜨지 않아 칠흑같이 어두운 밤, 고깃배 불빛만이 보이네,

외로운 그 불빛, 마치 반딧불 같구나.

月黑見漁燈,

孤光一點螢.

사신행(查愼行)의 시 〈주야서소견(舟夜書所見)〉[81]

시인이 노래한 것은 고기잡이배의 불빛이지 반딧불이 아니다. 그래도 반딧불은 심상으로서 '빛의 상징'으로 해석되며, 희미하지만 여전히 그 빛을 우리 문화와 역사에 비춰주고 있다. 얼핏 보기에는 미약하기 이를 데 없는 빛 같지만, 그 속에는 놀라운 기쁨이 숨겨져 있다.

몇 년 전 어느 여름밤에 우리 집 베란다에 서 있다가 우연히 아파트 연못 부근에 있는 풀숲 속에서 '외로운 그 불빛'을 발견했다. 서둘러 내려가 찾아보니, 진

81 청나라 시인 사신행의 시로 어두운 하늘 밤에는 별이 없지만, 고기잡이배의 불빛이 수면에 비쳐 강물 가득히 별이 떴다며 자연의 아름다움을 노래한 시다.

짜 반딧불이 한 마리가 몸을 숨기고 있었다. 휴대전화의 손전등 기능을 켜 보니 쌀알보다 조금 더 긴 애벌레 몸에서 반딧불이 빛나고 있었다. 정말 희귀한 반딧불이 애벌레를 본 것이다.

반딧불이와 비슷한 종류의 생물도 꽤 많다. 일례로 뉴질랜드의 한 동굴에는 빛을 내는 곤충인 글로우웜이 모여 사는데 동화같이 아름다운 장면을 연출한다. 또 타이완의 받침애주름버섯이라는 버섯도 빛을 낼 줄 아는데, 야생에서 보면 꼭 '도깨비불'로 오해하기 쉽다. 우리 세계가 암흑 속으로 빠져들면, 이 생물들도 반딧불이처럼 작은 희망을 빛낸다. 내 양심에 거리낌이 없다면, 아무리 빛이 희미하더라도 언제든 따라가며 올바른 방향을 찾을 수 있다.

蝶羸

뷰티 아이템이라고? 이제 난리 나겠네!

나나니

내가 어렸을 때는 말벌 벌집 한번 건드려보지 않고 여름방학을 보냈다고 하면, 방학 때 제대로 못 놀았다고들 했다. 우리 가족이 살던 교사사택은 옛 지주 장원을 개조한 곳으로 주변이 아주 고즈넉해서 말벌이 특히 좋아하는 서식지였다.

어느 날 저녁 무렵에 동무 왕 군이 신이 나서 찾아와 "학교 건물 처마 밑에 큰 말벌 벌집이 생겼던데, 그거 부수러 가보지 않을래?"라며 나와 친구들을 부추겼다. 우리는 마침 심심하던 차에 잘됐다 싶어 "와" 하고 소리를 지르며 뛰어갔다.

그날 우리는 말벌 벌집을 부순 건 물론이거니와 학교 창문도 몇 개 부숴버려서, 말벌도 우리를 쫓아오고, 당직 선생님도 우리를 쫓아오는 일이 벌어졌다. 말벌보다 더 빠른 속도로 우리를 쫓아오는 당직 선생님을 피해 달아나는 와중에도 이마가 지끈지끈 아픈 것이 느껴졌다.

그 일이 있은 뒤로 약 열흘 동안 내 머리는 우산으로 써도 될 만큼 크게 부풀었고, 눈도 퉁퉁 부어 실눈이 된 채로 다녔는데, 그 두 눈으로 본 세상은 마치 와이드 스크린 영화 속 한 장면 같았다. 이 사건 이후로 '벌집 쑤시기'는 꿈도 못 꾸고, 나나니도 무서워하게 되었다.

명나방 애벌레를 키우는 나나니같이
그대들 자식도 내가 거둬 키우며, 조상의 유업을 기리네.

螟蛉有子, 蜾蠃負之. 教誨爾子, 式穀似之.

〈소아·소완(小宛)〉[82]

82 현대 학자들은 이 시의 저자를 서주 하급 관리로 추정하며, 저자의 형제들이 부모님이 돌아가신 후 제 자식도 돌보지 않고 방탕하게 살자 이를 꾸짖는 내용이라고 해석한다.

이 시에서는 나나니의 옛 이름인 '과라蜾蠃'가 사용되었는데, '과라' 외에도 열옹蠮螉, 포로蒲卢, 토봉土蜂, 세요봉細腰蜂 등 다양한 옛 이름이 있다. 하지만 나나니는 말벌과 다르고, 박과 덩굴풀인 식물 과루瓜蔞는 더더욱 아니니 헷갈리지 말아야 한다. 또 말벌의 몸체는 호랑이 같은 무늬가 있는 누런색이지만, 나나니는 검푸른색이다. 또 말벌 성격은 집단주의자들 같고, 사람에 대해 아주 강한 복수심을 가지고 있지만, 나나니의 성격은 개인주의자들 같고, 사람에게 별 관심이 없다.

자라 보고 놀란 가슴 솥뚜껑 보고 놀란다더니, 말벌에 당한 뒤로 나나니도 무서워져서 한동안 나나니의 생태에 관해 공부할 엄두도 내지 못했다. 그런데 사실 나나니는 말벌과 곤충 중에서도 얌전하고 부드러운 성격을 가진 편이다. 한편 〈소아·소완〉에 거론되는 나나니는 칭찬의 메시지를 담고 있다. 고대 사람들은 나나니가 명나방 애벌레를 데려와 키우면서 '부양의 의무'를 다하는 곤충이라고 오해했기 때문이다. 후에 남북조시대 의학자 도홍경陶弘景은 나나니가 명나방 애벌레를 잡아가는 이유가 제 새끼를 위해 먹이를 모아놓기 위해서지, 명나방 애벌레를 키워주기 위해서가 아니라는 점을 밝혀냈다.

10년 전에 우리 집은 적벽돌을 쌓아 만든 단층집에 살았다. 당시 아버지는 서쪽 박공벽 밑에다 남새밭을 만들어 여름이면 나나니가 외롭게 날아다니는 모습을 자주 볼 수 있었다. 그런데 어느 날 방충망 너머 창살에 내려앉은 나나니 한 마리를 봤는데, 며칠 뒤에 보니 소리 소문도 없이 창살에다 땅콩 크기만 한 벌집을 만들어 버렸다. 아직 집을 다 지은 것은 아닌지, 벌집 위를 열심히 기어 다니더니 또 금세 날아가 버렸다.

가까이 다가가 벌집을 자세히 보니, 벌집에 조그마한 구멍이 꼭 현관문처럼 나 있었고, 그 구멍 옆에는 현관문 자리를 메꾸기 위해서 준비해둔 것인지 참깨

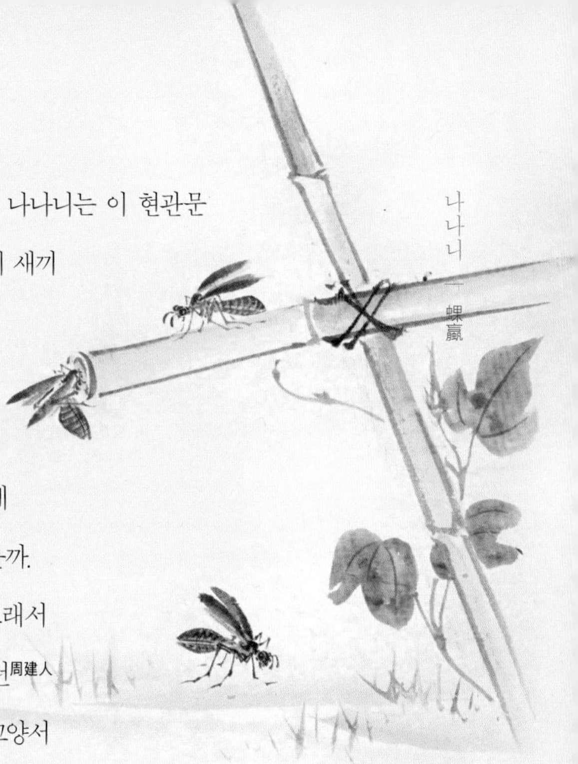

크기의 작은 진흙도 남아있었다. 실제로 나나니는 이 현관문을 닫기 전에 집 안에서 알을 낳은 후, 제 새끼가 부화하면 먹이로 먹으라고 최소한 한 개 이상의 다른 곤충 애벌레를 넣어놓는다.

어쩌면 이렇게 뛰어난 건축 기술과 세심한 육아 기술을 가진 곤충이 다 있을까. 나나니는 정말 흥미로운 곤충이다. 그래서 1984년 타계한 현대 생물학자 저우젠런周建人 선생도 나나니를 높이 평가하며, 과학 교양서인 《과학잡담科學雜談》에 본인이 어린 시절에 봤던 나나니와 거미의 결투 장면을 기록했다.

> 나나니는 자꾸 거미줄을 툭툭 치면서 날아다녔다.… (중략)
> 며칠 후 다시 보니 거미줄은 이미 한 줌의 먼지가 되어 사라져 있고,
> 집주인인 거미도 사라지고 없었다…….
> 在網下面壹撞壹撞地飛行…過幾天後…那蛛網已破舊,
> 而且已積有灰塵, 分明網已空了…

거미처럼 사나운 육식동물도 나나니에게 패배한 것이다. 나나니와 거미는 닮은 점도 있다. 나나니도 거미처럼 다른 곤충에게 '마취 주사'를 놓아 꼼짝 못하게 만들기 때문이다. 그래서 나나니가 육아실에 넣어둔 애벌레는 격렬하게 움직이지

못할 뿐이지 사실은 살아있는 상태다. 이렇게 먹이를 마취시키는 이유는 제 새끼가 알에서 부화해 세상에 나오면 신선한 먹이를 먹고 자라도록 하기 위함이자, 먹이가 몸부림을 치면서 발생할지도 모르는 사고를 미리 방지하기 위해서다.

옛날에 지혜로운 저장성 사람들은 논이나 밭에 대나무 관管을 매달아 놓고, 나나니가 이 대나무 관 속에 알을 낳도록 유인했다. 그러면 명나방처럼 농사를 망치는 해충을 나나니가 없애주기 때문이다. 나나니 한 마리가 매일 잡을 수 있는 명나방 수는 백여 마리에 이른다고 하니, 나나니는 정말 경이로운 곤충이다.

때로 나나니는 옛사람들에게 폄하 당하기도 했다. 다른 벌레에 기생해 살아가는 나나니의 습성을 과장해서 사람을 나나니에 비유해 놀리기도 했지만, 나나니는 줄곧 묵묵히 고대인의 농작물을 보호하고, 고대 문화의 자양분 역할도 톡톡히 해냈다. 후에 한의학이 발달하면서 나나니는 난청, 기침, 코 막힘, 헛구역질 치료 약 역할도 했다. 심지어 현대인들은 나나니가 가진 미용 효과를 연구하고 있기도 하다. 보아하니 세인의 주목을 받기 시작한 이 외로운 곤충은 곧 마음의 평안과 자유를 영원히 빼앗길 듯하다.

蜩螗

아무리 우아한 사람이라도 튀김은 거부할 수 없다

매미

가장 최근에 매미 애벌레 튀김을 먹은 것은 1994년 여름이었다. 그날 저녁 나는 소대장과 함께 손전등을 들고 숲을 어슬렁거리면서 매미 애벌레를 잡았다. 내가 살던 군인사택 단지에 있던 미루나무들은 키가 커서, 어떤 매미 애벌레는 사람 키만 한 위치에 있던 탓에 손을 뻗어야만 잡을 수 있었다.

당시 내 동료였던 하이펑海鵬과 윈펑雲峰은 둘이서 무전기를 가지고 온갖 폼을 다 잡으며 다른 숲에서 매미 애벌레를 잡아 왔다. 그렇게 각각 셀 수 없이 많은 매미 애벌레를 잡아 온 우리는 모두 분대장 숙소에 모여 수확물을 양은대야에 쏟아 놓고 박박 씻었다. 그러자 옆 숙소에 있던 여군들도 몰려와서 재잘재잘하며 그 광경을 구경했고, 덕분에 우리 숙소는 아가씨들이 풍기는 향긋한 향기로 가득 찼다.

경리장교가 두 번에 나눠 유채씨기름에 매미 애벌레를 튀겨 튀김을 만들어 주자, 30여 명의 남녀 소대원들이 다들 모여서 튀김을 즐겼다. 나는 흙 비린내가 나고 두꺼운 나무뿌리를 씹는 것 같은 그 식감이 싫어서 하나밖에 먹지 않았다.

백성들의 원성이 매미 울음소리처럼 퍼지고,

끓는 국처럼 들끓고 있사옵니다.

如蜩如螗,

如沸如羹.

〈대아·탕(蕩)〉[83]

83 방탕하고 포악한 주 여왕(周厲王)에 대한 백성들의 원성이 날로 높아지자, 소목공(召穆公)이 주 여왕을 꾸짖고 간언하는 내용이다.

이 시에 나오는 한자 '조蜩'와 '당螗'은 매밋과 곤충인 쓰르라미와 털매미를 뜻하는 단어다. 쓰르라미는 몸집이 큰 편이고, 털매미는 조금 작다.

나는 자주 혼자 부대 밖에 있는 들판에서 산책을 즐겼기에 털매미를 볼 기회도 많았다. 털매미는 꼭 소꼬리에 붙어사는 파리처럼 나무 겉껍질에 찰싹 들러붙어 산다. 또 소리가 어찌나 크든지, 저 멀리서도 끊임없이 울어대는 털매미 소리를 들을 수 있다. 그 소리를 따라가면 털매미를 찾을 수 있는데, 사람 기척을 내지 않으면 털매미도 도망가지 않는다. 살금살금 다가가 털매미가 있는 나무껍질 부분을 손바닥으로 탁하고 덮으면 털매미를 잡을 수 있었다. 이렇게 털매미를 잡고 다녔으면서도 그때까지 나는 '매미가 울고, 국이 끓는 것처럼 혼란스럽다.'라는 뜻의 사자성어 '조당비갱蜩螗沸羹'이 《시경》의 시에서 유래된 줄은 몰랐다.

대부분 사람은 매미 소리를 싫어한다. 《수호전》에 등장하는 영웅호걸 노지심의 말을 빌리면 '아우성' 소리에 가까운 소음이라 그렇다. 청나라 학자이자 정치가였던 조익趙翼도 매미에게 짜증을 낸 적이 있다. 그는 잘못된 판결로 탄핵을 당해 벼슬길에서 물러난 후 지은 시 〈이농耳聾〉에서 "세상사처럼 어지러운 매미 울음소리, 그 울음소리에 귀 기울인들 무슨 이로움이 있겠는가?世務紛蜩螗, 聆之本何益"라며 매미에 대해 진저리를 냈다. 비록 이 시는 사람을 매미에 비유하며 울분을 토한 것이기는 하지만, 매미의 가치 자체를 부정했다는 좋은 증거로도 쓸 수 있다. 반면, 다른 몇몇 문인들은 매미 울음소리가 시적인 정취를 살려준다고 생각했다. 오대五代 시인 제기齊己의 경우, "저녁 무렵 매미와 바람이 시끄럽게 해도 나무는 듬직하게 제자리를 지키니, 물총새도 숲 깊숙한 곳에 자리 잡아 안온하게 잠들 수 있네蜩螗晩噪風枝穩, 翡翠閑眠宿處深."라며 시 〈이거서호작移居西湖作〉을 남겼다.

내가 기억하기로는 1920년대부터 1940년대까지 활발하게 활동한 현대 문학가이자 학자인 주쯔칭朱自清 선생의 산문 〈하당월색荷塘月色〉[84] 속 매미를 둘러싸고 아주 재미난 논쟁이 벌어진 적이 있다. 어떤 사람은 이 글은 가을을 배경으로 한 글이니 매미가 없는 시기라고 주장하고, 또 어떤 이는 매미는 밤에 울지 않는다고 지적하면서 주쯔칭 선생이 잘못 적은 것이라고들 했다. 하지만 나는 비록 아주 희미한 소리이기는 하지만 저녁에 우는 매미 소리를 직접 들어본 적이 있다. 또 실제로 가을에 나타나는 매미도 있다. 가을에 우는 이 매미의 이름은 '한선寒蟬'인데, 매년 가장 늦게 나타나는 매미다. 이별하는 연인의 모습을 그린 북송 방랑시인 유영의 사 〈우림령雨霖鈴 · 한선처절寒蟬凄切〉에 나오는 "가을 매미는 처절하게 울고, 우리 이별하는 누각 뒤로 해도 저무네寒蝉凄切, 对长亭晚."라는 노랫말이 아마도 이 매미가 우는 모습을 묘사한 것 같다.

84 경제적인 문제로 문학을 포기하고 칭화대학(淸華大學)에서 교직 생활을 하던 주쯔칭이 교정의 연꽃 연못을 산책하며 자연의 아름다움과 자유로움을 예찬하고, 자신도 자연처럼 자유로워지고 싶다는 심정을 토로했다. 이 산문 속에서 연못과 달빛은 저자가 갈망하는 내면의 고요함을, 매미와 개구리는 저자가 처한 어수선한 현실을 상징한다.

매미 울음소리를 듣고 감상에 젖은 시인은 유영뿐만이 아니었다. 당나라 초기 시인 낙빈왕駱賓王이 유영보다 훨씬 먼저다. 측천무후에게 상소를 잘못 올렸다 감옥살이를 하게 된 이 시인은 옥중에서 아래와 같은 시를 남겼다.

깊어가는 가을에 매미가 우니,

이 죄인 마음속 고향에 대한 그리움 더욱 커져만 가네.

칠흑같이 검은 가을 매미 날개 바라보다,

하얗게 세어버린 내 머리 보니 한숨만 나오네.

西陸蟬聲唱, 南冠客思深.

不堪玄鬢影, 來對白頭吟.

실의에 빠진 천재의 딱한 모습이 눈앞에 그려진다. 그렇다고 영화 〈쇼생크 탈출The Shawshank Redemption〉 속 주인공들처럼 재주껏 빠져나오지도 못한 채, 그저 옥 밖에서 들려오는 매미 울음소리를 들으며 벽에다 시를 써 내려간 모습 말이다. 한편 낙빈왕과 동 시대에 살았던 꽤 많은 문인들도 매미에 관한 시를 남겼다. 당 태종의 총애를 받은 문인 우세남虞世南의 시 〈선蟬〉 속 "매미 울음소리가 멀리 퍼지는 이유는 매미가 높은 나무 위에 살기 때문이지, 가을바람 덕이 아니다居高聲自遠, 非是藉秋風."라는 시구는 애쓰지 않아도 덕망 높은 사람의 이름은 멀리 퍼진다는 뜻으로 해석되어 '고귀한 사람'을 칭송하는 표현으로 자리 잡았고, 정쟁에 휘말려 이렇다 할 벼슬 없이 살았던 이상은의 시 〈선蟬〉 속 "매미는 본디 높은 가지에서 사니, 배를 곯을 수밖에 없느니라本以高難飽, 徒勞恨費聲."라는 문장은 세상에 대한 불만이 가득한 '청빈가'를 묘사하는 표현으로 굳어졌다. 작가의 성격, 삶의 차이에 따라 매미의 이미지도 끊임없이 바뀌는 걸 보면 감탄이 절로 나온다.

사택에서 매미 애벌레를 튀겨먹었던 그해 바로 전 여름에 부중대장은 호루라기를 불며 우리를 집합시키고는 백양나무 숲속으로 보내 훈련을 시켰다. 거기서 나는 난생처음 보는 장관을 보았다. 셀 수 없이 많은 매미 허물이 나뭇가지와 나뭇잎에 매달려 있었다. 갈색 빛이 도는 큰 허물은 많지 않았지만, 반투명한 흰색의 작은 허물은 정말 많았다. 매미 애벌레 튀김을 아주 좋아하는 산둥, 산시, 안후이 지역 식당 주인들에게 알려주면, 그들이 한몫 단단히 잡을 수 있을 만큼 매미 허물이 곳곳에 널려 있었다. 하지만 그랬다간 그 사람들이 몰려와서 매미 애벌레가 허물을 벗고 매미가 되기 전에 잡아가 버렸을 테니, 그 많은 허물을 구경할 기회도 없었을 것이다. 요즘 안후이의 어떤 지역에서는 여름이 되어도 매미 울음소리가 거의 들리지 않는다는 소문도 있다.

몇 해 전에 지인이 황갈색 매미 모양의 펜던트 목걸이를 하고 나타난 적이 있다. 아무리 봐도 옥으로 만든 것 같지는 않아 출처를 물어봤다가 소스라치게 놀랐다. 오래된 무덤에서 출토된 '옥선玉蟬'이라는 것이다. 어떻게 그런 물건을 목에 걸고 다닐 수 있지? 옥선은 주나라 때부터 한나라시대까지 사람이 죽으면 주검을 손질하며 입에 물려줬던 매미 모양의 옥이다. 죽은 이가 되살아나기를 바라는 마음이 담겨있는 물건이라던데, 살아있는 사람한테 무슨 소용이 있을까?

옥선이 사용된 시기보다 훨씬 이전인 상나라 청동기에도 매미 문양이 새겨져 있는 것을 보면 매미는 매우 오래전부터 문화적인 코드로 사용된 것 같지만, 또 역사 속 예술작품들을 살펴보면 아주 인기 있는 문양은 아닌 것 같기도 하다. 화가의 그림 속에서 매미는 그림을 장식하는 정도로만 쓰였을 뿐, 그림 속 주인공 역할을 맡는 경우는 거의 없다. 하지만 이런 배치 덕분에 그림을 볼 때마다 매미의 '소란스러운 울음소리'는 조금 덜 들리는 느낌이라 기대치 않았던 마음의 평화를 얻은 듯하다.

사실 매미는 고독을 즐기는 곤충이다. 그래서 매미 울음소리는 다소 소란스럽기는 해도 짜증스러운 느낌은 없다. 빽빽한 나뭇잎 사이에 숨어 대자연과 조화를 이루며, 자연 속에서 행복하고 즐겁게 사는 이 곤충은 고대 문인들에게 풍찬노숙하며 속세의 일에 초탈한 고귀한 곤충으로 취급받았다.

매미에게는 나방처럼 빛을 따라다니는 성질도 있다. 그래서 여름밤에 숲속에서 모닥불을 피우고, 나무를 톡톡 두드리면 놀란 매미들이 불가로 날아드는데, 옛사람들도 이런 방법으로 여름 밤참을 즐기지 않았을까 싶다. 나도 어렸을 때는 그렇게 매미를 구워 먹었기 때문이다. 그때 먹었던 매미는 가슴 부분에 살이 두둑한 것이 꽤 맛이 좋았다.

蠶

누에

간과 눈에 좋은 분비물을 만드는 벌레

중화민국시대의 중국 남방에서는 봄밤마다 누에가 꿈틀거리면서 먹이를 갉아먹으며 내는 사각사각하는 소리가 들렸다. 남방 농촌 마을의 희망이었던 누에고치 실을 뽑아내는 제사製絲 공장이 곳곳에 있었기 때문이다. 그중에는 1986년에 출판된 현대 사회학자 페이샤오퉁費孝通 선생의 장쑤성 농촌 마을 경제, 사회상 관찰기 《강촌경제江村經濟》에 거론되는 공장들처럼 역사에 이름을 남긴 경우도 있었다.

나도 1980년대에 한 허페이 농촌 마을에서 누에를 본 적이 있다. 하나같이 게으른 모습으로 누에를 키울 때 쓰는 누에 채반에 누워 놀고 있었다. 그 동네 농민들은 누구의 부추김을 받았는지 모르지만, 갑자기 누에를 기르기 시작하더니 아예 뽕나무 묘목장까지 만들었다. 그러다 나중에 흐지부지되었는데, 아마 생각만큼 돈이 되지 않았던 것 같다.

어쨌든 그 덕분에 나는 황토색 누에 번데기를 하나 얻어 집에 가지고 와서 놀 수 있었다. 그렇게 가지고 놀다 나중에 침대 머리맡에 버려뒀고, 심지어 누에나방이 고치를 깨고 나올 때까지 완전히 그 존재를 잊어버리고 있었다…….

아녀자가 누에는 돌보지도 않고 내팽개친 채,

정사를 돌본다는 게 웬 말인가.

婦無公事,

休其蠶織.

〈대아·첨앙(瞻卬)〉[85]

85 주 유왕의 폭정, 주 유왕의 총애를 받은 왕후 포사(褒姒)의 악행, 폭정과 실정을 말리지 않는 간신들로 인해 백성들의 삶이 날로 궁핍해져 가고 있다며 지배계층을 비난하는 내용이다.

옛날 주 유왕이 왕후 포사를 총애한 나머지 온 나라가 어지러워졌다. 그래서 이 시의 화자는 "누에는 치지도 않고 나랏일에 웬 참견이냐."며 포사를 비난한다. 그런데 내가 만약 주 유왕이었다면 "포사는 왜 걸고넘어져? 나는 도덕군자 따위는 관심 없고, 내 여자 내가 좋다는데 네가 웬 참견이야! 할 말 있으면 나한테 해, 우리 포사 건드리지 말고!"라며 분명 크게 화를 냈을 것 같다.

고대 여성들의 사회적 지위 향상은 두 가지 방식으로 이뤄졌다. 첫 번째는 주 유왕 같은 남성들의 도움을 통해 사회적 지위가 향상된 것인데, 이런 방식을 통한 사회적 지위는 오래가지 못했다. 두 번째는 여성이 노동을 통해 직접 자신의 사회적 지위를 향상한 경우인데, 누에치기 같은 든든한 뒷배가 있어 전자보다 훨씬 탄탄한 기반을 다질 수 있었다. 이런 식의 여성의 사회적 지위 향상 현상은 중화민국시대까지 쭉 이어져서, 《강촌경제》를 보면 마을에 제사공장이 들어선 후부터 농촌 아낙네들이 남편한테 거리낌 없이 욕하기 시작하는 것을 볼 수 있다. 누에의 공로가 이렇게 크다. 그러니 누에가 시몬 드 보부아르Simone de Beauvoir와 같은 초기 여권 운동가들을 탄생시켰다고 해도 과언이 아니다. 그래서 옛사람들의 누에 숭배 문화는 흐르는 강물처럼 끊이지

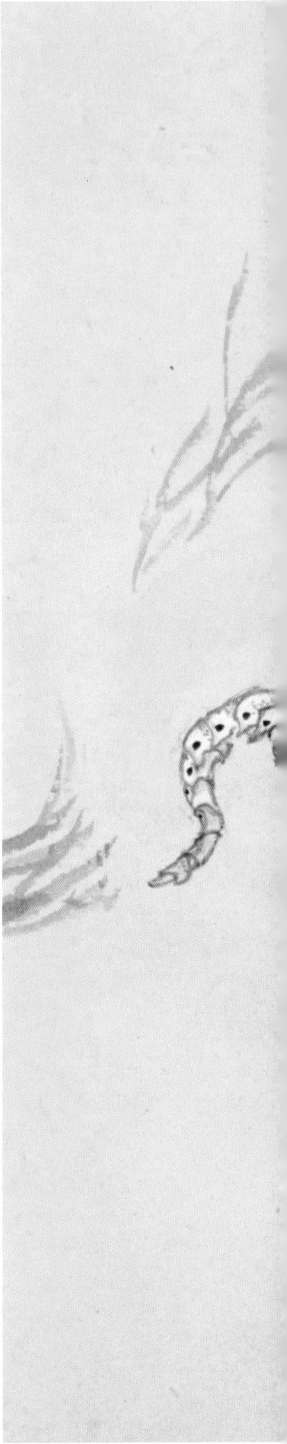

않고 계속 이어져 왔다.

한편, 고대 민담집 《수신기》에는 〈누에가 된 소녀女化蚕〉라는 우스꽝스러운 이야기가 있다. 이 이야기에 따르면 옛날 잠녀蠶女라는 아가씨가 살았는데, 어느 날 아버지가 누군가에게 납치되어 버리고 아버지를 태우던 말만 덩그러니 남았다. 그 소식을 듣고 잠녀의 어머니는 급한 마음에 "누구든 잠녀 아비를 구해만 준다면, 딸아이를 줄 텐데."라고 말해버리고 만다. 그런데 아버지가 타던 말이 이 말을 듣고, 저 스스로 고삐를 풀고 아버지를 구하러 달려간다. 얼마 후 정말로 아버지가 그 말을 타고 집에 돌아왔지만, 어느 아버지가 딸을 동물에게 시집보내겠는가. 아버지는 그 자리에서 말을 죽이고, 가죽을 벗겨서 양지바른 곳에 말려두었다. 그런데 잠녀가 그 말가죽 근처에 다가갔을 때, 말가죽이 갑자기 잠녀를 둘둘 말아서 뽕나무까지 굴러갔고, 그 상태로 뽕나무에 매달려서 잠녀는 누에고치가 되고 말았다…….

다양하게 해석할 수 있는 전설이다. 여자의 일생과 누에가 얼마나 밀접한 관계를 맺고 있었는가를 생각하면, 이 전설은 '누에와 여성은 한몸'이라는 뜻으로 해석할 수도 있다. 그런데 그 사이에 끼어든 말은 허무함과 헛수고를 상징하는 듯해서 어쩐지 불쌍한 마음이 든다. 그래서 일본 소설가 가와바타 야스나리川端康成는 소설 《설국雪國》 속 여주인공 이름을 망아지라는 뜻의 한자 '구駒'를 넣어 '고마코駒子'라고 지었다. 자살로 생을 마감한 이 대문호의 말년은 전설 속 말과 다를 바 없이 불행하기도 했다.

어떤 학자는 '누에와 뽕나무 덕분에 중국 문명이 시작될 수 있었다.'라고 주장하지만 조금 과장된 표현이다. 해와 달 다음으로 세 번째 밝다는 금성의 밝기만큼 누에와 뽕나무가 고대문명을 발전시키는 데 기여하기는 했다. 하지만 누에와 뽕나무를 길러온 지난 4천 년간, 이들은 일부 사회계층의 패션 고민을 해결하는 데 기여했을 뿐이다. 물론 농사꾼과 농촌 아낙네의 의식주 문제도 누에와 뽕나무 덕분에 대충 해결이야 되지만, 그렇다고 누에가 있었기에 문화가 발전하고, 번영할 수 있었다는 주장은 고대의 수렵, 채집 그리고 그 후에 등장한 공업의 공을 부정하는 것이다.

사실 누에와 뽕나무는 현실적인 의미보다 문화사적인 측면에서 더 큰 의미가 있다. 춘추전국시대 학자 곡량적谷梁赤의 《춘추》 해설서 《춘추곡량전春秋穀梁傳》에는 제 환공 14년에 거행된 "왕후가 직접 누에를 길러, 제사용 예복을 만들었다王後親蠶, 以共祭服."라는 궁중 의례에 관한 기록이 나오는데, 이 의례는 청나라가 멸망할 때까지 계속 이어져 내려올 정도로 중요한 의례였다. 하지만 농촌 아낙네들의 수고에 비하면 왕후나 황후가 귀부인들과 함께 누에에게 먹이를 주는 일은 그저 재미있는 오락거리에 불과했다. 그런데 이런 의례가 생기게 된 데는 어쩌면 현재 안후이 지역 사람이자 제나라 정치가인 관중管仲의 역할이 컸을지도 모른다. 제나라 재상 자리에 오른 관중은 누에산업을 적극적으로 발전시켰는데, 누에를 잘 치면 금과 곡식을 상으로 내렸을 뿐만 아니라 병역까지 면제해 줬다고 한다. 그러니 어쩌면 옛날 제나라의 영토였던 산둥성은 중국에서 가장 빨리 잠사업蠶絲業이 발전한 지역인지도 모른다. 하지만 실제로 잠사업을 발전시켜 꽃피운 것은 남방 사람들이다. 저장성에서부터 발전한 잠사업은 남쪽으로 향해, 장쑤성, 쓰촨성, 광시성까지 번창일로를 걸었다.

당나라 농학자이자 문인인 육구몽陆龟蒙이 장쑤성 타이후太湖 호수 일대 시골 마을의 생활상을 묘사한 시 〈봉화습미태호시奉和襲美太湖詩 · 이십수二十首 · 엄리崦裏〉에는 "전란을 피한 덕분에 뽕나무와 꾸지뽕나무도 울창하게 자랐고, 가가호호 누

에 채반에 누에치고, 통발로 물고기를 잡아 올리네桑柘含疏煙, 處處倚蠶箔, 家家下漁筌."라는 내용이 있다. 당시 안사의 난으로 북방 지역의 경제는 완전히 무너지고, 국력이 쇠잔해졌지만, 반란의 영향권에서 벗어나 여전히 흥성했던 남방 지역의 모습을 묘사했다. 이 밖에도 여러 시인의 글 속에서 잠사업이 남방 지역으로 이동한 역사를 찾아볼 수 있다. 남송의 시인 범성대範成大가 자연의 아름다움을 계절별로 나눠 쓴 전원시 〈사시전원잡흥四時田園雜興 · 육십수六十首〉에는 이런 시가 있다.

행여 누에한테 해가 될까 한 달여 간 문을 꼭 닫고 지냈더니,
사람 오간 발자국도 없을 정도로 서로 왕래가 없었네.
그래서 오늘처럼 맑은 새벽바람과 이슬을 맞으며,
뽕나무 잎을 딸 때나 잠깐 서로 얼굴을 보네.
三旬蠶忌閉門中, 鄰曲都無步往蹤.
猶是曉晴風露下, 采桑時節暫相逢.

이 역시 타이후 호수 일대의 풍광을 묘사한 시 중의 하나다. 한때 오나라와 월나라의 영토로 옛사람들에게 '오랑캐의 땅'이라며 폄하당했던 지역이 새로운 이미지로 환골탈태한 데는 누에와 뽕나무의 공이 컸다.

일반적으로 북방 사람보다 남방 사람들이 더 식도락을 즐기기 때문에 나는 누에 요리도 남방에서 탄생한 것은 아닐까 싶다. 백강균이라는 세균이 누에에 기생해서 생기는 백강병으로 죽은 누에는 한의학에서 약재로 쓰이며 '백강잠白殭蠶'이라 부르는데, 이 백강잠은 소름 끼치게 생겼지만, 볶아 먹을 수도 있고 튀겨 먹을 수도 있고, 남녀노소 누구에게나 좋은 건강식품이라고 한다. 먹기에는

꺼림칙해서 아직 한 알도 먹어본 적은 없지만, 관절염과 반신불수를 치료하기 위해 말린 누에의 똥, 즉 잠사蠶沙를 덖어 주머니에 넣어 쓰는 치료법까지 꺼림칙하게 생각하지는 않는다. 옛날 민가에서는 간과 눈을 맑게 해 준다며 잠사로 채운 베개를 썼는데, 이런 효능을 아는 사람이 요즘은 몇이나 될까? 누에와 뽕나무를 숭상하던 문화가 조금씩 사라져가고 있다…….

새

鳳凰

언젠가 다시 찬란히 날아오르리

봉황

모든 인간은 수집벽을 타고 태어나는 것 같다. 1980년대 사람들에게는 성냥갑에 그려진 그림이 바로 그 수집벽을 해소하는 대상이었다. 비록 우리 어린이들에게는 수집용이 아니라 딱지치기용이었지만 말이다.

성냥갑 그림으로 만든 딱지는 그 그림이 보기 드문 것일수록 귀하게 쳐줬다. 그래서 여느 성냥갑 그림과 달리 가장 구하기 어려웠던 '봉황표' 성냥의 그림으로 만든 딱지가 가장 '몸값'이 높았다. 딱지치기할 때도 봉황표 성냥갑 그림 딱지를 가진 녀석은 일단 이기기만 하면 상대방의 딱지를 전부 가져갈 수 있을 정도로 귀한 딱지였다. 그러나 딱지치기 경기를 하다 보면 이 '봉황표' 성냥갑 그림 딱지를 친구에게 뺏기는 경우도 생긴다. 정말 지금 생각해도 가슴이 아프다.

내가 바로 딱지치기에 져서 그 그림 딱지를 뺏긴 애였기 때문이다. 나중에 어쩔 수 없이 용돈을 모아 그 고급 성냥을 산 후, 성냥은 몽땅 내다 버리고 그림만 잘라내서 주머니에 잘 간직해뒀다. 내일 학교에 가면 다시 싸워 이겨야겠다고 다짐하면서 말이다.

봉황이 날개를 퍼덕이며, 훨훨 하늘을 나니,

봉황 모습 보고 온갖 새들이 모여드네.

鳳凰於飛, 翙翙其羽, 亦集爰止.

〈대아(大雅)·권아(卷阿)〉[86]

86 뭇 새를 모이게 하는 봉황처럼 현자들을 모이게 하는 덕망 높은 왕이 되시라고 신하가 군주에게 축원하는 내용이다.

어쩌면 〈대아·권아〉의 노랫말처럼 고대에는 봉황이 존재했을지도 모른다. 학자들의 연구 결과에 따르면, 6,700년 전 신석기시대 유물이 발견된 저장성浙江省 허무두유적河姆渡遺址에서 출토된 두 마리의 새가 하늘에 떠 있는 해를 바라보는 문양이 새겨진 '쌍조조양雙鳥朝陽' 상아 조각품과 7,400년 전 신석기시대 유물이 발견된 후난성湖南省 가오먀오 문화유적高廟文化遺址에서 출토된 백색 도기 단지에 새겨진 봉황 무늬, 이 둘은 세상에서 가장 오래된 봉황 무늬다. 둘 다 모두 원시사회를 이루고 살았던 지역이긴 하지만, 서로 아주 멀리 떨어져 있는 지역이다. 그런데도 비슷한 '봉황 숭배' 문화를 가지고 있었던 것을 보면, 그저 우연히 텔레파시가 통한 것처럼 두 지역 사람들의 상상력도 맞아떨어졌던 것일까?

나는 봉황도, 용도, 기린도 모두 옛날에 실재했던 동물이었으면 좋겠다. 그러면 더 당당하게 사학, 지리학, 생물학 학도들에게 고대 전설을 존중하라고 나설 수 있을 테니 말이다. 오늘날 옛 문화유산에 먼지가 소복이 쌓인 이유는 우리 현대인이 '과학'을 맹신하고 있기 때문이다. 여러 차례의 역사적인 사건을 겪으며 이런 행동이 한 민족, 국가의 정체성을 바로 세우는 데 전혀 도움이 되지 않는다는 점이 입증되었는데도 말이다. 봉황의 생김새는 《산해경山海經》의 〈산경山經·남산경南山經〉 편에 자세히 기록되어 있다.

단혈산이라는 산에는 금과 옥이 지천으로 널려있다.
산에서 흐르는 붉은 물은 남쪽으로 흘러 발해로 들어간다.
또 산속에는 닭을 닮은 오색찬란한 새가 사는데,
그 이름은 봉황(鳳皇 또는 鳳凰)이라고 한다…(중략)

丹穴之山, 其上多金玉. 丹水出焉, 而南流注於渤海. 有鳥焉,

其狀如雞, 五采而文, 名曰鳳皇(凰).

'닭을 닮았다'라는 부분이 핵심이다! 후대 사람들도 이 기록을 참조해 봉황의 이미지를 그려나갔기 때문에 봉황의 모습은 항상 닭과 비슷하게 유지되었다. 좀 더 깊이 파고들어 보자면, 이 기록에서 말하는 닭은 수탉일 가능성이 더 높다. 암탉은 그만한 기개가 없으니 말이다. 그런데 아무래도 닭은 너무 일상적으로 접할 수 있는 새이기 때문에 닭의 이미지만으로는 봉황을 표현하는 데 적합하지 않으니, 매, 참새 등 다양한 새의 이미지를 섞어 봉황의 이미지를 만들어냈을 가능성이 크다. 어디까지나 고대인들이 봉황이라는 허구의 존재를 만들어냈다는 것을 전제로 한 내 개인적인 추측이지만, 앞서 말한 것처럼 나는 봉황이 정말로 중원中原과 이 세상에 존재했던 새라고 믿고 싶다. 또 고대의 문서와 사건들을 모아놓은 유교경전 《상서尙書》의 〈우서虞書·익직益稷〉[87] 편에서도 봉황에 관한 기록을 찾아볼 수 있다.

〈소소(蕭韶)〉라는 제목의 악곡을 아홉 번 연주하는 동안,

봉황이 날아왔다네.

〈蕭韶〉九成, 鳳皇來儀.

우임금이 치수에 성공한 후 성대한 연회를 열었더니 봉황이 날아왔다는 이

87 요임금과 순임금, 그리고 순임금의 신하인 고요(皐陶)가 군주의 됨됨이를 주제로 토론한 후 연회를 여는 장면을 묘사하며 고대 연회의 예악과 복식 관련 제도를 상세히 기록했다.

야기다. 《상서》는 학자들이 인정한 상고시대의 중요한 국가문서를 담은 자료집이다. 그 정도로 중요한 책이니 《해리포터와 불사조 기사단Harry Potter and the Order of the Phoenix》처럼 지어낸 이야기는 아니지 않을까? 그러니 우임금 때에 봤다는 봉황은 어쩌면 실제로 존재했던 거대하고, 아름다운 새일 수도 있다. 이후 편찬된 《춘추외전春秋外傳》[88]과 《사기史記》[89] 등 고서에도 봉황이 나타났다는 기록이 있다. 예를 들어 주나라가 한창 부흥하던 때, 지금의 산시성 바오지시寶鷄市의 치산岐山이라는 산에 봉황이 나타나 울어 나라에 상서롭고 길한 조짐이 들 것이라 했다는 기록이 바로 그것이다.

그러나 시간이 흐르면서 전설 속 봉황은 점점 더 인간과 멀어져갔다. 그럴 수밖에 없는 것이 고대 전설에 따르면 봉황은 "새벽이슬이 아니면 마시지 않고, 연

88 춘추시대의 여덟 나라인 주(周), 노(魯), 제(齊), 진(晉), 정(鄭), 초(楚), 오(吳), 월(越)의 역사서다.
89 한나라 학자 사마천이 상고시대부터 전한(前漢) 무제까지의 역대 왕조의 사적을 엮은 역사책이다.

한 대나무가 아니면 먹지 않으며, 천 년 된 오동나무가 아니면 잠을 자지 않는 새非晨露不飮, 非嫩竹不食, 非千年梧桐不棲"이기 때문이다. 특히 마지막 조건을 충족시키지 못하니, 이제 봉황은 인간 세계에 아예 발도 들여놓을 수 없다. 한편, 보이지 않을수록 신비감은 더해가니 봉황에 관한 전설은 갈수록 더 많아졌다. 예를 들어 《시경》과 《상서》에 나오는 글자를 모아 정리한 중국 최초의 사전인 《이아爾雅》에 진나라 학자 곽박郭璞이 주를 단 《이아주爾雅註》 중 〈석조釋鳥〉 편에는 봉황의 특징이 이렇게 묘사되어 있다.

머리는 닭을 닮고, 부리는 제비 같으며,
목은 뱀의 모양이고, 등은 거북이처럼 생겼는데,
꼬리는 또 물고기 같고, 온몸은 오색찬란하며, 크기는 약 6척이나 된다.
雞頭, 燕頷, 蛇頸, 龜背,
魚尾, 五彩色, 高六尺許.

온갖 새들의 이미지를 집대성했던 과거의 봉황 모습에 뱀, 거북이, 물고기까지 추가한 모양이다. 그런데 "크기가 6척"이라는 말은 무슨 근거로 한 것일까? 누가 봉황의 크기를 재봤을까? 비록 나는 진짜 봉황은 숨어 있을 뿐이라고 생각하지만, 너무 디테일한 부분까지 기록해둔 전설이라 믿기 어려운 것은 사실이다.

한편, 현대인이 만들어낸 봉황의 이미지는 아주 매력적이다. 특히 결혼식이나 음력설 같은 때는 봉황이 제 매력을 제대로 뽐낸다. 이런 행사 때 자주 쓰이는 봉황 문양은 화려하지만 웅장한 멋이 느껴지고, 경사스러운 분위기를 부각하는 동시에 소박한 즐거움도 느껴진다. 대개 사람들은 봉황 문양 장식품과 용 문양 장식품을 나란히 두는데, 이는 음양의 조화를 돕고, 용과 봉황이 가진 상서로운 기운을 북돋아 주기 위해서다. 사실 한나라 이전에는 '봉'과 '황'은 따로 구분되어 사용되었는데, '봉'은 수컷이고, '황'은 암컷 새를 가리키는 말이었다. 그래서 옛날에는 남성 이름에 '봉'이라는 글자가 들어가는 경우가 많았다. 반면, 요즘에는 이름에 '봉' 자가 들어가면 여성인 경우가 많고, 또 대개는 나이가 꽤 많은 시골 여성인 경우가 많다.

미국에는 피닉스Phoenix, 즉 '봉황의 도시'라는 뜻을 가진 도시가 있다. 하지만 '피닉스'라는 영어 단어가 가리키는 새와 동양의 봉황은 아마 다를 것이다. 일단 '용'만해도 동양과 달리 서양에서는 흉악한 요괴의 형상을 하고 있으니 말이다. 서구 문화권에서 봉황은 전투가 벌어지면 정의를 지키는 등 흉포한 존재는 아니지만, 동양에서처럼 길조의 의미는 없다. 그래서 서양 사람들은 봉황의 생김새에 별 관심이 없다.

반면 동양인들에게 봉황은 마치 용과 같은 친근한 존재다. 나도 마치 주성치의 영화 〈서유기: 월광보합西遊記:月光寶盒〉에 나오는 선녀 자하紫霞가 손오공이 돌아오기만을 기다리는 것처럼, 지금까지 단 한 번도 내 눈으로 본 적은 없지만 언젠가 봉황이 다시 찬란히 날아오르리라 믿고 기다린다.

이런 생각을 할 때마다 마음이 슬퍼진다.

雁

기러기

달을 스쳐 날아가는 신비로운 새

1979년에 개봉한 중국 영화 〈집으로 돌아가고 싶은 마음歸心似箭〉의 삽입곡 〈남쪽으로 날아가는 기러기雁南飛〉라는 노래를 처음 들은 것은 초등학교 때였는데 아직도 기억이 생생한 명곡이다. 1980년대 초만 해도 이렇게 좋은 노래는 참 드물었다.

내 사촌 누나들도 이 노래를 아주 좋아했다. 어느 날 저녁, 퇴역군 간부 휴양소에서 맞은편에 있는 큰 저택 앞뜰에 이 영화를 틀어준다는 소문을 들은 사촌 누나들은 나를 데리고 발걸음을 재촉하며 그곳으로 갔다. 새로 개봉한 영화가 아니었는데도 영화를 보러 몰려든 사람들이 많아 이미 인산인해였다. 그때는 똑같은 영화를 여러 번 보는 일이 아주 흔했다.

그날 내 사촌 누나들은 영화를 보러 간 것이 아니라 노래를 들으러 갔었다. 오디오가 흔치 않은 시절이었기 때문이다.

기러기 울음소리 들리니,

날이 밝아 아침 햇살이 비추네.

나를 아내로 맞으려거든,

얼음이 얼기 전에 내 마음 얻으러 와야 할 텐데.

雝雝鳴雁, 旭日始旦.

士如歸妻, 迨冰未泮.

〈패풍(邶風)·포유고엽(匏有苦葉)〉[90]

90 젊은 여성이 나루터에서 사랑하는 이가 강을 건너올 때까지 기다리겠다며 사랑을 맹세하는 내용이다.

죽은 기러기 말고는 가까운 거리에서 야생 기러기를 본 사람은 많지 않을 것이다.

이 철새는 매년 우리 시선이 닿지 않는 머나먼 하늘에서 날아간다. 또 어딘지 거위 울음소리와 닮은 울음소리도 내는데, 자연의 소리지만 별로 듣기 좋지는 않다.

지금은 기러기도 보호동물로 지정되어 있다. 한때 기러기가 날아다녔던 맑고 푸른 가을하늘처럼 기러기도 아름답지만, 금세라도 사라져버릴 듯한 약한 존재가 되어버렸다.

8월 변경 지역에서 오랑캐 장수들의 사냥이 시작되니,
구름 속 기러기 떼가 놀라 사방으로 흩어지며 통곡하네.
밝은 달밤에 외로운 기러기 떼가 궁궐의 신선 조각상 위를 날아가는데,
그 슬픈 울음소리는 한 무제(武帝)의 진황후(陳皇后)가 독수공방하는 장문궁(長門宮)까지 들린다네…(중략)
金河秋半虜弦開, 雲外驚飛四散哀.
仙掌月明孤影過, 長門燈暗數聲來.

당나라 시인 두목(杜牧)의 시 〈조안(早雁)〉[91]

시베리아에서 중국 남방 지역까지 날아왔다가 때가 되면 또 돌아가야 하는 기러기의 여정은 얼마나 고생스러울까? 감히 짐작조차 하기 힘들다. 한편, 당나

91 당 무종(武宗) 2년, 회골족(回鶻族)의 침입으로 삶의 터전을 잃고 기러기처럼 뿔뿔이 흩어진 백성들을 보고 쓴 시다. 시 속에 등장하는 궁궐과 인명은 모두 한나라 명칭이지만, 실제로는 당나라 조정과 관리를 비판하는 것이다.

라 시인 두목이 봤던 기러기의 비행 장면은 눈앞에 그려지는 듯하다. 어느 날 두목이 기러기 울음소리를 듣고 나와 보니, 때마침 밝고 둥그런 달이 맑은 밤하늘에 떠 있었다고 한다. 달을 스치듯이 날아가는 기러기의 신비로운 모습은 눈앞에 선한 느낌이다.

옛사람들은 기러기를 아주 좋아했다. 그래서 기러기에 관한 고사성어가 최소 마흔 개쯤 된다. 이렇게 열심히 기러기를 숭배하다 보니, 자연스레 기러기는 유교의 최고 미덕인 '인의예지신仁義禮智信'을 갖춘 새로 평가되기에 이르렀다.

기러기는 수천 킬로미터를 날아가는 동안 늙은 새는 부축하고, 어린 새는 뒤에서 밀어주며 날아가니 인仁을 아는 새라니, 제 짝에 충절을 지키니 의義를 아는 새라는 등등의 평가를 받았다. 이렇듯 기러기는 따로 공부하거나 배운 것도 아닌데, 제 타고 태어난 성격만으로 보통 인간은 쉽게 받을 수 없는 높은 평가를 받았다. 어쩌면 공자님이 아직 이 세상에 계셨더라면, 기러기 무리를 학생으로 받는 것을 더 원하셨을지도 모를 일이다.

누가 저 구름을 뚫고 편지를 보내주려나.

기러기 떼는 모양 맞춰 날고, 휘영청 밝은 달은 서쪽 누각을 비추네.

雲中誰寄錦書來,

雁字回時, 月滿西樓.

송나라 여성 문인 이청조李清照의 사詞 〈일전매一剪梅 · 홍우향잔옥점추紅藕香殘玉簟秋〉[92] 에도 달과 기러기가 함께 등장하는데, 두목의 시보다 더 희망적이고 기쁜 느낌을

92 이청조가 세상을 먼저 떠난 남편을 그리워하며 쓴 사(詞)다.

준다. 이 사詞의 내용처럼 전통문화 속 기러기는 그리움을 상징하는 경우가 꽤 많다. 그래서인지 기러기가 편지를 배달한다는 아름다운 전설[93]이 만들어지기도 했다.

철새인 기러기는 나타나야 할 계절에 딱 맞춰 나타나니, 인간이 소중하게 여기는 미덕 중 하나인 '뱉은 말과 약속을 지키는' 품성을 가지고 있다. 그러니 만약 기러기한테 우편집배원 일을 맡길 수만 있다면, 모든 편지가 제 시간에 딱딱 맞춰 배달될 가능성이 높아질 것이다.

한 가지 재미난 사실은 옛사람들이 기러기는 믿음을 상징한다는 것을 굳게 믿었기 때문에 사랑의 징표나 약혼 선물로 이 새를 주고받았다는 점이다. 이렇게 기러기는 믿음직한 이미지를 밑천 삼아 제 저변을 넓혀 사랑의 징표까지 된 후, 아예 인간이 보고 배워야 할 본보기가 되는 동물의 반열에까지 올라섰다.

사실 기러기는 우리가 상상하는 것처럼 그렇게 착하고 아름다운 동물은 아니다. 기러기 무리의 질서는 싸움을 통해 만들어지고, 승리한 기러기는 맛있는 먹이를 먼저 즐길 뿐만 아니라 더 많은 짝을 얻을 수 있다. 세간 사람들이 말하는 기러기의 '충직한 사랑'이 얼마나 거짓된 것인지 이것만 봐도 알 수 있다.

집단으로서의 기러기는 명예로운 새지만, 외부로부터 공격을 받으면 언제든지 그 명예는 사라질 수 있다. 그래서 당나라 시인 최도崔塗 역시 기러기의 안위를 걱정하며 시 〈고안孤雁〉[94]을 남겼다.

93 전한시대 역사를 다룬《한서(漢書)》에 나오는 고사로 한 무제(武帝)의 신하 소무(蘇武)가 흉노족의 포로가 되어 오랜 기간 고초를 겪다가, 기러기에 비단을 달아 한나라 조정에 자신의 생존을 알려 무사히 고향으로 돌아온 일에서 유래된 전설이다.

94 평생 전국을 방랑하며 살던 시인 최도가 현재 후베이성(湖北省)과 후난성(湖南省) 일대를 방랑하던 시기에 홀로 나는 기러기를 보며 객지생활의 외로움을 토로한 것이라고 전해진다.

새

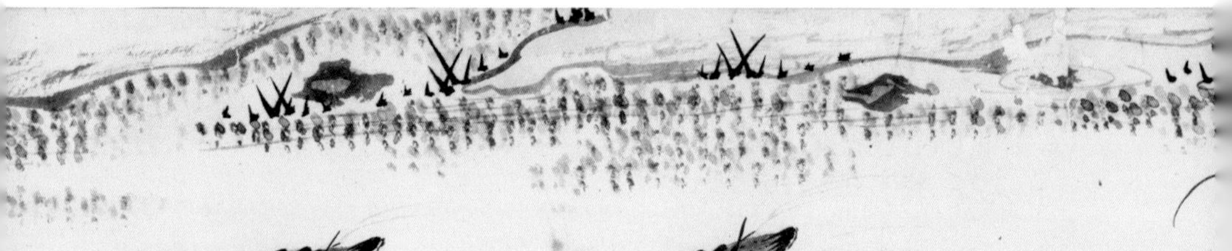

기러기 — 雁

기러기 한 무리가 저 멀리 요새 너머로 날아가던데, 너는 외로이 어디를 가느냐.
저녁 비 맞으며 친구 불러 봐도 답이 없는데, 홀로 차가운 연못에 자리 잡기 두려우냐.
모래톱에 검은 물안개 낮게 깔리는데, 산과 달만이 너와 함께 하는구나.
화살 맞을 일이야 없다 하더라도, 혼자 날아가는 모습이 염려되는구나.

幾行歸塞盡, 念爾獨何之.
暮雨相呼失, 寒塘欲下遲.
渚雲低暗度, 關月冷相隨.
未必逢矰繳, 孤飛自可疑.

이 시에서 느껴지는 깊은 외로움은 기러기가 느끼는 것이 아니라 사람이 느낀 것이다. 어쩌면 우리 인간 무리 속의 질서는 기러기의 그것만도 못할 것 같다. 아무리 질서를 바로 세워도 서로 싸우며 분열하는 인간과는 달리 최소한 기러기는 무리 내 질서가 자리를 잡으면 서로 돌봐주고, 사랑하며 평화롭게 한 가족을 이루어 사니까 말이다.

경계심도 마찬가지다. 기러기에게도, 인간에게도 경계심은 똑같이 존재한다. 그러나 기러기의 경계심은 동료의 안위를 지키기 위해 보초를 설 때 발휘되지만, 인간은 같은 인간에게 경계심을 가진다. 옛사람들이 기러기를 찬미한 이유는 바로 이래서다. 기러기를 찬미하는 척하면서, 같은 인간과 동포에 대한 불만을 드러내고 기러기를 좀 보고 배우라고 주의를 시키려고 한 것이다. 그런데 동물의 품성을 보고 배워야 하는 인간은 도대체 얼마나 못난 인간일까…….

기러기가 내 수심 물어가고, 산에는 아름다운 달이 걸렸네.

雁引愁心去, 山銜好月來.

이백은 시 〈여하십이등악양루與夏十二登嶽陽樓〉[95]에서 이렇게 말했다. 시의 신선神仙이라 칭송받는 이백처럼 우리도 더 넓은 마음으로, 서로에게 더 너그러워졌으면 좋겠다.

95 이백이 친구 하십이(夏十二)와 현재 후난성 웨양시(嶽陽市)에 있는 악양루(嶽陽市)라는 누각에 올라, 아름다운 경치를 노래한 시다.

저구

2천 년 동안 사랑을 노래한 새

雎鳩

어느 날 나는 아내에게 "젊었을 때 우리는 한 쌍의 원앙새 같았으니, 늙으면 한 쌍의 저구雎鳩 같은 모습일 것 같아"라고 말했다.

그러자 마침 식사 준비를 하고 있던 아내는 반짝반짝 빛나는 뒤집개를 손에 쥔 채 고개를 돌려 나를 보더니 "왜?"라고 물었다.

그래서 나는 "원앙은 색이 화려해서 젊은 느낌의 새지만, 저구는 털빛이 칙칙한 데다 1급 특별 보호동물이니까, 노인이 된 우리한테 어울리지"라고 대답했다.

아내는 뒤집개를 손에 쥔 채 잠시 깊은 생각에 잠겼다가 "그러면 지금은? 지금은 원앙새야 아니면 저구야?"라고 또 물었다.

아내의 질문에 나는 "우리는 중년 부부니까, 저구에 가깝지 않을까? 아직 어디든 날아다닐 수 있기는 하지만 별로 귀하지는 않으니까……"라고 답했다.

독자 여러분도 나의 대답 때문에 슬퍼지셨을까? 이 글을 읽고 계신 여러분만큼은 원앙같이 항상 젊은 사람이었으면 좋겠다.

관관하며 우는 저구 한 쌍,

강 한가운데 섬에서 즐겁게 노니네.

아름다운 요조숙녀는 덕망 높은 군자의 좋은 배필이니.

關關雎鳩, 在河之洲.

窈窕淑女, 君子好逑.

〈주남(周南)·관저(關雎)〉[96]

96 《시경》의 첫 번째 시로 남녀의 연애 행각을 묘사한 시다. 시 첫머리의 '관관(關關)'이라는 단어는 한 쌍의 저구가 우는 모습을 나타낸 의성어다.

옛사람들은 동물에 상징적인 의미를 부여하는 것을 좋아했고, 이런 특징은《시경》에서도 흔히 찾아볼 수 있다. 이 시 속에 등장하는 저구라는 새는 굳은 지조와 절개를 상징하는데, 아마 고대에는 원앙보다 훨씬 높이 평가된 새였던 듯하다.

'관관' 하며 울었다는 저구의 울음소리에는 지난 몇천 년 동안의 문화의 숨결이 깃들어있다. 그러나 그들이 노닐던 "강 한가운데 섬"은 이제 보기 드문 것이 되었고, 설령 있다 하더라도 별장을 짓거나, 아스팔트로 포장되어 이 물새는 고통스러운 나날을 보내고 있을지도 모른다. 그래서 70년대 후반에 태어난 내 또래들도 저구를 제대로 본 적이 없는 것 아닐까?

하지만 사실 이 시 속의 새가 정확히 어떤 새인지 지금까지도 결론 난 적이 없다.

지금도 활동중인 타이완 작가 장즈제張之傑는 '구악구악' 하고 우는 흰배뜸부기가 빠르게 울면 '관관'이라고 들린다며, 이 시 속의 새가 '흰배뜸부기'일 것이라고 주장했는데, 나도 그의 말이 가장 신빙성있다고 생각한다. 또 이 주장을 접한 후 나는 전신에 일종의 전율을 느꼈다.

왜 그랬을까?

내가 태어나던 날 아침, 할아버지 집 근처에서 때마침 흰배뜸부기가 '구악구악' 하고 울었다는 이야기를 들었기 때문이다. 할아버지는 불길한 징조라 생각하셔서 화가 잔뜩 난 상태로 대나무 장대를 들고 집 밖으로 뛰쳐나가, 논두렁을 한 바퀴 돌면서 흰배뜸부기를 쫓아내셨다. 아쉽게도 내가 한 살 때 고마운 우리 할아버지는 돌아가셨다. 아마 시골 농부나 우리 할아버지 나이대 사람들은 《시경》에 등장하는 동물들을 만나볼 기회가 많았을지도 모르지만, 시간이 지나면서 점점 더 어려운 일이 되어버렸다.

한편, 이 시 속의 새는 나무 속에 구멍을 파고 집을 짓는 종류의 새라는 주장도 있다. 하지만 이런 습성을 가진 새는 앞서 거론한 내용과도 편차가 클 뿐만 아니라, 흰배뜸부기와도 전혀 관계가 없다. 흰배뜸부기는 습지에 살기 때문이다. 울음소리만 '관관'과 비슷하다는 이유로 저구라고 주장하는데, 별로 믿음직스럽지는 않다. 대부분의 물새는 강 한가운데 있는 섬이나 풀숲에 둥지를 짓고 살고, 덩치가 꽤 큰 원앙 같은 새는 나무 위에서 살며, 올빼미 또는 딱따구리 종류나 나무 속에 구멍을 파고 살기 때문이다. 내 개인적인 생각 또는 편견일 수는 있는데, 물새는 우아하고, 나무에 구멍을 파고 사는 새는 천박한 새 같다. 그러니 이 시의 주인공은 절대로 나무에 사는 새일 리가 없다.

아쉽게도 옛사람들도 이 새의 정체를 정확히 파악하지 못하고, 각양각색의 해석

만 남겼다.

중국 최초의 사전 《이아》에는 "저구鴡鳩는 왕구王鴡를 뜻한다鴡鳩, 王鴡"라고 기록되어 있는데, 옛날에는 한자 '저鴡'가 지금의 '저구 저雎'와 동의어로 사용되었다는 것만 알 수 있을 뿐 이 새의 모습이나 특성에 대한 언급은 찾아볼 수 없다.

한편, 진나라 학자 곽박은 "저구는 수리과 새로 요즘 강동 지역에서는 악鶚이라 부르고, 강의 모래가 쌓인 곳에서 물고기를 잡아먹고 산다雕類, 今江東呼之為鶚, 好在江渚邊食魚"라고 《이아주》의 〈석조〉 편에 썼는데, 이런 맹금류 새는 아무리 봐도 사랑의 상징과는 어울리지 않아 이 또한 이상한 해석이다.

반면 춘추시대 악사 사광師曠이 그 당시 살던 새들의 이름, 생태 등을 정리한 책 《금경禽經》을 보면, 아주 딱 잘라서 "왕저王雎라는 새는 곧 저구를 뜻하며, 이는 곧 물고기를 잡아먹는 매를 닮은 새 어응魚鷹을 지칭한다王雎, 雎鳩, 魚鷹也"라고 기록되어 있다. 물고기를 잡아먹는 매를 닮은 새라는 묘사를 보면 자연스레 가마우지가 연상된다. 그러나 가마우지는 너무 못생긴 새다!

어쨌든 모든 해석이 다 탐탁지 않다. 솔직히 나는 생물학적인 측면에서 이 새의 정체를 규명하는 데는 관심이 없다. 《시경》의 첫머리를 장식하는 시인만큼 그 아름다움을 체감할 수 있도록 하는 것이 더 중요하다고 생각한다. 두 마리의 맹금이 "강 한가운데 섬"에서 '관관' 운다고 해석하면 사랑의 보드라움이나 낭만이 느껴지기보다는 오히려 곳곳에 위험이 도사리는 느낌이니 말이다.

어쨌든 지난 2천 년간 《시경》 속에서 노래한 덕분에 저구는 사랑의 상징이자, 고전 문화의 아이콘으로 자리매김했다. 이 '저구'라는 새의 정체를 둘러싸고 제기된 다양한 주장 중에서 장즈제 선생의 주장 외에도 중국과학원 동물연구소의 스페이젠時培建 박사가 주장한 '호사도요'설도 참 마음에 든다. 하지만 나도 이 호사도요라는 새를 본 적은 없다. 그저 호사도요는 짝을 지어 논이나 강가에 살며, 암컷 털빛이 화려하고 울음소리가 '과안과안'에 가깝다는 사실만 알고 있을 뿐이다.

그러니 일단 이 시 속에 등장하는 '저구'라는 새는 아마도 뜸부기나 호사도요일 가능성이 크다고 결론을 내리는 것이 좋겠다.

《시경》의 문학적 아름다움을 지키기 위해 나는 필사의 노력을 다한 셈이다.

까치

깍깍, 얼음을 깨뜨리는 울음소리

鵲

1982년 어느 겨울날 저녁, 나는 길에서 까치 한 마리를 주워왔다. 어머니는 내가 주워온 까치를 보시더니 "한번 헹궈서어머니는 씻는다는 말을 이렇게 하셨다 요리해 줄게"라고 하셨다. 어머니께 까치를 드린 후 나는 곧장 동무 장張 군 집에 가서 동화책《피노키오》를 빌린 후, 다시 집에 돌아와 까치 요리를 기다리며 식탁에 엎드려 동화를 읽었다.

어머니가 맛있는 냄새가 폴폴 나는 까치 요리를 내오셨을 때 나는 이미 그 얇은 동화책의 초반부를 다 본 상태였다. 어찌나 재밌던지 정신없이 본 것이다. 나는 어렸을 때 운 좋게도 청나라 말기 저택을 개조해서 지은 중·고등학교 교사 사택 단지에서 살고 있었다. 덕분에 어린이 책이 부족하던 그 시절에도 재미난 동화를 읽을 기회가 많았다.

그날 나는 난생처음으로《피노키오》를 읽었고, 또 까치도 맛봤다. 까치의 양이 얼마 되지 않아 어머니가 달걀까지 넣고 까치를 볶아주신 덕에 그릇 가득 넘칠 듯한 모습이었다.

어린 시절을 돌이켜 보니, 그날 밤의 모든 것이 다 아름다운 추억이다.

또 초라한 학교 교실을 비추던 전등 불빛도 아직 기억난다. 어찌나 희미했던지……. 꾸밈없고 수수했던 그 시절, 뭐 하나 제대로 비추지 못한 그 불빛이 그립다.

까치둥지에 뻐꾸기가 자리를 잡듯이,

수백 대의 수레가 시집오는 아가씨를 맞이하러 가네.

維鵲有巢, 維鳩居之.

之子於歸, 百兩御之.

〈소남(召南)·작소(鵲巢)〉[97]

수천 년 전의 사람들은 이렇게 까치의 아름다움을 노래했다.

이 시에 대해서 남송시대 유학자 주희朱熹는 《시경》 연구서인 《시집전詩集傳》에 아래와 같이 해설했다.

남쪽나라의 한 제후가 주 문왕(文王)의 감화를 받고,
그 나라의 여자들은 후비(后妃)의 감화를 받아,
이 제후에게 시집을 들어 모두 화목한 가정을 이룬 것을 시로 남긴 것이다.

南國諸侯被文王之化,
其女子亦被后妃之化,
故嫁於諸侯, 而其家人美之.

실제로 《시경》 속에 등장하는 많은 동식물은 왕족과 귀족들의 삶과 긴밀히 연결되어 있음을 생각하면, 주희의 해석도 타당하다.

후대의 연구자들은 한발 더 나아가서, 까치와 뻐꾸기는 각각 신랑과 신부를 뜻한다고 해석하기도 했다. 덕분에 〈소남·작소〉는 아득히 먼 옛날부터 낭만과 열정에 대한 대명사가 되었고, 시간이 흐르면서 행운, 행복의 상징으로까지 저변을 넓혀나갔다.

97 이 시는 까치는 신랑, 뻐꾸기는 신부를 상징하며 고대 귀족·군주의 성대한 혼례행렬을 묘사했다는 해석부터, 까치와 다른 새의 둥지를 빼앗아 사는 뻐꾸기는 각각 조강지처와 후처를 상징하므로 이 시는 남편에게 버림받은 부인의 애통함을 표현한 것이라는 등 다양한 해석이 있다.

과거에는 '희상미초喜上眉梢'98를 그린 세화歲畫, 즉 매화나무 가지에 까치가 올라가 있는 그림이 아주 많았다. 실제로 대지의 녹음과 꽃이 사라진 엄동설한 눈밭에 까치 두어 마리가 나타나 깍깍 울어대는 것만으로도 그 땅에는 생기가 돈다. 마치 두꺼운 얼음을 깨뜨리듯 사람 마음도 까치 울음소리를 들으면 흔들리고, 일순간 따듯한 차 향기가 솔솔 풍기는 것 같은 느낌을 받는다.

까치는 평범하다. 사람과 가장 가까이 사는 야생동물이기도 하다. 그래서 사

98 '희상미초(喜上眉梢)'란 '기뻐서 눈썹이 치켜 올라갈 정도'라는 뜻인데, 중국어로 발음하면 기쁠 '희'는 '까치(喜鵲)', 눈썹 '미'는 '매화(梅花)'와 동음이의어이기 때문에 매화와 까치를 함께 그렸다.

람이 많이 모여 사는 곳일수록 까치도 더 많고, 인적 드문 곳일수록 까치도 드물다. 까마귀는 까치의 친척이지만, 까치만큼 털빛이나 울음소리가 우아하지 못해서 그런지 대부분의 국가에서 까마귀의 인기는 까치보다 못하다. '외모가 모든 것을 결정한다'라는 속설은 새에게도 적용되니, 말의 힘이란 정말 대단하다.

심지어 까치는 건륭제의 눈에도 들었다. 사실 자금성에는 까치보다 까마귀가 더 흔했다. 그래서 청나라 황제들의 시선 닿는 곳에는 까마귀가 더 많았지만, 강희제 다음으로 유명한 이 황제는 까치를 노래하기 위해 〈희작喜鵲〉이라는 시를 지었다.

속설에 까치가 깍깍 울면 기쁜 일이 있을 징조라던데.

나는 간절히 비 오기를 바라는데,

날씨가 맑을 것이란 소식 전하니 하나도 기쁘지 않구나.

喜鵲聲唶唶, 俗云報喜鳴.

我屬望雨候, 厭聽為呼晴.

사실 이 시 속의 까치는 그저 상징에 불과할 뿐이고, 주인공은 시 뒤에 숨은 건륭제 자신이다. 건륭제는 국가와 백성에 대한 근심을 까치라는 주제로 풀어나감으로써 '나는 좋은 황제다'라는 것을 증명하고 싶었던 듯하다. 〈희작〉의 시어도 《시경》의 고풍스러운 〈소남·작소〉와 차이가 크다. 당시 사람들이 쓰던 촌스러운 어투까지는 아니지만, 시정아치들이 쓴 익살스러운 타유시打油詩[99] 같이 세속적인

99 문체와 격식에 구애받지 않고 세속적인 주제를 익살스럽고 유머러스하게 쓴 시로, 당나라 문인 장타유(張打油)가 쓴 시에서 비롯된 것이라 한다.

느낌이다.

건륭제는 까치와 자신 사이에 뭔가 특별한 점이 있다고 생각했던 건 아닐까? 까치의 옛 이름 중에는 건륭제의 '건乾'이라는 글자를 똑같이 쓰는 '건작乾鵲'이라는 이름도 있으니 말이다. 한편, 대부분의 백성은 까치를 길조라고 생각했던 것과 달리, 북방 일부 지역에서는 까치는 멸시하고, 까마귀를 길조로 생각하는 풍조가 있었다. 북송 관리이자 문인인 조령주趙令畤가 당시 관가, 문단, 민간에서 발생한 사건 등을 기반으로 엮어 만든 소설집 《묵객휘서墨客揮犀》에만 봐도 이런 기록이 있다.

북방 사람들은 까마귀 소리는 좋아하는데, 까치 소리는 싫어하고,
남방 사람들은 까치 소리는 좋아하는데, 까마귀 소리는 싫어한다…(중략)
北人喜鴉聲而惡鵲聲, 南人喜鵲聲而惡鴉聲.

건륭제는 이런 사실을 몰랐던 것일까? 아니면 청나라 때부터 까치를 보는 북방 사람들의 시선이 변하기 시작했던 것일까?

어쨌든 대부분의 백성은 항상 순수한 마음으로 까치를 숭배해왔다. 그래서 행운의 새라는 까치의 지위는 지금까지도 흔들리지 않는 것이다. 백성들뿐만 아니라, 대대로 많은 문인과 예술가들도 자신의 작품을 통해 까치에 대한 경외감을 드러냈는데, 북송의 소식蘇軾과 남당南唐의 풍연사馮延巳 같은 문호들도 예외는 아니었다.

까치는 이른 아침 날아다니고, 매는 해질녘 웅크리고 있다네.

喜鵲翻初旦, 愁鳶蹲落景.

소식의 시 〈호구사(虎丘寺)〉[100]

온종일 기다리는 임이 오지 않아 근심하던 중,

갑자기 기쁜 까치 울음소리 들려 머리를 들었다네.

終日望君君不至, 擧頭聞鵲喜.

풍연사의 사 〈알금문·풍작기(謁金門·風乍起)〉[101]

이런 전통을 이어받아 현대인들도 까치의 아름다움 또는 행운에 대한 기대감을 예술적으로 구현하고 있다. 붉은 매화꽃과 까치를 주제로 한 근대 중국 화가인 치바이스齊白石의 〈희작등매喜鵲登梅〉나, 현대화가 쉬베이훙徐悲鴻의 〈홍미희작紅眉喜鵲〉 같은 작품이 바로 그 대표적인 예다. 한편 영국 프로축구단 뉴캐슬 유나이티드Newcastle United는 아예 까치를 마스코트로 삼고, 자신들의 별칭은 까치라는 뜻의 '더 맥파이스The Magpies'라고 지었다.

한때는 결혼식 축가였던 〈소남·작소〉가 현대까지 전해 내려오는 과정에서 후대 문인들이 이야기를 더하고, 또 더한 탓에 의뭉스러운 부분이 많아진 것은 사실이다. 그러나 행운의 새라는 까치의 이미지만큼은 변함이 없다.

100 동진 때 세워진 '호구사'라는 사원을 방문해 빼어난 경치를 보며 자연의 아름다움을 노래했다.

101 홀로 떠나간 남편을 그리워하는 귀족 여인의 모습을 그린 시다.

雀

삼천 년 늦은 군자의 복수

참새

어느 여름, 한밤중에 갑자기 천둥과 번개가 치더니, 바람은 사납게 불고 하늘에서 퍼붓듯이 소나기가 내렸다.

우리 집 대문 앞에는 청나라 말기 때 심은 굵고 큰 플라타너스가 있었는데, 셀 수 없이 많은 참새가 둥지를 틀고 살고 있었다. 그런데 그날 급작스레 내린 세찬 비에 나뭇가지가 뚝 부러지는 바람에 참새들이 모두 낭패를 보고 말았다.

우리 집 옆에 살고 있던 젊은 선생님들은 나뭇가지가 부러지는 것을 보고 다들 몰려나와서 바닥에 떨어진 참새들을 몇 통씩 주워 담았다.

그리고는 참새를 깨끗이 씻어서 우리 어머니께도 꽤 많이 나눠주셨고, 어머니는 그 참새로 내게 튀김을 만들어주셨다. 고소한 참새 튀김 냄새가 온 집안에 진동했다……

일곱 살이던 나는 그때 처음으로 참새를 먹어봤다. 그런데 특출하게 맛난 음식이라는 기억은 없어서 그 이후 또 먹은 적은 없다.

누가 참새는 부리가 없다고 했던가!

그러면 누가 내 집에 구멍을 뚫었단 말인가?

누가 당신에게 가정이 없다 했던가!

그러면 나를 관아로 끌고 간 자는 누구란 말인가?

誰謂雀無角! 何以穿我屋?

誰謂女無家! 何以速我獄?

〈소남·행로(行露)〉[102]

102 정절을 지키고자 하는 여자가 이미 가정이 있는 남자의 구애를 거절하는 내용이다.

옛사람들은 참새를 그다지 좋아하지 않았다. 이 시의 내용처럼 참새는 집을 망가뜨리는 새라서 그렇다.

다시 내 어린 시절의 추억 이야기로 돌아가 보자. 아마 내가 11살 때였던 것 같은데, 나는 오래된 저택을 개조한 우리 학교 교정에서 놀다 교무실 처마 기와 밑으로 참새 한 마리가 숨어드는 것을 목격했다. 드디어 새알을 가지고 놀 기회가 생긴 것이다.

창문을 타고 기어 올라가서, 손을 기와 아래로 넣어보니 정말로 따끈따끈한 새 둥지가 만져졌고, 그 속에는 새알 하나가 있었다. 알을 꺼내서 자세히 관찰해 보니, 점이 드문드문 난 큰 땅콩같이 생긴 것이 그다지 예쁘지는 않았다. 혹시라도 해를 끼치는 것은 아닐까 걱정이 돼서 조금만 가지고 놀다가 그대로 원래 자

리에 돌려놨다. 그날 이후 참새 알이 생각날 때마다 새 둥지를 찾아 알을 꺼내 구경하곤 했다.

결국, 어느 날 둥지를 찾아가 보니 새알은 여전히 있었지만, 참새는 제 집에 오지 않는 듯했다. 어쩌면 죽었을 수도 있고, 어쩌면 내 손에서 나는 냄새가 둥지를 더럽혀서 참새에게 위협이 되었는지도 모른다…….

투르게네프Turgenev나 라오서老舍 같은 소설가들도 참새에 대해 호감을 느꼈는지, 모두 참새에 관한 글을 남겼다. 심지어 투르게네프의 눈에는 참새가 용사로 비쳤는지 그의 글 속의 참새는 용감무쌍하기 이를 데 없다.

그러나 한때 중국에서는 사람과 가까이 산다는 이유로 공공위생과 농업에 해악을 끼치는 4대 유해 동물로 지정되어 수많은 참새가 목숨을 잃었다. 4대 유

해 동물 박멸 운동이 한창이었던 1950년대에는 모든 사람이 동원되어 징을 치고, 북을 울리고, 폭죽을 터트리고, 막대기를 휘두르고 다니면서 수도 없이 많은 참새를 괴롭혔다고 우리 아버지도 얘기하신 적이 있다.

《시경》 속의 시처럼, 옛날 사람들의 집을 망가뜨렸던 참새들은 제 후손이 이런 취급을 받게 되리라는 것을 꿈에도 몰랐을 것이다. 삼천 년이나 늦게 복수할 줄은 누가 알았겠는가!

항상 우리 근처에서 찾아볼 수 있는 새라서 그런지 참새는 다른 동물보다 훨씬 친근하게 느껴진다. 그래서일까? 참새와 관련된 명언이나 속담이 참 많다.

개미 다리처럼 고생할지언정,

참새처럼 입만 산 사람은 되지 말아야 한다.

寧做螞蟻腿, 不學麻雀嘴.

중국 시골속담

겉으로 보면 참새를 부정적으로 묘사한 속담 같지만, 사실은 우리 인간에게 말보다 행동이 앞서는 사람이 되고, 실천적인 사람이 되라는 것을 일깨우기 위한 속담이다. 이 외에도 참새와 관련된 속담이 아주 많다.

회의하는 참새(麻雀開會) --서로 모여 자세히 의논한다.

바다로 날아간 참새(麻雀飛大海) --행방이 묘연하다.

깃대 위로 올라간 참새(麻雀飛到旗桿上) --별것도 아닌 사람이 잘난체한다.

참 흥미진진한 속담들이다. 하지만 이런 속담들이 궁극적으로 말하고자 하는 것은 참새가 아니라, 인간의 천태만상일 것이다. 또 달리 보면 참새에 관한 속담이 이렇게 많은 것은 참새 없는 세상에서 살아갈 수 있는 인간은 없다는 뜻이기도 하다. 인간과 참새는 서로 의존하는 관계는 아니지만, 이 지구상에서 참새가 자취를 감추게 되면 마치 집에서 기르던 반려동물을 잃어버린 것처럼 마음

한쪽이 허전하지 않을까?

어떻게 해서든지 인간과 함께 살려고 노력하니, 참새는 참 대단하다. 제 존재를 인정받으려고 죽자 살자 사람에게 매달리며 계속 심리적으로 압박해온다.

청나라 때는 참새에 관한 타유시가 유행했다고 한다.

새 둥지가 한 둥지, 두 둥지, 서너 둥지 있네.
다섯 둥지, 여섯 둥지, 일고여덟 둥지 더 있네.
황제님 곡식 먹어치운 새들이 누군가 봤더니,
봉황은 없고 참새만 많구나!
一窩兩窩三四窩, 五窩六窩七八窩.
食盡皇王千盅粟, 鳳凰何少爾何多![103]

이 시는 어리석은 자를 풍자하기 위해서 지어진 것이라고 한다. 그래서인지 나 역시 그렇고 그런 사회에서 사람들과 부대끼며 살며, 나와 상관도 없는 많은 사람에게 민폐를 끼친 것은 아닐까 싶어 이 시만 읽으면 식은땀이 난다.

확실히 이 세상에는 참새만큼 어리석은 사람이 많다. 그러나 그게 잘못된 일은 아니다. 나같이 어리석은 보통 사람들이 없는 세계는 얼마나 이상할까? 위의 타유시를 지은 이조원李調元이나, 뉴턴이나, 아인슈타인 같은 천재밖에 없다면, 다들 무슨 재미로 밥을 먹고, 길거리를 거닐까? 나 같은 어리석은 사람들도 이 세상의 중요한 일원이다. 나 같은 사람이 없었다면, 문인들의 문학작품은 어떻게 존

103 청나라 문인인 이조원(李調元)의 시 〈영마작(詠麻雀)〉이다. 어느 날 강서(江西) 지방의 과거시험에 시험관으로 갔다가, 그 지역의 관리와 시험 응시자들이 이조원을 무시하며 참새를 주제로 시를 지어달라는 요청에 이 시를 남겼다고 한다.

재했을 것이며, 과학자들이 발명품을 내놔도 사용할 사람이 없으니 무용지물이 아니었을까? 모든 인재의 천재성은 전부 나 같은 어리석은 사람들이 있어서 빛나는 것이다.

어리석은 자의 대표인 내가 선언한다! 우리는 참새 같은 인간이고, 천재들은 위풍당당한 매 같은 사람이라는 것을 인정한다. 그러나 우리가 없으면 당신들의 삶도 분명 엉망이 될 것이다.

더군다나 참새고기는 양기를 보충하고, 에너지를 북돋아 주며, 신장을 따듯하게 만들고, 기운을 좋게 하며, 허리와 무릎을 따스하게 하고, 소변 횟수를 줄여 당뇨병 환자에게 좋다고 한다. 그러니 참새처럼 평범한 우리에게 세상을 살찌우는 영양학적 가치가 없다고 누가 단언할 수 있겠는가?

燕

작년에 왔던 그 제비일까?

제비

살아생전 우리 외할아버지는 외갓집 대들보 아래 둥지를 튼 제비를 특히 아끼셨다.

대들보 아래 둥지가 있었지만, 그 제비들이 우리를 귀찮게 하는 일은 거의 없었다. 둥지에서 깃털이나 마른 풀 같은 것이 날려 떨어지는 일이 이따금 있기는 했지만, 외할아버지는 화내신 적이 없다. 그런데 어느 날 외삼촌이 장난으로 제비집을 망가뜨리려다가 외할아버지한테 걸렸는데, 그날 외할아버지는 제비는 집에 복과 행운을 가져다준다며 외삼촌을 혼내셨다.

제비는 몸놀림이 아주 가벼워서 소리소문 없이 휙 하고 둥지에 날아오고, 날아간다. 제비는 어떻게 둥지를 드나드는지 궁금해서 유심히 지켜봤다. 그러나 외갓집 대들보가 그다지 높지 않았는데도 회색빛 그림자가 휙 하니 지나가는 것 말고는 한 번도 제대로 둥지에 들어오고, 나가는 제비 모습을 본 적이 없다.

새끼 제비들이 밥을 달라고 아우성치는 시기가 되면 엄마 제비와 아빠 제비는 열심히 둥지를 드나든다. 또 새끼에게 주기 위해 벌레도 많이 물어다 나르니 사람에게도 이롭다. 새끼 제비들은 샛노란 주둥이를 벌리고 엄마, 아빠 둥지를 맞이하는데 나는 그 노란 주둥이가 참 마음에 들었다…….

지금은 그 제비 울음소리도 희미하고 낯설게만 느껴진다.

날개 펼친 저 제비,

날개 모양이 바르지 않구나.

집으로 돌아가야 하는 여인을 저 들판까지만 전송해드리리.

아무리 눈을 크게 뜨고 떠나는 모습 보려 해도,

눈물이 앞을 가려 보이질 않네.

燕燕於飛, 差池其羽.

之子於歸, 遠送於野.

瞻望弗及, 泣涕如雨.

〈패풍·연연(燕燕)〉[104]

움집에서 갓 벗어나 제대로 된 집을 짓기 시작한 고대에는 철기 도구는커녕 청동기도 얻기 어려웠고, 생산성도 나빠서 낮은 집만 지을 수밖에 없었다. 그래서 제아무리 귀족이나 왕족이라고 해도, 요즘 같은 빌딩과 비교도 할 수 없이 초라한 집에서 살아야 했다. 그러니 아마 고대의 제비들은 주로 산기슭이나 높은 나무 위에 둥지를 짓고 살았을 가능성이 크다.

우리 인간들이 크고 높은 집을 많이 짓게 되면서 제비와 인간 사이는 더 가까워졌다. 즉 인간의 생산성이 향상됨에 따라 제비와 인간 사이의 친밀감도 정비례해서 증가했다고 볼 수 있다.

반면, 아주 오래전부터 제비는 인간이란 불가근불가원의 존재라는 철학적인 이치를 깨우쳤다. 그래서 우리 외갓집에 살던 제비를 예로 들자면, 사람의 손이 닿지 않으면서도 매와 수리 같은 외부 야생동물의 침입을 막을 수 있게 지면에서 약 5미터 떨어진 대들보에 둥지를 지어 살았다. 현명한 제비들은 이렇게 사람들의 일상을 방해하지 않으면서도 제 몸을 지킬 줄 알았다.

104 위 장공의 부인 장강(莊姜)은 아들이 없어, 위 장공의 첩인 진나라 출신 여인 대규(戴嬀)의 아들을 양자로 들였다. 후에 위 장공과 아들이 모두 사망해, 대규는 진나라로 돌아갈 수밖에 없었고, 이를 아쉬워한 장강이 대규와의 이별을 기리기 위해 이 시를 남겼다.

제비가 돌아오면 땅의 신께 제사 올리는 봄이 왔음을 알 수 있고,

배꽃 떨어지면 곧 청명이라는 것을 알 수 있다네.

燕子來時新社, 梨花落後清明.

북송 문인 안수(晏殊)의 사 〈파진자(破陣子)·춘경(春景)〉[105]

철새인 제비는 계절을 타는 새다. 그래서 사인詞人은 제비를 봄의 전령사이자 봄의 상징으로 표현했다. 이 사를 읽으면 세상 만물이 뿜어내는 생기를 느끼며 기대로 가득 찬 봄을 맞이하는 사람의 감정이 느껴진다. 한 해의 수확을 거둬들이는 가을 추수의 뿌듯함과도 비견할만한 멋진 감정이다.

제비는 계절이 아름답게 변할 때 나타난다는 특성 덕분에 자연스레 복, 기쁨 같은 이미지를 상징하는 새가 되었다. 이런 제비의 활기찬 모습은 세화를 포함한 여러 그림 작품 속뿐만 아니라, 앳된 목소리의 어린이들이 즐겨 부르는 동요 가사 속에서도 찾아볼 수 있다.

꽃으로 옷 지어 입은 작은 제비,

매년 봄마다 찾아오지…(중략)

小燕子, 穿花衣, 年年春天來這裏.

중국 동요 〈소연자(小燕子)〉

105 땅의 신에게 제사를 올리는 봄날 찾아온 제비와 청명을 맞이해 봄나물을 뜯는 소녀들의 쾌활한 모습을 통해 봄날의 아름다움을 노래했다.

제비가 아무리 멀리 있어도 우리 눈은 제비를 찾아내고, 제비의 모습을 마음 깊숙한 곳에 담아둔다. 나는 어렸을 때 항상 제비집을 볼 때마다 그 속에 들어가서 살아보고 싶었기에 혼자 상상의 나래를 펼치기도 했다.

조금 더 크고 나서는 《수호전》을 읽다가, 연청燕青이라는 이름을 쓰는 호걸 때문에 큰 충격을 받은 적이 있다. '제비 연燕' 자를 성으로 쓰는 호걸이라니! 아무리 생각해도 제비는 여성스러운 이미지의 새라서 남성적이기 그지없는 영웅호걸의 이름으로 쓰기엔 어울리지 않는 느낌이다.

제비에 얽힌 한 당나라 이야기가 있다. 당시 수년째 전국을 떠돌며 사는 임종任宗이라는 남자가 있었는데, 그의 부인 곽소란郭紹蘭이 남편을 매우 그리워했다고 한다. 그러던 어느 날 지금의 징저우荊州에서 지내고 있던 임종의 어깨 위에 발목에 쪽지를 매단 제비 한 마리가 내려앉았다. 임종이 그 쪽지를 풀어보니, 생각지도 못했던 아내의 편지가 아니겠는가?

멀리 남쪽 지방에 가버리신 서방님 그리워,

창문에 기대어 눈물과 피로 편지를 쓰네.

다정한 제비야, 이 편지를 매정한 서방님께 가져다주려무나.

我婿去重湖, 臨窗泣血書.

慇勤憑燕翼, 寄與薄情夫.

당나라 시인 곽소란의 시 〈기부(寄夫)〉

이 쪽지를 읽고 나서야 방랑객은 감동해, 잘못을 깨닫고 부인에게 돌아갔다고 한다. 물론 제비는 아무리 훈련을 시켜도 전서구처럼 편지를 배달할 수 없기 때문에 믿을만한 이야기는 아니다. 제비와 인간들 사이에는 아무리 좁히려 해도 좁힐 수 없는 거리가 있으니 말이다. 그러나 이 동화 같은 일화를 보면, 오래전부터 옛사람들이 제비에 감정 이입했다는 점을 알 수 있다.

특히 제비에 사랑이나 그리움 같은 감정을 불어넣은 예가 아주 많다.

금세라도 쏟아질 것 같은 눈물을 참으며

저 멀리 한 쌍의 제비에게 물었네.

제비야, 먼 길 오는 동안 내 낭군님은 못 보았느냐?

淚眼倚樓頻獨語, 雙燕來時, 陌上相逢否?

남당 문인 풍연사의 사 〈접연화(蝶戀花)·기일행운하처거(幾日行雲何處去)〉

제비는 원앙처럼 절개가 굳은 새라서 항상 한 쌍이 짝을 지어 자유롭게 비행하는데 그 모습이 우리 인간이 꿈꾸는 이상적인 사랑의 모습과 퍽 닮아있다. 그런데 많은 문학작품 속에 그려진 제비의 사랑은 현실 속 인간의 사랑과 대조를 이루면서 사람을 서글프게 또는 부럽게 만든다. 즉 옛 문학작품 속 제비는 지금의 드라마, 영화 속 남녀 스타들과 비슷한 역할을 했다고 볼 수 있다.

안타깝게도 실제 제비의 삶은 자유롭지만은 않다. 육식성 동물인 제비는 북방 지역에서 겨울을 날 수 없어 매년 고향을

등지고, 먹이를 찾기 위해 남방 지역의 들판이나 섬으로 이동해야 한다. 이렇게 매년 수천 킬로미터의 거리를 왔다 갔다 하니, 에너지 소모가 커서 중도에 목숨을 잃는 제비도 많다.

산과 강의 풍경은 그 전과 다름없는데,
이제 다른 사람들이 사는구나.
한때는 흐드러지게 피었던 갈대꽃도 이제 나처럼 사그라들고 있으니,
집 잃은 제비들은 어디로 날아가야 할까?
山河風景元無異, 城郭人民半已非.
滿地蘆花和我老, 舊家燕子傍誰飛?

남송의 정치가 문천상(文天祥)의 시 〈금릉역(金陵驛)·이수(二首)〉[106]

이듬해 돌아온 제비 부부는 작년에 우리 집에 찾아온 그 부부가 아닐 수도 있고, 심지어 그들이 살았던 집은 없어져 버렸을 수도 있다. 세상은 때로 계절이 변하는 것보다 빠르고, 격하게 변한다. 제비들이 그 변화의 산증인일 수도 있다. 그러나 변화무쌍한 이 세상에서 인간도 목숨을 부지하기 힘든데 제비라고 다를까! 당나라 시인 위징韋莊도 시 〈연래燕來〉를 통해 이런 사실을 꼬집은 바 있다.

106 송나라 재상이었던 문천상이 원나라와의 전투에서 패해 원나라 수도인 대도(大都)로 끌려가던 중 금릉(지금의 난징(南京))을 바라보며 나라를 잃은 슬픔을 시로 표현했다.

작년에 둥지를 떠날 때 분명 친구들과 작별 인사를 나눴는데,

올해 돌아와 보니 그 둥지 없어지고 새로운 초당이 생겼네.

만발한 꽃들 사이 돌아다니며 인사를 나누지만,

그 옛날 친구들은 아니리네.

去歲辭巢別近鄰, 今來空訝草堂新.

花開對語應相問, 不是村中舊主人.

한숨이 절로 나온다.

꿩 雉

벼랑 끝에 몰린 평판

내게는 친링산맥 어딘가에 있는 퇴역군 간부 휴양소에서 박제된 금계를 안고 찍은 흑백 사진이 있다.

그 금계 박제는 우리 큰아버지 것이었다. 큰아버지는 금계 박제를 두 개나 가지고 계셨는데 나중에 내가 그중 하나를 가지고 놀다 날개 한쪽을 부러뜨리고 말았다. 그 사실을 알게 된 사촌 누나는 화가 머리끝까지 나서 내 볼기짝을 때렸고, 결국 접착제로 부러진 날개를 붙이는 것으로 그 소동은 끝이 났다.

꿩의 일종인 금계는 알록달록한 깃털을 가진 아주 예쁜 새다. 최근 나는 내가 사는 허페이 근교에서 꿩을 봤는데, 이 꿩과 금계는 다른 새다. 우리가 흔히 접하는 꿩은 암컷, 즉 까투리라서 황갈색 털에 몸집은 까치보다 곱절은 큰 못생긴 새다. 수컷, 즉 장끼는 들판 깊숙한 곳에 숨어 살기 때문에 눈에는 잘 안 띄지만, 미적 감각이라고는 전혀 없는 '꿩! 꿩!' 하는 울음소리만큼은 아주 잘 들린다.

이런 장끼의 울음소리는 아름답지 않지만, 그 울음소리가 들리는 순간 신비롭고 아름다운 공기가 들판에 가득 찬다.

장끼가 날아오르네,

아리따운 날개 활짝 펴고 날아오르네.

雄雉於飛, 泄泄其羽.

〈패풍·웅치(雄雉)〉[107]

옛사람들은 군자를 꿩에 비유했다. "꿩은 정직한 새다耿介之鳥也"라는 《한시장

107 군역 때문에 집을 떠난 남편을 그리워하며, 전쟁만 일으키고 백성은 돌보지 않는 왕을 탓하는 시다.

구韓詩章句》[108]의 기록이 있기 때문이다. 그래서 그다지 고급스럽게 생기지 않았는데도 제왕의 사랑을 받았다. 사극을 보면 시종들이 기다란 부채 같은 모양의 물건을 들고 황제를 모시는 장면이 자주 나오는데, 그 물건은 꿩 깃털로 가장자리를 장식한 치미선雉尾扇이라는 부채다.

경극 배우 중 어떤 배역은 긴 깃털 두 개를 머리에 꽂는다. 어렸을 때 그 살랑살랑 움직이는 깃털에 홀딱 매료되기도 했다. 나중에 어른께 여쭤보니 그 장식 깃털도 꿩 깃털로 만든 것이라고 하셔서 극중 인물의 지위를 상징하는 표징 같은 것일까 하고 궁금해 하기도 했다. 왜냐하면 내가 본 동화책에 등장하는 손오공도 고향 화과산花果山에서 원숭이의 왕이 되자, 머리에 한들한들 움직이

108 전한(前漢) 학자 한영(韓嬰)이 쓴 시경 해설서인 《한시외전(韓詩外傳)》을 후한(後漢)의 학자 설한(薛漢)이 풀이한 책이다.

는 길쭉한 꿩 깃털 두 개를 꼽고 다녔기 때문이다.

그래서 어렸을 때 나는 꿩이라는 새로 음식을 만든다는 것을 상상도 못했다. 내가 어렸을 때는 식재료가 자연산인지, 양식인지를 따지는 사람은 없었다. 게다가 어차피 꿩은 집에서 키우는 닭과 달리 살도 적어서 아무도 양식이라고 생각하지 않았다. 지금은 야생 꿩을 잡아먹으면 불법이라, 식당에서 파는 꿩고기는 모두 인공사육한 꿩이다. 한번은 허페이 쯔펑산紫蓬山 산골의 한 식당을 방문해 꿩고기를 시킨 적이 있다. 그 식당 사장은 꿩고기 요리를 내주며, 사육한 꿩고기 맛은 자기가 옛날에 맛본 진짜 야생 꿩고기와 다르다며, 기름지지 않고, 보송보송한 식감을 자랑하며, 감칠맛이 나는 동시에 곡물에서나 나는 향긋한 향까지 난다며 칭찬을 줄줄 늘어놨다. 그의 말을 듣고 나는 화가 났다. 이 세상에 다시없을 진미처럼 이야기한 탓에 내 앞에 놓여 있는 꿩고기는 눈에 차지 않았기 때문이다.

몽둥이 하나만 들고 나가도 노루를 잡을 수 있고,

표주박 하나만 있어도 물고기를 낚을 수 있고,

꿩은 알아서 밥그릇 속에 날아 들어온다.

棒打麅子瓢舀魚, 野雞飛到飯鍋裏.

중국 동북 지방의 민요

어디서든 푸드덕거리며 날아다니는 꿩을 마주칠 수 있었던 그 옛날은 가난했을지언정 자연은 풍요로웠고, 생태계는 건강했다. 그 덕에 풍요로운 자연을 자랑한 이 민요의 가사에서 드러나듯, 1900년대부터 1950년대까지 동북 지역 사람들은 야생 식재료가 떨어질 걱정은 없었다.

어렸을 때 본 소설《끝없는 설원林海雪原》[109]이 생각난다. 그 소설의 주인공인 용감한 정찰대원 양쯔롱楊子榮과 도적들이 숲속에서 호랑이인지 뭔지 잘 기억은 안 나지만 동물을 잡아먹는 대목에서 부러워서 안달이 났었다. 호랑이 고기를 먹는다는 것이 부러운 게 아니라, 언제 어디서든 쉽게 고기를 얻을 수 있다는 게 부러웠다. 이 역시 동북 지역을 배경으로 한 소설이다.

이렇게 야생 재료가 풍부한 지역이니 우리가 닭고기를 넣고 닭고기 버섯조림을 먹는 동안 동북 산골 지역 사람들은 닭 대신 꿩을 넣은 '꿩고기 버섯조림'을 해 먹지 않았을까? 그러면 제아무리 대단한 요리사라도 이 두 멋진 야생 재료가 어우러진 진미 앞에서는 명함을 내밀기 어려웠을 것 같다.

아침을 뒤흔드는 하얀 꿩의 울음소리,
태평성대를 알리기 위해 날아왔도다.
초나라 봉황이 그 모습 드러내고[110],
왕을 만들어준다는 진보(陳寶)[111]의 울음소리 들리네.
지방 관리들은 덕이 넘치고,
중앙 관리들은 아름다운 글을 쓰네.

109 1957년 발표된 중국 현대소설가 취보(曲波)의 장편소설로 동북 지역의 설원을 배경으로 용맹한 공산당 군인들이 도적을 소탕하는 과정을 그리고 있다.

110 전국시대 학자 윤문(尹文)의 저서《윤문자(尹文子)》중 〈대도(大道)〉 편에 나오는 단어로 한 초나라 사람이 꿩을 봉황이라 속아 산 후 왕에게 바치려다 도중에 죽어 슬퍼하자, 그 소문을 들은 초나라 왕이 그를 가상히 여겨 상을 내렸다는 이야기에서 비롯된 것으로 하찮은 것도 귀하게 여긴다는 뜻으로 사용된다.

111 중국 전설에 따르면 진나라 때 진보(陳寶)라는 이름의 남녀 어린이 모습의 요정이 있었는데, 남자 어린이 요정을 잡으면 제왕이 되고, 여자 어린이 요정을 잡으면 제후가 된다는 소문이 돌아 사람들이 이들을 뒤쫓자 꿩으로 변신해 도망갔다고 한다.

군왕께서도 이들이 먹고 마시는 모습을 보시어,

강직하고 깨끗한 마음만 가지시기를 비네.

白雉振朝聲, 飛來表太平. 楚郊疑鳳出, 陳寶若雞鳴.

童子懷仁至, 中郎作賦成. 冀君看飲啄, 耿介獨含情.

당나라 시인 이교(李嶠)의 시 〈치(雉)〉

당나라 시인 이교는 마치 하얀 꿩을 봉황과 같은 상서로운 새로 묘사했다. 나 역시 옛사람들이 봉황의 이미지를 만들 때 꿩의 이미지도 참고한 것으로 알고 있다. 내 기억 속의 봉황은 온몸에 불그스레한 색을 띠는 새이고, 실제로 내가 안고 사진을 찍었던 그 금계 표본과 비슷한 부분이 있었다. 그래서 꿩이라는 이 새에게서 고귀한 군자의 이미지뿐만 아니라 신화 속 신비로움도 느껴진다.

아쉽게도 지금의 자연환경은 꿩이 살기에 적합하지 않다. 그래서 야생 꿩을 마주치는 일도 갈수록 드물고, 심지어 일부 꿩은 법적으로 보호도 받는다. 옛날에는 지금과 달랐을 것이다. 이런저런 들새들을 구경하며, 유쾌하면서도 영감을 자극하는 산책을 즐겼을 것이고, 그러다 갑자기 꿩 한 마리가 푸드덕거리며 비틀비틀 날아가면 꿩을 뒤쫓아가며 '저 꿩 잡아라! 저녁 안줏거리다!'라며 소리를 질렀을지도 모를 일이다.

간소한 음식과 남루한 옷,

오랜 방랑 생활에 지쳐 어디로 가야 할지 길을 잃었네.

뒤엉킨 나무와 자욱한 겨울 안개로 가득한 산속에 은거하니,

화려한 창안(長安) 멀게만 느껴지네.

해가 뉘엿뉘엿 저물면 이 고요한 산 중에 새들 모여들고,

아침이 되면 꿩이 푸드덕대며 날아가지.

서쪽 하늘에 뜬 맑은 별은 여전한데,

나의 옛 벗은 어디로 갔을까?

旅食繅衣館, 飄蓬怳自迷. 樹橫寒霧遠, 山隱古原低.

愁暮空庭雀, 驚晨別野雞. 故人何處在, 依約玉繩西.

북송 정치가 사마광(司馬光)의 시 〈우박정포기헌창언사인(寓泊鄭圃寄獻昌言舍人)〉[112]

북송의 정치가 사마광司馬光의 시 속에도 깜짝 놀라 날아가는 꿩이 등장한다. 하지만 이 시 속에는 꿩을 보고 군침 흘리는 사람은 없고, 벗과 헤어지며 느끼는 잔잔한 슬픔만이 느껴진다. 아름다운 자연과 더불어 살았던 옛사람들은 평생 셀 수 없이 다양한 들새를 보고 살았기에 이런 시를 쓸 수 있었던 것이리라. 어찌 보면 오히려 지금 우리의 삶이 퇴보한 것처럼 느껴질 정도다.

우리 삶과 마찬가지로 꿩의 명성도 퇴보했다. 요즘에는 꿩의 속칭인 '야계野鷄[113]'라는 단어를 악의적으로 쓰는 순간 불쌍한 여인의 몸에서 풍기는 인공적인 향기를 떠올릴 뿐, 그 누구도 '감칠맛이 나는 동시에 향긋한 곡물 향이 나는' 새를 생각하는 일은 없다. 군자와 봉황의 특징을 고루 갖춘 꿩에게 무례하기 짝이 없는 언동이다.

112 사마광이 함께 지내던 절친한 벗이었던 석양휴(石楊休, 자 창언(昌言))가 쑤저우(宿州) 지사로 발령 받아 지낼 때, 서로 멀리 떨어져 있음을 아쉬워하며 보낸 시다.

113 중국어로 '야계(野鷄)'는 꿩이라는 뜻뿐만 아니라, 화류계 여성을 지칭하는 속어로 쓰인다.

烏

사람이 많아질수록 광야가 그립다

까마귀

제정러시아시대 시인 크릴로프Krylov가 쓴 우화 중에 《까마귀와 여우》[114]라는 이야기가 있다. 30여 년 전, 아버지가 선물로 주신 《까마귀와 여우》 그림책을 얼마나 많이 봤던지, 어린 시절의 나는 까마귀를 어리석은 동물이라고 오해하고 있었다.

그런데 목마른 까마귀가 물이 조금밖에 남지 않은 물병 속 물을 먹으려고 자갈로 병을 채웠다는 내용의 〈까마귀와 물병〉이라는 이야기를 국어시간에 읽은 후 내 머릿속의 까마귀 이미지는 180도 바뀌었다.

어느 날 나는 삼층에 있는 우리 집 베란다에서 까마귀를 보게 되었다. 가끔 우리 집 베란다 맞은편 나뭇가지에 앉아 잠시 쉬어가는 까마귀였다. 그 까마귀의 초롱초롱한 눈빛과 내 시선이 잠시 얽혔지만, 우리 둘 다 별 의미를 두지 않고 지나쳐버렸다. 이 까마귀는 내 평생 가장 가까이에서 본 까마귀다.

나는 까마귀를 좋아하는 편은 아니지만, 그렇다고 싫어하지도 않는다. 까마귀는 까마귀이고, 나는 나일뿐이다. 우리를 창조한 하늘은 인간과 까마귀를 붙여놓으면 싸움이 생길까 일부러 이렇게 갈라놓은 듯하다.

여기에는 붉은 여우 같은 간신,

저기에는 검은 까마귀 같은 무뢰한이 있네.

나를 사랑하는 지혜로운 사람들아,

우리 함께 손을 잡고 마차를 타고 떠나세.

머뭇거릴 시간이 없다네, 서둘러 떠나세!

114 나뭇가지 위에 앉은 까마귀의 입에서 고기를 뺏기 위해 여우가 까마귀 목소리를 칭찬하며 노래를 불러 달라고 하자, 으쓱해진 까마귀가 노래를 부르기 위해 입을 벌려 고기가 떨어졌고 여우가 고기를 훔쳐 간다는 내용이다.

莫赤匪狐, 莫黑匪烏.

惠而好我, 攜手同車.

其虛其邪, 旣亟只且!

〈패풍·북풍(北風)〉[115]

까마귀는 울음소리 때문에 이미지가 나빠진 새다. 아주 일찍부터 사람들은 까마귀를 불길한 새라고 낙인찍고, 심지어 늙은 두루미라는 뜻에서 '노괄老鴰'이라는 듣기도 거북한 속칭을 지어주기도 했다. 외모로 사람을 판단하는 것과 마찬가지로 새 울음소리로 새를 판단하는 것 역시 모두 감정상의 문제기 때문에 논리적이지는 않다.

까마귀는 이런 평가를 개의치 않는다. 까마귀는 까치나 참새에 버금갈 정도의 대단한 생존력을 가진 새라서 사람한테 별로 바라는 것도 없다. 심지어 까마귀는 인간보다 훨씬 고상한 습성을 가지고 있기도 하다. 새끼가 자라면 늙은 어미 새에게 먹이를 물어다 주는 행위가 바로 그것이다. 아기 양이 무릎을 꿇고 어미젖을 먹는 행동과 더불어 까마귀의 이런 습성은 효의 상징처럼 굳어졌다. 진나라 정치가 이밀李密도 〈진정표陳情表〉[116]에 이런 까마귀의 이야기를 끼워 넣어, 정치적 소용돌이에서 벗어날 핑곗거리로 쓰기도 했다.

한편, 동물 행동 학자들의 연구에 따르면 까마귀는 지능이 아주 높아서 사

115 위나라가 멸망하자 거센 눈과 세찬 북풍에도 아랑곳하지 않고 마차를 타고 도망가는 위나라 귀족들의 모습을 묘사한 시다.

116 〈진정표〉란 황제에게 신하가 사정을 알리기 위해 짓는 글의 양식이다. 이밀의 〈진정표〉는 진 무제(武帝)가 이밀을 관직에 봉하려 하자, 이밀은 부모를 돌보는 까마귀 새끼처럼 자신도 "오조사정(烏鳥私情)을 지키고 싶다"며 노모를 돌보기 위해 관직을 사양한다는 의미의 글을 올렸고 진 무제도 이에 감동해 뜻을 거뒀다고 한다.

람의 말도 따라 할 수 있고, 숫자도 7까지 셀 줄 안다. 그런데 이 정도 지능을 가진 동물이라면, 비록 원시적이고 단순한 수준에 그치더라도 까마귀만의 독특한 문화를 만들어내지는 않았을까?

까마귀의 울음소리는 부패를 기꺼이 받아들이겠다는 뜻이다.

무덤의 고요가 깨지면서 만드는 소리를 듣는 것 같았다.

까마귀 울음소리 속에는 밤의 향기가 깃들여져 있다.

빅토르 위고 《웃는 남자(L' Homme qui rit')》

까마귀는 세상 어디에든 존재하는 새다. 그래서 크고 작은 인물들에게 한 번씩 욕을 얻어먹은 새기도 하다. 심지어 빅토르 위고 같은 대문호도 까마귀를 욕했던 것을 보면, 까마귀의 자괴감은 얼마나 심했을까? 다행히 위고와 달리 중국 시인들은 까마귀에 대한 편견이 없었다. 이 시인들에게 까마귀는 찬미의 대상은 아니지만, 그렇다고 그 존재 가치를 부정할 만큼 나쁜 새도 아니었다.

한때는 서한 황제의 정원이었던 이곳도 해가 기우니 남은 것은 까마귀밖에 없고,
저 멀리 마을에는 인적도 드문 것이 쓸쓸하기 이를 데 없구나.
정원의 나무는 과거의 영욕을 모르니,
봄이 오면 다시 옛날 그 아름다웠던 꽃 피우리.
梁園日暮亂飛鴉, 極目蕭條三兩家.
庭樹不知人去盡, 春來還發舊時花.

당나라 시인 잠삼(岑參)의 시 〈산방춘사(山房春事)〉

이 시 속의 까마귀에게서는 그 어떤 죄악감도 느껴지지 않는다. 그저 쓸쓸하고 적막한 느낌을 부각하는 이미지일 뿐이고, 또 그런 쓸쓸한 분위기를 만든 것도 까마귀가 아니니 그에 대한 책임도 질 필요가 없다. 한편, 미학적인 측면에서 보면 문학 속 까마귀는 꽤 가치 있는 동물이다. 중국의 대문호 루쉰魯迅도 까마귀에 대한 글을 남긴 바 있는데, 그의 글 속에도 까마귀에 대한 악의는 찾아 볼 수 없다.

뜨거운 피로 비옥해진 이 땅에는 더 푸른 풀이 자라고,

겨울의 시련을 겪은 이 땅에는 더 아름다운 봄이 찾아오리라.

그러나 소위 영웅과 책사라는 자들이 병을 핑계로 대업을 미루다 궁지에 몰려,

조상님 묘를 찾아 눈물 흘리며 빌어도 그들 귀에 들리는 것은

해 질 녘 까마귀 울음소리뿐이리라.

血沃中原肥勁草, 寒凝大地發春華.

英雄多故謀夫病, 淚灑崇陵噪暮鴉.

루쉰의 시 〈무제(無題)〉[117]

우울하고 암울한 내용의 문학작품 속에 까마귀가 자주 등장한다는 이유로 까마귀를 부정적으로 볼 필요는 없다. 사실 까마귀 입장에서 보자면 산산이 부서진 폐허, 무덤 또는 거친 들판 같은 곳이 더 안전하고 아름다운 곳이다. 똑똑한 것으로는 둘째가라면 서러운 까마귀니, 분명 신중에 신중을 기해 제 보금자리를 구하지 않을까? 어차피 뜨거운 쌀밥을 얻어먹는 것이 목적이 아니라면, 까마귀는 사람과 멀리 떨어져 사는 편이 훨씬 안전하다. 가끔 나는 까마귀가 인간에게 느낄법한 이런 감정을 사람도 같은 사람에게 느낀다. 주변에 아는 사람이 늘어나면 늘어날수록 개가 더 좋아진다고 말한 사람처럼 말이다.

잡지 《네이처Nature》의 자료에 따르면, 전 세계에는 117종의 까마귀가 있는데 그중에 30여 종은 중국에서도 산다. 이 까마귀들이 한창 번성했을 때는 몇만 마리가 몰려다니며 장관을 이루기도 했다. 그래도 뭐니 뭐니 해도 가장 흔히 접

117 1932년 1월에 쓴 시로 당시 내분이 심했던 국민당을 비판하는 내용이다. 시 속의 까마귀는 각기 제 이익만 챙기려고 목소리를 높였던 국민당 정치인들을 뜻한다.

할 수 있는 까마귀의 모습은 앙상한 겨울 나뭇가지에 빽빽이 앉아 있는 모습이다. 어찌나 기세등등한지, 지나가던 사람들을 깜짝 놀라게 만들기도 한다. 옛 시 속에도 이렇게 무리를 지어 생활하는 까마귀의 모습을 종종 찾아볼 수 있다.

셀 수 없이 많은 겨울 까마귀 떼,

모두 강 너머로 날아가 나무 위에 둥지를 트네.

寒鴉散亂知多少, 飛向江頭一樹棲.

송나라 시인 유자휘(劉子翬)의 시 〈천형(天迥)〉

저녁 무렵 까마귀 떼가 열심히 울어대는 것은

뉘엿뉘엿 지는 해에 작별 인사를 하기 위함이라네.

群鴉爭晚噪, 一意送斜陽.

송나라 시인 대복고(戴復古)의 시

〈방양백자감승자백사문노이거(訪楊伯子監丞自白沙問路而去)〉

이런 시를 읽노라면 눈앞에 아름다운 풍경이 펼쳐지는 듯하다. 문학적 아름다움을 감상하는 것은 꽃을 감상하는 것과는 다른 차원이다. 시각, 후각과 같은 감각뿐만 아니라 정신적 차원의 세밀한 감각이 총 동원되어야 한다. 이 감각을 이론적으로 설명하기는 좀 어려우

니, 위대한 직감이 필요하다고 정의하는 편이 좋겠다.

옛사람들은 까마귀를 보고 문학적인 직감뿐만 아니라 철학적인 직감도 얻었다. 어쩌면 고대 동양사회가 문학과 철학을 동일시한 결과일 수도 있다. 딱딱하고 견고하게 이론적 체계를 구축하는 데 온힘을 기울인 서양 사람들과는 다른 특징이다. 반면 고대 동양철학은 문학적으로도 아름답고, 친근하기도 한 것이 꼭 한 편의 시를 읽는 느낌이라, 동양철학서를 읽다 보면 감탄이 절로 나온다.

원나라 문인 마치원馬致遠의 사 〈천정사天淨沙·추사秋思〉는 너무 많은 사람이 인용했으니, 원나라 산곡散曲 작가 백박白朴이 〈천정사〉 곡조에 맞춰 쓴 다른 가사를 함께 감상해 보자.

저 외딴 마을에 해 저물어 노을이 지니,
엷은 안개 낀 늙은 나무에 까마귀가 몸 누이러 찾아오고,
저 멀리 하늘에 기러기가 날아가네.
맑은 가을 산과 물, 하얗게 서리 내린 풀,
불타는 듯한 단풍 그리고 금색으로 물든 꽃이 아리따운 가을이라네.
孤村落日殘霞, 輕煙老樹寒鴉, 一點飛鴻影下.
青山綠水, 白草紅葉黃花.

백박의 사 〈천정사·추(秋)〉

약 12개의 명사를 사용해 만든 짧은 문장에서 광활한 세계가 느껴지는 듯하다. 이 노래는 우리 세계를 구성하는 본질적인 것은 무엇인가에 대해 논하고 있는 것은 아닐까? 만약 그렇다면, 이 노래처럼 사실 우리가 사는 세상은 아주 순

수한 세계일 수도 있다. 사람을 알면 알수록 더 싫어진다는 취지의 제목을 단 것에 대해 사과드린다.

鶉

그 조그만 새에 먹을 게 뭐 있다고

메추리

허페이 들판에서 야생 메추리와 마주치는 일은 몹시 어렵지만, 시장에서는 새장에 갇힌 꾀죄죄한 모습의 메추리를 어렵지 않게 만나볼 수 있다. 새장 속 메추리는 꾸밈없이 소박하고, 별로 눈에 띄는 특징이 없어서 맛있어 보이지는 않는다.

그러나 메추리알은 참 맛있다. 자그마한 알 표면에 오톨도톨한 것이 있어 별로 예쁘지는 않지만, 왕겨와 소금으로 덮어 삭힌 메추리알을 자그마한 접시 위에 올려놓고, 식초와 다진 마늘을 뿌려 하나씩 집어먹다 보면 끝도 없이 들어간다. 또 남녀노소 누구에게나 좋은 식품이기도 하다.

청나라 때에는 문관의 관복 흉배胸褙에 다양한 새를 수놓아 장식했다. 그중에서도 메추리는 8품관을 상징하는 새였으니, 얕잡아보면 큰코다친다. 꾀꼬리나 까치처럼 목청 좋은 새들도 '관직'에는 오르지 못했기 때문이다.

메추리는 짝을 지어 날아오르고, 까치도 제 짝이 있건만.

이 악한 마음 품은 자를 내 어찌 어른으로 모실 수 있겠는가.

鶉之奔奔, 鵲之彊彊.

人之無良, 我以為兄.

〈용풍(鄘風)·순지분분(鶉之奔奔)〉[118]

옛사람들은 메추리를 도덕과 윤리를 잘 지키는 순결하고 순박한 새, 그래서 사람보다 훨씬 고결한 성품을 지닌 새라고 생각했다. 그런데 위나라 왕실의 음탕함을 풍자한 시에 대뜸 메추리가 등장한다.

118 고대 학자들은 이 시는 아들의 약혼녀였던 선강을 빼앗은 위 선공의 악행을 비난하기 위한 시라고 해석했으나, 현대 학자들은 새들도 짝이 있다며 매정한 남편을 탓하는 여인의 시라고 해석한다.

이 시를 읽어보면 알 수 있듯 아득한 옛날부터 메추리는 인간과 가까이 지낸 탓에 평범한 새로 전락해버렸고, 사람들은 메추리를 가지고 이러쿵저러쿵 소문을 퍼트리고 다녔다. 물론 이때는 아직 메추리를 닭처럼 집에서 기르기 전이라 사냥을 통해서만 메추리를 잡을 수 있었다.

잡초와 관목이 우거진 고대의 들판은 메추리에 딱 맞는 거주지였다. 꿩처럼 메추리도 비행에 아주 서툴기 때문에 두 발에 의지한 채 이곳저곳에 제 몸을 숨기며 살아야하기 때문이다.

날아다니는 새를 잡아먹으려거든 비둘기와 메추리가 제일이니라.

要吃飛禽, 鴿子鵪鶉.

중국 속담

이 속담의 정확한 출처는 잘 모르겠다. 어쩌면 옛사람들의 경험에서 우러난 속담일 수도 있다. 하지만 내가 먹어본 메추리 고기는 그냥 평범한 고기 맛이었고, 비둘기 고기는 약간 비린듯했다. 메추리와 비둘기 모두 자그마한 새라서 씹는 맛도 별로 없었고 말이다. 물론, 이건 내 입맛에 문제가 있어서 그런 것일 수도 있다.

아직 어린이였을 때 나는 아버지가 가지고 계시던 옛날 국어교과서를 들춰보다가, 교과서에 실린 원나라시대 희곡 문학인 원곡元曲을 읽게 되었다. 어찌나 우습던지 아직도 그 내용이 기억난다.

메추리의 모이주머니 속에서도 완두를 찾아내고,

백로 다리에서도 살점을 얻고, 모기 배 속에서 기름을 짜낼 줄 아는 사람아…(중략)

鵪鶉嗉裏尋豌豆, 鷺鷥腿上劈精肉, 蚊子腹内刳脂油.

작자 미상의 원곡 〈취태평(醉太平)·기탐소이자(譏貪小利者)〉[119]

조그마한 이익에도 욕심을 내는 탐욕스러운 사람을 풍자하기 위한 글이지만, 어찌 보면 메추리가 얼마나 작고 볼품없는지를 강조하는 글이기도 하다. 그래서 옛사람들은 메추리의 외모가 호감형은 아니라고 생각했고, 걸인이나 흉년으로 굶주린 백성의 겉모습을 형용하는 데 자주 사용되었다. 예를 들어 '순의鶉衣'라는 단어는 글자 그대로 '메추리 옷'이라는 뜻이 아니라 낡아서 해진 누더기 같은 옷을 가리킨다. 실제로 잿빛 도는 누런 메추리 깃털은 척 보기에도 낡고 초라한 느낌이다. 그러니 이런 궁상스러운 외모의 새 "모이주머니에서 완두콩을 찾을 줄 아는 사람"이라면 정말 찢어지게 가난한 사람은 아니었을까?

한편 고대 의사들이 메추리에 대해 남긴 기록에는 찬사도 많지만, 경고도 많다. 명나라 약학자 이시진李時珍의 약학서 《본초강목本草綱目》에는 메추리를 "오장을 보호하고, 기력을 돋우며, 근육과 뼈를 튼튼하게 하고, 추위와 더위를 견디게 도와주며, 열사熱邪[120]를 풀어준다補五臟, 益中續氣, 實筋骨, 耐寒暑, 消結熱"고 기록되어 있다. 그런데 또 다른 의학서는 아래와 같이 메추리를 경고하기도 했다.

돼지고기와 함께 먹으면 사람 몸에 검은 점이 생긴다.

共豬肉食之, 令人生小黑子.

《본초습유(本草拾遺)》

119 백성의 자그마한 재산에도 눈독을 들이는 부패한 관리와 대지주를 풍자했다.

120 그 계절에 맞지 않는 사기(邪氣)에 오장육부의 기운이 뭉치는 증상을 뜻한다.

메추리를 먹으면 건망증이 생긴다.

食之令人忘.

《칠권경(七卷經)》

이 말을 직접 검증해 본 사람이 있을까? 일단 내 직감으로는 별로 믿을만한 경고는 아니다. 왜냐하면, 요즘 시장에 가보면 정육점 바로 옆에서 새장에 든 메추리를 팔고 있는데, 그 어떤 정부기관도 이런 판매행위를 제지시켰다는 뉴스를 들어본 적이 없으니 말이다!

많은 미식가가 메추리에 매료되기 시작한 것은《시경》이 탄생한 고대를 거쳐, 전국시대부터였다. 미식가의 사랑을 받기 시작한 덕분에 메추리는 기러기, 종다리, 꿩, 산비둘기, 집비둘기와 더불어 손님을 대접하는 여섯 가지 귀한 날짐승 고기를 일컫는 육금六禽으로 손꼽히기도 했다. 이렇듯 메추리는 아주 옛날부터 사람들의 주목을 받아왔다. 특히 당나라, 송나라 이후의 여러 책 속에는 메추리의 습성에 관한 기록이 아주 많다. 한편, 최초로 외국에서 수입한 메추리는 1930년대에 인공사육을 위해 상하이에 수입된 일본산 메추리였고, 1970년대에는 북한에서 메추리를 수입했다.

메추리를 길들여 기르기 시작한 것은 전한시대부터였는데 고기를 얻기 위해서가 아니라 메추리 싸움이나 재주부리기를 시키려고 길렀다. 이런 유희는 누가 봐도 알 수 있듯이 분수를 지키며 살아가는 보통 서민이 즐길 만한 일은 아니었다. 마치 화약의 탄생 덕에 폭죽이 발명된 것처럼 지혜와 재능을 별 볼일 없는 시시한 일에 낭비한 것이다.

그 이후 당나라 역사를 다룬《당외시唐外史》에는 오호십육국五胡十六國 중의 하나인 서량西凉의 소수민족이 메추리를 길들여 당 현종玄宗에게 진상했는데, 이 메추리가 징과 북소리에 맞춰 싸웠다는 기록이 있다. 그 옛날 시시한 메추리가 화려하게 변신한 것이다. 이후 송나라, 명나라, 청나라까지 수많은 고관대작과 귀족들 사이에서 메추리 싸움은 유행을 이어갔다. 청나라 강희제 때는 전투 실력이 좋은 메추리를 기르는 방법을 담은《암순보鵪鶉譜》라는 책이 등장하기도 했고, 오락 장소에서 흥을 돋우는 용도로 사용되는〈투암순鬥鵪鶉〉이라는 노래가 만들어지기도 했다. 심지어 원나라 극작가 관한경關漢卿은 이 노래에 가사를 붙여 가곡〈축국蹴踘〉을 쓰기도 했다.

수수하기 그지없는 데다 심지어 궁상스럽게 생기기도 한 이 작은 메추리가 이렇게나 주목받는 위치에 올라서다니, 대단한 성취임은 틀림없다. 역사적으로 봐도 메추리는 사람을 깜짝 놀라게 할 만한 사건을 만들어낸 주인공도 아니고, 문화적으로 봐도 이렇다 할만한 이미지를 가진 새도 아니다. 그러나 고대 이집트인은 피라미드 안에 메추리를 조각하기도 했으니, 분명 위엄 넘치는 새다!

산비둘기

鳩

모두 대붕(大鵬)이 될 필요는 없다

오래전 아직 공기총이 금지되지 않았을 때 일이다. 어느 날 공기총을 빌려온 내 사촌 동생은 나를 데리고 양심에 거리낄 짓, 즉 새 사냥을 하러 갔다.

그날은 온 마을이 쥐죽은 듯 조용하고, 들판의 모든 생물도 잠을 자고 있던 평온한 봄밤이었다. 나와 사촌 동생은 마을을 몰래 빠져나가, 동구 밖에 일렬로 쭉 심어진 나무 아래에 서서 손전등 불빛으로 나뭇가지를 비췄다. 그러면 나무 위에 쉬고 있던 산비둘기나 까치의 모습이 드러났다.

갑작스러운 불빛에 놀란 새들은 다들 멍한 상태였기 때문에 꼼짝없이 우리의 표적이 되고 말았다. 사촌 동생은 새와 총구 간의 거리가 최대 3~4미터 정도 되도록 조심스레 총구를 조준한 후, 나뭇가지에 앉은 새들을 단번에 명중시켰다. 다른 새들이 총소리를 듣고 놀라 황급히 날아가 버렸기 망정이지, 그렇지 않았으면 우리는 수십 마리쯤 잡았을지도 모른다.

그날 밤, 우리는 신선한 산비둘기 세 마리를 얻었다.

산비둘기야, 산비둘기야,

오디가 아무리 맛있어도 함부로 따먹지 말아라.

於嗟鳩兮, 無食桑葚.

〈위풍(衛風)·맹(氓)〉[121]

산비둘기는 야생 조류지만 사람과 가까이 지내는 것을 좋아한다. 심지어 우리 집 화장실 창문 밖에 둥지를 짓고 사는 산비둘기도 있었다. 가끔 내가 유리

121 춘추시대 민요로 남편에게 버림받은 여인이 소녀들에게 섣불리 사랑에 빠지지 말라고 경고하는 내용이다. 옛사람들은 산비둘기는 오디를 많이 먹으면 술에 취한 것처럼 변하고, 몸이 상한다고 믿었기 때문이다.

창 너머로 산비둘기를 물끄러미 보고 있으면, 산비둘기 역시 조그맣고 동그란 눈으로 나를 관찰하곤 했다. 여러 해 전, 산비둘기를 사냥했던 그 밤의 일을 항상 후회하고 있던 터라, 우리 집에 사는 산비둘기를 관찰할 때는 최대한 산비둘기가 놀라지 않게 조심했다.

이 산비둘기는 우리 집 화장실 창문 밖에 설치된 방범창이 자기도 지켜줄 거라고 생각했는지 방범창 창살 안쪽 공간에 둥지를 지었다. 그 덕에 나를 빼고는 그 어떤 사람도, 동물도 산비둘기를 건드리지 못했다. 안전하게 지내는 산비둘기의 모습을 보고 있자면 내 마음 한구석이 따스해짐을 느꼈다. 이 작은 새는 절대 몇 해 전 내가 저지른 그 일을 모르겠지? 만약 알았다면, 나 같은 사람이 빤히 바라보는 곳에서 사는 게 얼마나 무서운 일이겠는가! 나를 믿어주는 이 산비둘기의 순수한 마음에 힘을 얻어 다시는 나쁜 짓에 손대지 않았다.

남쪽 마을에 산뜻한 보슬비 내리니,

들판은 푸르고 깨끗해 먼지 한 점 없네.

쏟아지는 잠 물리치려고 뽕나무 가지를 구경하러 나오니,

지붕 위에서 한가로이 봄을 알리는 새소리가 들리네.

그 새소리에 맞춰 들리는 누군가의 시 읊는 소리,

온 마을에 울려 퍼지네.

꽃피는 아리따운 계절을 즐기며,

서로 어울려 나는 새들도 종종 보이네.

村南微雨新, 平綠淨無塵.

散睡桑條暖, 閑鳴屋脊春.

遠聞和曉夢, 相應在諸鄰.

行樂花時節, 追飛見亦頻.

나처럼 산비둘기를 근거리에서 관찰하고 그 모습을 기록한 당나라 시인 온헌溫憲의 시 〈춘구春鳩〉를 보면, 이 세상이 아름다운 것은 산비둘기가 간결하지만 아름다운 노래를 통해 "지붕 위에서 한가로이 봄을 알린" 덕분이라는 것을 알 수 있다. 기계와 화학물질이 남겨놓은 흔적만 빼면, 당나라시대의 들판은 지금과 별반 차이가 없었을지 모른다. 그러니 "꽃피는 아리따운 계절을 즐긴" 시 속의 산비둘기와 지금 현대를 살아가는 산비둘기도 서로 같은 감정을 공유하고 있을지도 모른다.

봄의 정취를 자아내는 요소는 여러 가지가 있지만, 산비둘기는 그다지 주목을 받지 못한다. 산비둘기 깃털은 어디 가서 내놓고 자랑할 만한 것은 아니라, 나무 위나 수풀 속에서 꼼짝하지 않고 서 있으면 발견하기 어려울 정도로 수수하다.

요즘에는 다들 이목을 끌지 않는 겸손한 사람이 되라고 요구하지만, 산비둘기는 억지로 그런 태도를 연출하지 않는데도 항상 겸손한 모습이다. 반면, 산비둘기보다 못한 사람도 있다. 겸손 떠는 일조차 완벽하게 해내지 못하는 위선적인 사람이 바로 그렇다.

《장자》의 〈내편內篇·소요유逍遙遊〉를 보면, 대붕大鵬[122]을 비웃는 매미와 산비둘기의 이야기가 나온다. 대개 사람들은 이 이야기를 '뱁새가 황새의 뜻을 어찌 알

122 하루에 구만 리를 날아간다는 매우 큰 새로, 북해(北海)에 살던 곤(鯤)이라는 물고기가 변한 것이라고 한다.

겠느냐?'라는 뜻으로 해석하곤 한다.

(매미와 산비둘기는 붕을 비웃으며 말했다.)

"우리는 온 힘을 다해 날아도 박달나무나 느릅나무에 부딪히지.

심지어 나무 위에까지 가지도 못했는데 땅바닥에 떨어지기 일쑤야.

그런데 대붕은 뭐를 위해서 구만리나 날아 남쪽으로 가는 거지?"

我決起而飛, 槍楡枋, 時則不至而控於地而已矣, 奚以之九萬裏而南爲.

이 이야기 속 산비둘기의 생각은 참 저급하다. 그러나 다행히 실제 산비둘기의 생각을 대변하는 이야기는 아니다. 우리 집 창밖에 둥지를 지은 그 산비둘기만 봐도, 대붕의 큰 뜻 같은 것은 몰라도 상관없다. 오히려 그런 뜻을 품었다간 산비둘기라는 종의 절멸을 불러일으킬지도 모른다. 작은 새로 태어났으니, 작은 새의 분수에 맞게 소소하게 살아가면 된다.

이 세상에는 여러 마리의 봉황보다는 산비둘기나 참새 같은 새들이 더 필요하다. 도교 사상에 꼭 들어맞는 생각이 아닌가? 그런데 《장자》를 남긴 장주莊周 같은 도교의 대가는 이런 이치를 깨닫지 못했던 것일까? 그렇지는 않을 것이다. 장주의 글에는 분명 더 깊은 의미가 있을 것이 분명하니, 공부를 게을리하지 말아야겠다…….

들쑥날쑥한 뽕나무가 들판에 멋을 더하는 오늘,
농사의 신께 제사를 올린 후 흥겨운 마을 잔치가 벌어졌네.
저 숲 너머 산비둘기도 비가 그치니 즐거운 노래 부르고,
봄을 맞은 저 담벼락의 살구꽃은 더욱 아름답구나.
綠桑高下映平川, 賽罷田神笑語喧.
林外鳴鳩春雨歇, 屋頭初日杏花繁.

송나라 정치가이자 문인 구양수歐陽修가 농사의 신에게 제사를 지내며, 풍년을 기원하는 시골 사람들의 정겨운 모습을 그린 시 〈전가田家〉에도 산비둘기가 언급되었다. 내가 어렸을 때부터 이런 시를 읽고 제대로 이해했다면, 분명 야음을 틈타 공기총 따위로 산비둘기를 해치는 일은 없었을 것이다.

우리 집 화장실 창문 밖에 산비둘기가 둥지를 지었던 그해에 산비둘기 새끼들이 부화했다. 온몸에 털 하나 없이 민둥민둥한 새끼들이 하필이면 봄에서 여름으로 넘어가는 계절에 태어나 자라서 여러모로 많이 힘들어 보였다. 그러나 자칫 새끼들을 놀라게 하거나 혹은 오해를 불러일으킬 것 같아서 선뜻 도와주지는 못했다. 시인의 눈에 비친 산비둘기는 아름다운 경관을 구성하는 일개 요소일 뿐일지 몰라도, 실제 산비둘기의 삶은 이렇듯 고생스럽기 그지없다. 우리 집 이웃으로 살면서 내 보호를 받는 덕에 안전하게 지냈지만, 둥지 속의 새끼 산비둘기 중 한 마리는 살아남지 못했다. 어느 날 둥지에서 떨어져 다시는 둥지로 돌아가지 못했기 때문이다.

홍비둘기, 목점박이비둘기, 멧비둘기, 백염주비둘기 등은 우리 주변에서 흔히 찾아볼 수 있는 산비둘기다. 식용으로도 좋고, 관상으로도 좋은 산비둘기는 우리 인간과 사이가 좋은 새 중에 하나다. 한편, 이런 사실을 아는 사람은 거의 없지만 명나라 약학자 이시진은 야명사夜明砂, 즉 박쥐 분변과 함께 산비둘기 분변을 가루로 만들어 귀에 바르면, 귓병을 치료할 수 있다고 주장할 정도로 산비둘기 분변을 아꼈다. 이 약을 선뜻 바를 용감한 사람이 지금도 있을까?

닭

아침을 여는 덕망 높은 새

鷄

나는 분명 한 살 반 때부터 주변 사물을 분간하고 기억하기 시작했다. 어머니가 말씀하시길, 내가 갓 태어났을 때 우리 가족은 친할아버지의 초가집에서 살다가 내가 한 살 반 정도 되었을 때 다른 집으로 이사를 했다고 하셨는데, 그 초가집 옆에 닭장이 있었던 것이 기억나기 때문이다.

그 닭장에 기어들어 뜨끈뜨끈한 달걀을 집어 들었던 것도, 막상 먹으려고 껍데기를 깨보니 삶은 달걀이었던 것도 어렴풋이 기억난다……. 나중에 그 희미한 기억을 되짚어보니, 날달걀을 들고 집에 들어온 내 모습을 보시고 어머니가 삶은 달걀과 바꿔주신 것은 아닌가 싶다.

그 밖에도 친할아버지가 병석에 누워서도 숟가락으로 수박을 긁어, 내게 수박즙을 떠먹여 주셨던 것도 기억이 난다. 아마 나는 이때 한 살 하고도 두 달이 지났을 때였다.

17살 때 나는 이 세상에 대한 내 최초의 기억을 단편적으로나마 공책에 기록해뒀다. 공책 속 여러 가지 기록 중에서도 삶은 달걀에 관한 기억과 친할아버지에 관한 추억이 가장 소중하다.

멀리 부역 가신 낭군님, 언제 돌아오실지 기약 없는 내 임 지금은 어디 계실까?

닭도 닭장에 들어갔고, 해가 서쪽으로 기우니 소와 양도 언덕에서 내려왔건만.

君子於役, 不知其期, 曷至哉?

雞棲於塒, 日之夕矣, 牛羊下來.

〈왕풍(王風)·군자우역(君子於役)〉[123]

123 때가 되면 집으로 돌아오는 가축과 달리 멀리 부역 나간 남편은 언제 올지 모른다며 애탄 여인의 노래다.

이 세상에 닭에 관한 전설이 없는 민족은 없다. 몇천 년 동안 전해온 문학과 예술작품 속에서도 군침 돌게 만드는 닭고기 냄새를 맡을 수 있을 정도로 인간과 닭은 오래도록 함께 해왔다. 닭을 논하면서 닭고기 이야기만 하는 것이 다소 저속해 보일 수는 있지만, 그렇다고 식탁 위의 닭고기는 빼놓고 닭을 논하면 품위는 지킬 수 있을지 몰라도 너무 고상한 척하는 것 같아 꺼려진다.

어렸을 때 명절을 쇠러 외가에 가면, 무조건 닭고기 요리를 해 주셨던 우리 외할머니처럼 지금도 닭고기는 돼지고기, 생선과 함께 주 요리이자 손님 대접용 요리로서 시골 식탁을 지키고 있다.

나는 외갓집 장손이라 외할머니가 항상 내게는 닭다리를, 내 아래 두 사촌 남동생들에게는 닭 날개를 하얀 쌀밥 위에 올려주셨다. 그러면 나와 사촌 동생들은 닭고기를 올린 밥그릇을 들고 대나무가 가득한 뒷마당으로 향하는 복도 난간에 걸터앉아 다리를 대롱거리면서 밥을 먹었고, 개들은 뭐라도 하나 얻어먹을 수 있을까 해서 우리 다리 사이를 왔다 갔다 하곤 했다. 긴긴 세월 동안 이어져 내려온 시골 마을의 이 따스한 모습은 고대 시와 노래 속에서도 찾아볼 수 있다. 당나라 시인 맹호연孟浩然의 시 〈과고인장過故人莊〉이 좋은 예다. "벗은 닭을 잡고, 기장밥을 지어 나를 기다리네故人具雞黍"라는 이 시 구절의 닭고기는 단순히 맛있는 음식을 의미하는 것이 아니라, 따스한 집주인의 마음을 상징하는 것이기도 하다.

나는 지금 2017년 봄, 딱 닭의 해 정월 초닷샛날에 이 글을 쓰고 있다. 해가 해인지라 전국 어디에서나 닭을 소재로 한 신명나는 세화를 볼 수 있다. 이렇듯 전통문화에 따라 닭은 12년에 한 번씩 주목을 받는다. 연구에 따르면, 인간에게 닭이 친숙해진 것은 4천 년 전부터이며, 야생 닭을 길들여 집에서 기르기 시작하면서 닭 개체 수도 점점 늘어났다고 한다. 십이지 중에서도 상상 속 동물인 용이나, 멸종 위기에 몰린 호랑이처럼 특별한 동물과 달리 닭은 지금도 머릿수가 많은 동물 축에 든다.

어쩌면 인류 최초의 자명종은 닭이었을지도 모른다. 춘추전국시대에는 요새를 지키는 군인도 수탉이 울면 새벽이 왔다는 것을 철석같이 믿었기 때문에 무슨 일이 있어도 수탉 울음소리가 들리면 요새의 문을 열고 그날의 일과를 시작했다. 사실 '닭 울음소리 흉내와 개 훔치기 같은 천한 재주로 사람을 속인다'라는 뜻의 사자성어 '계명구도鷄鳴狗盜'에는 가짜 닭 울음소리로 군인을 속이고 요새 문을 열게 만들어 목숨을 구한 사람에 대한 이야기가 얽혀 있다. 전국시대 정치가 맹상군孟嘗君이 제나라 소양왕昭襄王으로부터 목숨을 위협받자, 자신이 거느린 여러 식객 중 닭 울음소리를 흉내 내는 사람 덕분에 가장 험준한 요새 중 하나인 함곡관函谷關을 빠져나가 목숨을 구할 수 있었기 때문이다.

개 짖는 소리가 들리고 닭 우는 소리가 들렸던 고대 시골 마을의 사람들은 소박하고 단순했고, 세상을 바라보는 시각도 순수하기 이를 데 없었기 때문에 현대인의 눈으로 보면 유치하면서도 귀여운 면이 있다. 옛날 사람들이 닭을 '다섯 가지 덕성'을 갖춘 품격 있는 새라고 생각했던 것만 봐도 그렇다. 닭은 머리 위에 왕관 같은 볏을 가지고 있으니 '학문의 덕'이 있고, 용맹하게 생

긴 닭발을 가지고 있으니 '무도武道의 덕'도 있으며, 싸움에 능하니 어떤 위험이라도 무릅쓰고 '착한 일을 하는 덕'도 있고, 꼬꼬댁거리며 동무를 불러 모아 함께 곡식을 쪼아 먹으니 '어진 덕'이 넘치고, 때가 되면 새벽을 알리기 위해 소리 높여 우니 '신망의 덕'을 갖춘 새라고 여겼다. 심지어 옛사람들은 새해 첫날을 '계일鷄日'이라고 부르기까지 했으니, 고대에는 닭이 식탁 위에 요리로만 그치지 않고, 문화적으로 얼마나 큰 위상을 차지했는지를 알 수 있는 대목이다.

머리 위 붉은 왕관을 가지고 태어나,
온몸은 새하얀 깃털로 감싼 수탉이 늠름하게 걸어 다니네.
수탉 울음소리 한 번에 셀 수 없이 많은 사람이 아침 맞아 일어나니,
수탉은 평소에 함부로 큰소리를 내지 않는다네.
頭上紅冠不用裁, 滿身雪白走將來.
平生不敢輕言語, 一叫千門萬户開.

시와 그림 모두에 능했던 명나라의 천재 예술가 당인唐寅은 시 〈화계畫鷄〉를 통해 이렇게 닭을 칭송했다. 비록 이 시의 주인공은 수탉이지만, 사실 가장 가치 있는 닭은 암탉이다. 옛날에는 산후조리 할 때 몸보신을 위해 늙은 암탉을 고아 먹었고, 명절에 웃어른 찾아뵐 때 암탉 한 마리 손에 들고 가면 어른께 잘한다며 칭찬을 받곤 했다. 반면, 수탉은 잘생긴 풍채 덕분에 화가의 그림 소재가 되는 경우는 많았지만, 일부러 수탉을 기르는 사람은 많지 않았다. 대부분 수탉이 영계일 때 미리 잡아 먹어버리기 때문이다.

싸움닭은 예외였다. 닭싸움에는 무조건 수탉이 나서야 하니, 사람들은 수컷

싸움닭을 기르곤 했다. 옛사람들은 닭싸움과 개 경주를 좋아했고, 때로는 경기 결과를 놓고 도박하기도 했다. 이는 동양뿐만 아니라 서양에서도 흔히 볼 수 있는 나쁜 풍습이다.

그 밖에도 수탉은 인간의 정신적인 수양을 위해 특별한 역할을 맡았다. 예를 들어 도사님들은 귀신을 쫓아낼 때 수탉의 피를 이용했고, 의형제가 되기로 맹세할 때도 수탉의 피를 사용했다. 그런데 수탉이 한밤중에 울면 전쟁이 날 흉조라고 생각해서 수탉이 밤에 우는 것을 좋아하지 않았다고 한다.

진나라 장수 조적祖逖과 유곤劉琨은 어렸을 때부터 수탉 울음소리를 들으며 자신을 연마했다. 한밤중에 수탉 우는 소리만 들으면, 자리를 박차고 일어나 나라를 구하기 위해 검술을 수련했다고 한다. 이들처럼 먼동이 희끄무레 밝아오는 때 수탉 울음소리를 들으며 나라를 위해 박차고 일어난 젊은이들의 열정은 지난 몇천 년간 단 한 번도 사그라든 적이 없다.

鳧

연못과 시를 장식하는 새

청둥오리

청둥오리 고기는 크기도 작고, 살집도 별로 없어서 과거에는 잔칫상에 오르지 못하는 고기였다. 그래도 나는 어렸을 때 동장군이 기승을 부리는 어느 겨울에 한 번 먹어본 적이 있다. 내가 먹었던 그 청둥오리는 외할아버지 댁 마을주민 한 사람이 연못에서 얼어 죽은 청둥오리를 발견한 후 얼음판을 살금살금 걸어가 주워 온 것이라고 했다.

청둥오리를 잡아본 경험자들은 청둥오리를 잡는 정상적인 방법은 단 두 가지, 즉 총으로 쏘아 잡거나 약을 놓아서 잡는 방법밖에 없다고들 한다. 그런데 사실 약을 놓아서 잡는 방법은 인체에도 영향을 미치기 때문에 위험한 방법이다.

이제 청둥오리도 나라의 보호를 받는 보호동물이며, 특히 희귀종인 호사비오리는 1급 보호동물이다. 청둥오리에게는 참 좋은 소식이지만, 인간의 입장에서 보자면 청둥오리가 멸종할 가능성이 커지니까 뒤늦게 취한 보호조치이니 소 잃고 외양간 고치는 격이다.

그러니까 청둥오리는 인간에게 감사할 이유가 없다.

동이 터서 새들도 둥지에서 나왔으니,

그대에게 청둥오리와 기러기를 잡아다 드리리.

將翱將翔, 弋鳧與雁.

〈정풍(鄭風)·여왈계명(女曰雞鳴)〉[124]

124 남녀 간의 대화로 이뤄진 이 시를 고대 학자들은 음탕한 당시 풍조를 비난하기 위해서 지은 것이라고 해석했지만, 현대 학자들은 신혼부부가 서로 아끼고 보살피는 다정한 모습을 칭송한 것이라고 해석한다.

허페이 시내 서쪽에 있는 고급 주택단지인 후포산장琥珀山莊에는 큰 연못이 있는데, 겨울이 되면 그 연못에서 노는 청둥오리들을 만날 수 있다.

그 연못에서 사는 청둥오리들은 항상 활기차고 생동감 넘치는 모습이다. 하지만 동시에 사람에 대한 경계도 늦추지 않아서 연못가에서 제 모습을 지켜보는 사람들과는 항상 멀찍이 떨어져서 지내고, 도망칠 때는 재빨리 물속으로 잠수해 자취를 감춰버린다. 나는 청둥오리가 물속으로 사라지고 나면, 어느 위치에서 다시 쏙 떠오를지 맞혀보는 것을 좋아한다……. 앞서 소개한 《시경》의 시는 식재료로서의 청둥오리를 노래했다. 고대인들은 화살로 청둥오리와 기러기를 사냥했다. 그때는 자연이 오염되지 않고 깨끗했을 테니, 청둥오리도 지금보다 많았을 것이다. 그러니 나와 달리 옛사람들은 청둥오리가 구름떼처럼 모여들어 만드는 장관을 구경할 기회도 더 많았을 것이다.

《순자荀子》의 〈부국富國〉 편에는 "(나라와 하늘의 도리를 따르면) 하늘을 나는 새와 청둥오리와 기러기가 구름 떼처럼 몰려와, 풍요로운 나라가 된다然後飛鳥鳧雁若煙海"라는 기록이 있다. 이는 즉 청둥오리 같은 새가 많으면 많을수록 잘 사는 지역이라고 생각했다는 것이니, 옛날에는 새가 부의 척도였다는 점을 알 수 있다. 그도 그럴 것이 자연이 건강해야 날씨가 온화하고, 비도 자주 올 것이며, 땅 위의 작물도 잘 자랄 수 있을 테고, 먹을 것이 많아야 더 다양한 새가 이 지역을 찾아 날아오니 말이다. 그런데 현대인들의 시각은 고대인들의 시각과 정 반대다. 자연이 아름다울수록 그곳에 사는 야생동물이 많아야 한다고 생각하기 때문에, 야생동물이 적으면 그 지역은 자연의 생기와 시적인 아름다움이 없는 삭막한 곳이라고 보는 등 자연 보호의 수준을 가늠할 때 이상한 잣대를 들이민다. 한편, 옛사람들의 청둥오리 사랑은 문학 속에서도 찾아볼 수 있다.

어젯밤 꿈속에서 본 아름다운 창안(長安)의 풍경,

청둥오리와 기러기 떼가 맑은 연못에서 놀고 있었다네.

因思杜陵夢, 鳧雁滿回塘.

당나라 문인 온정균溫庭筠이 방랑자의 쓸쓸한 아침을 묘사한 시 〈상산조행商山早行〉에 나오는 구절이다. 이 시 속의 청둥오리와 기러기는 아름다운 풍경과 행복을 상징하는 존재인데, 이제는 쉽게 찾아볼 수 없는 존재다. 그래서 '현대화'가 시적인 자연의 아름다움을 얼마나 파괴했는지 새삼 실감나는 구절이기도 하다. 송나라 문인 맹원로孟元老가 지은 송나라 수도 개봉開封의 지리지 《동경몽화록東京夢華錄》에 실린 글 〈주작문 밖 거리와 골목朱雀門外街巷〉을 보면 이런 기록도 있다.

동쪽에 있는 영상지(迎祥池)라는 이름의 황제님 연못에는 물가에

수양버들, 창포, 수련, 연꽃이 가득하고, 청둥오리와 기러기가 물놀이한다.

近東卽迎祥池, 夾岸垂楊, 菰蒲, 蓮荷, 鳧雁遊泳其間.

이 역시 청둥오리가 있어 황제님 계신 곳 주변 경관이 더 아름다웠다는 내용이다. 이렇듯 당시에는 야생조류를 많이 키울수록 사람들의 부러움을 사곤 했다. 내가 어렸을 때도 가본 샤오야오진逍遙津 동물원에도 거대한 철망과 철책으로 하늘을 가린 연못에서 원앙을 비롯한 야생조류들이 살고 있었다. 사람들은 잘 모르지만 사실 원앙도 청둥오리와 마찬가지로 같은 오릿과 새다.

그런데 옛사람들도 때로는 청둥오리를 꺼림칙하게 생각했다. 예를 들면 명나라 약학자 이시진이 그렇다. 그는 저서 《본초강목》에 "수백 마리가 한 무리를 이

뤄, 낮이고 밤이고 날아다니며 하늘을 가리니, 청둥오리 날아다니는 소리 비바람 몰아치는 소리 같고, 곡식 한 톨 남기지 않고 먹어 치운다數百為群, 晨夜蔽天, 而飛聲如風雨, 所至稻粱一空"라며 청둥오리를 메뚜기와 동급으로 취급했다. 청둥오리가 농사에 상당히 큰 손해를 끼쳐도 이를 막을 능력이 없어서 이렇게 기록했던 것 같다.

물으로 모습을 드러낸 큰 물고기를 보더니,

어부는 낚싯대로 그것을 끌어올린 후, 제 친구들을 불러 모아,

신난 청둥오리처럼 그 큰 물고기를 에워싼 채 다 함께 구경하고,

소 50마리를 미끼로 바친 끝에 대어를 낚았다는 전설 속 임(任) 공자보다 낫다느니,

하백의 사자인 흰 거북이를 잡았다는《장자》속

어부 예저(豫且)보다 낫다느니 하며 호들갑을 떨었다.

漁者觀焉, 乃具竿索, 集朋黨,

鳧趨雀躍, 風馳電往,

競下任公之釣, 爭陳豫且之網.

당나라의 천재 문인 노조린盧照隣은 산문 〈궁어부窮魚賦〉[125]에서 신이 나서 어쩔 줄 모르는 모습을 청둥오리에 비유했다. 한편, 진나라 재상 여불위呂不韋가 편찬한 백과사전격의 사론서 《여씨춘추》 중 〈중추기仲秋紀 · 논위論威〉에서는 토끼와 청둥오리가 행동이 재빠른 사람의 대명사로 사용된다.

제 안위가 위협을 받으면 쏜살같이 도망치는 토끼와 청둥오리처럼,

오래 있을 만한 곳이 아니라는 것을 알게 되면 서둘러 빠져나와야 한다.

知其不可久處, 則知所兔起鳧擧死殙之地矣.

청둥오리의 모습은 고대문화 속에서 심심찮게 찾아볼 수 있다. 그만큼 청둥오리와 옛사람들이 가까이 지냈고, 사람의 눈길 닿는 곳에는 언제나 청둥오리가 있었다는 뜻으로 해석할 수도 있다. 심지어 지금도 '오리 부鳧'라는 글자가 들어가는 지역명이 있다. 후난성 닝샹현寧鄕縣에는 '두 마리 오리 역참마을'이라는 뜻으로 해석할 수 있는 '솽푸푸진雙鳧鋪鎭'이라는 곳이 있고, 산둥성山東省 취푸시曲阜市에는 '오리마을'이라는 뜻의 '푸촌鳧村'이라는 곳이 있는데, 위치에 따라 '북쪽 오리마을北

125 모함을 당해 감옥에 갇혔다가 친구들의 도움으로 누명을 벗은 노조린이 친구들에게 감사를 표하고자 쓴 우화이다. 글 속의 비열한 어부들은 자신을 모함한 자들을, 큰 물고기는 노조린을 상징하며, 후에 큰 물고기를 구해 주는 대붕은 의로운 친구들을 뜻한다.

鳧村', '남쪽 오리마을南鳧村', '동쪽 오리마을東鳧村'로 나뉘어 있다고 한다.

행동이 굼뜬 집오리와 달리 청둥오리는 빠릿빠릿하다. 심지어 청둥오리의 최대 비행 속도는 시속 110킬로미터에 달한다. 그래서 이론적으로만 보면 청둥오리는 허페이에서 베이징까지 거리를 9시간 안에 주파할 수 있다. 중국에 사는 10여 종의 청둥오리도 모두 이런 대단한 비행 능력을 갖추고 있을까?

봄이 되면, 연못 위에서 삼삼오오 모여 둥둥 떠다니는 청둥오리를 볼 수 있다. 또 차를 몰고 가다 저 멀리 연못 위에 검은 점 몇 개가 떠 있는 것을 목격했다면, 그건 필시 청둥오리일 것이다. 그런 청둥오리의 모습은 마치 《시경》 속 노래를 장식하는 마침표처럼 우리 자연을 더 아름답게 만들어주는 듯하다. 우리 모두 소중히 여겨야 할 것들이다.

鵜

행운의 상징에서 불행의 아이콘으로

사다새

1981년의 중국 시골 마을에는 읽을 만한 책이 없었다. 나는 학교 선생님이셨던 부모님과 함께 중·고등학교 사택단지에 살고 있었지만, 학교 도서관에도 신문 말고는 학생에게 적합한 읽을거리가 거의 없었다. 그래서 매달 상하이 지역에서 출판했던 《소년문예少年文藝》와 베이징에서 출판된 《아동문학兒童文學》 같은 어린이·청소년 문예지가 우리 동네 우체국에 도착해 판매되기만을 손꼽아 기다렸다.

처음 사다새라는 새를 알게 된 것도 바로 《소년문예》에 실린 유럽 우화를 통해서였다. 한 두루미가 사다새를 초대했는데, 사다새가 어찌나 덤벙덤벙했는지 과자며 우유를 반은 먹고 반은 흘렸다는 내용의 우화였다. 그런데 이 이야기 옆에 실린 삽화를 자세히 보니, 사다새라는 새는 내가 사는 허페이 지역에서는 본 적이 없는 새였다. 그때는 사다새와 펠리컨이 같은 새라는 것도 모르고 외국에만 있는 새인 줄 알았다.

사다새는 어살을 지키지만, 그 날개는 물에 젖어 본 적 없다네.

저 조정의 소인배들, 어울리지도 않는 귀한 옷을 입고 있네.

維鵜在梁, 不濡其翼.

彼其之子, 不稱其服.

〈조풍(曹風)·후인(候人)〉[126]

목이 가느다란 가마우지와 달리 사다새는 아랫부리에 큰 주머니를 가지고 있어서, 가마우지보다 훨씬 많이, 그리고 더 큰 물고기를 저장할 수 있으니 사다

126 후인(候人)은 변경의 길목을 지키는 말단 관직을 뜻한다. 이 시는 정직하고 선량한 자는 말단 관직인 후인에 봉해져 배를 곯는데, 도성의 소인배는 군주의 총애를 받아 귀한 관복을 입고 으스댄다며 사회의 부조리를 꼬집었다.

새는 가마우지를 능가하는 대단한 새다. 심지어 외모도 가마우지보다 훨씬 귀엽다. 가마우지는 날카롭고 민첩하게 생긴 데 반해, 사다새는 어딘지 흐리멍덩하게 생겨서 훨씬 친근감이 든다.

〈조풍·후인〉 속의 사다새는 이제 중국 북방 대부분 지역에서 멸종되어 자취를 감췄다. 전 세계 각지의 사다새들도 거의 다 보호동물로 지정되었고, 오스트레일리아의 경우 멸종 위기 동물로 지정되었다고 한다. 나도 살아 있는 사다새는 동물원에서나 봤다. 동물원 전시대에 외롭게 서 있는 사다새는 마치 철학자가 골똘히 생각에 잠긴 듯한 모습이었는데, 자연 속의 여유롭고 생기 넘치는 모습은 오간 데 없이 사라진 것이 어쩐지 슬퍼 보였다. 이런 측면에서 보면, 옛사람들이 우리보다 훨씬 운이 좋다. 그들 눈앞에서 사다새는 자유롭고 활기 넘치며, 생기발랄한 모습으로 돌아다녔을 테니 말이다.

물고기는 그물은 무서워하지 않으면서

사다새는 무서워한다.

魚不畏網, 而畏鵜鶘.

《장자》의 〈외편(外篇)·외물(外物)〉 중에서

전국시대 철학자 장주가 거론한 사다새는 사람이 길들인 새였을 것 같다. 사람을 위해 고기를 낚는 가마우지처럼 사다새들도 옛사람들이 생계를 위한 도구로 썼나 보다. 내가 직접 본 적은 없지만, 고기잡이배 위에 앉아 낚시하는 사다새의 모습은 분명 아름다웠을 것 같다. 특히 평범함과 거리가 먼 독특한 모양의 사다새 머리가 수면에 비치기만 해도 물속의 모든 물고기는 겁에 질리지 않았을까?

그러나 어부의 도구로 쓰이는 사다새의 모습은 얼마 전 내가 본 영상 속 자유로운 사다새에 비하면 너무 초라하다. 영상 속 사다새는 깎아지른 듯한 절벽에서 날개를 펼쳐 날아오르더니, 공중에서 잠시 빙글빙글 돌다가 갑자기 미사일처럼 빠른 속도로 강하해 물속으로 풍덩 들어갔는데, 소리가 어찌나 크던지 먼 곳에서도 그 소리가 들릴 것 같았다……. 이윽고 수면의 물결이 서서히 사라질 때쯤 생각지도 못한 곳에서 튀어나온 사다새의 주둥이에는 큰 물고기 꼬리가 삐죽 튀어나와 있었고, 사냥에 성공한 사다새는 신이 나서 주둥이를 흔들어댔다.

사다새는 얼핏 보면 덩치만 산처럼 커서 굼뜬 새 같아 보이지만, 사실 양산박의 수군水軍을 이끌기 전에 물고기 잡이로 생계를 꾸려가던 《수호전》 속 완阮 씨 형제들만큼 뛰어난 낚시의 명수다. 이렇듯 자연은 항상 모든 생물에게 살아갈 길을 마련해 준다. 뭍으로 올라온 사다새가 뒤뚱뒤뚱 걸어가는 모습을 보면 이 새가 요정처럼 물속을 헤엄쳤다는 것이 믿기지 않을 정도다. 북송 시인 소식의 시 〈획어가: 호주도중작畫魚歌: 湖州道中作〉[127]에도 물고기를 노리는 사다새의 모습이 그려져 있다.

…(중략)

어부는 병아리 키우듯 애지중지 물고기를 기르며,

못 한가운데 장대 꽂고 삿갓 씌워 사다새를 쫓아내려 했다네.

그런 물고기를 인제 와서 이 소란 피우며 다 잡아들이게 될 줄 어찌 알았겠는가?

장대로 휘휘 물을 저어보지만, 물고기는 없고 탄식만 가득하네.

漁人養魚如養雛, 插竿冠笠驚鵜鶘.

豈知白挺鬧如雨, 攪水覓魚嗟已疏.

중국 남방 지역에서 살던 사다새가 얼마나 여유롭고 쾌적한 삶을 영유했는지 알 수 있는 구절이다. 이때까지만 해도 사다새가 인간과 정답게 어울려 산 것은 아니지만, 그래도 불운을 가져오는 새라는 취급을 받으며 멸종 위기까지 몰린 것은 아니었다. 몇 년 전쯤 나 홀로 중국 남방 지역인 장쑤성江蘇省과 저장성 일대를 차를 몰고 다니며 구경한 적이 있는데, 강, 호수, 바다 그 어느 곳에서도 사다새의 모습을 찾아볼 수 없었다. 사다새는 이미 우리 눈

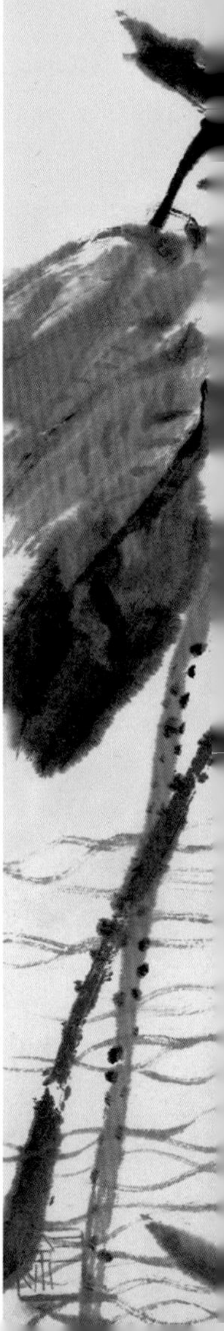

127 왕안석의 신법을 반대해 남방 지역인 후저우(胡州) 태수로 좌천되는 길에 쓴 시로 과중한 세금으로 인해 진흙 속 물고기를 억지로 뭍으로 끌어내고, 병아리 키우듯 애지중지 기른 물고기도 잡아 바쳐야 하는 어부의 모습을 통해 신법의 폐단을 지적했다.

길 닿지 않는 먼 곳으로 사라져 버린 것이다. 이제는 동물원에 가거나 다큐멘터리를 보는 방법 말고는 이 새를 탐구할 방법이 없는데, 이런 방법으로는 사다새의 자연스러운 아름다움을 느끼기 어려우니 아무래도 갈증이 난다. 그런데 왜 사람들은 사다새를 인공사육할 생각을 안 할까? 인공사육한 후 다시 자연으로 돌려보내면, 그 얼마나 아름답겠는가…….

《삼국지》의 〈위서魏書·문 제기文帝紀〉 편을 보면, 그 당시만 해도 사다새를 행운의 새로 여겼다는 것을 알 수 있다.

5월에 사다새가 영지(靈芝)라는 연못에 모여들어 나라가 흥할 것을 알렸다.

夏五月, 有鵜鶘鳥集靈芝池.

과거 행운의 상징이었던 새가 지금은 먹보의 아이콘이 되었으니, 사다새의 위상이 눈 깜짝할 사이에 땅에 떨어진 셈이다. 그러나 정이 넘치는 사다새는 이런 사실을 까맣게 모른다. 부부의 연을 맺으면 원앙새처럼 평생 함께 사는 사다새는 아마 이 세상에서 가장 정이 많은 새일 것이다. 틈만 나면 서로 싸우는 인간과 비교하면, 사다새는 참 아름다운 마음씨를 가진 새다. 그래서 당나라 시인 원진元稹도 시 〈독여獨遊〉를 통해 사다새를 노래했다.

이런 벽지에서는 길동무를 마주치기 어려워,

나 혼자 한가로이 길을 나섰네.

산에 올라가 늙은 까치가 안내해 주는 길 따라 걷고,

꾀꼬리 노랫소리 들으며 술도 마셨다네.

산속에는 월나라 미인 서시(西施)보다 아리따운 꽃들이 곳곳에 피어있고,

연못은 청렴하기로 유명한 진나라 선비 위계(衛玠)보다도 맑았지.

고요한 산 중에는 화창한 봄날의 들판을 가득 메운

사다새의 짝 찾는 울음소리만 들렸다네.

遠地難逢侶, 閑人且獨行.

上山隨老鶴, 接酒待殘鶯.

花當西施面, 泉勝衛玠清.

鵜鶘滿春野, 無限好同聲.

황새

덩치 큰 소방대원

鸛

나는 항상 황새를 별 개성 없이 덩치만 커다란 새라고 생각해왔다. 그나마 이런 이미지도 어렸을 때 부모님과 함께 동물원에서 황새를 본 덕에 생긴 것이지, 진짜 야생 황새는 한 번도 본 적이 없었다.

그러다 초등학교에 입학한 후 당나라 시인 왕지환王之渙의 시 〈등관작루登鸛雀樓〉를 배우고, 암송하는 과정에서 황새에 대한 정보를 얻었다. 국어 선생님께서 시를 가르쳐 주시면서 황새의 모습과 습성도 잘 설명해 주신 덕분이다.

그 후 1980년대 말에 텔레비전이 보급되면서, 애니메이션을 통해 유럽의 황새 이야기를 접하게 되었는데, 그 지역 황새는 굴뚝 옆에 둥지를 짓고 살며 아기도 물어다 주는 모양이었다.

그 밖에도 《그림동화》와 《안데르센동화》를 통해서도 황새에 대한 정보를 얻을 수 있었는데, 그 책 속 여러 새 사이에서 우뚝 서 있는 '군계일학' 같은 황새의 모습을 그린 멋진 삽화는 지금도 기억이 난다.

황새는 언덕에서 울고,

아내는 집에서 탄식만 하고 있었다네.

鸛鳴於垤, 婦嘆於室.

〈빈풍(豳風) · 동산(東山)〉[128]

삼천 년 전과 달리 지금은 황새를 보기도 어렵고, 인구밀도가 높은 중국 동부, 남부 지역은 아예 황새가 살기 부적합한 지역이라고도 볼 수 있다. '언덕 위에

128 관숙(管叔), 채숙(蔡叔) 등이 동쪽에서 반란을 일으켜 주공이 이를 진압하러 갔던 '주공의 동정(東征)' 시대를 배경으로 군역에 동원된 백성이 가족과 집을 그리워하는 내용을 담고 있다.

서 황새가 우는 풍경'이 어떤 것이었나 궁금하다면 이제 《시경》의 시를 통해 상상해 보는 수밖에 없다.

두루미와 비슷하게 생긴 이 덩치 큰 새는 한때 중국의 산시성陝西省과 싼시성山西省 등 오르도스 지역에 많이 살았지만, 지금 이 지역의 생태계는 차마 눈 뜨고 볼 수 없을 정도로 엉망진창이고, 요즈음에는 초미세먼지까지 극성이니 새들도 GPS가 없으면 자유롭게 날아다닐 수 없는 지경이 되었다.

황새는 덩치가 크고 몸무게도 많이 나간다. 그래서 제 몸을 숨길 수 있는 둥지를 틀려면 사람의 시선이 닿지 않는 은밀하면서도 넓고 큰 장소가 필요하다. 최적의 선택지는 바로 늪이나 습지다.

해는 첩첩산중 속으로 서서히 사라지고,
황허는 큰 바다를 향해 동쪽으로 흘러가네.
천 리 바깥의 풍경을 한눈에 담으려거든,
한 층 더 높은 곳으로 올라가야 한다네.
白日依山盡, 黃河入海流.
欲窮千裏目, 更上一層樓.

왕지환의 〈등관작루〉

이 시 속의 풍경이야말로 황새가 바라는 이상적인 거주지다. 이렇게 황새의 마음을 잘 표현한 시 덕분에 왕지환은 〈등관작루〉 한 수만으로 지난 몇천 년 동안 뛰어난 시인이라 회자된다. 관작루라는 누각은 지금 중국 싼시성 융지시永濟市의 푸저우 고성유적지蒲州古城遺址 서쪽에 있는 황허 강기슭에 있는데, 사실은 후대

사람들이 만들어낸 모조품이다. 그러나 당나라 시인 최호崔顥가 시 〈황학루黃鶴樓〉를 통해 칭찬했던 후베이성의 황학루처럼 멋지고, 왕발王勃이 시 〈등왕각滕王閣〉을 지어 칭송했던 장시성江西省의 등왕각처럼 빼어난 누각이다. 옛 황새 이야기 중에서도 이 지역에 얽힌 이야기는 핵심 중의 핵심이다. 온 세상이 평화로웠던 옛날에는 황새들이 이곳에서 둥지를 틀고, 황허의 갯벌이 제공하는 풍부한 먹이를 먹고 살았다고 한다. 그래서 많은 당나라, 송나라 문인들이 이 지역을 주제로 아름다운 시와 글을 쓸 정도로 물질적으로도, 문화적으로도 풍요로워 한때 전국에서 가장 많은 사람의 부러움을 사는 곳이었다.

한편, 고대의 한의사들은 황새의 몸뚱이는 어떤 부위든 질병을 고칠 수 있다며 약으로 쓰기도 했다. 그러나 혹시 나쁜 마음을 먹는 사람이 있을지도 모르니 이 내용은 깊이 다루지 않도록 하겠다. 그래도 황새에 대한 여러 가지 신비롭고 신기한 이야기는 알려드리고 싶다. 예를 들면 춘추시대에 살았던 사광이라는 인물이 저술한 《금경》의 기록 같은 것 말이다.

황새는 새끼를 세 마리 낳는데,

그중에 한 마리는 학으로 태어난다.

鸛生三子, 一為鶴.

유전학에 반하는 엉터리 주장이지만 사광의 본업이 음악가였다는 점을 생각하면 이해는 간다. 이렇든 《금경》은 황새의 결혼생활에 대해 경술한 기록을 남겼지만, '조류 관찰 보고서'의 시초라는 점에서는 큰 의미가 있어 지금도 소중히 보존·관리되고 있다.

동진시대의 유명한 도술 연구가 왕가王嘉가 쓴 괴담집 《습유기拾遺記》에는 황새에 관한 이런 기록도 있다.

황새는 물 위에 둥지를 짓고 모여 산다.

그래서 사람들은 황새가 많은 곳에서 살아야 화재를 물리칠 수 있다고들 한다.

鸛能聚水巢上, 故人多聚鸛鳥以禳卻火災.

황새가 고대에는 소방대원의 역할을 했다는 기록이다. 한편

이 기록의 핵심은 화재 진압보다 더 중요한 '화재를 미리 방지하는' 능력을 황새가 가지고 있었다는 점이다. 주나라시대 제후국 중 하나였던 촉국蜀國의 문화를 엿볼 수 있는 진사 유적지金沙遺址에서 풍수지리 전문가인 지관地官이 사용한 방향기인 천반天盤이 출토된 적이 있는데, 이 천반에 황새 문양이 새겨져 있었다. 이 그림과 둥그런 천반을 보고 학자들은 '황새가 태양 주위를 돌면서 비가 오기를 기원하는 것'이라고 분석했는데, 《습유기》의 기록과 일맥상통하는 측면이 있다.

위나라 시인 왕찬王粲이 조조가 군벌 장로張魯를 토벌할 때의 위용을 칭송한 〈종군시從軍詩·오수五首〉에는 "가을 매미는 나무 위에서 울고, 황새와 고니는 하늘에 닿을 듯 높이 날아다니네寒蟬在樹鳴, 鸛鵠摩天遊"라는 구절이 있다. 이 덩치 큰 새가 얼마나 높이 비행하는지 알 수 있는 대목이다. 그런데 창공을 나는 매는 늠름하고 씩씩한 이미지인데, 창공을 가르며 비행하는 황새는 어딘지 모르게 유유자적하며 여유를 즐기는 듯한 시적인 느낌을 준다. 이제 우리 주변에서는 이런 풍경을 쉽게 찾아볼 수 없게 되었지만, 황새는 다른 나라에도 많이 살고 있으니 외국에서는 볼 수 있을지도 모른다. 예를 들어, 아프리카에 사는 아프리카대머리황새는 키가 1.5미터나 되는 황샛과 새 중에 가장 큰 새로 덩치도 거의 인간 소년만 하다. 이 녀석들은 요즘 잘 지내고 있을까? 또 다른 황샛과 새로는 홍학이 있는데, 다행히 아직 개체 수가 많은 새다. 중국 국영방송 CCTV의 동물 다큐멘터리 프로그램 〈동물의 세계動物世界〉의 오프닝 장면 중 가장 유명한 것이 바로 수도 없이 많은 홍학이 물길을 헤치며 먹이를 찾다가, 갑자기 놀라 날개를 펼치고 하늘로 날아오르는 모습인데, 그 장면이 정말 장관이다.

황새는 잘 울지 않는 새다. 대개 '꾸룩꾸룩' 하는 낮은 소리만 내지만 짝짓기를 할 때는 큰 부리를 아래위로 부딪치며 '딱딱' 하는 소리만 낸다. 또 황새는 수

더분한 새다. 얼마 전 인터넷에서 본 넓적부리 황새의 모습만 봐도 그렇다. 둥그런 눈에 커다란 부리가 무시무시하게 생긴 이 넓적부리 황새가 길을 걷고 있는데, 눈치코치 없는 오리 한 마리가 나타나 길을 가로막지 뭔가? 넓적부리 황새는 기세등등하게 거대한 부리를 오리에게 들이밀고 덥석 오리를 물더니……살포시 오리를 길가에 내려놓았다……. 정말 오금이 저리는 장면이었다.

鵲

어슴푸레한 하늘을 헤치고 날아가는 새

때까치

베란다에 서서 우리 아파트 단지의 연못과 나무를 보고 있으면 가끔 후투티, 물총새, 때까치 같은 보기 드문 새들을 구경하는 기쁨을 누릴 수 있다. 사람 발걸음 소리가 들리면 금세 도망가 버리는 탓에 이 새들이 어떻게 사는지 꼼꼼히 관찰해 볼 수 없다는 점이 참 아쉽다. 옛날에는 '격鶪'이라는 이름을 가졌던 때까치도 그중의 하나다.

때까치는 몸집이 자그마한 새로 참새보다는 예쁜 털빛을 가졌지만 그래도 별로 사람 눈길을 끌 만한 매력은 없다. 자주 볼 수 없는 새라서 관심을 가지게 된 것이지, 아마 흔하게 접할 수 있는 새였다면 내가 이렇게 주의 깊게 관심 가지지도 않았을 외모의 새다. 심지어 나뭇가지 위에 앉아 조용히 이곳저곳을 두리번거리는 때까치 외에는 제대로 본 기억도 없다.

그러나 참새와 생김새만 비슷할 뿐, 때까치는 사나운 새다. 그래서 참새와 때까치는 완전히 관심사가 다르다. 또 나뭇잎 사이로 비친 번쩍번쩍한 햇빛이 몸에 반사되어도 때까치는 참새처럼 푸드덕거리며 멋진 춤사위를 보여주지 않는다. 이렇듯 내가 알고 있는 때까치는 참새와 달리 명랑하거나, 재미있는 새는 아니었다.

7월은 때까치 울고, 8월에는 실을 잣네.

七月鳴鶪, 八月載績

〈빈풍(豳風)·칠월(七月)〉[129]

책을 보니 중국에는 총 11종의 때까치가 살고 있는데, 대부분 철새라고 한다. 그래서 〈빈풍·칠월〉 속 화자는 때까치를 보고 새로운 계절이 다가왔음을 알

129 음력 7월부터 시작하여 사계절 자연풍광의 변화와 농노의 삶을 세밀하게 묘사했다.

아차린다. 이렇듯 옛날 백성들은 때까치를 보고, 그 계절에 맞는 일을 해야 한다는 것을 깨닫곤 했다. 베란다에 서서 때까치를 구경만 하는 나와는 판이한 삶을 살았던 것이다. 그런데 일부 귀족이나 문인들 눈에 때까치는 본받을 점이 없는 새였던 듯하다. 그래서 조조의 셋째 아들이자 위나라 시인 조식曹植은 시 〈영금악조론令禽惡鳥論〉[130]에서 이렇게 꼬집었다.

> 때까치는 5월이 되니 '격격' 하며 우는 것뿐이며…(중략)
>
> 울음소리도 본디 그러하다네.
>
> 伯勞以五月而鳴…其聲鶪鶪然.

고대 중국에서는 때까치가 '격격' 하며 운다고 해서 '격鶪'이라고 불렀다. 이런 때까치의 울음소리만 듣고 이 새가 좋은 새인지, 나쁜 새인지를 판단하기는 어렵다. 생물학적으로 보면, 때까치는 조강鳥綱 참새목에 속하는 초소형 맹금이라서 부리 힘이 아주 세다. 특히 부리 끝이 살짝 구부러진 것이 척 보기에도 확실히 범상치 않아 보인다. 그래서인지 뱀도 때까치 앞에서는 맥을 못 추고 먹이가 되고 만다.

때까치는 나뭇가지 위에 죽은 뱀을 꽂아놓는 행위 예술을 벌이는데 종종 사진으로도 이런 장면을 접할 수 있다. 이 새는 사나울 뿐만 아니라 똑똑하기까지 해서, 먹이를 저장할 줄 모르는 대부분의 새와 달리 때까치는 작은 동물의 사체를 나뭇가지에 꽂아 말려둔다. 이런 때까치의 습성을 보고 옛사람들은 때까치를

130 삼국시대에는 때까치가 울면 흉조가 든다는 미신이 퍼졌다. 이에 조식은 글 〈영금악조론〉을 통해 때까치는 자연의 이치에 따라 우는 것일 뿐이며, 길흉화복과는 무관하다며 우매함을 꼬집었다.

포악한 새라고 생각했다. 자기 집에 그득하게 보관 중인 육포는 생각지도 않고 말이다.

다행히 때까치의 주식은 곤충이라서, 아주 많은 식물이 때까치 덕에 곤충의 피해를 받지 않고 산다. 생물학자들의 연구에 따르면, 때까치는 초원이나 목장처럼 탁 트인 곳에서 사는 것을 좋아하는데 시대가 변함에 따라 때까치의 거주 환경에도 많은 변화가 생겼다. 엎친 데 덮친 격으로 사막화와 시골 마을의 도시화가 빨라지면서 때까치의 생활 반경은 날로 좁아지는 추세다.

어쩌면 이 소란스러운 시대 덕에 내가 우리 집 베란다에서 이 작은 선물 같은 새를 구경할 수 있는 것은 아닐까? 덩치는 작아도 개성은 강한 때까치는 자유를 사랑하는 새다. 그래서 참새, 까마귀, 구관조와 달리 항상 인간과 멀지도, 가깝지도 않은 거리를 유지한다. 어차피 그 편이 먹이를 육포로 만들어 저장하는 데도 좋기 때문이다. 사랑하는 사람에 대한 그리움을 초봄부터 늦가을까지 계절의 변화에 맞춰 묘사한 남북조시대의 작자 미상 민요 〈서주곡西洲曲〉에도 자유로운 때까치를 노래한 부분이 있다.

해가 뉘엿뉘엿 넘어가니 때까치마저 날아가 버리고,

스산한 밤바람만 오구나무를 스치네.

日暮伯勞飛, 風吹烏臼樹.

시의 화자는 적막감만이 감도는 밤하늘을 날아가는 자그마한 때까치의 그림자가 마치 거대한 점처럼 보인다고 한다. 그러나 사람 눈에 띄고 싶은 생각이 전혀 없는 때까치는 어슴푸레한 하늘을 헤치고 순식간에 날아가 버린다. 그런데도

옛사람들은 사람 눈을 피해 조용히 살고 싶어 하는 새를 주제로 감동 스토리를 만들어내기도 했다. 주 선왕시대에 어질기로 유명한 신하인 윤길보尹吉甫라는 사람이 있었는데, 후처의 중상모략에 속아 넘어가 전처소생의 아들 백기伯奇를 죽이고 말았다. 이 소식을 들은 백기의 동생 백봉伯封이 서글피 울자, 윤길보도 그 울음소리를 듣고 아들을 죽인 것을 후회하고 있었다. 그런데 어느새 한 새가 나뭇가지에 앉아 '격격' 하며 울기 시작했고, 윤길보는 그 새를 보고 "거기 근심하는 것이 백기더냐伯奇勞乎?"라고 물으며, "만약 백기라면 내 마차 위로 올라오거라!"라고 했더니 정말로 그 새가 마차 위로 올라왔다. 그래서 중국에서는 백기의 이름과 근심한다는 뜻의 한자 '노勞'를 합쳐 '근심하는 백기'라는 의미로 때까치를 '백로伯勞'라 부른다. 그런데 내가 보기에 이 이야기는 현명하고 덕망 높은 신하라는 주인공의 허물을 들추기 위해서 만들어진 것 같다. 인간성을 상실했는데 어떻게 덕망 높은 신하가 될 수 있었을까?

부부나 연인이 이별했을 때 쓰는 사자성어인 '노연분비勞燕分飛'에도 슬픈 이야기가 얽혀있다. 사실 이 사자성어는 시와 글에도 탁월한 재능을 보인 양 무제梁武帝가 쓴 시 〈동비백로가東飛伯勞歌〉에서 비롯되었다.

때까치는 동쪽으로 제비는 서쪽으로 날아가면,

견우와 직녀는 이때쯤에나 만나리.

문 앞에 뉘 집 딸인지 웅크리고 앉아 있는데,

그 모습 환하고 아리따워 방 안까지 비추네.

東飛伯勞西飛燕, 黃姑織女時相見.

誰家女兒對門居, 開顔發艶照裏閭.

이 시 속에서 각자 다른 방향으로 제 갈 길을 가는 때까치와 제비는 영원히 서로 떨어져 지내야 하는 견우와 직녀를 상징한다. 사실 때까치와 제비는 아무 연관성이 없다. 그런데도 이별의 슬픔을 나타내는 상징이 된 것은 인간이 제 슬픈 감정을 때까치와 제비에 투영해서 그런 것뿐이다.

비록 〈빈풍·칠월〉에도 때까치가 등장하기는 하지만, 그 분량이 너무 적다. 후대에 만들어진 때까치에 관한 여러 에피소드도 이 시에 넣어줬다면 《시경》 속 때까치의 지위는 분명 지금보다 더 높고, 고귀했을 텐데 말이다. 그러면 아마 때까치도 "나는 《시경》에 나오는 새다!"라며 뻐기고 다니며 만족했을 텐데 말이다…….

솔직히 《좌전》의 〈선공宣公·선공 17년宣公十七年〉 편에 나오는 때까치처럼 뭔가를 상징할 때만 사용될 뿐, 때까치와 옛사람의 일상은 별 연관성이 없다.

백조씨, 즉 때까치는 하지(夏至)부터 동지(冬至)를 관장하는 자리네.[131]

伯趙(即伯勞)氏, 司至者也.

하늘 세계에서는 때까치가 하지부터 동지까지의 계절을 관장하는 신선이었다는 뜻의 문장이다. 때까치는 하지부터 신나게 울다가 동지가 되면 소리소문 없이 사라지기 때문이다. 그런데 요즘처럼 절기가 뒤죽박죽된 세상에서는 제때가 되어도 때까치의 모습을 찾아보기 어렵다. 너무나 많은 것들이 우리가 만들어낸 초미세먼지 장벽에 가로막혀 버린 탓이다.

131 중국 고대 전설에 따르면, 황제(黃帝)의 아들이자 소호씨(少昊氏)의 부족은 새를 토템으로 섬기고 관직 이름으로 삼았다. 그래서 때까치의 중국어 이름인 '백로'의 이름을 딴 관직 '백조씨'라는 관직이 있었다고 한다.

鴟鴞

길조이자 흉조인 색맹 예언가

올빼미

처음 올빼미를 본 것은 10살 남짓 되었을 때였다. 내가 살던 허페이 쯔펑산 북쪽에 있는 한 시골 중·고등학교 선생님들이 잡아 온 올빼미였는데, 선생님들은 산속에 살던 올빼미가 상처를 입은 탓에 사람에게 잡힌 것이라고 알려주셨다.

괴상하면서도 귀엽게 생긴 그 자그마한 올빼미에게 나는 순식간에 홀딱 빠져버렸다. 학교 선생님이 올빼미의 두 발을 꼭 붙잡고 있어서 녀석은 반항도 하지 못하고 머리만 왼쪽, 오른쪽으로 휙휙 돌려댔는데, 마치 우리를 관찰하는 것 같았다. 또 그 어떤 새보다 큰 올빼미의 초롱초롱한 두 눈에서는 생기가 느껴졌다.

그 후 지금 이때까지 살아 있는 올빼미는 동물원에서나 이따금 봤을 뿐이다. 그래서 올빼미에 대한 정보는 동화나 잡지를 통해서 얻을 수밖에 없었는데, 그중 하나가 바로 유럽에 사는 원숭이올빼미라는 새는 인간과 친밀하게 지낸다는 아주 재미난 이야기였다. 한편, 대부분의 올빼미는 고독과 쓸쓸함을 즐기는 새다.

올빼미야, 올빼미야.

내 새끼 이미 잡아갔으니,

내 둥지마저 부수지는 말아라.

鴟鴞鴟鴞,

旣取我子,

無毁我室.

〈빈풍·치효(鴟鴞)〉[132]

132 올빼미에게 새끼를 빼앗겼지만, 다시 둥지를 짓기 위해 노력하는 어미 새의 모습을 그렸다. 후대 학자들은 이를 두고 주공(周公)이 주 성왕에게 어미 새처럼 왕실을 잘 보전할 것을 충고한 시라고 해석했다.

올빼미가 악당 역할을 맡은 이 시를 보면, 옛사람들은 올빼미를 흉조로 취급했던 것 같다.

그런데 사실 학자들의 연구에 따르면, 고대 상나라 사람들은 상나라를 세운 시조 설契의 어머니인 간적簡狄이 '검은 새玄鳥의 알', 즉 올빼미 알을 먹고 설을 잉태했다는 전설을 만들어낼 정도로 올빼미를 숭배했다. 어떤 사람들은 간적이 먹었다는 검은 새의 알이 제비 알이라고 주장하기도 하지만, 갑골문자를 보면 상나라의 '상商'이라는 글자가 올빼미의 형상을 쏙 빼닮았고, 또 그 밖에도 당시 치러졌던 제사나, 제문 등을 보면 상나라 사람들은 제비가 아니라 올빼미를 우러러봤던 것을 알 수 있으니, 이 검은 새의 알은 올빼미 알일 가능성이 더 크다.

올빼미를 모티브로 삼은 예술품 중 가장 역사가 오래된 것은 상나라 임금 무정武丁의 아내이자, 중국 최초의 여장군이었던 부호婦好의 묘에서 출토된 올빼미 모양 옥 장신구다. 이 여장군은 살아생전 머리가 초록빛이 감도는 검은색 올빼미 모양의 납작한 옥을 몸에 지니고 다녔다. 뾰족한 부리에 동그란 눈을 하고, 초승달 모양의 가느다란 눈썹까지 가진 올빼미가 곧게 서 있는 모습을 쏙 빼닮은 옥 장신구를 왕후이자 장군인 부호가 목에 걸고 다녔던 것을 보면 분명 올빼미는 행운을 상징하는 새였다.

올빼미가 흉조로 취급되게 된 것은 주나라 이후부터였다. 아마 그때부터 올빼미가 살기 좋은 환경이 조성돼서 개체 수가 너무 많이 늘어나 결국 인간에게 피해를 준 탓일 것이다. 그렇지 않았다면 어떻게 한 왕조 대대로 신성한 새로 추앙받았던 올빼미가 한순간에 불길한 새로 전락했겠는가? 그 후 한나라 때부터는 아예 위상이 땅에 떨어져, 내가 다 안타까울 정도다. 예를 들어 창사長沙로 귀양 간 한나라 대문호 가의賈誼가 죽음을 알리는 새를 봐서 불안한 마음을 달래고 싶다며 쓴 산문 〈복조부鵩鳥賦〉의 '복조'가 바로 올빼미다. 이 글의 서문만 봐도 당시 올빼미가 어떤 이미지의 새였는지가 확연히 드러난다.

복조 한 마리가 내 거처에 날아들었다.

복조란 올빼미를 닮은 불길한 새다.

有鵩飛入誼舍.

鵩似鴞, 不祥鳥也.

옛사람들은 어떤 사건을 미리 알려주는 징조를 매우 중요하게 생각했다. 그러니 이런 사회적 풍조 하에서 불길한 징조를 알리는 새로 낙인찍힌 올빼미의 삶은 비참하기 이를 데 없었다. 한때 검은 고양이를 증오해서 어떻게든 검은 고양이를 없애려고 했던 유럽 사람들의 예를 생각하면 그 당시 올빼미의 처지가 얼마나 딱했는지 쉽게 짐작할 수 있다.

그래도 나는 아주 어릴 때부터 올빼미는 주로 쥐 등을 잡아먹고 사는 이로운 새라는 사실을 알고 있었다. 심지어 고대 그리스인들은 올빼미를 지혜의 여신 미네르바만큼 지혜로운 동물이라고 생각해서, 미네르바의 반려동물이자, 예언자 역할도 올빼미에게 맡겼다. 또 일본 사람도 올빼미를 좋아하고 길조라고 생각해서, 나가노 동계올림픽의 마스코트도 올빼미일 정도다.

뭐니 뭐니 해도 가장 재미있는 것은 영국 사람들이다. 옛날 영국인들은 올빼미 알을 태워 재를 만들어 눈에 바르면 시력이 좋아진다고 믿었다. 실제로 올빼미는 야간 시력이 아주 좋은데, 사람보다 100배는 뛰어나다고 한다. 어쩌면 옛 영국인들은 올빼미의 이런 특징에서 '영감'을 얻었는지도 모른다. 또 올빼미 고기 수프를 마시면 기침이 멎는다고 믿었다고 한다. 그런데 신기하게도 옛 영국인들의 이런 생각은 고대 중국 한의학자들의 주장과 똑같다. 그렇다고 해서 올빼미 수프를 끓여 마실 생각은 하시지 말길 바란다. 지금은 보호동물로 지정된 새니까 말이다.

가장 최근 '살아 있는' 올빼미를 본 것은 영화 〈해리포터Harry Potter〉를 통해서였다. 신비로운 편지를 물고 온 귀여운 집배원 올빼미가 날개를 푸드덕푸드덕 거리면서 마법학교 식탁에 우편물을 툭툭 던지는 장면을 아주 좋아한다. 올빼미는 밤에 활동하는 동물이라 독특하게 생긴 두 눈만큼 비상한 감지력을 가지고 있다. 그래서 사람들은 이런 올빼미의 특징을 가지고 상상의 나래를 펼치고, 과장하기를 즐긴다.

고대 구이린桂林 지역 사람들은 올빼미를 잡아다 길들여 고양이처럼 쥐를 잡게 했다고 한다. 맹금의 일종인 올빼미를 잡아서 길들이려면 엄청난 노력이 필요했을 텐데, 차라리 고양이를 키우는 것이 낫지 않았을까? 나 같은 현대인은 잘 이해가 가지 않는 부분이다. 그런데 올빼미 한 마리가 매년 1,000여 마리의 쥐를 잡아먹는다는 최신 통계를 보니, 확실히 효율성 측면에서는 고양이보다 올빼미를 길들여 쥐를 잡는 것이 나았을 것 같기도 하다.

올빼미는 극지를 제외한 전 세계 모든 곳에서 살 정도로 다양한 종이 있다. 여러 종의 올빼미 중에서 문학작품에 가장 자주 등장하는 올빼미는 앞서 거론한 원숭이올빼미고, 세상에서 가장 신기한 올빼미는 아프리카에서 사는 눈빛만으로 사냥감을 잡는 올빼미다. 이 올빼미는 두 눈에서 손전등 불빛 같은 빛이 번쩍번쩍 나고, 이 빛이 사냥감 몸에 닿으면 그 동물은 꼼짝도 못하게 된다고 한다. 그런데 한 가지 우스운 사실이 있다. 비상한 두 눈을 가진 모든 올빼미는 사실 색맹이다.

倉庚

새와 인간, 우리의 영혼은 하늘의 것

꾀꼬리

"꾀꼬리 두 마리가 버드나무에 앉아 정답게 울고, 백로 일행은 푸르른 창공을 향해 날아가네兩個黃鸝鳴翠柳, 一行白鷺上青天"라며 자연의 아름다움을 노래한 두보의 시 〈절구絶句〉는 1970년대에 초등학교를 다녔던 사람이라면 국어시간에 반드시 외워야 하는 시였다. 국어책에 이 시와 함께 실려 있던 꾀꼬리 삽화도 기억나는데, 그 모양새가 새 이름만큼이나 곱고 예뻤다. 그런데 왜 옛날에는 꾀꼬리를 '창경倉庚'이라고 불렀을까? 그 어떤 이미지도 연상되지 않는 무미건조한 이름이다.

꾀꼬리는 참새처럼 흔히 볼 수 있는 새는 아니다. 어쩌다 가끔 저 멀리 나뭇가지 사이에서 구성지게 노래하는 꾀꼬리를 볼 수 있는 정도다. 그래서 지난 몇십 년 동안 나도 한 번도 제대로 꾀꼬리를 본 적이 없다. 딱 한 번 허페이 화충공원花沖公園 근처 중고 책 골목 주변을 거닐다가 우연히 새 장수가 새장에 넣어 파는 꾀꼬리를 봤을 뿐이다. 새장에 가까이 다가가 들여다보니 꾀꼬리와 시선이 마주쳤지만, 그 꾀꼬리는 심드렁한 모습이었다.

새장 속의 꾀꼬리는 진정한 꾀꼬리가 아니다.

꾀꼬리는 지저귀고,

아가씨들은 해쑥을 수북이 따네.

倉庚喈喈, 采蘩祁祁.

〈소아·출거(出車)〉[133]

133 주 선왕 집권 초기에 주나라를 공격하던 북방 이민족을 남중(南仲)이 토벌하는 것을 기리는 시로 위풍당당한 남중 장군 덕에 나라가 평화로워졌다고 노래했다.

이토록 다양한 생물이 지구상에 살 게 된 것은 자연의 법칙 덕분이라고 보기보다는 신의 조화라고 보는 것이 더 적절하다. 단순한 형태의 유리병 하나를 만드는 데도 큰 노력이 들어가는 걸 보면, 자연이 어찌어찌한 덕분에 이렇게 아름다운 생물들이 탄생했다고 보기는 어렵다.

꾀꼬리도 분명 신의 조화이자, 신이 내린 선물 중의 하나다. 그렇지 않고서야 이렇게 정교하고 아름다울 리가 없다. 모든 새뿐만 아니라 개미나 구더기도 다 정교하게 만들어지기는 했지만, 꾀꼬리는 확실히 다른 동물보다 월등히 아름답다. 외모만 예쁜 것이 아니라 그 목소리도 아름답다.

명나라 사학자 왕세정王世貞이 한나라부터 원나라 때까지 실존했던 다양한 인물들의 일화와 사건 등을 정리한 《세설신어보世說新語補》에는 남북조시대에 살았던 풍류가 대용戴墉에 관한 이야기가 나온다. 이 선비는 지금의 장쑤성 전장시鎭江市의 난산南山이라는 산에 은거하고 있어 '난산의 4대 천재'라는 별명을 가지고 있었는데, 매년 봄이 되면 "두 손에 귤과 술을 들고攜雙柑, 鬥酒" 유랑을 하곤 했다고 한다. 그런 그에게 사람들이 어디로 가냐고 물으면 그는 목적지는 말하지 않고 "꾀꼬리 노래 들으러 간다오往聽黃鸝聲"라고 답했다고 한다. 요즘으로 치면 '감성 청년'이 할 법한 일이다. 하지만 혼란스럽고도 낭만적이었던 그 시절에는 이런 행동을 '성정이 풍부하다'라고 표현했다.

그저 이 선비가 말한 것처럼 고아하게 표현하지 못했을 뿐이지, 사실 대용의 봄놀이는 우리도 다 한 번쯤 해 봤던 일이다. 나의 경우, 누나와 함께 자주 북쪽에 있는 강과 숲이 어우러진 곳으로 봄 소풍을 갔었다. 그곳에는 식물만큼이나 새와 물고기도 많아서, 어느 곳에서든 다양하고 아름다운 자연의 소리를 즐길 수 있었다. 시원한 바람과 푸른 나뭇잎 사이로 '쿠-쿠-리-쿠-쿠', '호-포-쿠'라며 지저귀는 꾀꼬리의 노랫말도 들려오는 훌륭한 곳이었다.

그런데 그곳도 서서히 개발되면서 지금은 여러 예술가가 입주한 공간으로 탈바꿈했다. 꾀꼬리가 노래하는 곳에 예술가나 감성 청년은 필요 없는데, 정말 아쉬운 일이다.

항저우杭州에 있는 호수 시후西湖 동쪽에도 버드나무가 우거지고, 꾀꼬리가 노래 부른다는 뜻의 이름을 가진 '류랑문앵柳浪聞鶯 공원'이 있다. 나도 2002년 여름에 이 공원에 가봤지만, 아쉽게도 그날은 관광객이 너무 많아서 꾀꼬리를 보기는커녕 꾀꼬리 소리도 듣지 못하고 돌아왔다. 속된 사람들이 몰려오면 제아무리 자연 풍광이 빼어난 시후라고 한들, 고아한 기상을 가진 꾀꼬리는 뒤도 돌아보지 않고 떠나가 버리나 보다. 어떤 시인은 이런 꾀꼬리를 의인화해서 산뜻하고 때묻지 않은 모습으로 그려내기도 했다.

작은 소녀가 지지배배 노래하네,

그 노랫소리 꽃가지 너머로 드문드문 들려오네.

啞咤人家小女兒,

半啼半歇隔花枝.

두보는 시 〈투앵鬥鶯〉을 통해 꾀꼬리를 예쁘고 깜찍한 소녀에 비유하며, 풋풋하고 향긋한 향기를 풍기는 새로 묘사했다. 또 꾀꼬리는 풀, 잎, 가지 등을 물어와서 자루 모양의 둥지를 나무 위에 짓는데, 옛사람들은 이런 꾀꼬리의 둥지 짓기 기술도 아주 높이 샀다. 그래서 여염집 규수들한테도 시집을 잘 가려면 꾀꼬리처럼 손 솜씨가 좋아야 한다는 말도 했다.

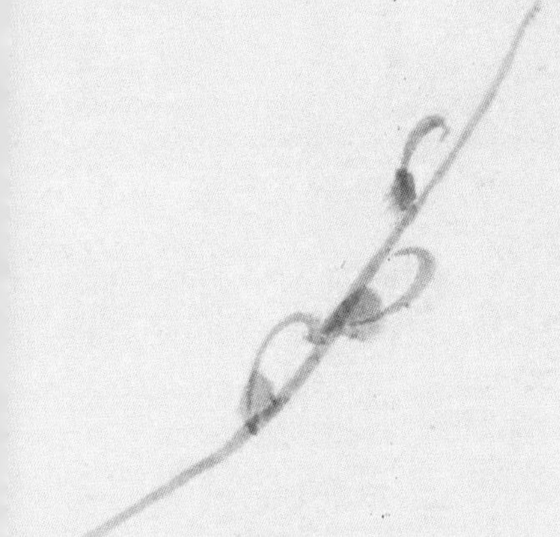

"무더운 여름 나무 그늘 사이로 꾀꼬리 노래하네夏木陰陰囀黃鶯"[134] "꾀꼬리가 나무 위에 앉아 구성진 노래를 부르는 곳隔葉黃鸝空好音"[135] 같은 시구만 봐도 알 수 있듯 꾀꼬리의 목소리는 시인들의 사랑을 한몸에 받았다. 우리도 노래 잘하는 사람을 '꾀꼬리 같다'라고 칭찬하는데, 내 여동생도 어렸을 적에는 이런 칭찬을 많이 받았다. 특히 내 여동생은 한때 타이완 대학가에서 유행했던 〈달팽이와 꾀꼬리蝸牛與黃鸝鳥〉라는 노래를 음력 정월 초하루 때 열렸던 모임에서 불러 큰 칭찬을 받은 적이 있다.

무거운 껍데기를 이고 가는 달팽이,
한 발자국, 한 발자국, 앞으로 기어가네.
나무 위에 있던 두 마리 꾀꼬리,
깔깔깔 웃으며 달팽이를 놀리네…(중략)
蝸牛背著那重重的殼呀, 一步一步地往上爬.
阿樹阿上兩只黃鸝鳥, 阿嘻阿嘻哈哈在笑它.

꾀꼬리가 나쁜 이미지로 그려지는 경우는 보기 드물지만, 노력하는 달팽이를 비웃는 이 가사 속 꾀꼬리는 치사하다. 그러나 그날 내 여동생의 여린 목소리 덕분에 악당 같은 꾀꼬리의 이미지는 다소 누그러졌고, 오히려 귀여운 단점처럼 느껴졌다.

134 송나라 문인 갈립방(葛立方)이 지은 시 〈위경숙자청양기시일권이음주과핵효미팽차재(衛卿叔自青暘寄詩一卷以飲酒果核殽味烹茶齋)〉에 나오는 시구다.

135 두보가 제갈량을 기리기 위해 쓴 시 〈촉상(蜀相)〉의 시구로 제갈량의 사당에 꾀꼬리 말고는 찾는 이가 없어 슬퍼하는 내용이다.

꾀꼬리는 중국에서 '황잉黃鶯'이라는 이름으로도 불리며, 종종 사람 이름으로도 쓰인다. 예를 들면, 일본 제국주의에 맞서 싸우던 항일전쟁 시기에 일본군과의 공중전에서 장렬하게 전사한 조종사 '황잉'도 있고, 또 왕자웨이王家衛 감독의 영화 〈열혈남아旺角卡門〉에서 남자 주인공의 류더화劉德華의 전 여자 친구로 나오는 여배우 '황잉'도 있고, 지금도 왕성하게 활동 중인 더빙 성우 중에도 '황잉'이 있다.

나는 이 세상을 더 아름답고 평화롭게 만드는 데 이바지한 꾀꼬리라는 이름을 가진 사람들과 꾀꼬리 모두 현실에서나, 천국에서나 행복한 나날을 보내길 기도한다. 그리고 앞으로는 그 어떤 꾀꼬리도 새장에 갇히지 않았으면 좋겠다. 세상을 아름답게 만드는 꾀꼬리를 가둬버리는 그 순간부터, 이 세상의 모든 생기가 사그라지는 느낌이기 때문이다.

모든 새와 인간에게는 공통점이 있다. 우리의 영혼은 하늘의 것이라는 공통점이……

鶴

태금(胎禽)이라 불렸던 신선의 새

두루미

대부분 사람들은 '학鶴'이라고 하면 머리 위가 붉은 단정학丹頂鶴, 즉 두루미를 떠올린다. 내가 어렸을 때는 학을 그린 세화도 많았었는데, 그 그림 속의 학도 전부 두루미였지 다른 종류의 학은 없었던 것 같다.

그 시절, 서민 가정에서는 거의 다 거실에 소나무와 두루미가 정답게 어울려 노는 그림 족자를 걸어두었다. 그런 그림을 보고 지낸 탓에 다들 두루미는 정말 소나무에서 사는 줄 알았지, 실제로는 물가의 수초에 둥지를 틀고 사는 새라는 것을 꿈에도 몰랐다. 이처럼 옛사람들의 미적 감각은 대범하기 이를 데 없어서, 전혀 상관없는 두 주제를 엮어놓는 일이 자주 있었다.

두루미도 보호동물이다. 몇 년 전 〈단정학의 이야기丹頂鶴的故事〉라는 구슬픈 노래가 내 심금을 울린 적이 있다. 이 노래 가사는 실화를 바탕으로 했다. 두루미를 아끼는 한 젊은 여자가 대학을 졸업한 후, 다시 두루미를 키우려고 두루미 사육장이 있는 고향으로 돌아갔는데, 길 잃고 집에 돌아오지 못하는 두루미 한 마리를 구하려다 결국 목숨을 잃고 말았다는 이야기다…….

고요한 늪지대에서 두루미가 우네,

그 두루미 울음소리 지축을 뒤흔드네.

鶴鳴於九皐, 聲聞於天.

〈소아·학명(鶴鳴)〉[136]

136 늪에 사는 두루미, 연못 깊은 곳에 사는 물고기, 다른 산에 있는 못생긴 돌(他山之石)처럼 초야(草野)에 숨어 있는 현자들을 발굴하고 신하로 기용해, 임금의 덕을 쌓을 것을 충고하는 내용의 시다.

1112년, 북송 휘종徽宗 2년 정월 16일 저녁에 궁성 정문 선덕루宣德樓에 스무 마리의 두루미가 날아들었다. 휘종 조길趙佶은 만면에 희색을 띠며 이 장면을 그림으로 남기도록 명령했다. 그 그림이 바로 〈서학도瑞鶴圖〉이며, 지금도 랴오닝성遼寧省 박물관에서 볼 수 있다.

두루미를 신령한 새라고 생각한 옛사람들은 생각에 그치지 않고, 상상의 나래를 펼쳐 "저 멀리 늪지대에서 내는 두루미 울음소리가 지축을 뒤흔든다"는 시를 남기기에 이르렀다. 이 시 속의 풍경, 혹은 이미지는 제아무리 무지몽매한 사람이라도 피부로 느낄 수 있을 만큼 아름다워서 문화적으로 어떤 가치를 가진다며 이러쿵저러쿵하며 일일이 설명할 필요도 없다. 문화란 이렇게 아름다움을 몸소 느끼는 순간부터 싹트기 시작하는 것이다.

과거에는 두루미 서식지가 네이멍구內蒙古, 지린성吉林省, 랴오닝성, 상하이, 윈난성雲南省 등 곳곳에 지정되어 있어 전국 어디에서나 두루미를 볼 수 있었다. 그런데 1960년대 이후부터 두루미의 활동 영역은 인류 활동에 의한 습지 파괴와 동아시아 지역의 심각한 가뭄으로 날로 줄어들고 말았다.

어떻게 보면, 우리의 예상을 뒤엎고 습지에서 둥지를 틀고 사는 두루미처럼 《시경》도 이 문화의 불모지에 숨겨진 깜짝 선물일 수 있다.

나는 어렸을 때 두루미를 공부하겠답시고 수컷 거위를 관찰한 적이 있다. 수컷 거위도 머리에 볏을 달고 있어서 착각한 것이었다. 후에 나는 거위 머리 위에 있는 그 주황색 볏을 먹어봤는데 별로 맛은 없었다. 그래서 나는 갑자기 두루미 정수리의 붉은 볏은 수탉 볏만큼 가치는 없을 것 같다는 생각이 들었다. 수탉이나 수컷 거위는 '이차 성징'의 발현으로 볏을 가지는 것과 달리 두루미는 암컷도 수컷과 마찬가지로 붉은 볏을 가지고 있기 때문이다.

옛사람들은 두루미의 외모를 매우 높이 평가해서 두루미를 주제로 한 사자성어를 아주 많이 만들기도 했다. 예를 들어 속세를 등지고 자연을 벗 삼아 사는 고매한 사람의 모습을 형용하는 '매처양학梅妻養鶴'이라는 사자성어는 송나라의 걸출한 문학청년이자 독신자였던 임포林逋가 항저우 시후에 있는 구산孤山이라는 산에 은거하며 매화를 키우고, 두루미를 길렀다는 일화에서 비롯되었다. 또 출세에 연연하지 않고 은둔하는 삶을 뜻하는 '고운야학孤雲野鶴'이나, 어느 한 곳에 얽매이지 않는 자유로운 삶을 의미하는 '한운야학閑雲野鶴' 등은 시대를 막론하고 모든 문인이 추구했던 이상적인 삶이기도 했다. 그래서 두루미를 주제로 삼지 않은 옛시나 글 속에서도 저 멀리 습지와 하늘에서 들려오는 듯한 두루미의 울음소리가

乾隆己卯秋衡齋沈銓法呂指揮亭

느껴지는 듯하다.

그런데 왜 두루미는 장수를 상징하는 동물이 되었을까? 신성한 동물은 불로불사하는 데 반면, 제아무리 신비로움이 철철 흘러넘치는 두루미라도 새에 불과하니 사냥꾼의 손에 목숨을 잃는 경우가 많았다. 그래서 머리가 허옇게 셀 정도로 나이는 많지만, 혈기 왕성한 사람을 칭찬할 때 쓰는 '주안학발朱顔鶴髮'이라는 사자성어는 두루미가 맞이한 최후를 생각하면 억지스러운 표현이다. 그래도 어떻게 해서든 혼란스러운 세상에서 버티기 위해 마음 붙일만한 곳을 찾으려고 했던 옛사람들의 그 생각만큼은 존중한다. 그 역시 참 좋은 일이니 말이다.

산과 신전이 혼자서 도망 다닐 정도로 세상이 암울해지자 주 목왕이 정벌에 나섰다.
이에 주 목왕의 군대에 신묘한 변화가 일어나, 군자는 학이 되고, 소인배는 모래알이 되었다.
山徙社移, 三軍之衆, 一朝盡化, 君子為鶴, 小人成沙.

진나라 학자 갈홍葛洪이 신선이 되는 방법을 논한 도교경전《포박자抱朴子》중 여러 민족의 왕이 신선이 된 경위를 설명한 이 문장을 보면 두루미에게서 도덕적인 숭고미까지 느껴진다. 도교경전에서 이렇게까지 두루미를 표현한 것을 보면 수행자의 세계에서 두루미는 '승화承華'의 의미를 가졌음을 알 수 있다. 이 밖에도 신선과 귀신을 주제로 한 전설 속에는 두루미를 타고 다니는 신선의 모습이 심심찮게 나온다. 내가 어렸을 때 봤던 여덟 명의 신선이 도술을 부려 바다 괴물을 물리치고 바다를 건넌다는 내용의 홍콩 드라마〈팔선과해八仙過海〉나〈서유기〉등에도 전부 도인들 옆에서 두루미가 도도하게 걸어 다니는 장면이 나온다.

두루미는 고대 문관 의복에도 수놓아져 있었는데, 고위직 관리쯤 되어야 두루미 흉배를 가질 수 있었다. 한편, 경극과 같은 전통극 배우들이 입는 두루미 문양 도포는 은일하는 선비, 도사, 신선 등 배역의 배우들이 입고, 그중에서도 제갈량을 맡은 배우는 두루미 문양 도포도 입고 손에는 깃털 부채도 든다. 많은 사람이 제갈량도 도교 수행자라는 점은 잘 모른다. 그런데 그 옛날 세상을 등지고 초가집에 몸을 숨겼던 제갈량이 도를 닦지 않았으면 또 달리 뭘 했을까? 만약 유비가 방해만 하지 않았다면, 제갈량은 분명 옛이야기에 나오는 '두루미를 타고 양저우揚州로 가고 싶다고 한 선비[137]'처럼 부와 명예, 그리고 깨달음까지 모든 것을 다 얻을 수 있었을지도 모른다. 제갈량이 욕심 많은 사람이라고 비난하려는 것이 아니라, 그만큼 유유자적하며 자유롭게 살 수 있었을 것이라는 뜻이다. 제갈량을 부와 명예 모두 거머쥐려고 했던 욕심쟁이로 해석하면, 거문고를 불쏘시개 삼아 학을 삶아 먹는 것처럼 어리석은 짓을 의미하는 사자성어 '분금자학焚琴煮鶴'에 꼭 들어맞는 해석일 것이다. 제갈량은 세속적인 이익을 뒤쫓는 법 없이, 신선이나 도사같이 세속적인 것에 초탈한 태도를 뜻하는 '운심학안雲心鶴眼'적인 처세에 능란한 사람이었으니 말이다.

그런데 《본초강목》에는 두루미에 관한 이상한 기록이 있다. 세상 모든 새는 두루미의 태생胎生이라며 두루미를 '태금胎禽'이라 기록해 놓은 것이다. 한때 나는 급진주의적인 청년들의 영향을 받아 《본초강목》을 비웃고 한의학을 부정했었다.

137 양(梁)나라 작가 은운(殷蕓)이 쓴 소설집 《은운소설(殷蕓小說)》에 나오는 내용이다. 네 명의 선비가 함께 과거를 보러 가던 길에 노인을 구하게 되었다. 사실 신선이었던 노인은 선비들에게 소망을 말해 보라고 했다. 첫 번째 선비는 양저우 지방의 태수가 되고 싶다고 했고, 두 번째 선비는 부자가 되고 싶다고 했고, 세 번째 선비는 인간 세상에 뜻이 없다며 두루미를 타고 하늘로 날아가 신선이 되고 싶다고 했고, 네 번째 선비는 세 선비의 소망을 듣더니 금은보화를 가지고 학을 타고 양저우에 날아가고 싶다고 말했다. 이 이야기는 지금까지 전해져 내려오면서 욕심이 과한 사람을 비판하는 표현으로 쓰인다.

그런데 삶의 경륜이 쌓이면서 옛사람들의 이상하기 짝이 없는 주장들에 어쩌면 '보이지 않는' 근거가 있는 것은 아닐까 싶은 생각이 들었다. 사실 과거에는 글 한 편, 책 한 권 쓰는 일이 얼마나 대단한 일이었던가를 생각하면, 옛사람들이 뻔뻔하게 두 눈 뜨고 허튼소리를 할리도 없다. 글자 하나 쓰는데도 신중에 신중을 기했고, 살얼음판을 걷듯 조심하고 또 조심하며 글을 남겼으니 말이다. 그러니 옛사람들의 기록이 틀린 것 같다면, 우선 옳고 그름을 자세히 따져본 후 판단하자. 그렇지 않다면, 나는 차라리 의구심을 품은 채로 살아가는 편을 택하겠다.

鴛鴦

한때 형제애를 상징했던 새

원앙

요즘은 찾아보기 힘들지만, 1980년대만 해도 철제 보온병을 신혼부부나 새로 이사 온 사람에게 집들이 선물로 줄 정도로 예전에는 대형 철제 보온병을 흔히 사용했다. 어떤 보온병 겉면에는 호수 위에서 물장난하는 원앙 그림이 그려져 흥겹고 경사스러운 느낌이 물씬 풍겼다.

또 원앙을 주제로 한 세화도 참 많았다. 그런데 나는 어렸을 때 원앙이 환상 속의 새인 줄 알았다. 내가 읽던 《서유기》 그림책 속에 빛나는 깃털을 가진 원앙을 그린 삽화가 있었는데, 우리 동네에서 흔히 보던 새들과 달리 너무 예뻐서 허구의 새인 줄 알았다.

그래서 나중에 동물원에서 처음 진짜 원앙을 보았을 때 꿈이 현실이 된 느낌을 받았다. 그리고 가장 예쁘게 생긴 원앙이 사실은 암컷이 아니라 수컷이라는 것을 알고 나서 또 깜짝 놀랐다.

이렇듯 원앙은 온몸에 전율을 일으키는 멋진 새다.

원앙이 날개를 펴고 나네,

새 잡는 그물을 펴서 어서 잡아들이세.

鴛鴦於飛, 畢之羅之.

〈소아·원앙(鴛鴦)〉[138]

옛사람들은 새를 잡아서 선물하는 것을 좋아했다. 그중에서도 원앙은 축복을 기원한다는 의미가 있어 왕에게도 바쳐졌던 고급 선물이었다. 반면, 같은 오릿

138 이 시는 행복한 결혼생활을 상징하는 한 쌍의 정다운 원앙과 가정의 번영을 상징하는 여물 먹는 말 등을 통해 한 귀족의 결혼을 축하하고 있다.

과 새지만 청둥오리는 이런 '영광'을 누리지 못했다. 물론 청둥오리로서는 분명 좋은 일이었을 것이다. 영광이란 양날의 검과 같아서 중용中庸과는 거리가 멀기 때문이다. 한편, 옛사람들은 원앙이 예술적인 품격을 지닌 새라고 생각해서 대대로 시와 그림의 정취를 북돋아 주기 위한 미학적인 도구로 사용해 왔다. 이런 원앙을 잡아먹으면 아름다운 꽃밭에 너저분하게 널어놓은 빨래처럼 살풍경해지기 때문에 옛사람들은 원앙을 잡아먹지 않았다. 결국 잡아먹히지 않았으니 역시 청둥오리보다 원앙이 나은 삶을 살았다고 해야 할까?

대부분의 현대인은 원앙이라고 하면 '사랑의 새'라는 이미지를 떠올린다. 그런데 고대에는 원앙이 형제애를 상징하는 새였다. 위나라 시인 조식이 동생 조정曹整이 친척 집에 양자로 들어가기 위해 이별하게 되자, 이를 슬퍼하여 쓴 시 〈석사부釋思賦〉를 보면 알 수 있다.

함께 태어난 정도 끊을 수 없지만,
친척 간에 등지고 소원해질 수도 없으니 안타깝구나.
한 연못에서 노는 저 원앙새 즐거워 보이고,
한 숲에서 사는 저 비익조 부럽기만 하네.
況同生之義絕, 重背親而為疏.
樂鴛鴦之同池, 羨比翼之共林.

이 시에서는 어딘지 모를 동족상잔의 슬픔도 느껴져서, 조식의 또 다른 시 〈칠보시七步詩〉[139] 속 "콩 줄기를 태워 콩을 삶네煮豆燃豆萁"라는 구절을 떠올리게 한

139 《세설신어》의 기록에 따르면, 조식의 형이자 위나라를 건국한 위 문제(文帝) 조비(曹丕)는 성정이

다. 아마 〈석사부〉 속의 원앙은 조식이 간절히 원했지만, 끝내 가질 수 없었던 우애 깊은 형제를 상징하는 것일지도 모른다. 실제로 같은 시대를 살았던 도교철학자 혜강嵇康과 달리, 조식은 의지할 데 없이 외롭고 쓸쓸하게 살았다. 비록 혜강은 친구를 두둔한다는 이유로 정치가 사마소司馬昭에 의해 처참한 죽음을 맞이했지만, 살아있을 때만큼은 진정한 가족의 사랑과 우정을 누렸다.

원앙이 푸드덕푸드덕 날갯짓하며 나는 것을 보며,
아침에는 고원에서 노닐고,
저녁에는 난초 핀 물가에서 쉬었지.
한때 우리는 온갖 새들이 소리 높여 노래하고,
주변 살피며 뜻 맞는 벗을 찾는 모습도 보았더랬지.
우리 함께 자연에 스며들어 유유자적했던 지난날 곱씹어보니,
슬픔이 북받쳐 오른다네.
鴛鴦於飛, 肅肅其羽.
朝遊高原, 夕宿蘭渚.
邕邕和鳴, 顧眄儔侶.
俛仰慷慨, 優遊容與.

혜강의 〈증형수재입군(贈兄秀才入軍)〉[140]

간악해, 뛰어난 재능을 가지고 있는 조식이 위협이 된다고 생각했다. 그래서 조비는 조식을 해치기 위한 구실로 일곱 걸음을 걷는 동안 형제를 주제로 시를 지을 것을 명령하고, 실패할 경우 화를 당할 것이라 위협했다. 그러자 조식은 콩 줄기와 콩을 각각 자신과 조비에 비유하며, '콩 줄기와 콩은 같은 뿌리에서 나왔는데, 왜 콩은 콩 줄기를 괴롭히지 못해 안달 났는가?'라며 이 시를 지었다고 한다.

140 자신의 형인 혜희(嵇喜)가 종군하자, 전원에서 은거하는 자신과 뜻이 다름을 슬퍼하며 지은 시다.

이 시에서 혜강은 《시경》의 "원앙이 날개를 펴고 나네鴛鴦於飛"라는 시구를 그대로 쓰며 뜻이 맞는 형제를 원앙에 비유했다. 어떤 현대인은 이 시를 읽으며 '동성연애'를 떠올렸을지도 모른다. 그런데 이런 불순한 생각을 하게 한 사람은 다름 아닌 당나라 대문호 노조린盧照隣이다. 노조린의 시 〈창안고의長安古意〉에는 아래와 같은 유명한 구절이 등장한다.

한 쌍의 원앙이 되어 인연을 맺으면, 신선인들 부러울쏘냐!

願做鴛鴦不羨仙!

학자들은 이 시가 바로 최초로 부부를 원앙에 비유한 것이라고 한다. 이 구절이 몇천 년 동안 많은 사람의 의식에 영향을 끼치는 바람에 '원앙같이 두터운 형제간의 우애'라는 표현을 쓰기 어려워진 것이다. 오해를 일으킬 수 있으니 말이다.

그래도 남녀 간의 사랑을 상징하는데 원앙은 안성맞춤인 새다. 실제로 원앙은 충직하고 지조가 굳으며, 아주 독특한 애정행각을 벌이는 새기도 하다. 암컷 원앙과 수컷 원앙은 짝짓기 할 때 서로 목을 비비고, 장난을 치며, 어깨를 나란히 하고 물놀이도 한다. 그러다 때때로 서로 마주 보고 부리를 물속에 넣었다 빼기도 하는데, 그 모습이 마치 신랑과 신부가 합환주를 교환하는 듯하다.

지금도 중국에는 새들의 낙원이라 부를만한 두 곳의 원앙 서식지가 있다. 한 곳은 장시성 우위안현婺源縣에 있는 위안양후鴛鴦湖라는 호수고, 또 다른 한 곳은 푸젠성福建省 핑난현屛南縣의 바이옌시白巖溪라는 계곡이다. 전자는 세계 최대 규모의 야생 원앙 서식지이고, 후자는 총 길이가 11킬로미터에 달하는 계곡에 매년 수천 마리의 원앙이 찾아와 겨울을 보내는 곳이다. 조식의 시처럼 나도 이 두 지역

幾陣莎灘青脛鴨不知
荷背有鴛鴦

의 아름다운 풍경이 오래오래 보존되기를 바란다.

봄을 맞이한 나무에는 꽃이 한창이고,
투명한 연못에는 물결이 이네.
그 연못에 홀로 남겨진 외로운 원앙,
벗을 찾는 구슬픈 울음소리 그칠 줄 모르네.
樹木發春華, 淸池激長流.
中有孤鴛鴦, 哀鳴求匹儔.

조식의 〈증왕찬(贈王粲)〉[141]

원앙은 이미지 변신의 귀재다. 이 시 속의 원앙은 '현자賢者'를 뜻하기 때문이다. 훗날 당나라 문인 이선李善은 이 시 속의 "외로운 원앙"은 왕찬을 의미한다고 해석하기도 했다. 이 시 속 현자들처럼 역사에 길이길이 남을 위인들도 얼굴 맞대고 모여 흉금을 터놓을 만한 깨끗한 곳을 찾지 못했다면, 원앙은 어떠하겠는가? 그러니 야생 원앙에게 깨끗한 강 한 줄기, 맑은 호수 한 개 정도 남겨줘야 하는 것은 아닐까? 이 정도도 못해 준다면 인문학적인 아름다움도, 자연의 아름다움도 전부 우리 곁에서 사라지고 말 것이다.

물에서 놀던 원앙 한 쌍이 뭍으로 나오는 순간, 이 세상은 환하게 빛이 난다.

141 조조의 신하이자 시인이던 왕찬은 자기 뜻과 포부를 펼치지 못해 안타까웠고, 조식에 기탁하고 싶다는 뜻을 시 〈잡시(雜詩)·일모유서원(日暮遊西園)〉을 통해 전달했다. 그의 시를 읽은 후 조식은 "외로운 원앙과 친구가 되고 싶으나, 연못을 타고 건너갈 배가 없어 아쉽다(我願執此鳥, 惜哉無輕舟)"라는 시를 왕찬에게 보내, 무력한 자신의 현실을 한탄하고 왕찬에게는 '그 깊은 뜻은 알겠으나, 슬픈 마음을 밖으로 드러내지 말고 복잡하게 생각하지 말라며' 위로를 건넸다.

그리고 원앙이 주황색 주둥이로 오색찬란하게 빛나는 깃털을 다듬는 순간, 물가에 있던 돌멩이, 잡초, 나무에도 원앙의 빛이 퍼지면서 순식간에 만물이 생기를 되찾는다.

사실 원앙은 물가의 낡은 나무 구멍을 별장 삼아 지내는, 별로 바라는 게 없는 소박한 새다. 또 매번 새끼를 10여 마리 정도밖에 부화시키지 못하는데다가 계절의 변화에 따라 남으로, 북으로 이동하며 아주 고생스럽게 사는 새이기도 하다. 그래서 아무리 똑똑하고 민첩한 원앙이라도 지금 같은 시대에는 개체 수를 보전하기 어렵기 때문에 중국에서는 2급 보호동물로 지정되어 있다. 원앙은 자신이 보호동물로 지정된 사실을 모른다. 하지만 우리는 꼭 알아야 한다.

매

세상에서 가장 불행한 새

鷹

'닭잡기'라는 이름으로도 불리는 전통놀이인 꼬리잡기는 요즘 도시에서도 자주 접할 수 있는 놀이다. 그런데 사실 이 놀이는 매로부터 가금家禽을 지키려던 농경 사회의 풍습에서부터 비롯되었다.

나도 어렸을 때 이런 광경을 목격한 적이 있다. 어느 날 시골 마을에서 놀고 있었는데, 갑자기 멀리에서 시골 아낙네 한 명이 "아—츠! 아—츠! 아—츠!" 하며 큰 소리로 외치는 소리를 들었다. 그 소리에 고개를 들어 보니, 하늘을 유유히 날아다니는 검은 매가 눈에 들어왔다. 척 봐도 강인함이 느껴지는 매였다. 종종 매가 나타났을 때, 남자들 손에 징이나 꽹과리가 들려있으면 다들 다급하게 큰 소리를 내서 매를 쫓아내기도 했다. 매가 언제 하늘에서 고꾸라지듯 급강하해 닭뿐만 아니라, 오리, 거위, 토끼 등 사람들이 기르는 동물을 낚아채 갈지 모르는 일이었기 때문이다.

고릿적 이야기다. 내 어린 시절 기억 속에 남아 있는 이 장면이 고릿적 이야기라는 뜻이 아니다. 매가 사람이 기르는 동물을 낚아채 가는 일이 고대에도 심심찮게 벌어졌던 일이기 때문에 하는 말이다. 몇천, 몇만 년의 시간이 흐르는 동안에도 닭, 오리, 거위를 인간의 사유재산이라 생각하는 인간의 인식이 바뀌지 않으니, 매에 대한 인간의 경계심도 자연히 누그러들지 못하고 대대로 내려올 수밖에 없었다.

왕을 보좌하는 태사(太師) 상부(尙父)[142],

위풍당당한 그 모습, 마치 날개 펼친 매 한 마리 같았다네.

維師尙父, 時維鷹揚.

〈대아·대명(大明)〉[143]

강자아가 이끄는 군대의 깃발이 마치 용감무쌍한 매가 하늘 높이 나는 모습같이 펄럭이고 있었다는 내용의 시구다. 〈대아·대명〉 속 칭송의 대상인 '상부'가 바로 '여망呂望', 즉 우리가 잘 알고 있는 강자아다. 전설에 따르면 강자아는 자신의 가치를 알아보는 이가 나타날 때까지 강가에서 낚싯대를 드리우고 있었다는 백발의 노인이지만, 실제로는 주나라의 장수이자, 개국공신으로 젊었을 때는 백전불패, 천하무적의 장수였다. 강자아는 두 날개를 활짝 펴고 사냥감을 낚아채 가는 매처럼 위력이 대단해서, 그의 일격에 버틸 자가 없었다고 한다.

매는 지구 곳곳의 다양한 민족들이 토템으로 삼을

142 강상은 성은 강(姜), 씨는 여(呂), 이름은 상(尙), 자는 자아(子牙)로 '강상, 여상, 강자아'라는 별칭뿐만 아니라, 태사라는 벼슬을 지내 '태사', 딸 읍강(邑姜)이 무왕에게 시집가 '상부(尙父), 사상부(師尙父)', 주 문왕이 간절히 바라던(望) 신하라는 뜻의 '여망(呂望)'이라고도 불렸으며, 제나라 초대 군주로서 태공(太公)이라는 칭호를 받아 '강태공'이라는 별칭도 가지고 있었다.

143 주나라 개국 서사시다. 총8장에 거쳐 1대 군주인 주 무왕(武王)의 할아버지인 왕계(王季)부터 주 문왕(文王)의 탄생, 주 무왕의 탄생과 성장과 강상의 도움을 받아 상나라 주왕을 몰아내고 주나라를 건국하는 과정을 그렸다.

만큼 아주 오래전부터 신격화된 동물이다. 특히 날쌔고 사나운 매의 모습은 고대인들이 가지고 있던 영웅숭배와 폭력숭배 심리에 잘 들어맞는 이미지였다. 권력자가 이런 식으로 탄생한다는 점을 보면 사람이나, 호랑이, 늑대 같은 동물의 사회 체계는 별반 차이가 없다. 심지어 영웅숭배와 폭력숭배 심리는 여전히 우리 사회에 영향을 끼치고 있을 정도다.

그런데 몇 년 전에 인터넷에서 본 글 때문에 내가 가지고 있던 위풍당당한 매의 이미지가 와르르 무너졌다. 내용인즉슨 한 학자가 베이징의 스징산石景山이라는 산에서 황조롱이 한 마리를 발견했는데, 3일 만에 죽은 채로 다시 발견되었다는 것이다. 알고 보니 어떤 사람이 이 황조롱이를 불법으로 잡아다 기르려고 했는데, 융숭한 대접을 해 줬음에도 불구하고 몸에 병이 생겨 참혹한 죽음을 맞이하고 말았다고 한다. 왜 이런 일이 벌어졌을까? 매라서 그렇다.

당나라 문인 백거이白居易는 시 〈방응放鷹〉에서 매의 모습을 이렇게 묘사하기도 했다.

새장에서 나온 10월의 매,

두 눈으로 메마른 풀과 살찐 꿩, 토끼를 보았지.

매 장갑에서 풀려난 매,

날아오를 때마다 사냥감을 낚아채 오지.

매의 날갯짓은 세찬 바람과 같고,

발톱은 송곳처럼 날카롭지만,

본디 태어난 모양으로는 살아가지 못하고,

사람의 도구로 전락해 버렸음이 안타깝구나.

十月鷹出籠, 草枯雉兔肥.

下鞲隨指顧, 百擲無一遺.

鷹翅疾如風, 鷹爪利如錐.

本為鳥所設, 今為人所資.

누가 봐도 알 수 있듯, 이 시에 묘사된 매는 사람이 길들인 사냥매다. 모든 사냥매는 죽음에서 벗어나려는 방편으로 잠시나마 사람과의 공존을 선택한다. 그렇지만 그 야성적인 본능은 절대로 사람과의 공존을 받아들일 수 없기 때문에 사람 손에 이용당해 사냥을 나가는 것은 아주 잠시에 불과하고, 결국 죽음을 맞이하게 된다. 사냥매가 잘 걸리는 '범블 풋bumble foot'[144]이라는 질병만 봐도 그렇다. 한번 걸리면 순식간에 사냥매를 사지로 몰고 가서 '맹금류의 암'이라고 불리는 이 질병은 매가 자유롭게 날아다닐 수 없어서 생기는 병이다.

그래서 사냥매에 대해 잘 아는 어떤 사람은 이 병을 '노역에 복종하는 마음과 달리, 여전히 본능에 충실한 몸 탓에 생기는 병'이라고 정의하기도 했다.

창공을 비행하는 매의 모습에서는 비행기나 비행선을 타도 인간은 절대 경험할 수 없는 시적인 정취가 느껴진다. 그뿐만 아니라, 공기 역학적인 측면에서 봐도, 매가 날아다닐 때의 모습이 비행기나 비행선이 운항할 때의 모습보다 훨씬 자연스럽고 아름답다. 그런 매가 인간에게 구속된 순간, 매의 비행에는 '공기'만 존재할 뿐, '역학'은 매의 몸뚱이와 함께 저 멀리 사라져 버리고 만다. 사냥매의 멋진 모습을 칭송한 모든 시는 분명 그 뒤에 숨은 어두운 부분을 알지 못했음이 틀림없다.

144 비행하지 못하고 횃에 오래 앉아있거나, 체중이 늘어나는 등 문제로 인해 발에 각질이 쌓이고 피부가 벗겨져 비행 능력 상실까지 일으키는 병이다.

매의 마음은 하늘의 것인데, 지금은 홰에 묶여있네.

여러 차례 하늘로 날아오르려 시도했으나 수포가 되고 말았네.

간절히 저 창천으로 돌아가고 싶어 하는 매,

저 족쇄 풀어줄 자 누구일까.

天邊心膽架頭身, 欲擬飛騰未有因.

萬裏碧霄終一去, 不知誰是解絳人.

당나라 시인 최현崔鉉의 시 〈영가상응詠架上鷹〉을 읽으면 속이 뻥 뚫리는 느낌이다. 이 시 속의 사냥매는 곧 족쇄에서 풀려나 자유의 몸이 될 것 같기 때문이다. 하지만 사실은 그렇지 않다. 사람과 함께한 세월 때문에 매의 핏속에 흐르던 야생성은 이미 파괴되어, 더는 과거의 매가 아니다. 그래서 이 자유는 오래가지 못할 자유다.

참매, 새매, 붉은배새매는 중국에서 가장 흔히 볼 수 있는 매였지만, 지금은 모두 법의 보호가 없으면 살 수 없는 새가 되었다. 한 번은 혼자서 자동차로 저장성 산간지대를 여행하던 중이었다. 고속도로 저편에 매 한 마리가 하늘을 빙빙 돌며 나는 모습이 눈에 들어와서 자세히 보니, 붉은배새매 같아 보였다. 그날 내가 봤던 붉은배새매의 자유로운 비행 모습은 이제 평원에서도, 구릉에서도 쉽게 볼 수 없다. 아무리 강인한 의지를 가진 영웅이라도 끝없는 좌절 앞에서 기개가 꺾이는 것처럼, 아주 오랜 세월 동안 안전한 삶을 보장받지 못한 매들은 점차 이 땅을 떠나가고 있다.

1920년대부터 1980년 초까지 활동했던 화가 리쿠찬李苦禪 화백은 매를 아주 잘 그렸다. 그의 그림 속 매는 부리부리한 네모진 눈과 도끼처럼 날카로운 부리를 가진 매였는데, 이를 보고 사람들은 '늙은 소나무와 같은 굳센 의지와 웅장한 기세가 느껴진다'고 칭찬했다. 그런데 사실 그의 그림 속 새는 매가 아니다. 진짜 매는 콘도르나 수리보다 자그마해서 별로 건장하지 않다. 또 콘도르는 썩은 고기를 먹고, 입에 발린 말로도 멋지다고 칭찬하기 어려운 헤어스타일의 새다. 한편, 수리는 잘생긴 외모에 콘도르만큼이나 떡 벌어진 덩치 큰 새다. 즉 그 화가는 매, 콘도르, 수리 등 세 종류의 맹금이 가지고 있는 특징을 모아 만든 정신적으로 이상적인 '매'를 그린 것이었다. 현대 경극 〈웨이후산을 공략하라智取威虎山〉[145]를 기반으로 1970년대에 상영된 동명의 영화에는 '쭤산댜오座山雕'라는 별칭을 가진 산적 두목이 등장한다. 산적 두목에 '수리 조雕'라는 글자가 이름에 들어가는 이유는 그도 수리처럼 위풍당당하고 기세가 대단한 사람이기 때문이다.

이 모든 맹금은 호랑이, 사자 같은 맹수들과 마찬가지로 궁지에 몰려 보잘것없는 존재로 전락하고 말았다. 타이완의 왕새매만 봐도 그렇다. 옛날 타이완에는 왕새매가 아주 많이 살았는데, 왕새매 박제 표본이 외국인들 사이에서 인기를 끌자 한때 매년 2만 마리의 왕새매가 죽임을 당했고, 그 때문에 지금은 보기 드문 새가 되어버렸다고 한다.

지구상에 사는 많은 민족의 조상이 수만 년 전부터 매를 토템으로 삼고 숭배한 탓에 결국 오늘과 같은 비극적인 결과를 불러왔으니, 매의 운명은 참으로 불행하기도 하다. 인간으로 태어났으면 응당 독립심을 가져야 한다. 그러나 새로 태어날 거면, 절대 매로는 태어나지 말자.

145 1965년 문화대혁명 시기에 제작된 현대 경극이자 공산주의 모범극(樣板戱)이다. 1946년 국공내전 시기를 배경으로 정의로운 공산당원들이 웨이후산(威虎山)을 근거지로 삼은 쭤산댜오(座山雕) 도적 일당을 소탕하는 과정을 그렸다.

鷺

한가로이 함께 시간을 보내고 싶은 새

갈매기

하이난성海南省 싼야시三亞市의 유명한 해변 야룽완亞龍灣에 누워 있으면, 바다 맞은편에 떠 있는 푸르른 작은 섬들과 저 멀리서 자유롭게 날아다니는 하얀 갈매기들을 구경할 수 있다.

아무 생각이나 판단도 하지 않고 이런 풍경을 감상하는 그 순간 사람과 자연은 혼연일체가 된다. 반면, 자연을 찬미하기 시작하는 순간 '나'라는 인간이 자연 속에 개입하는 것이니, 그때부터 '너는 너고, 나는 나다' 식이 되어버리고 만다.

그래서 자연과 인간이 이렇게 서로 동떨어진 존재가 된 것이다.

갈매기도 마찬가지다. 항상 갈매기, 섬, 바다, 땅은 혼연일체의 존재였지만, 나는 그들과 한몸이 되지 못하고 언제나 저 먼발치에서 바라만 봐야 했다.

청둥오리와 갈매기도 강에서 놀고,

임금님은 시동(尸童)을 모셔다 경사스러운 잔치를 열었네.

鳧鷖在涇, 公尸來燕來寧.

〈대아·부예(鳧鷖)〉[146]

황허를 둥둥 떠다녔다는 것을 보면 이 시 속의 갈매기는 바다가 아니라 강에 사는 갈매기였던 듯하다. 사납고 고집스러운 이 새는 훌륭한 어부지만, 사람은 절대로 갈매기를 길들일 수 없다. 갈매기보다 더 사나운 가마우지도 길들여 물고기를 낚는 도구로 쓰는 데 반해 갈매기는 넘치는 개성 탓에 절대 길들일 수 없다.

내가 사는 허페이 동남쪽 지역에는 차오후巢湖라는 이름의 호수가 있는데, 갈

146 춘추전국 때의 시로 주나라 왕이 제사를 지낸 후 개최한 잔치의 흥겨운 모습을 묘사했다. 주나라 때는 조상신께 제사를 지낼 때 조상신의 역할을 맡는 시동(尸童)이라는 어린이가 있었고, 제사를 마친 다음 날 역(繹) 또는 연(燕)이라는 이름의 잔치를 열어 시동과 손님들을 모셔 대접했다.

매기가 살기 딱 좋은 이상적인 서식지다. 어느 날 아침 나는 차오후를 빙 둘러 만들어진 순환도로를 운전하다가, 한 어부가 물고기로 가득한 어망을 뭍으로 끌어올리는 것을 보았다. 어찌나 많이 잡았던지, 보고 있는 내내 감탄을 금할 수가 없었다. 잠시 차를 세우고 그 모습을 구경하다 보니, 어망에서 떨어진 물고기를 주워가려고 물가에서 옹기종기 모여 기다리는 갈매기도 눈에 들어왔다. 바람 한 점 없이 고요한 호수 위에 갈매기 몇 마리만 요람에 든 아기처럼 물결의 움직임에 따라 부드럽게 흔들리는 멋진 풍경이었다…….

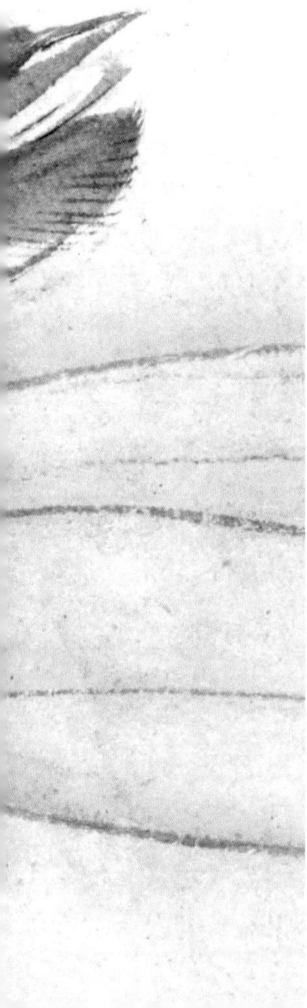

물결이 넘실대는 호수를 쪽배 타고 건너며,
드넓은 그곳에서 봄의 흔적을 찾으려 했네.
멀리 갈매기 보이기에 다가가려 했으나,
늙은 뱃사공은 우리가 다가가면 갈매기 떼 날아간다며,
너그러운 말투로 나를 말렸네.
十裏湖光放小舟, 慢尋春事及西疇.
江鷗意到忽飛去, 野老情深只自留.

왕수인(王守仁)의 시 〈심춘(尋春)〉

'왕수인'이라는 본명보다 '왕양명王陽明'이라는 호로 더 유명한 이 명나라 철학자가 남긴 시 〈심춘〉 속의 갈매기는 분명히 내가 차오후에서 봤던 갈매기이자, 《시경》의 노래 속 갈매기일 것이다. 이 시에서 볼 수 있듯 갈매기는 일찍이 여유로움, 탈속, 은일을 상징하는 대명사로 쓰였다. 북송 문인 황정견黃庭堅도 시 〈등쾌각登快閣〉에서 "고향에서 갈매기와 벗하며 유유자적하며 살고 싶다此心吾與白鷗盟"라며 지금 당장 저 멀리 날아가 속세를 벗어나고 싶은 심정을 토로한 바 있다. 갈매기에 대한 시를 남긴 것 외에도 왕양명과 황정견 이 두 대문호에게는 '수도자'라는 공통점이 있다. 대부분의 사람은 이 사실을 간과하지만, 그들의 문학 속에는 항상 도道를 추구하는 수도자처럼 '갈매기를 부러워하는 마음', 즉 자유를 갈망하는 마음이 느껴진다. 이렇듯 한 차원 더 높은 문학은 종교와 일맥상통하는 면이 있다.

내가 열 살 때쯤 되었을 무렵 어느 여름, 나는 우리 집 대문 앞에 책상을 옮겨 놓고 홀로 앉아 도가경전 《열자列子》 속 이야기가 포함된 《중국고대우화집》이라는 책을 읽고 있었다. 두 그루의 플라타너스는 짙은 녹음으로 햇빛을 가려주고, 수많은 매미 우는 소리가 귀를 울리는 날이었다.

옛날 한 바닷가에 갈매기를 좋아하는 사람이 살고 있었다.

그가 매일 아침 배를 타고 바닷가에 가면

수백 마리의 갈매기가 그와 놀기 위해 배로 모여들었다.

이를 보고 그의 아버지는 "네 주변에 많은 갈매기가 모여든다고 하니,

한 마리 잡아 오려무나. 나도 갈매기와 놀아보고 싶단다."라고 했다.

그 다음 날 아침 바닷가에 가니, 갈매기들은 날아다니기만 할 뿐

한 마리도 그 곁에 내려오지 않았다.

海上之人有好鷗鳥者, 每旦之海上, 從鷗鳥遊. 鷗鳥之至者百數而不止.

其父曰 "吾聞鷗鳥皆從汝遊, 汝取來, 吾玩之".

明日之海上, 鷗鳥舞而不下也.

갈매기들은 사람의 마음을 꿰뚫어 볼 줄 안다. 그래서 욕심 없는 마음을 가지고 있을 때는 사람과 어울려 놀며 친구가 되어 주었다. 그런데 갈매기를 잡아다 아버지께 드려야겠다는 흑심을 품은 순간, 갈매기들은 사람 곁에 찾아오지 않는다.

나는 이 《열자》 속 이야기가 허구에 불과하다고 생각하지 않는다. 도교의 태두인 열어구列禦寇가 남긴 《열자》이니만큼 아마 이 우화는 진짜보다 더 진짜였을 가능성이 높다. 차오후에서 고기잡이하던 어부를 봤던 그날도 그랬기 때문이다. 수많은 갈매기가 어부 곁에 옹기종기 모여 있었는데, 내가 조심조심 다가가 사진을 찍으려 하자 모두 놀라 날아가 버렸다. 급하고 거친 몸놀림으로 일하는 어부는 무서워하지 않으면서, 소리 없이 조용히 다가간 나는 무서워했다. 그도 그럴 것이 나는 갈매기를 갈망했지만, 어부의 안중에는 갈매기가 없었기 때문이다. 그래서일까? 어부와 갈매기 간의 거리보다 훨씬 더 먼 곳에서 갈매기를 바라볼 때부터 그들은 나에 대한 경계를 늦추지 않는 모습이었다.

인간은 곧 닥쳐올 지진을 느끼지 못하지만, 동물은 금세 알아차리고 무리를 지어 도망갈 정도로 동물의 육감六感은 인간의 것보다 뛰어나다. 그래서 옛사람들이 갈매기를 문화적인 상징으로 삼은 것도 어찌 보면 '육감'에 대한 숭배에서 비롯된 것이라 볼 수 있다. 갈매기가 상징하는 여유로움, 탈속, 은일과 같은 개념은 정신적인 수양을 통해서만 도달할 수 있는 경지이고, 이런 경지에 도달해야 세상 모든 것을 내려다보고 꿰뚫어 보는 능력이 생기기 때문이다. 한편, 더 강한 자부심을 얻기 위해 여유로움, 탈속, 은일과 같은 개념을 추구한 것으로 추정해 볼 수도 있다. 구양수가 바로 그랬기 때문이다. 구양수는 시 〈압구정狎鷗亭〉[147]을 지어 한 높으신 나리께 아부를 떤 적이 있다. 그런데 이상하게도 이 시를 읽어도 기분이 나쁘지 않다. 그것은 이 시 속에 자신에 대한 강한 자부심이 깔려있기 때문이다.

거듭된 고난에도 그 절개 금과 같이 굳었으며,
역사의 빛이 될 공훈과 덕행을 남기셨네.
욕심 없는 그 마음 갈매기도 믿을 정도니,
만물을 다스림에 사심 없으셨네.
險夷一節如金石, 勛德俱高映古今.
豈止忘機鷗鳥信, 陶鈞萬物本無心.

대문호가 남긴 이 시 속에서도 갈매기는 사심 없는 사람의 대명사로 사용되었다. 그런데 사실 옛사람들은 닭, 오리, 거위와 같이 사람이 부리는 새들과 달리 갈매기에 대한 지식이 별로 없어서 구체적으로 갈매기를 묘사한 기록은 찾아보기 힘들다. 그래도 갈매기를 볼 때마다 종종 나는 '간장을 넣은 갈매기 조림이란 어떤 맛일까?' 하고 궁금했지만, 차오후에서 갈매기를 구경했던 그 날만큼은 이

147 북송의 정치가 한기(韓琦)는 아사하는 지역민을 살리고, 변방에서 오랑캐를 무찌르는 등 명신(名臣)으로 이름 높았고, 구양수는 그를 기리기 위해 〈압구정〉을 포함한 다섯 수의 시를 썼다. 그중에서도 〈압구정〉은 한기의 집을 지칭하는 것으로 '갈매기와 친할 만큼 욕심 없는 사람의 집'이라는 뜻이다.

런 저속한 생각은 저 멀리 사라진 채 구양수 선생과 텔레파시가 통했다. 갈매기는 존재하는 것만으로도 사람을 감화시켜, 순수한 아름다움을 추구하게 만드는지도 모르겠다.

최근 몇 년간 하얼빈哈爾濱에는 갈매기가 다시 돌아와 지역 주민들의 자랑거리가 되었다. 허페이 차오후와 달리, 붉은부리갈매기, 구레나룻제비갈매기, 재갈매기, 제비갈매기 등 다양한 갈매기가 하얼빈을 찾아온다니 정말 부러운 일이다. 또한 봄과 가을, 이 두 계절에는 많은 갈매기가 하얼빈의 강 부근을 날아다니며 먹이 활동을 해서 이 모습을 찍으러 많은 시민과 기자들이 하얼빈을 찾아오는데, 일부 노인들이 갈매기가 조용히 쉴 수 있도록 당번까지 서가며 사람들이 큰 소리를 내지 않도록 계도하고 있다고 한다. 분명 갈매기도 사람들의 따듯한 정을 느꼈을 것이라 믿어 의심치 않는다.

鷺

거대한 우주 속 작은 존재

백로

허페이 쯔펑산 관광단지에는 백로가 참 많다. 내가 어렸을 적에도 쯔펑산 하늘을 유유히 지나가는 백로를 많이 볼 수 있었다. 짹짹대는 참새와 달리, 백로는 아주 조용한 새다.

물을 대어놓은 봄여름 논에 백로가 거니는 모습을 보고 있자면, 전통적인 정취가 한껏 느껴지는 듯하다. 어렸을 때 나는 어떻게든 이 아름다운 생물을 잡고 싶어 안달이 난 적이 있다. 그러나 아버지, 어머니 모두 백로는 두루미와 같은 길조이기 때문에 절대로 백로를 해치면 안 된다고 단단히 주의를 시키셨다.

작년 여름에 나는 허페이 교외로 놀러 갔다가 밭에 쳐놓은 방조망에 걸려 있는 백로 한 마리를 발견한 적이 있다. 안타깝게도 죽은 지 오래되었는지, 썩어가는 몸뚱이만 남아 있었다. 그런데도 백로의 아름다운 깃털은 다치지 않아서, 먼발치에서 봐도 그 우아한 자태는 빛났다.

백로 무리 하늘 높이 날아올라,

서쪽 호수에서 그 위용 마음껏 펼쳤네.

振鷺於飛, 於彼西雝.

〈주송(周頌)·진로(振鷺)〉[148]

백로 무리가 날아올랐다는《시경》속 시를 읽는 순간 삼천 년이라는 세월은 순식간에 온데간데없어지고, 머리가 맑아지는 느낌이 든다. 이 세상이 어떻게 변하든 백로는 영원히 삼천 년 전의《시경》속 시처럼 변치 않는 존재다.

148 이 시는 주나라 왕이 제사를 도와준 여러 제후를 초청한 연회의 모습을 묘사했다. 특히 제후들을 당시 사람들이 귀하게 여기던 백로에 비유하면서 찬미했다.

아주 드물기는 하지만 사람이 만들어낸 예술품 속에서도 변치 않는 백로의 매력을 느껴볼 수 있다. 명나라 말기부터 청나라 초기까지 활동한 화가 팔대산인八大山人이 그린 게슴츠레한 눈을 하고 이 세상 모든 것이 탐탁잖다는 모습을 한 백로가 바로 그렇다.

일설에 따르면 팔대산인은 명나라 황실의 후손으로 청나라 때는 몸을 숨기고 살았다고 하니, 그의 속이 얼마나 복잡했을지 상상이 간다. 그래서 그의 그림 속 백로는 자기 자신을 상징하는 듯하다.

두루미와 더불어 백로는 여러 예술작품 속에 자주 등장하는 소재다. 그런데 두루미와 달리 대부분 백로는 무색무취의 개성 없는 모습 또는 자연의 일부분 정도로 그려지는데, 이는 편협한 '인간의 개성'이라는 잣대로는 백로의 개성을 제대로 표현하지 못해서 생긴 일인 것 같다. 인간은 제 개성이 잘났다며 소리를 높이다, 편을 가르며 싸우곤 한다. 그러나 백로는 제가 속한 무리뿐만 아니라, 더 큰 대상도 포용해 자신과 혼연일체로 만드는 멋진 개성을 가지고 있다.

노을 지던 그 시각, 시냇물 흐르는 정자에서 놀던 것이 아직도 기억난다네.

그 아름다운 풍경에 취해 집으로 돌아가는 길을 잃어버렸지.

즐거운 한때를 보내고 저녁이 되어 서둘러 돌아가려 뱃머리를 돌렸는데,

길을 잘못 들어 연꽃 만발한 연못 깊숙한 곳에 들어섰다네.

어떻게 나갈까? 어떻게 나갈까?

우리 재잘거리는 소리에 물에 있던 갈매기, 백로 잠에서 깨어났네.

常記溪亭日暮, 沈醉不知歸路.

興盡晚回舟, 誤入藕花深處.

爭渡, 爭渡, 驚起一灘鷗鷺.

송나라 여류 사인詞人 이청조李清照가 쓴 사 〈여몽령如夢令 · 상기계정일모常記溪亭日暮〉[149]를 읽으면 그 시대의 아름다운 자연 풍광이 생생하게 살아 숨 쉬는 듯하다. 꼭 연꽃 만발한 연못에서 쉬던 백로와 갈매기가 푸드덕거리며 나를 향해 날아와, 내 귓가를 스치듯 날아가며 사락사락하는 날갯짓 소리가 들리는 듯하다.

우리는 각종 정밀기기를 동원해 우주의 소리를 들어보려고 하지만 사실 그렇게까지 할 필요가 없다. 백로와 지구에 관해 더 많이 공부하고, 더 많이 사랑하기만 해도 지금 당장 우리 발등에 붙은 불과 같은 환경오염 문제를 해결하고, 우리 자손에게도 이로운 일을 할 수 있다. 그러나 안타깝게도 대부분의 사람은 백로의 날갯짓 소리에 귀 기울이지 않는다. 세 명의 동물 친구들이 위험천만한 모험을 겪고 나서야 자연과 집의 소중함을 깨닫게 되는 영국소설 《버드나무에 부는 바람The Wind in the Willows》 속에 담긴 가치처럼 백로의 날갯짓 소리도 어마어

149 정치적 문제로 인해 가족과 시골에서 은거하던 이청조가 고향을 그리며 쓴 사다.

마한 가치가 있는데 말이다.

어느 날 휴대전화로 이것저것 구경하다 우연히 재미있는 동영상을 발견했다. 어느 나라 영상인지는 잘 모르겠는데, 한 잔디밭에서 새끼 코끼리 한 마리가 여러 마리의 백로에게 둘러싸여 있었다. 새끼 코끼리는 코를 이리저리 흔들며 백로들을 쫓아내려고 했지만, 백로들은 아랑곳하지 않고 그 자리에 서 있었고, 심지어 어떤 백로는 앞으로 갔다, 뒤로 갔다 하면서 아기 코끼리의 코를 유심히 관찰하기까지 했다. 어찌나 귀엽던지, 마치 동화 속 한 장면 같은 대자연의 조화로움

을 느낄 수 있는 동영상이었다. 나도 한 시골 마을의 물소 등 위에서 이 영상과 비슷한 유형의 조화로움을 목격한 적이 있다. 천공을 유유히 날던 백로 한 마리가 물소 등 위에 내려앉더니, 물소가 어디로 움직이든 전혀 신경 쓰지 않고 멍하니 서 있다 이따금 뭔가 관찰하고 싶은 것이 있는지 고개를 휙휙 돌리곤 했다. 그런데 사실 특별하기 그지없어 보이는 이런 풍광도 삼천 년 전에 쓰인 《시경》 속에서 흔히 찾아볼 수 있는 장면이다.

514

모래톱에서 곤히 자는 백로 옆에 쪽배를 대고,

버드나무 숲 저 너머 강가에서 들려오는

놀란 새 울음소리에 귀 기울이네.

내가 사랑하는 가을의 청명한 달을 보기 위해서,

호수 동쪽 말고 호수 서쪽에 살리라.

沙頭宿鷺傍船棲, 柳外驚烏隔岸啼.

為愛秋來好明月, 湖東不住住湖西.

청나라 시인 주이존(朱彝尊)의 사

〈원앙호도가(鴛鴦湖棹歌)·제2수(之二)〉[150]

역사 속 많은 문인은 백로에게 종種을 뛰어넘는 친밀감이라도 느꼈는지 유독 백로를 편애했다. 그걸 아는지 괴팍한 성격인 백로도 사람을 마냥 밀어내지만은 않는 듯하다. 어쩌면 이 새는 적당한 거리감이 주는 미학을 잘 알고 있는지도 모른다. 그래서 만지는 건 허락하지 않으면서도, '백로 여기 왔다 감'이라는 표시를 하려고 뱃머리나 물소 등 위에 배설물은 잘도 묻히고 다닌다.

한편, 단 한 번도 백로는 인간의 시선으로부터 진정으로 자유로운 적이 없었다. 옛날부터 우리 인간들은 마치 아름다운

150 명나라 유민이던 주이존이 청나라 강희제 13년에 쓴 총100수의 사다. 주이존의 고향이었던 저장성 자싱시(嘉興市)의 아름다운 풍광을 그리워하는 내용이며, 이 책에 실린 〈원앙호도가·제2수〉는 자싱의 시난후(西南湖) 호수의 가을 풍광을 묘사했다.

장신구를 탐하듯 항상 욕망 어린 시선으로 백로를 봐왔다. 고대 중국에서는 백로 깃털을 고급 예복 재료로 썼고, 과거 유럽 여성들 사이에서는 백로 깃털 장식을 꽂은 모자가 인기였다. 최근 몇 년간 시행된 강력한 백로 보호조치가 없었다면 분명히 이 새도 위태로웠을 것이다.

다행히 백로가 마음 놓고 살 수 있는 곳이 아직은 두 곳 정도 남아있다. 한 곳은 중국 최초의 백로 자연보호구역으로 지정된 충칭시重慶市의 싼둬차오三多橋 마을이다. 이곳에는 다양한 종류의 백로 2만 마리가 살고 있다고 한다. 또 '백로의 섬鷺島'이라는 별칭을 가진 샤먼시廈門市도 있다. 중국에는 스무 종의 백로가 살고 있는데, 오래전부터 백로가 좋아하는 서식지로 알려진 이 샤먼에는 열 종 이상의 백로가 살고 있다고 한다.

송나라 고승 석요혜釋了惠가 쓴 시 〈게송偈頌〉에는 이런 문장이 있다.

하늘의 거대한 뜻은 알기 어렵고,

지존한 덕도 헤아리기 어렵네.

그 앞에서 온 백성은 갈매기와 백로 같고,

사방의 바다는 연못에 불과하네.

그 은덕으로 날마다 보드라운 봄바람이 불어오니,

근심 걱정 없는 복희씨(伏義氏) 시대 같구나.

洪機莫測, 至德難量.

萬民幾鷗鷺, 四海一池塘.

日日春風相鼓舞, 不知時世是義皇.

비록 평범한 사람은 이해하기 어려운 고상한 문장이기는 하지만, 백로가 꿈결처럼 아름답지만 짧은 인간의 삶을 상징한다는 것을 쉽게 알 수 있다.

어느 날 내 딸과 함께 아주 먼 곳에 있는 시골 마을에 갔다가 나무 꼭대기에 앉아 있는 백로를 본 적이 있다. 그 순간, 양자물리학적으로 설명하자면 우리의 세계는 끊임없이 일렁이는 작은 '물결'에 불과했고, 〈게송〉의 "사방의 바다는 연못에 불과하다"라는 구절도 현실이 되어 다가와 인간과 백로의 모습은 보일락말락한 아득한 존재처럼 느껴졌다. 책장을 덮어도 남아 있는 《시경》의 깊은 여운에 비견할만한 순간이었다.

桃蟲

미천한들 어떠하리? 행복하기만 한걸!

뱁새

《그림동화》 중에는 〈뱁새〉[151]라는 제목의 이야기가 있다. 이 이야기 속의 뱁새는 다른 새들의 관심과 존중을 얻으려고 얕은수를 부리다, 결국 다른 새들에게 피해를 주는 부정적인 이미지로 그려진다. 끝내 이 뱁새는 제 꾀에 제가 속아 넘어가 독일에서 '울타리의 왕'이라는 별명까지 얻기에 이르렀다.

이 동화를 우리 아버지가 일하시던 중·고등학교의 도서관에서 본 이후로 나는 플라타너스 위에 사는 새들을 유심히 관찰하는 버릇이 생겼다. 그 덕분에 가끔은 뱁새도 보았다. 뱁새는 참새보다는 작지만, 울음소리가 훨씬 아름다운 새다. 주로 나뭇가지와 이파리 사이에 몸을 숨기며 참새와 달리 사람에게 가까이 다가오지 않기 때문에 아쉽게도 자세히 본 적은 없다.

무슨 연유인지는 알 수 없으나 《시경》 속에서 뱁새는 '복숭아벌레'라는 뜻의 '도충桃蟲'이라는 이름으로 등장한다. 내 지레짐작이지만, 아마 뱁새가 복숭아나무에서 자라는 벌레를 잘 잡아먹어서 붙은 이름이 아닐까 싶다. 아버지 말씀으로는 예전에 친할아버지도 집 뒤편에 복숭아나무를 심어두셨는데, 매년 아이들에게 '복숭아벌레'를 좀 잡아달라고 부탁하셨다고 한다. 뱁새를 잡아달라는 것이 아니라, 진짜 애벌레를 잡아달라는 부탁이었다.

151 〈뱁새〉의 줄거리는 다음과 같다. 어느 날 새들이 모여 가장 멀리, 가장 빨리 나는 새를 새들의 왕으로 삼기로 하고 비행시합을 펼쳤고, 그 결과 매가 1등으로 결승선을 통과했다. 그런데 결승선을 통과하자마자 매의 가슴속에 숨어 있던 뱁새가 툭 튀어나와 "내가 1등이니 내가 왕이다!"라고 주장했다. 뱁새의 속임수에 화가 난 새들은 뱁새를 동굴에 가두고, 올빼미를 보초로 세웠다. 그러나 올빼미가 잠시 잠이 든 사이 뱁새는 순식간에 동굴에서 탈출해 버렸고, 다른 새들은 올빼미와 뱁새를 모두 벌주고 싶어 했다. 결국 뱁새를 놓친 벌을 받을까 두려워 올빼미는 다른 새들이 자는 밤에만 활동하게 되었고, 뱁새는 다른 새들에게 잡히기 싫어 울타리와 나뭇가지 사이를 폴짝폴짝 뛰어다니는 습성을 가지게 되었다. 그래서 독일어로 뱁새는 '울타리의 왕'이라는 뜻을 가지고 있다고 한다.

이제 나는 작은 뱁새가 자라면 거대한 수리가 되어 날아간다는 것을 믿소.

나라에 환란이 끊이지 않으니, 쓰디쓴 여뀌 풀숲에 갇힌 듯하오.

肇允彼桃蟲, 拼飛維鳥.

未堪家多難, 予又集於蓼.

〈주송·소비(小毖)〉[152]

옛사람들은 잉어가 자라면 용으로 승천한다거나, 미운 오리새끼가 커서 백조가 된다는 이야기처럼 뱁새가 크면 수리가 된다는 전설을 믿었다. 자유롭고 에너지 넘치며, 시간과 공간에 구애받지 않는 무한한 가능성을 가진 시각으로 세상을 보았던 것이다. 물론 동화 또는 신화와 현실 간에는 새와 비행기만큼이나 큰 차이가 존재한다. 최첨단 과학기술의 결정체인 비행기는 치밀하고 정확한 기술이 요구되는 만큼, 인간의 상상력이 날개를 펼 공간은 좁아질 수밖에 없고, 상상력을 발휘했다가는 오히려 보이지 않는 위험을 만들어낼 수도 있다. 반면 광활한 하늘을 나는 새를 보며 인간은 상상의 나래를 마음껏, 아무 걱정 없이 펼칠 수 있다. 때로는 수리로 변하고, 때로는 봉황으로도 변하는 새를 통해 우리는 생각의 장벽을 뛰어넘고, 경계를 초월해 또 다른 세계로 우리의 상상력을 확장시킬 수 있다.

그래서 나는 〈주송·소비〉 속 이야기가 진짜라고 믿는다. 《그림동화》 속 뱁새와 달리 이 시 속의 뱁새는 긍정적인 이미지다. 보이지 않는 거대한 희망을 상징하기 때문이다. 인생 한번 바꿔보겠다는 옛사람들의 욕망이 이 작은 새에 투영

152 이 시는 뱁새가 자라면 수리같이 큰 새가 되듯 작은 일이라고 소홀히 하면 큰 화(禍)를 불러일으킬 수 있다며 언제나 스스로 경계하며, 조심할 것을 당부하는 시다. 학자들은 관숙, 채숙과 무경(武庚)의 반란을 평정한 후 주 성왕이 반성했다는 고사성어에서 비롯된 시라고 분석했다.

된 것이라 볼 수도 있다. 그런데 시간이 흐르면서 뱁새에 대한 문화적, 사상적 의미는 점점 광범위해져서, 《장자》의 〈내편·소요유〉에도 등장하기에 이른다.

> 깊은 숲속 둥지를 짓고 사는 뱁새에게는 나뭇가지 하나만 있으면 되고,
> 아무리 강물이 많아도 두더지는 제 배 채울 만큼만 강물을 마신다네.
> 鷦鷯巢於深林, 不過一枝,
> 偃鼠飮河, 不過滿腹.

이 글은 인간의 욕망에 경고를 보내고 있다. 사람의 위가 아무리 커봐야 뱁새보다 조금 더 클 뿐인데, 사람은 자기 삶에 만족할 줄 모르니 뱁새만큼도 행복하지 않은 삶을 산다. 뱁새는 키도 작고, 뚱뚱한 새다. 그래서 다이어트가 시급하지만, 전혀 외모에 신경 쓰지 않고 매일 숲속을 이리저리 뛰어다니며 우렁차고 맑은 목소리로 노래를 부른다. 또 조금만 귀 기울여보면 그 노래는 수컷 뱁새와 암컷 뱁새가 박자를 맞춰 부르는 듀엣곡이라는 것도 알 수 있다. 이렇듯 뱁새가 억지로 행복을 추구하지 않는 이유는 어쩌면 뱁새는 자기 자신으로 사는 것이 가장 행복하기 때문일지도 모른다. 진나라 정치가 장화張華의 산문 〈초료부鷦鷯賦〉를 보면 그도 그렇게 생각했음이 틀림없다.

뱁새라는 작은 새는 잡초 사이에서 태어나 울타리 아래서 작은 둥지에서 자라고,

날아가는 모습도 평범하기 이를 데 없으나, 태어난 모습에 만족하고 산다네.

鷦鷯, 小鳥也, 生於蒿萊之間, 長於藩籬之下, 翔集尋常之內, 而生生之理足矣.

《장자》의 〈내편·소요유〉와 일맥상통하는 글이다. 장화는 포부가 매우 큰 사람이었지만 정치적으로 자기 뜻을 펼치지 못했다고 한다. 그래서 슬럼프를 겪으며 느낀 울분을 어떻게든 삭히기 위해 자신의 관심을 애써 뱁새에게 돌린 것이다. 혼란스러운 진나라의 상황 때문에 《노자》와 《장자》 사상을 따르려는 사회적 풍조가 강해졌고, 이런 사상은 뜻을 이루지 못한 많은 사람에게 괜찮은 위로거리가 되기도 했다. 이런 가운데 미천하지만 자기 자신에게 만족하며 살아가는 뱁새의 이미

지는 자연의 법도를 중시하는 도가 사상에 잘 들어맞았으니, 진화를 비롯한 사람들에게 분명 위로가 되었을 것이다.

어떤 사람들은 둥지 짓는 솜씨가 뛰어난 뱁새를 살림 잘하는 아낙네라는 뜻에서 '교부조巧婦鳥'라고 부르기도 한다. 뱁새는 지푸라기, 깃털 등을 모아 오목한 그릇 같은 모양의 둥지나, 드나들기 편하게 한쪽에 조그만 출입구를 만들어 놓은 돔 형태의 둥지를 짓는 등 뛰어난 건축 실력을 갖추고 있다. 이런 똑 부러진 재주는 유전적으로 타고 태어난 것이기는 하지만, 대자연이 은연중에 뱁새가 천재 아인슈타인만큼이나 똑똑하다는 의미심장한 메시지를 우리 인간에게 던지기 위한 것 같기도 하다.

오스트레일리아에는 자식에게 조기교육을 하는 더 대단한 뱁새가 살고 있다. 암컷 뱁새는 암호 대신 특별한 울음소리를 새끼에게 가르치고, 어미 울음소리에 딱 들어맞는 울음소리를 내는 새끼에게만 먹이를 준다. 그래서 뱁새 둥지에 몰래 알을 낳고 키우게 만드는 뻐꾸기 같은 새에게 반격할 수 있다. 새끼 뻐꾸기는 어미 뱁새의 '암호'를 몰라서 살아남지 못하기 때문이다.

에너지 넘치고, 똑똑하지만 수줍음이 많아 인간 곁에 다가오지 않는 이 작은 새는 사실 우리를 위해 몇만 년 동안이나 묵묵히 봉사해온 고마운 새다. 뱁새가 논과 숲의 해충을 먹어 치워 준 덕분에 옛사람들은 살아남을 수 있었고, 때로는 인간 비장을 보호하고, 몸속 습기를 몰아내며, 폐를 건강히 하고, 기침을 멎게 만들며, 신장에 도움이 되는 보양식이 되어 준 덕분에 건강히 살 수 있었다.

때로 나는 산과 들판을 걸으며 《시경》 속의 풀, 나무, 새 그리고 동물을 찾아보고, 그 이름을 곱씹어보며 큰 기쁨을 느낀다. 아쉽게도 뱁새는 항상 나와 멀찍이 떨어진 곳에서 폴짝폴짝 뛰고, 우렁차게 울기 때문에 또렷한 모습을 본 적은 없지만, 끝없이 아득한 벌판에서도 뱁새의 온몸에서 풍기는 고풍스러운 문화의 향기는 맡을 수 있다. 《그림동화》는 뱁새가 이기적이라며 비난했지만, 그런 비난은 믿을 것이 못 된다. 반면, 뱁새가 아무리 크게 자라도 수리가 될 리는 없지만, 그래도 수리처럼 큰 새가 되기 위해서 먼저 뱁새처럼 작은 새가 되겠다는 옛사람들의 지혜로운 태도는 배워야 한다.

명성을 크게 떨칠 때는 큰 봉황새처럼 하늘을 훨훨 날되,

곤궁할 때에는 뱁새처럼 나뭇가지 하나에도 만족할 줄 알아야 하는 법이다.

通當為大鵬, 舉翅摩蒼穹.

窮則為鷦鷯, 一枝足自容.

백거이의 시 〈아신(我身)〉[153]

이런 삶의 철학을 가진 사람에게 불가능이란 없다.

153 당 헌종 10년, 월권행위를 저지른 죄로 좌천된 백거이가 쓴 시로 초라한 현재에 굴하지 말고 어떤 환경이든 잘 적응해 명철보신 할 것을 스스로 타이르는 내용이다.

鶻鵃

차갑게 돌아선 사람 마음이 새랑 무슨 상관인가?

할미새

어느 날 나무 그늘에 대나무 의자를 놓고 앉아 차와 담배를 즐기고 있었는데, 갑자기 내 옆에 있는 연못 근처에서 푸드덕하는 소리가 나서 돌아보니, 어디선가 자그마한 새가 튀어나와 나뭇가지에 앉아 꼬리를 아래위로 경쾌하게 흔들어댔다.

그 새는 연못 가장자리를 천천히 산책하면서 때때로 '치링! 치링!' 하며 노래했다. 옛사람들이 할미새를 '척령鶺鴒'이라 부른 이유는 그 노랫소리 때문이 아닐까?

이 작은 새는 아주 흔한 새지만, 경계심이 높아 지난 몇십 년간 나도 제대로 가까이서 관찰한 적은 없다. 한 번은 마치 그림 속 풍경처럼 연꽃 위에 앉아 있는 할미새를 발견해서 사진을 찍으려고 시도한 적이 있다. 그런데 카메라 초점을 맞추려고 줌을 당기고, 당기고, 또 당기는 순간……. 갑자기 눈앞에서 사라져 버렸다.

그 할미새는 예리한 육감으로 카메라 렌즈 뒤에 숨어 자신을 훔쳐보는 내 시선을 느낀 것은 아닐까?

저 자그마한 할미새 좀 보게나.

날아가며 지저귀는 저 할미새 좀 보게나.

題彼脊令, 載飛載鳴.

〈소아·소완(小宛)〉[154]

옛사람들은 할미새를 아주 많이 아끼고, 형제간의 우애를 상징하는 새로도

154 현대 학자들은 이 시의 저자를 서주 하급관리로 추정하며, 저자의 형제들이 부모님이 돌아가신 후 제 자식도 돌보지 않고 방탕하게 살자 이를 꾸짖는 내용이라고 해석한다.

여겼다. 심지어 당 현종도 할미새를 보고 붓을 들어 손수 글 〈척령송鶺鴒頌〉을 써 형제간의 정을 강조했는데, 이 글은 지금도 타이베이 고궁박물원臺北古宮博物院에 소장되어 있다.

나는 그 글을 자세히 읽어본 후 큰 감동을 받았다. 제왕의 자리를 차지하고 난 후 이씨 가문에 불었던 피바람과 동족상잔의 비극이 생각나서 더욱 그랬다. 그래서인지 당 현종의 글에서 깊은 슬픔이 느껴졌다…….

당 현종은 당나라가 쇠퇴하기 직전의 늦가을에 "할미새가 수도 없이 날아들어 인덕전麟德殿[155] 앞 정원에 모여들었는데, 그 울음소리에 하늘이 울리네有鶺鴒千數, 棲集於麟德殿之庭樹, 竟旬焉"라며 〈척령송〉을 남겼다. 또 이 글의 내용에 따르면, 그날 당 현종과 그의 오형제가 함께 모여 "천륜의 사랑을 두터이했다展天倫之愛也"고도 한다. 그런데 신기하면서도 상서롭게도 그 자리에 있던 할미새들은 당 현종과 형제들을 무서워하기는커녕, 그들과 함께 장난을 치고 싶어했던 듯하다. 그래서 당 현종은 할미새에 대한 찬사를 보내는 것으로 이 글을 마친다.

날아가는 할미새 보니 좋은 책을 읽듯 즐겁도다.

觀此翔禽, 以悅我心, 良史書兮.

155 당나라 수도 창안(長安)에 있던 궁전인 대명궁(大明宮)의 연회용 전당(殿堂)의 명칭이다.

이후 송나라 서예가 채경蔡京은 이 글에서 모티브를 얻어 당 현종의 서예 솜씨를 칭찬하는 〈당현종척령송제발唐玄宗鶺鴒頌題跋〉이라는 글을 남기기도 했다.

한편, 백성들은 훨씬 더 소박하고, 따스한 태도로 할미새를 대했다. 쓰촨성四川省에서 불렸던 이 정겨운 전통 동요만 봐도 알 수 있다.

휙휙 공중제비 잘도 도는 점수작(點水雀, 할미새의 별칭),
단번에 아씨 방문 앞에 도착하더니 "아씨는 언제 시집가오?"라 물었네.
아씨가 "오늘 머리단장하고, 내일 시집가지"라 답하니,
점수작은 "바람도 많이 불고, 비도 많이 오는데 아씨는 무섭지도 않소?"라 다시 물었다네.
아씨는 "무섭지 않지, 무섭지 않아. 하나도 무섭지 않다네!"라 답했다네.

點水雀(即鶺鴒), 打筋鬥, 一打打在娘娘房門口.
問妳娘娘好久嫁? 今天梳頭明天嫁.
風也大, 雨也大, 問妳娘娘怕不怕?
娘娘說不怕不怕真不怕!

이 지역에서 할미새는 결혼을 알리는 새라고 해서 까치보다 더 대접받았고, 그 지역 어린이들은 이 동요 내용처럼 "공중제비 도는 할미새"를 보게 되면 곧 국수 먹을 일이 생기지 않을까 하고 기대했다. 헐벗고 굶주렸던 시절에는 설이나 명절에나 맛있는 음식을 얻어먹을 수 있었기 때문에 평소에는 마을 사람 누군가가 결혼잔치 벌이기만을 기다리는 수밖에 없었다.

그런데 훗날 루쉰魯迅이라는 필명을 쓰는 저장성 사오싱시紹興市에서 살았던 저우수런周樹人이란 아이는 달랐다. 그가 커서 쓴 산문 〈백초원에서 삼미서옥으로從百

草園到三味書屋〉[156]를 보면 이 아이는 결혼잔치 소식을 알려주는 할미새가 찾아오기를 학수고대하는 대신 한겨울 들판에 직접 나가 할미새를 잡아 왔다.

그 밖에도 하얀 뺨을 가진 '장비조(張飛鳥)'도 있었다.

그런데 성질이 급한 탓에 집에 잡아 오면 하루도 안 되어 죽어버렸다.

也有白頰的'張飛鳥',

性子很躁, 養不過夜的.

이 글 속의 '장비조'는 할미새를 가리킨다. 장비 역할을 맡은 경극京劇 배우의 얼굴 분장 색깔과 할미새의 털빛이 비슷해서 얻은 이름이다. 어린 루쉰은 이 성격 급한 새를 제대로 키우지 못했지만, 요즘에는 할미새만 전문적으로 길들이는 사람도 있어서 새장에 넣고 애완조로 키울 수도 있다. 이런 애완용 할미새에게는 일반적인 새 모이도 주지만 가끔은 애벌레인 밀웜Mealworm도 준다. 그런데 나는 새장 속에서 깡충깡충 뛰어다니는 할미새를 보는 게 도대체 무슨 의미가 있는지는 잘 모르겠다.

매섭게 내리는 눈에도 굴하지 않고 저 두 할미새는 꼭 붙어 있는데,

일렬로 가던 기러기는 세찬 바람 이기지 못하고 뿔뿔이 흩어졌네.

急雪脊令相並影, 驚風鴻雁不成行.

황정견의 시 〈화답원명검남증별(和答元明黔南贈別)〉[157]

156 루쉰의 산문집 《아침 꽃을 저녁에 줍다(朝花夕拾)》에 실린 작품으로 어린 시절 뛰놀았던 정원 백초원(百草園)과 공부를 하던 서당 삼미서옥(三味書屋)에 대한 추억에 관한 산문이다.

다시 할미새가 상징하는 형제간의 우애라는 주제로 돌아와 보자. 그러면 훨씬 다양하고, 아름다운 할미새에 관한 이야기를 나눌 수 있다. 황정견의 시도 그 중에 하나다. 이 시를 보면, 황정견은 할미새들이 나누는 정이 기러기들끼리 나누는 정보다 훨씬 대단하다고 칭찬한다. 이렇게 참새보다 조금 더 큰 이 새는 옛 사람들과 황제의 칭찬 덕분에 인간들이 본보기로 삼아야 할 새, 즉 '정이 넘치는 새'라는 이미지를 가지게 되었다. 그런데 시와 그림에 능했던 명나라 예술가 당인唐寅의 시화 〈패하척령도敗荷鶺鴒圖〉에는 이런 시가 곁들여져 있다.

자유롭게 날아다니며 꼬리를 까딱까딱하던 저 새들,

들판의 찬 이슬 생기니 한데 모여 지내고 싶어 하네.

이 세상 어디든 형제가 있다 자랑하지 말아라.

이제 형제마저 차가운 시선으로 보니 말이다.

飛喚行搖類急難, 野田寒露欲成團.

莫言四海皆兄長, 骨肉而今冷眼看.

세상에 대한 냉소적인 적의가 느껴지는 시다. 사람의 정이 차갑게 식건, 뜨겁게 달아오르건, 이 작은 새와 무슨 상관이 있냔 말이다. 자연의 이치에 따라 할미새들이 서로 정답게 지내듯 대부분의 새는 서로 정답게 지낸다. 할미새든지, 원앙이든지, 아니면 무리 지어 다니며 시끌시끌하게 구는 참새든지, 겉보기에는 아무것도 모르는 존재 같지만, 사실은 모두 자연의 이치를 설파하고 다니는 수행자

157 송 철종(哲宗) 2년에 황정견은 사책(史册) 편찬을 잘못했다는 죄명으로 유배되었다. 이에 우애 깊은 형 황대림(黃大臨, 자 원명(元明))이 황정견과 유배지까지 함께 왔다가 집에 돌아가게 되자 이별함을 아쉬워하며 형제가 서로 작별의 정을 담은 시를 지어주었다.

다. 또 형제라면 당연히 사이좋게 지내야 하는 법이니 따로 찬양하고, 찬미할 필요가 없을 뿐만 아니라 새까지 끌어들일 일은 더더욱 아니다. 그래서 나는 우리 인간들이 천륜을 거스르고, 본성을 거부하다 끝내 퇴화한 것은 아닌가 싶다.

중국에는 백할미새, 노랑할미새, 긴발톱할미새, 노랑머리할미새 등 다양한 할미새가 산다. 그런데 물레새는 같은 할미샛과지만 다른 속으로 분류되고, 보호동물로도 지정되어 있다. 21세기 초 어떤 학자들은 할미새에 중요한 경제적, 과학적 가치가 있다고 주장했는데, 아직 어떤 가치를 '개발'했는지는 발표된 적이 없다. 사실 나는 어떤 생물을 '개발'한다는 것을 믿지 않을뿐더러, 이런 행위가 더 심각한 위기를 초래할지도 모른다고 생각한다. 청나라 문인 탁이감卓爾堪의 시 〈제척령도題鶺鴒圖〉에 "끊이지 않는 할미새 울음소리, 다급하면서도 슬픈 것이 어찌 이리 마음을 울릴까鶺鴒飛鳴聲不息, 先急後悲何淒惻"라는 구절이 있듯이, 이 새는 천성적으로 쉽게 불안해하는 성격이다. 이런 새를 왜 인간들은 이토록 못살게 구는 것일까?

桑扈

자바섬의 참새가 당 태종 아들이 되기까지

콩새

10여 년 전에 홍콩에 가셨던 아버지는 길거리에서 카드를 뽑아 점을 쳐주는 새가 있는 것을 보고는 깜짝 놀라셨다. 그때까지 아버지는 고도로 발달한 자본주의 사회의 사람들은 훨씬 교양 있는 사람들이라 미신을 안 믿는 줄 아셨다.

아버지는 궁금한 마음에 새 이름이 정확히 뭐냐고 점쟁이한테 물어봤다. 그러자 점쟁이는 '절지竊脂'라는 이상야릇한 이름을 알려줬다. 그리고 아버지는 나중에 집에 돌아와 책을 찾아보신 후 《시경》 속에 등장하는 '상호桑扈'이자, '절지', '청작青雀', '익鷁'이라는 다양한 이름을 가진 이 새는 '콩새'라는 것을 알게 되셨다고 한다.

그런데 사실 아버지가 홍콩에서 봤던 콩새는 주로 인도네시아 수마트라 섬이나 말레이시아 일대에 사는 '자바Java 참새'이기도 하다. 이 새가 어떻게 삼천 년 전 황허 유역에 나타나고, 또 《시경》 속 노래에 기록된 것일까? 《시경》 속 콩새는 시간이 흐르면서 다른 새에게 이름을 빌려주거나, 빼앗긴 것은 아닐까?

재잘재잘 지저귀는 콩새, 화려한 깃털 아름답기도 하구나.

交交桑扈, 有鶯其羽.

〈소아·상호〉[158]

남송의 유학자 주희는 자신의 《시경》 연구서인 《시집전詩集傳》에 "콩새는 절지라고 불리며, 속칭은 청자青觜이다. 이 새는 육식을 하며, 곡식은 먹지 않는다桑扈, 竊脂也, 俗呼青觜, 肉食, 不食粟"라고 기록해 두었다. 그러나 분명 《시경》의 〈소아·소완〉에는 "재잘재잘 지저귀는 콩새, 곡식 타작하는 사람 따라다니며 마당의 알곡을 쪼아

158 주나라 왕이 여러 제후를 초대한 연회에서 손님들을 추어올리며 흥을 돋우는 내용이다.

먹네交交桑扈, 率場啄粟"라 적혀 있으니, 도대체 누가 틀린 것일까? 《대학》, 《중용》, 《논어》, 《맹자》 등 '사서四書'를 뜯어고쳐 만든 사서 해설서 《사서장구집주四書章句集註》를 쓸 정도로 비판 정신이 강한 주희라지만, 설마 《시경》 속 잠깐 언급되는 새 한 마리까지 의심했을까? 혹은 명나라 때의 '콩새'는 이삼천 년 전의 그 콩새가 아니라 다른 새였을까?

옛사람들에게 콩새는 아주 익숙한 새라서 시나 글 속에서 자주 그 명랑한 모습을 찾아볼 수 있다. "숲속의 청작, 나뭇가지 사이를 훨훨 날아다니네林間青雀兒, 來往翩翩繞一枝"라는 당나라 시인 왕진王縉의 시 〈청작가青雀歌〉 속의 '청작'도 사실 콩새를 뜻한다. 또 당나라 시인 노비盧鉟는 "한시도 쉬지 않고 재잘대며 날아다니는 콩새, 그 소리 조상님들이 들으시고 즐거워 고향 생각하시네桑扈交飛百舌忙, 祖亭聞樂倍思鄉"라 쓰기도 했다. 이 시 속에 묘사된 콩새는 누구나 마음에 쏙 들어 할만한 성격의 새다. 즉 콩새는 사람들과 함께 부대끼며 살았던 아주 흔한 새였다. 주희는 인생의 대부분을 우이산武夷山 일대에서 글을 가르치며 살았었다. 그런 늙은 학자 눈앞에 '자바 참새'가 홍콩을 거쳐 당도했으니, 뭔가 오해가 생겼던 것이 분명하다.

그러나 콩새에 대한 명확한 역사적 기록이 없으니 주희의 판단이 마냥 잘못됐다고 비난만 할 수는 없다. 전한의 회남왕淮南王 유안劉安이 편찬한 철학경전인 《회남자淮南子》만 봐도 "콩새는 곡물을 먹지 않는다桑扈不啄粟"라고 기록되어 있기도 하다. 그런데 《산해경》의 〈산경山經·중산경中山經〉 편에는 더 허무맹랑한 내용이 적혀있다.

콩새 — 桑扈

동쪽으로 백오십리 가면, 거산이라는 산이 나오는데…(중략)

그 산에 사는 새는 생김새가 올빼미 같으나 몸은 붉고, 머리는 희다.

그 새의 이름은 절지라 하며, 불을 끄는 능력을 갖추고 있다.

東一百五十裏, 曰崌山…有鳥焉, 狀如鴞而赤身白首. 其名曰竊脂. 可以禦火.

"불을 끄는 능력을 갖춘" 새라니, 콩새가 소방대원보다 더 대단한 능력이 있었나보다. 한편, 중국 신화에 따르면 콩새는 청조靑鳥라는 이름으로 등장하며, 선녀 서왕모西王母의 말을 전하는 사자 역할을 맡기도 했다. 요즘 한 게임에서 이 신화를 모티브로 한 캐릭터가 나오기도 했다. 한편, 콩새는 당나라 문인 이상은李商隱의 사 〈한궁사漢宮詞〉[159]에서 "서쪽으로 날아간 청작이 돌아오지 않으니, 폐하가 아직도 제령대 누대에서 기다리신다靑雀西飛竟未回, 君王長在集靈臺"라는 구절에서 청작이라는 이름으로 등장한다. 즉 상호, 청조 또는 절지 등 어떤 이름으로 불리든, 신묘한 새의 역할을 맡을 때 콩새는 항상 스케일 큰 시와 글에만 나온다. 반면, 서민들의 눈에 비친 콩새는 훨씬 친근한 모습이었다.

북쪽 마을, 남쪽 마을 곳곳에서 콩새가 지저귀고,

집 앞, 집 뒤 대나무 숲에서는 닭이 푸드덕거리네.

村北村南桑扈叫, 家前家後竹雞飛.

원나라 시인 마조상(馬祖常)의 시 〈용악천운인효기제영한의(用樂天韻因效其題詠閑意)〉

159 당 무제(武帝)는 방술에 심취해 단약(丹藥)을 먹고 신선이 되려고 했다. 이에 이상은은 한나라 때의 누대 이름인 '제령대'를 시에 넣어 미신을 신봉한 한 무제를 비판하는 것처럼 가장해 당 무제를 비판했다.

흐드러지게 핀 밤꽃은 그늘을 만들고,

콩새는 난간을 스치듯이 날아가네.

栗留影裏垂蕤重, 桑扈飛時拂檻斜.

당나라 문인 당손화(唐孫華)의 시 〈앵속화(鶯粟花)〉

이 시들을 통해 엿볼 수 있듯 콩새는 봄과 여름에 주로 얼굴을 보여주는 여러 새 중에서 가장 빠릿빠릿하면서도 앙증맞은 요정 같은 새였다. 그래서 많은 시와 글 속에서 콩새는 예뻐 보이라고 달아놓은 장식품 같은 역할만 했지만, 더 무게감 있는 경전經典 속에서 콩새는 제 옛 이름인 '상호'라는 이름으로 자주 등장하며, 세상을 등지고 은거하는 현자를 가리키는 뜻으로 쓰여 인문학적인 가치를 지닌다.

예를 들어 전국시대 후기 초나라 시가를 담은 《초사楚辭》 중 〈구장九章〉 편에 실린 굴원屈原의 시 〈섭강涉江〉을 보면 "접여는 머리를 깎고 은둔하며, 상호는 나체로 돌아다니며 세상에 항의했네接輿髡首兮, 桑扈臝(裸)行"[160]라는 구절이 있다. 세상을 피해 몸을 숨긴 선비 '상호'가 현실에 불만을 가져, 나체로 돌아다니며 비분강개한 심정을 표현했다는 뜻이다. 《장자》의 〈내편內篇 · 대종사大宗師〉에 언급되는 '자상호子桑扈'[161]라는 사람이 바로 이 나체 수행자다. 이들을 불쌍히 여기신 당나라 스님 교연皎然은 이 은둔 선비들에 대한 동정심을 담아 시 〈선사禪思〉를 남겼다.

160 접여(接輿)와 상호는 모두 유명한 초나라 은둔 선비의 이름이다.

161 "자상호, 맹자반(孟子反), 자금장(子琴張)이 서로 벗하며 지냈는데, 자상호가 죽게 되어 초상을 치르게 되었다. 공자의 제자 자공도 이 소식을 듣고 상호의 집을 찾았는데, 그의 벗인 맹자반과 자금장이 상호의 시신을 앞에 두고 흥겹게 노래를 부르는 모습을 보았다. 이에 자공이 화가 나 공자에게 그들은 예를 모르는 사람이라 비난했으나, 공자는 그들은 세속의 예에 얽매이지 않는 사람, 무위(無爲)를 실천하는 자들이다"라고 했다는 내용이다.

마음이 산란하니, 새벽도 황혼도 구분하지 못하는구나.

마음의 근본을 찾는 것은 아름드리나무의 뿌리를 찾기만큼이나 어렵다네.

함부로 헛되이 행동하니, 천파만파의 파문이 일어났다네.

상호야, 슬프구나. 한낱 미물의 공허한 말에 지나지 않으니…(중략)

真我性無主, 誰為塵識昏.

奈何求其本, 若拔大木根.

妄以一念動, 勢如千波翻.

傷哉子桑扈, 蟲臂徒虛言.

같은 콩새지만 인간으로서의 콩새, 즉 은둔 선비 상호는《시경》속의 콩새보다 훨씬 못한 삶을 살았음이 틀림없다.《시경》속의 콩새는 아무 걱정도 없고, 세상에 대한 분노도 느끼지 않으니 말이다. 만약 홍콩의 점쟁이 콩새가 바로 이 노래 속의 콩새라면, 폴짝폴짝 뛰어다니며 점괘가 적힌 종이를 뽑던 그 콩새 눈에 이 세상은《시경》속 세상과 마찬가지로 흥미진진하고 즐거운 세상이었을 것이다. 그렇지 않았더라도 아버지가 홍콩 길거리에서 마주쳤던 그 콩새는 일을 마치고 나면 점쟁이가 상 대신 주는 곡식을 받아먹으며, 소박한 기쁨을 만끽할 줄 알았다.

콩새와 관련이 있는 또 다른 두 명의 대단한 인물이 있다. 한 명은 고대 전설 속 황제의 아들인 소호씨少昊氏를 도와 누에치는 일을 담당했던 관리다. 한나라 학자 채옹蔡邕이 한나라 황실의 의례 등을 기록한 책《독단獨斷》속 "상호씨는 농사를 관리하는 관직으로 주로 농민들의 누에치는 일을 돕는다桑扈氏, 農正, 趣民養蠶"라는 내용을 보면 그렇다. 또 다른 대단한 인물은 바로 당 태종의 넷째 아들이다. 그의 아명이 바로 콩새를 뜻하는 '청작'이었기 때문이다. 그런데 이렇게 높고 귀하신 인물에게 설마 정말로 저잣거리에서나 보는 새의 이름을 붙였을까? 아니면 서왕모의 아름다운 정원에서 산다는 콩새 이야기에서 영감를 얻어 지은 이름이었을까?

물고기와 여러 동물

鯊

시를 읽다 보니 군침이 도네

모래무지

내가 다니던 학교 옆 도랑에는 자그마한 물고기가 많이 살았다. 대부분의 어른들은 그 물고기를 '마골용麻骨龍'이라고 불렀지만, 유독 우리 어머니만 '편담채扁擔砦'라고 부르셨다. 내가 보기에는 우리 어머니가 지어준 이름이 그 물고기에게 가장 잘 어울렸다. '편담채'라는 것은 사실 멜대 양쪽 끝에 박는 조그만 나뭇조각 부분을 말하는 것인데 생김새가 '마골용'이라는 물고기와 상당히 닮았다.

나뭇조각만큼이나 몸집이 작은 이 물고기에 사람들은 관심이 없었다. 보통 크기의 붕어도 녀석보다 몇 배나 더 컸으니 말이다. 그렇지만 나와 동무들은 이 녀석만큼 잡기 쉬운 물고기도 없어서 이 물고기를 제일 좋아했다. 도랑 바위에 납작 엎드려 물속을 들여다보면, 물속 바위틈 사이에 있는 마골용을 발견할 수 있다. 조심스레 두 손을 물속으로 넣어 서서히 마골용을 포위한 다음 천천히 물 위로 손을 들어 올리면, 마골용도 두 손을 따라 물 위쪽으로 따라오기 마련이다. 그렇게 물 밖까지 마골용이 손을 따라 올라오려는 찰나에 두 손을 확 모아버리면, 녀석은 꼼짝도 못하고 우리 손에 들어오고 만다.

멍청하기 짝이 없는 물고기였다.

토실토실 살이 오른 자가사리와 모래무지가 통발 가득 들어있고,

왕께서는 향기로운 술을 준비해 두셨으니,

그 잔칫상 성대하기도 하여라.

魚麗於罶, 鱨鯊. 君子有酒, 旨且多.

〈소아·어려(魚麗)〉[162]

162 귀족들의 흥겨운 연회와 풍성한 잔칫상을 묘사한 시로 모래무지뿐만 아니라 자가사리, 메기 등 다양한 물고기의 이름이 등장해 성대한 잔치를 열었음을 알 수 있다.

〈소아·어려〉 속에 나오는 "문절망둑 사鯊"라는 글자의 뜻이 무엇인가에 대해서는 여러 가지 해석이 있는데, 그중에서도 나는 민물 모래무지 종류였을 것이라는 주장이 가장 신빙성이 있다고 본다. 내가 어렸을 때 잡았던 마골용도 일종의 민물 모래무지였기 때문이다. 이 물고기는 다 자라도 약 10센티미터 정도밖에 되지 않고, 내가 어린 시절에 잡았던 모래무지는 심지어 내 손가락 길이만큼도 안 되는 자그마한 물고기였다.

이렇게 작은 물고기가 어떻게 《시경》 속 시의 내용처럼 귀족의 잔칫상에 올라갈 수 있었을까? 가능성은 딱 하나다. 녀석이 맛있는 물고기라 가능했다. 그런데 사실 나는 어려서부터 한 번도 모래무지를 손님상에 올리는 모습을 본 적이 없다. 심지어 대부분의 낚시꾼은 모래무지가 걸리면 싫은 티를 팍팍 낸다. 이 작은 물고기는 멍청하기도 멍청하지만, 식탐도 정말 많다. 그래서 아무 줄에다 낚싯바늘을 끼우고 지렁이를 매달아 바위 위에서 낚싯대를 드리우면 열에 아홉은 모래무지를 잡을 수 있을 정도다. 게다가 대부분의 모래무지는 아예 낚싯바늘을 물지도 않는다. 식탐이 많아 낚싯바늘이 아니라, 아예 지렁이를 입에 문 채 뭍으로 딸려 나온다.

몇 년 전 책을 보다 모래무지는 토보어土步魚라고도 불렸고, 옛사람들이 아주 좋아하는 물고기였다는 것도 알게 되었다. 심지어 남송 황제들이 '토보랄갱土步辣羹'이라는 모래무지 매운탕을 먹었다는 기록이 있다. 아마도 식욕을 돋우기 위한 탕이 아니었을까? 호화스럽게도 황실에서는 이 물고기를 먹을 때 콩알 크기만한 지느러미 양옆의 작은 살점만 먹었다고 한다. 이런 식의 모래무지 섭취법은 1950~60년대까지 이어져, 저장성과 상하이 일대에서도 귀한 손님에게는 이런 식으로 모래무지를 대접했다고 한다.

안후이성安徽省의 둥즈현東至縣이라는 곳에서는 모래무지를 마골용, 토보어도 아닌 '맥어麥魚'라고 부르고, 시골 민박집에 딸린 식당에서 매년 5천여 킬로그램이나 되는 야생 모래무지를 먹어 치운다. 이 소식이 중국 국영방송 CCTV의 생활 정보 프로그램 〈돈 한번 벌어봅시다生財有道〉에 방영된 후 야생 모래무지를 남획한다며 우려를 표하는 시청자들도 있었다. 한편 같은 안후이성이지만 퉁링시銅陵市 시민들은 모래무지가 조그맣고 못생겼다는 뜻에서 '왜자어矮子魚'라고 낮춰 부른다고 한다. 그래서 평생 왜자어라는 물고기 이름밖에 몰랐던 퉁링 출신의 한 젊은 요리사는 쑤저우蘇州에서 요리 유학을 하던 중 '홍소정당紅燒整塘'이라는 유명한 생선찜 조리법을 배우다 이 유서 깊은 지역 전통요리에 들어가는 물고기가 바로 고향의 그 '왜자어'라는 것을 알고 깜짝 놀랐다고 한다. 사실 이 요리 이름 '홍소정당'의 '당塘'은 '당례塘鱧'의 줄임말이고, 당례는 바로 모래무지의 또 다른 이름이다.

이 젊은 요리사 말로는 홍소정당이라는 생선찜은 만들기 아주 까다롭다고 한다. 모래무지가 워낙 작아서 냄비당 최소 일고여덟 마리는 넣어야 하는데, 냄비 바닥에 부채꼴 모양으로 예쁘게 넣어놔도 반대쪽을 익히려면 또 뒤집어야하므로 결국 살이 으스러져 버린다고 한다.

1940년대부터 1990년대까지 왕성하게 문학활동을 펼쳤던 수필가 왕쩡치汪曾祺 선생도 이 마골용, 토복어, 당례 등 다양한 이름을 가진 모래무지를 글 속에서 언급한 적이 있다. 그런데 장쑤성 북부 가오요우시高郵市 출신인 이 수필가는 모래무지를 호랑이 머리를 가진 상어 같은 물고기라는 뜻에서 '호두사虎頭鯊'라고 불렀다.《시경》속 노래의 느낌을 제대로 살린 이름이다. 그래서 그의 수필모음집《왕쩡치의 미식여행汪曾祺談吃》을 보면 "호두사로 국물을 우리면, 고기는 야들야들하고 보송보송하면서도 입속에서 쉽게 풀어지지 않는 데다 국물이 시원해서 입맛을 돋우기 딱 좋다虎頭鯊氽湯, 魚肉極細嫩, 松而不散, 湯味極鮮, 開胃"라는 설명을 볼 수 있다.

저장성 출신의 청나라 문인 주문치朱文治도 사〈소한죽지사消寒竹枝詞〉를 통해 모래무지의 맛을 칭찬한 적이 있다.

낚시 바위 주위에 모여 있는 토보어,
강 위에는 많고 강 아래로 갈수록 적어진다네.
추위가 찾아오고 서풍이 세차게 불기 시작하면,
토보어와 함께 살이 오른 게도 그물 가득 딸려온다네.
土步魚常聚釣磯, 上江多有下江稀.
寒潮初落西風緊, 出網金錢蟹亦肥.

옛날 저장성 사람들이 토보어를 살이 통통하게 오른 게와 동급으로 쳤음을 알 수 있는 기록이다. 1956년 저장성에서는 죽순과 모래무지를 넣고 끓인 생선탕 '춘순보어春筍步魚'를 항저우 명물 토속 요리로 지정했는데, 이 사를 읽고 나서야 그 이유가 이해되었다. 항저우 사람들은 모래무지를 아주 좋아해서 오래전부터 죽순과 함께 탕으로 끓여 먹는 것 말고도 춘장을 넣은 모래무지찜 '장소토보어醬燒土步魚'나, 표고버섯과 함께 자작하게 지진 '상아토보어象牙土步魚' 등 다양하게 모래무지를 먹어왔다.

자그마한 물고기지만, 사실 모래무지는 육식성 동물이다. 물속에 사는 작은 벌레나, 조그만 새우 등을 먹고 모래무지는 뽀얀 살을 통통하게 찌운다. 어떤 사람은 모래무지처럼 맛있는 생선은 두부를 넣고 푹 고아서, 생선의 감칠맛이 두부에 배어들게 해야 한다고 주장하기도 한다. 정말 듣기만 해도 군침이 돈다. 그런데 지금은 시골 마을에서도 모래무지 잡기가 힘든지, 내가 사는 허페이 지역의 시장에서 마골용도, 토보어도 파는 것을 본 적이 없다. 두부와 모래무지의 궁합을 검증해 본다는 명목으로 한번 요리해 보고 싶은데 말이다.

모래무지에 관한 상세한 조리법이 《시경》 속에 기록되지는 않았지만, 아마도 고대의 주방 도구나 조미료는 지금 우리가 사용하는 것들만큼 다양하지 않았을 것이니, 쑤저우나 항저우 스타일로 모래무지 요리를 해 먹기는 어려웠을 것이다. 그래도 푹 고아서 탕을 끓이는 것은 가능하지 않았을까? 계속 이런 생각을 하다 보니 아무래도 〈소아·어려〉의 본뜻에서 너무 멀리 와버린 것 같다. 그렇다고 옛 시를 읽으며 군침을 흘리는 것이 실례는 아니겠지?

魴

물고기 꼬리질에 무너진 왕실

모샘치

내가 10여 살 때 초가을에 벌어진 일이다. 나는 아버지와 함께 청나라 말기에 지어진 한 대지주 저택 옆 도랑에서 낚시하고 있었다. 우리 아버지는 급한 성격 탓에 낚시 고수는 못되었지만, 그래도 때때로 아버지 낚싯대에 걸려 물 밖으로 끌려 나오는 물고기가 있었으니 바로 모샘치였다.

내가 어렸을 때 이 물고기는 발에 차일 만큼 많아서 다들 제대로 된 낚시감으로 취급도 안할 정도의 저급 물고기였다. 크기도 아무리 커봐야 어린아이 손바닥 크기밖에 되지 않아, 식탁에도 오르지 못하고 대개 고양이 먹이로나 썼다.

하지만 쏙쏙 잘도 잡히는 모샘치가 낚시에 서투른 우리 아버지에게는 얼마나 큰 위안이 되었는지 모른다. 그날 서투른 낚시꾼인 우리 아버지와 멀지 않은 자리에서 낚시하던 회계사 장씨 아저씨는 오후 반나절 만에 셀 수 없이 많은 붕어를 낚아 올리셨다. 이런 둘이 나란히 서 있으니, 아버지 체면이 구겨지는 것은 당연지사였다. 그래서 아버지는 내게만 조용히 "모샘치라도 낚아서 다행이야"라고 속삭이셨다.

이날 어린 내 마음에는 자존심이라는 것이 싹텄다.

집에 돌아갈 때가 되자, 자상했던 우리 아버지는 지금까지 잡은 모샘치를 전부 물에 놓아주시며 "고마운 물고기야, 잘 살아라"라고 하셨다.

이날 어린 내 마음에는 사랑이라는 것이 돋아났다.

루허(汝河) 강가 방죽 따라 걸으며, 나뭇가지 잘라 땔감을 모아 보네.

그래도 아직 내 낭군님 보지 못해, 아침 허기처럼 그리움에 시달리네.

노곤한 모샘치 꼬리 붉어지듯, 왕실도 불타오르듯 어지럽구나.

나라가 어지러워도 부모님은 내가 돌보고 있으니 걱정은 하지 마시기를!

遵彼汝墳, 伐其條肄.

旣見君子, 不我遐棄.

魴魚赬尾, 王室如燬.

雖則如燬, 父母孔邇!

〈주남·여분(汝墳)〉163

그로부터 몇 년 후에 허페이 시장에 조금씩 모샘치와 닮은 물고기가 상품으로 등장하기 시작했는데, 우리 동네 사람들은 그 생선을 우창어武昌魚라고 불렀다. 모샘치를 확대해 놓은 것같이 생긴 우창어는 몸무게도 많이 나가서 대개 500그램 정도 됐다. 만약 내가 잘못 짚은 게 아니라면, 두 물고기는 친척 관계일 것 같다.

나중에 《시경》을 읽다가 모샘치의 옛 이름은 '방魴'이며, 수천 년 전에는 인기 많았던 물고기라는 것도 알게 되었다.

하지만 〈주남·여분〉 속 모샘치의 붉은 꼬리는 불길한 미래를 의미한다. "모샘치 꼬리 붉어지듯 왕실도 불타오르듯 어지럽구나"라는 구절은 혼란한 왕실 상황을 상징하기 때문이다. 왜 이 맛있는 물고기를 왕실의 비극과 연관 지었을까? 이 둘 사이에 있는 거대한 간극을 통해 슬픔을 강조하려 했던 것은 아닐까? 《시경》보다 훨씬 더 늦게 탄생한 '옥쇄玉碎'라는 단어가 명예를 위한 죽음을 뜻하는 것처럼 말이다.

진나라 때가 되면 모샘치는 '방'이라는 이름을 버리고 '편鯿'이라는 이름을 가

163 군역 때문에 오랜 기간 집을 떠난 남편에게 보내는 아내의 시다. 오랜 꼬리질로 지친 모샘치처럼 왕실이 쇠락하고 혼란이 가중되면 남편의 귀향이 늦어질 것을 걱정하고 있다.

지게 된다. 진나라 학자 곽박의 《이아주》에는 "요즘 방을 편이라 부른다今呼魴魚為鯿" 라는 기록이 있기 때문이다. 후에 이시진은 《본초강목》에 "방은 모난 생김새를 하고 있어 모 방方자를 쓰고, 편은 납작하게 생겨 작을 편扁자를 쓴다魴,方也. 鯿.扁也" 라 기록했다. 즉 모샘치의 옛 이름인 방과 편 모두 그 생김새 때문에 얻은 이름이다. 옛사람들 눈에도 모샘치는 민물고기 중에서도 특이한 생김새를 가진 물고기였나 보다. 만약 이런 기준으로 바닷물고기 이름들을 지었다간 큰일이 났을 것이다. 바다에는 납작하게 생긴 물고기가 한둘이 아니니 말이다.

그런데 모샘치의 이름이 우창어든, 방이든, 편이든 내가 10대였을 때만 해도 쉽게 볼 수 있는 물고기는 아니었다. 그러니 지금과 달리 일부 지역에서만 먹는 물고기였고, 생산량도 많지 않았다.

《시경》을 보다 보면, '방'이라는 글자를 꽤 많이 찾아볼 수 있다. 북방 지역의 시와 노래를 담은 《시경》에 방이 이렇게 많이 등장하는 것을 보면, 이 물고기는 북방 지역에서 서서히 남방으로 내려온 것 같다. 그러다가 온화한 남방 지역의 물과 기후 덕분에 남방에서 크게 번성해, 지금은 남방 지역인 후난성 우창시武昌市의 이름을 따 남방 느낌이 물씬 나는 '우창어'라는 별칭을 얻게 된 것은 아닐까? 남방 지역은 주로 서부와 북부 지역을 가로질러 흐르는 황허黃河 유역을 중심으로 탄생한 《시경》과 달리 서식 조건이 아주 다르니 말이다.

모샘치는 '방'이라는 이름으로 고대문화 곳곳에서 모습을 드러낸다. 명나라 시인 하경명何景明은 시 〈진시타어가津市打魚歌〉에서 "위용 넘치는 큰 배는 강기슭에 정박해, 펄떡펄떡 날뛰는 메기와 모샘치를 셀 수 없이 많이 낚네大船峨峨系江岸, 鮎魴鱍鱍收百萬"라고 적었다. 이를 보면 당시에 모샘치는 이미 대중적 인기와 경제성을 두루 갖춘, 그러나 왕실과는 아무런 상관이 없는 물고기였던 것을 알 수 있다. 이보다 더 일찍 남송의 문인 오자목吳自牧이 지금의 항저우인 남송 수도 임안臨安의 사회상을 기록한 지리지 《몽화록夢華錄》을 보면 "잉어와 모샘치는 머리를 경망스럽게 흔드는 물고기다春魚魴魚, 石首油煠"라고 기록되어 있다. 《시경》의 고향에서 동남쪽으로 훨씬 많이 떨어진 이 항저우의 물속에서 모샘치가 즐겁게 헤엄치고 다녔음을 엿볼 수 있는 구절이자, 당나라 시인인 두보의 〈관타어가觀打魚歌〉[164] 중 "기름진 모샘치가 맛있는 것을 누가 모르리오, 맛도 있고 보기도 좋으나 그 끝에는 쓸쓸함이 느껴진다네魴魚肥美知第一, 既飽歡娛亦蕭瑟"라는 시구와 일맥상통하는 구절이라는 것을

164 이 시는 당시 쓰촨성에서 함께 지내던 두보의 친구 엄무(嚴武)가 다시 조정에 불려 들어가게 되자 작별이 아쉬워 함께 배를 타고 송별하는 길에 지은 것이라고 한다.

알 수 있다. 그런데 내가 알기로는 두보는 이 시를 창안長安 부근에 거주하고 있을 때 남겼다. 즉 이 세 수의 시는 각각 다른 지역을 배경으로 하고 있는데, 어쩌나 그 범위가 넓은지 현재 중국 땅의 최소 절반 이상에 해당한다.

〈주남·여분〉 속 모샘치는 손에 잡히는 대로 가져다 쓴 이미지 같다. 그래서 싱그러운 기운도, 아름다운 느낌도 전해지지 않는다. 그래도 그 시대에 모샘치는 다른 물고기에 비해 진귀한 취급을 받았음은 어렴풋이 느껴진다.

모샘치가 요즘같이 대중적인 인기를 얻는 데는 천여 년이나 걸렸다. 요즘에도 시장에서 우창어라는 이름으로 팔리는데, 인공양식도 잘 되는지 가격도 참 저렴하다. 반면 모샘치를 상세히 다루거나 찬사를 보내는 요즘 문학작품은 고대와 달리 보기 드물어졌다.

그런데 나는 진귀한 모샘치가 저렴한 우창어가 되었듯 이 세상 모든 진귀한 것들의 몸값이 낮아져 일반 서민들도 즐길 수 있는 것이 되었으면 좋겠다. 이 고대의 우화와 다르게 말이다.

미끼를 따라 나타났다가 사라졌다가,

그 미끼 먹을 듯하면서 먹지 않는 물고기가 바로 모샘치라오.

이 물고기야말로 살집이 두텁고 맛있다오.

若存若亡, 若食若不食者魴也.

其為魚也, 博而厚味.

공자의 제자인 복자천宓子賤이 쓴 우화 〈양교와 방陽橋與魴〉에 나오는 구절이다. 2,500여 년 전 복자천은 왕의 명령을 받고 선보單父라는 지방의 관리로 임명되었다. 그런 그에게 한 현자가 지방관리가 지켜야 할 법도를 낚시에 빗대어 "작은 미끼에도 떼를 지어 몰려와 쉽게 낚을 수 있는 양교陽橋라는 물고기는 살집이 적고 맛이 없으나, 쉽게 얻을 수 없는 모샘치야말로 맛있는 물고기요"라고 에둘러 알려준다.

그의 말을 알아들은 복자천은 부임지에 도착한 후 양교처럼 몰려드는 아첨꾼들은 멀리하고, 모샘치처럼 몇 되지 않은 현인, 군자들과 가까이 지내기 위해 노력했다고 한다.

그 시절, 모샘치는 어찌나 귀했던지 이런 대접까지 받았다. 그러나 물고기 반찬을 좋아하는 서민 입장에서 보면 양교만큼 모샘치도 많아졌으면 좋겠다.

鯉

아들 이름을 잉어라 지은 공자님

잉어

1970~80년대에는 황금빛으로 물든 벼 이삭을 가슴에 품고 거대한 붉은 잉어 등에 올라탄 통통한 아기를 그린 세화가 인기였다. 이따금 나는 이 그림을 뚫어지게 바라보면서 속으로는 '이렇게 큰 잉어라면 생선탕이 한 솥은 나오겠네'라고 생각했다.

나는 어렸을 때부터 생선을 아주 좋아했다. 어머니 말씀으로는 아무리 작은 생선가시라도 전부 잘 발라내서 주변 어른들이 그런 나를 보고 똘똘하다고 칭찬도 많이 하셨다고 한다. 그리고 나는 이 에피소드를 잘 기억해뒀다가 수십 년이 지난 지금도 자랑거리로 써먹고 있다.

잉어에 관한 특별한 추억은 이것 말고도 또 있다. 음력 설맞이 잔칫상에 살이 잔뜩 오른 잉어가 올라오면, 아버지는 "여유 넘치는 한 해가 되려면 행운의 상징인 물고기를 먹으면 안 되지"[165]라고 하시며 잉어 요리를 못 먹게 하셨다. 한참이 지난 정월 대보름이 되어서야 아버지는 이 잉어 요리를 먹게 해 주셨는데, 음력설 잔칫상에 올랐던 잉어가 신선할 리는 만무했다.

물고기를 먹고 싶으면, 꼭 황허에 사는 잉어만 먹어야 하나?

아내를 맞이하려거든, 꼭 송나라의 자(子)씨 아가씨와 혼인해야 하나?

豈其食魚, 必河之鯉?

豈其取妻, 必宋之子?

〈진풍(陳風)·형문(衡門)〉[166]

165 '여유(餘裕)'의 '유' 발음과 '물고기 어(魚)'는 중국어 발음이 같다. 그래서 중국 사람들은 음력설에 '풍요롭고 여유로운 한 해가 되기를 기원한다(年年餘裕)'라 서로 덕담을 주고받고, 생선 요리를 먹는다.

166 책에 실린 시구 앞에 "깨끗한 물이 흐르는 작은 오두막에서 함께 지내며 허기를 채운다(衡門之下,

요즘 시골 마을에서는 논밭에 물고기를 풀어놓고 키우는 게 유행이다. 여러 어종 중에서도 강인한 생명력을 자랑하는 잉어는 논밭에 풀어놓기 안성맞춤인 물고기다. 어찌나 생명력이 좋던지, 미국에서는 잉어가 외래 침입종 취급을 받을 만큼 많아져서 큰일이라고 한다.

어느 날 휴대전화로 본 재미난 뉴스영상 덕에 알게 된 사실이다. 어떤 미국의 작은 강에 모터보트가 달리기 시작하자, 셀 수 없이 많은 잉어가 놀라서 물 밖으로 튀어 올랐는데, 일부 잉어가 배 안까지 뛰어 들어오는 장면을 담은 영상이었

可以棲遲. 泌之洋洋, 可以樂饑)"는 구절이 있어 연애시라는 해석과 안빈낙도하며 사는 현자의 삶을 칭송한 것이라는 두 가지 해석이 있는데, 현대 학자들은 〈진풍〉 편에 수록된 시들이 모두 연애시라는 점을 들어 연애시라는 데 힘을 싣고 있다.

다. 그런데 미국 사람들은 잉어를 먹지 않는다고 한다. 이상하지 않은가? 《시경》의 〈진풍·형문〉을 한번 읽어보면 생각이 달라질 텐데 말이다.

옛사람들은 잉어를 진미 중의 진미, 물고기 중의 물고기로 쳤다. 그런데 요즘 시장에 가보면, 잉어에 대한 대접이 옛날 같지 않다는 것을 느낄 수 있다. 아마도 양식 잉어가 많아져서 가격이 내려간 것과 관련이 있지 않을까 싶다. 우리 집은 민물고기가 많이 잡히는 차오후시巢湖市와 아주 가까워서 자주 그 지역 생선 장수나 어부가 작은 트럭에 잉어 등 생선을 싣고 팔러온다. 그런데 대부분의 잉어는 꼭 붕어처럼 자그마한 것이 옛날 세화 속의 크고 투실투실한 잉어는 눈을 씻고 찾으려고 해도 찾기 어렵다. 아무래도 물고기 그물이 타이머처럼 째깍째깍 목숨을 재촉하니 요즘 잉어들은 물속에서 여유롭게 살 수 없나 보다.

앤디 하먼Andy Harman이라는 한 영국인 아저씨는 50분 만에 140파운드약 63.5킬로그램짜리 잉어를 잡아 세계신기록을 세웠고, 영국 일간지 《데일리 메일Daily Mail》은 이 사건을 2014년 8월 19일자 신문에 특집기사로 다룬 적이 있다. 나 역시 이 기사 덕분에 내가 어렸을 때 봤던 세화 속 잉어가 전혀 과장된 것은 아니었다는 사실을 알게 되었다. 한편, 이렇게 거대한 잉어를 보고 잉어회를 못 먹어 아쉬워할 사람들은 따로 있다. 바로 일본인이다.

일본 사람들도 잉어를 아주 좋아한다. 또 일본에서도 잉어는 행운을 상징해서 매년 5월마다 열리는 남자 어린이를 위한 축제 '고도모노히子どもの日' 때는 잉어 모양 깃발을 문 앞에 세워놓는다. 이는 잉어가 용 문을 통과하면 용이 된다는 등용문登龍門 전설처럼 자식이 용이 되기를 바라는 마음이 담겨 있는 풍습이다. 또 새해에는 재물의 신께 제사를 올리면서 비단잉어를 바치는데, 이 역시 잉어가 재운을 불러들인다는 뜻을 가지고 있다. 그러나 중국과 달리 잉어를 주제로 한 민

잉어 | 鯉

간 예술작품은 많지 않은 편이다. 중국의 경우 종이를 잘라 만드는 전통공예 방식인 페이퍼 컷팅으로 새해에는 풍요를 빌며, 경사스러운 날을 기념하기 위해, 또 재물복을 빌면서 셀 수 없이 다양한 잉어 장식품을 만들어왔다.

잉어는 물보라 일으키고, 이끼에는 꽃이 피네.

鯉魚浪颯苔花風.

명나라 스님 보암선사(蒲庵禪師)의 시 〈제미남궁운산도(題米南宮雲山圖)〉

비단잉어 한가득 얻었다네.

接得雙雙錦鯉魚.

송나라 고승 석요혜의 시 〈게송〉

스님들도 잉어를 아주 좋아해서 글이나 시를 지을 때 우정의 상징으로 쓰는 경우가 많았다. 또 옛사람들은 편지를 보관하기 위해 나무판자로 잉어 모양 보관함을 만들어 두었다. 그래서 앞서 인용한 석요혜의 시 중 "비단잉어 한가득 얻었다네"라는 구절의 비단잉어도 사실은 먼 곳에 있는 친구가 보내온 서신을 뜻한다.

뭐니 뭐니 해도 잉어가 얻은 최고의 명예는 공자님 아들 이름이 된 일이다. 후한 학자 응소應劭가 전한과 후한의 풍속을 기록한 책 《풍속통의風俗通義》와 송나라 학자 이방李昉 등이 편찬한 백과사전인 《태평어람太平御覽》 등의 옛 기록을 살펴보면, 공자의 아내가 아들을 낳는 날 때마침 마음씨 고운 사람이 잉어를 선물로 가져왔다고 한다. 그래서 공자는 이를 '기념할만한 경사스러운 선물嘉以爲瑞'이라 하며, 아들의 이름을 잉어 리鯉 자를 따서 '공리孔鯉'라 짓고, 백어伯魚라는 자字를 지어 줬다고 한다. 한편 잉어에 관한 역사적 기록은 최소 주나라 때부터 시작되었다.

잉어 중에서 가장 빼어난 미모와 드높은 명성을 자랑하는 비단잉어는 살아 있는 예술품이라 불러도 손색이 없을 정도다. 인터넷에서 찾아본 사진만 봐도 그 아름다운 면모가 느껴지는 듯하다. 또 가끔 절에 설치된 물고기 방생용 연못에서도 방생된 예쁜 잉어를 볼 수 있다. 잉어는 끊임없이 흐르는 역사를 거치며, 인간의 손을 통해 붉은 비단잉어, 단리團鯉, 초어草魚, 화리火鯉, 부용리芙蓉鯉, 하포리荷包鯉 등 다양한 품종이 탄생했다. 이 과정에서 관상용 가치는 더욱 커졌지만, 식용으로서의 명성은 예전만 못하다.

한편, 잉어는 약용 가치도 아주 높다. 그래서 한의학서적을 보면 잉어는 머리끝부터 발끝까지 약으로 쓸 수 있다고 적혀 있다. 섭취 방법도, 고칠 수 있는 병도 아주 다양하다. 그런데 한 가지 금기사항이 있다. 민간요법에 따르면, 잉어는 알레르기를 일으키기 쉬운 식품이라 절대로 악성종양, 결핵성 림프샘염, 홍반성 낭창, 천식, 두드러기 환자에게는 먹여서 안 되고, 개고기, 아욱과도 함께 먹으면 안 된다.

어찌 되었든 대부분의 경우 잉어는 행운과 경사를 상징하는 동물이다. 푸젠성에 있는 취안저우시泉州市의 옛 이름이 잉어의 도시라는 뜻의 '리성鯉城'이었던 것처럼 말이다. 얼마나 잉어처럼 아름답고 생기가 넘쳐흐르는 곳이기에 잉어라는 이름을 붙였을까.

鱧

넘치는 물에 빠져 익사한 물고기

가물치

삼십여 년 전 어느 햇살 가득하던 날 오후의 일이다. 어느 날 어떤 아저씨가 우리 학교 옆 도랑 수초 사이에 새끼를 낳아 기르던 가물치를 잡으러 나타났다.

밀짚모자를 쓰고 나타난 이 아저씨는 얼굴색이 불그스레한 것이 척 보기에도 베테랑 낚시꾼같이 생겼었다. 허리에는 대나무 광주리를 차고, 손에는 낚싯대를 든 이 아저씨는 여유 만만한 몸짓으로 낚싯대를 바닥에 내려놓고 시냇가 쪽으로 가더니 뭔가를 찾기 시작했다.

잠시 뒤 아저씨는 손에 청개구리 한 마리를 들고 왔다. 그런데 아저씨가 바닥에 패대기쳤는지 청개구리는 이미 죽은 것 같았다. 아저씨는 그 청개구리를 낚싯바늘에 꿴 후 낚싯대를 물 위로 드리웠다…….

청개구리는 마치 살아 있는 것처럼 물 위에서 부르르 움직였고 얼마 후, 거대한 가물치가 물 밖으로 튀어나와 그 청개구리를 한입에 꿀꺽해 버렸다.

아저씨가 재빨리 낚싯줄을 감아올리자, 가물치는 풀밭에 떨어져 퍼덕퍼덕했다.

토실토실 살이 오른 모샘치와 가물치도 통발 가득 들어있고,

왕께서는 향기로운 술을 준비해 두셨으니,

그 잔칫상 성대하기도 하여라.

魚麗於罶, 鲂鱧.

君子有酒, 旨且多.

〈소아·어려〉

《시경》의 노래가 만들어진 고대 때는 가물치가 기피식품이 아니었다. 그러나 이 이후 사람들은 가물치가 효孝를 상징하는 물고기라며 먹지 말자고 주장했다. 도교에서 소, 기러기, 개 그리고 가물치는 '효'를 아는 동물이라며 '사금식四禁食', 즉 먹어서는 안 되는 네 가지 동물로 지정했기 때문이다.

그런데 사실 이는 전부 오해에서 비롯된 주장이다. 실제로 내가 어렸을 때 봤던 어미 가물치와 새끼 가물치의 모습은 참 감동적이긴 했다. 그러나 새끼를 보호하기 위해 죽도록 노력하는 어미 가물치는 본성에 따라 행동했을 뿐이고, 위험할 때마다 어미 가물치 입속을 대피소 삼아 드나드는 새끼 가물치도 본성을 따랐을 뿐이며, 굶주린 어미 가물치는 제 본성에 따라 때때로 새끼 가물치를 잡아먹었을 뿐이다…….

어쨌든 가물치의 모든 행동은 제 천성에 따른 것일 뿐, 윤리를 따른 것은 아니다. 그러니 효를 상징하는 물고기라는 말도 전부 인간이 제 잣대를 적용해 만들어낸 말일 뿐이다. 그런 의미에서 보자면 먹을 것은 먹을 것에 불과하다고 노래한《시경》이 훨씬 솔직담백하다. 누가 뭐라고 해도 가물치는 정말 맛있는 생선이니 말이다.

청나라 목종穆宗 때 장쑤성 타이저우시泰州市에 '소대오燒大烏'라는 특이한 가물치조림을 개발한 시査씨 성을 가진 솜씨 좋은 요리사가 살았다. 이 요리사는 손님이 오기 전까지 살아 있는 가물치를 나무통에 가둬놓고 기르다, 손님이 오면 그 자리에서 가물치를 잡는 방법으로 신선도를 유지했다. 그 후 조리하는 내내 가물치가 제맛을 잃지 않도록 냄비 뚜껑을 열기 전까지 그 어떤 조미료도 넣지 않았다고 한다. 무슨 비법이 있었는지는 몰라도 손님상에 올라간 그 가물치 조림은 발그레한 윤기가 돌고, 생선살이 연해서 그 일대에 소문이 자자했다고 한다.

이 이야기를 접한 후 나도 시장에서 가물치 한 마리를 사온 적이 있다. 그런데 그 요리사의 솜씨를 도저히 흉내 낼 수가 없어서 결국 시큼털털한 가물치 조림을 만들고 말았다. 엄밀히 따지자면 가물치 맛은 쏘가리 맛과 비슷하고, 식감도 아주 독특하다. 이 두 종류의 물고기는 모두 육식성으로 민물고기 중에서도 사납기로 소문난 녀석들이다. 그런데 가물치는 보기 드물게도 수온이 높아지면 호흡곤란으로 익사하는 물고기라는 재미난 사실이 있다.

요즘은 야생 가물치를 보기 드물어졌다. 옛날에는 봄, 여름만 되면 도랑에서 물고기와 민물새우를 마음껏 잡을 수 있었는데 말이다. 시골 마을에도 농약이 보급되면서, 야생동물 개체 수가 급감해 가물치의 삶도 180도 바뀌어버렸다. 결국, 한때 위풍당당하게 온 세상을 휘젓고 다녔던 가물치들도 견디다 못해 미국에

영주권을 신청했다고 한다.

2002년, 한 미국 언론은 처음으로 미국에도 가물치가 나타났다고 보도했다. 어떻게 거기까지 갔는지 정확히 알 수는 없지만 아마 마음씨 고운 사람이 데리고 가서 방생한 것은 아닐까 싶다. 그런데 가물치가 미국에 나타나자 그 지역의 생태계에 큰 지각변동이 일어났다. 미국에는 가물치의 천적이 없으니, 영화 〈고질라Godzilla〉 속의 괴물처럼 어떤 물고기든 마구 먹어 치우기 시작한 것이다. 그래서 미국에서는 이 영화에 나오는 괴물처럼 가물치가 무섭다는 뜻에서 가물치에게 '피시질라'라는 이름을 붙였다고 한다. 심지어 상상력을 보태 가물치를 주제로 한 공포영화 〈프랑켄피시Frankenfish〉까지 만들었다.

효의 상징에서 '피시질라'에 '프랑켄피시'까지, 가물치 이미지가 어쩌면 이렇게까지 나빠졌을까 싶어 한숨이 저절로 나온다. 그러나 가물치는 아무 잘못도 없다. 미국인들도 가물치 고기를 한번 맛보면 생각이 달라질 텐데 말이다.

가물치는 영양가 높은 식품이면서도 약효도 좋은 물고기다. 부종, 쑤심, 무좀, 치질, 옴 등에 가물치가 아주 잘 듣는다고 한다. 하지만 어린이나 노인처럼 질병 저항력이 약한 사람들은 조심해서 먹어야 한다.

나는 이 생명력 넘치는 물고기를 아주 좋아한다. 어릴 때는 수초 사이를 헤엄치는 가물치들을 보고 있자면, 녀석들이 마치 위용을 과시하는 것처럼 느껴지곤 했다. 또 목숨은 어찌나 질긴지……. 어떤 사람이 습하고 어두운 땅에 가물치를 내버려 뒀는데 6개월 동안 살아있었다고 한다. 고생대부터 지금까지 지구에서 사는 폐어肺魚에 비견할만한 생명력이다.

한 시골 노인은 나에게 옛날에는 가뭄이 들어 연못과 도랑도 말라버리면, 물고기건 민물새우건 전부 말라 죽어버리는데, 가물치는 여전히 살아 있어 도랑에서 잡을 수 있었다는 이야기를 한 적이 있다. 가물치는 진흙 속에 몸을 감추고 있기 때문에 우선 도랑에 들어가 진흙을 파내서 잡는데, 진흙을 파기 시작하면 가물치는 다시 물이 차기를 기다리며 주둥이를 진흙 밖으로 쭉 내밀어서 잡기가 아주 쉽다고 한다……. 반면 장마철에는 방죽의 진흙과 수풀들 사이를 헤치며 물이 적은 쪽으로 꿈틀꿈틀 이동하는 가물치도 볼 수 있다고 한다. 생명력도 강하지만, 참 똑똑한 물고기다.

鱣

몸에 좋다는 말은 하지 말지

줄철갑상어

나는 인위적인 '방생'은 신중하게 접근할 필요가 있다고 생각한다. 부처님이나 보살님께 제 이익을 좀 챙겨달라고 부탁하려고 일부러 동물을 사다가 방생하는 사람들도 있기 때문이다. 이런 사람들 덕분에 방생용 동물을 사냥해 파는 사람까지 생겼다.

그런데 2014년에 벌어진 이 물고기 방생 사건은 내게 큰 감동을 주었다. 사연인즉슨 헤이룽장성黑龍江省의 한 어부가 우연히 큰 줄철갑상어를 낚았다. 그 후 이 희귀한 물고기를 어떻게 처분해야 할지 갈피를 못 잡은 어부는 결국 줄철갑상어를 배에 태운 채 어업 지도기관을 찾아갔다. 그런데 이 소식을 들은 한 여성이 부리나케 그 어부를 찾아와 줄철갑상어를 방생하고 싶다며, 6만 위안약 1,017만 원을 내고 그 물고기를 사겠다고 했다는 것이다.

생태계를 보호하겠다는 이 여성의 생각에 나도 찬성한다. 그러나 더 크게 칭찬해야 할 사람은 우연히 귀한 물고기를 잡은 어부다. 그 어부는 꿈에도 자기가 줄철갑상어를 낚고, 방생하게 될 줄은 몰랐으니 말이다.

우연히 이뤄진 방생이기에 더 진정성 있는 방생이었다.

줄철갑상어도 있고, 철갑상어도 있고,

피라미도, 자가사리도, 메기도, 잉어도 있다네.

有鱣有鮪, 鰷鱨鰋鯉.

〈주송 · 잠(潛)〉[167]

167 조상님께 다양한 물고기를 바치며, 복을 기원한 제사 모습을 기록한 시다.

이 시 속의 '잉어 전鱣'이라는 글자는 줄철갑상어를 뜻한다. 옛날 이 물고기들이 산시성과 오르도스 일대의 물에서 자유롭게 헤엄치던 시절, 고대 사람들의 고깃배는 2~5미터 정도에 불과해 고작해야 줄철갑상어 크기 정도밖에 되지 않는 수준이었다. 그러니 이 시의 내용처럼 줄철갑상어를 잡으려면, 꽤 많은 고깃배를 희생양으로 바쳐야 하지 않았을까? 또 백악기에도 존재했던 이 삼각형 머리 모양의 물고기는 물속의 공룡이라 불릴 만큼 몸집도 거대하니, 그 옛날 인간들이 줄철갑상어와 싸워 이기려거든 운에 맡기는 수밖에 없었을 것이다.

요즘 줄철갑상어들은 헤이룽장성에서만 드문드문 모습을 나타낼 뿐, 다른 곳에서는 그 그림자도 찾아보기 어렵다. 몇 년 전에는 헤이룽장성 푸위안현撫遠縣에

속해 있는 헤이룽장 강의 중하류 100킬로미터 구간에 야생 줄철갑상어 870여 마리가 살고 있다는 조사 결과가 발표된 후, 이 지역 물고기들만 서둘러 생태보호종으로 지정된 적이 있다. 생태보호종으로 지정되기 전에도 인공양식과 방생 등에 성공한 적이 있지만, 일단 헤이룽장 유역을 벗어나기만 하면 줄철갑상어들이 시시각각 생존을 위협받았기 때문이다.

두보는 물고기잡이를 구경하는 것을 아주 좋아했다. 그래서 여러 글과 시로 이 풍경을 남겼는데, 그중에는 줄철갑상어를 다룬 시도 있다.

능수능란한 어부는 나는 듯이 배를 몰고,
힘차게 상앗대질하며 거센 물결을 헤쳐 나갔다네…(중략)
날이 저물면 교룡은 몸 피할 동굴 찾고,
산 밑에 사는 줄철갑상어와 철갑상어는 구름 따라,
우레 따라 몸 숨길 곳 찾아 떠난다네…(중략)
能者操舟疾若風, 撑突波濤挺叉入.
日暮蛟龍改窟穴, 山根鱣鮪隨雲雷.

두보의 〈우관타어(又觀打魚)〉[168]

두보는 이 물고기잡이 광경을 산시성에서 머무를 때 봤을까? 아니면 쓰촨성에서 지낼 때 봤을까? 어디서 봤는지는 알 수 없지만, 당나라 사람들에게 줄철갑상어는 별로 특별한 물고기가 아니었다는 점은 이 시를 통해 정확히 알 수 있

168 못의 물을 빼서 물고기를 잡는 어부의 모습을 보며 자연의 소중함을 모르는 것에 안타까워하는 내용이다.

다. 한편, 줄철갑상어는 당나라부터 청나라 건륭제 때까지 총 천 년에 걸쳐 서서히 그 개체 수가 감소했다. 건륭제 때 기록을 보면, 지금의 헤이룽장성 일대에 살았던 허저족赫哲族이 거대한 줄철갑상어를 잡았는데, 무슨 물고기인지는 모르지만 이를 진귀하고 상서로운 물고기로 여겨 황제께 진상해 환심을 사려했다. 냉동창고도 없던 그 시절에 허저족은 신기하게도 그 물고기를 베이징에 배송하는 데 성공했다. 그리고 건륭제는 그 물고기를 맛본 후 만면에 희색을 띠며 이 물고기에게 황어鰉魚라는 이름을 하사했다고 한다. 그래서 지금도 줄철갑상어는 황어라 불리기도 한다.

그런데 이 이야기 속에는 내 손에 땀을 쥐게 할 만큼 무시무시한 위험 요소가 숨어있다. 줄철갑상어 알에는 독성이 있기 때문이다. 그러니 건륭제는 줄철갑상어 알을 먹지 않았던 것이 분명하다. 만약 알을 먹고 구토와 복통으로 고생했다면 차라리 다행이다. 심한 경우 호흡곤란이 일어날 수도 있고, 더 심각한 경우에는 반신불수가 될 수도 있기 때문이다. 그러니 건륭제는 줄철갑상어는 먹었지만, 그 알은 먹지 않았던 것이 분명하다. '물속의 판다'라고 불릴 만큼 진귀한 이 물고기의 알로는 일명 캐비어로 불리는 철갑상어 알 요리를 만들어 먹으면 안 된다. 반면 같은 철갑상엇과의 물고기들의 알은 먹어도 무방하다.

2016년에 창저우常州의 관광객이 하얼빈에 방문했다가 현지 수산물 음식점에서 덤터기를 쓰고 물고기 한 마리에 만 위안약 169만 원을 요구받은 사건이 벌어졌다. 그 물고기는 바로 줄철갑상어였다. 어느 해인가 칭다오青島를 방문했던 관광객이 새우 한 접시에 천 위안약 16만 원을 지급할 뻔한 사건에 비견 할만한 바가지요금 사건이다. 이 사건에 당한 창저우 관광객은 식당 주인이 내온 줄철갑상어의 가치가 얼마인지 알지 못했고, 사전에 귀띔해 주는 사람도 없어서 덤터기를 쓸 수밖에 없었다고 한다. 그런데 이 사건 발생 이후 이상한 일이 벌어졌다. 어떤 전문가가 이 사건을 다루면서 줄철갑상어의 알로 만든 캐비어는 금보다 비싸다고 발언한 것이다. 분명 앞서 내가 설명했던 줄철갑상어 알에 '독'이 있다는 말과는 완전히 상반된 발언이라 아직도 진실인지 아닌지 의문스럽다.

갈대가 가지런히 자라고 물이 고요히 흐르는 강을 지나니,
한 쌍의 돛대는 잠시 내려놔도 되겠구나.
강변에는 깨끗한 눈이 소복이 쌓였고,
배에서는 새벽닭 울음소리만 들리네.
줄철갑상어와 모샘치가 진상품으로 쓸 만큼 귀한 것을 모르는 사람 없고,
귤과 유자 역시 누가 말하지 않아도 그 명성 자자하다네.
바람은 맑고, 전장의 북소리 들리지 않으니,
마치 바닷가에서 보내는 하루 같구나.

江平蘆荻齊, 五兩貼檣低.
繞郭覆晴雪, 滿船聞曙雞.
鱣魴宜入貢, 橘柚亦成蹊.
還似海沂日, 風清無鼓鼙.

당나라 시인 노륜(盧綸)의 〈송혼별가부서주(送渾別駕赴舒州)〉

대문호 노륜이 벗이었던 장군 혼감渾瑊과 작별하며 남긴 시를 보면 줄철갑상어는 쉽게 찾기 어려운 인재를 상징한다. 백거이 역시 "상서로운 줄철갑상어를 상으로 받을만하고, 공자의 아들 백어처럼 아버지의 가르침을 잘 받은 인재로다祥鱣

降伴趨庭鯉"[169]라며 친구의 승진을 축하한 적이 있다. 《본초강목》에는 줄철갑상어의 장기와 부위별로 약효가 다르다고 기록되어 있는데, 실제로 현대의학으로 연구한 결과 이 기록과 비슷한 부분이 많았다. 줄철갑상어의 좋은 점은 러시아 사람들이 아마 우리보다 훨씬 더 많이 알고 있을 것이다. 그래서 20세기 초부터 러시아 사람들은 철갑상어와 줄철갑상어를 대거 잡아들이기 시작했고, 그 덕에 원래도 얼마 되지 않았던 헤이룽장 일대 철갑상어들이 급감한 것 아니겠는가? 이렇게 과거 인재를 상징했던 줄철갑상어를 팔아서 주머니를 두둑이 채운 사람들이 요즘에는 인재라고 불린다.

현대인들은 돈 잘 버는 사람을 인재라고 하지, 불특정 다수의 행복을 실현하기 위해 일하는 사람은 인재라고 하지 않는다. 줄철갑상어를 잡는 사람들도 그래서 인재라고 불린다. 희귀한 물고기를 잡아다 극소수의 미식가들을 즐겁게 해 주니, 그 또한 능력이 아니겠는가?

또 대자연을 연구하는 인재도 있다. 이 인재는 연구로 제 주머니는 채우지 못하지만, 다른 사람들의 주머니를 채워주는 능력이 있다. 예를 들면 중국과학원 해양연구소에 이런 유형에 인재가 많다. 이 연구소의 연구 결과에 따르면, 줄철갑상어 고기의 지방 속에는 12.5퍼센트의 DHA와 EPA가 포함되어 있다. 이 두 성분은 심혈관과 뇌혈관을 부드럽게 만들고, 두뇌 성장을 촉진하며, 지능 발달

169 당 문종 즉위년 때 백거이가 양씨 성을 가진 친구 세 명의 승진을 축하하기 위해 지은 시 〈화양랑중하양부사치사복양시랑문생합연석상작(和楊郎中賀楊仆射致仕復楊侍郎門生合宴席上作)〉에 나오는 시구다. "상서로운 줄철갑상어(祥鱣)"란 송나라 학자 범엽(范曄)이 지은 역사서 《후한서(後漢書)》에 "청렴하기로 소문난 양진(楊震)이란 관리에게 황새가 세 마리의 상서로운 줄철갑상어를 물고 마당에 모였다"는 기록을 인용한 것이고. 또 "공자의 아들 백어처럼 아버지의 가르침을 잘 받은 인재(趨庭鯉)"란 《논어》 중 〈계씨(季氏)〉 제16편에 나오는 특별대우 없이도 아버지의 감화를 받아 스스로 시와 예를 공부한 공자의 아들 백어의 이야기를 인용한 것이다.

등 두뇌 기능 강화에 좋다고 해서 속칭 '브레인푸드'라고도 불린다. 그런데 솔직히 줄철갑상어가 여전히 생존의 위기에 놓인 지금 같은 상황에서 이런 연구 결과를 발표한 것은 적절치 않다고 본다.

건설적이냐 아니냐는 기준으로 인재를 따지면, 이 세상에 진정한 인재는 정말 드물다.

2003년에 중국 농업부는 헤이룽장성의 푸위안현을 '철갑상어 대표마을'로 지정했다. 줄철갑상어에게는 위안이 되는 소식이다. 비록 야생 줄철갑상어는 여전히 마음 졸이며 살고 있지만, 인간의 손에 길러지는 인공사육 줄철갑상어의 개체수는 점점 더 많아지고 있는 것도 다행스러운 소식이다.

옛사람들이 손에 든 상앗대와 작은 배에 의지한 채 거대한 강에서 줄철갑상어를 찾아 헤매던 시절에 줄철갑상어는 가끔 두려움에 떨기는 했지만 그래도 대자연 속에서 행복을 누리며 살아갔다. 이제는 대자연 속에서 행복을 누리던 줄철갑상어가 우리 몸에 이롭기를 바라면 안 되는 세상이 되었다. 지금은 우리가 줄철갑상어에게 이로운 일을 해야 할 때다.

피라미

반찬으로도 좋지만,
술안주로는 더 좋은 물고기

鰷

천둥벌거숭이같이 똥오줌 못 가리고 사고를 치는 아이들을 우리 동네 어른들은 '사고뭉치 피라미'라고 불렀다. 피라미는 조어鰷魚라고도 불렸는데, 우리 학교 도랑에 아주 많이 살았다.

여름만 되면 나와 동무들은 모두 도랑에 피라미 낚시를 하러 갔다. 피라미 낚시는 과정도 아주 쉽고 단순했다. 먼저 동무 자查 군 집 문 앞을 꾸미고 있는 정원수 중에서 가느다란 대나무를 하나 꺾은 후, 가지와 이파리는 전부 떼어내고 낚싯줄과 낚싯바늘을 꿴다. 그런 다음 다시 자 군 집 북쪽에 설치된 공중변소에 가서 똥파리를 잡아 날개는 떼어내고 유리병을 채우기만 하면 낚시 준비는 끝난다.

우리 '사고뭉치 피라미'들처럼 천지분간 못하는 피라미는 물 위에 비친 파리를 보고 쏜살같이 달려와서 한입에 덥석 파리머리를 문다. 이때 낚싯대를 들어 올리면 펄떡펄떡하는 피라미가 딸려 올라왔다.

줄철갑상어도 있고, 철갑상어도 있고,

피라미도, 자가사리도, 메기도, 잉어도 있다네.

有鱣有鮪, 鰷鱨鰋鯉.

〈주송·잠〉

이 시 속에 기록된 '조鰷'라는 글자가 가리키는 물고기를 피라미라고 해석하기도 하고, 어떤 사람은 강준치라고 해석하기도 한다. 강준치는 대형 피라미같이 생겼는데, 내 고향에서는 '백사白絲'라고 부르기도 했다. 이 두 물고기는 엄연히 다른 물고기다.

내가 어렸을 때는 반나절만 낚시해도 대야 한가득 찰 만큼 많은 피라미를 잡을 수 있었다. 대부분 크기 10센티미터, 무게 100그램을 넘지 않는 변변찮은 잡어였지만, 어머니께 가져다드리면 어머니는 피라미 반찬을 만들어 주시기 위해 피라미 주둥이 아랫부분을 칼로 가른 후, 내장을 빼고 소쿠리에 담아 햇볕 좋은 곳에 널어두셨다.

며칠이 지나면 소쿠리 속 피라미는 바짝 말라서 온몸을 뒤틀게 된다. 그러면 말린 피라미를 한 움큼 집어 뚝배기에 넣고, 소금, 기름, 간장, 고추, 다진 파와 생강 등과 버무려 뚝배기째 밥솥에 넣고 찐다. 그러면 밥솥 뚜껑을 열 때 군침 도는 말린 생선의 냄새가 온 집안에 진동하고, 이 피라미 반찬을 밥에 비벼 먹으면, 밥도둑이 따로 없었다.

비록 내 직감으로는 〈주송·잠〉 속의 '조鰷'라는 글자가 가리키는 것은 이 자그마한 밥도둑이 아니라 덩치가 훨씬 큰 강준치일 것 같지만, 나는 강준치가 싫어서 피라미라고 생각하고 싶다. 강준치는 잔가시가 많아서 먹을 때마다 귀찮기 때문이다. 피라미는 강준치보다 훨씬 잔가시가 많지만 작고 가늘어서 피라미 몸통을 먹을 때 가시도 같이 먹어버릴 수 있다. 또 '조鰷'를 피라미라고 생각하고 이 글을 쓰는 이유는 당나라 화가이자 시인 왕유王維도 친구 배적裴迪에게 보낸 글 〈산중여배수재적서山中與裴秀才迪書〉에 산에 놀러갔다가 '조', 즉 피라미를 봤다고 기록해뒀기 때문이다.

풀과 나무가 무성해지면,
봄의 산도 더 아름다워질 테고,
날렵한 피라미는 물 위로 뛰어오르며,
흰 갈매기는 창공을 날아다니리…(중략)
草木蔓發, 春山可望.
輕鰷出水, 白鷗矯翼.

'조'라는 물고기를 시로 남긴 고대 사람들도 피라미를 보고 즐거워했던 왕유와 같은 감정을 느낀 것이 아닐까? 또 왕유의 글에 날렵한 피라미라는 뜻의 단어 '경조輕鰷'가 있는 것으로 보아, 이 글자는 절대 몇 킬로그램이나 나가는 투실한 강준치가 아니라 내가 어렸을 때 낚았던 피라미임이 틀림없다. 왕과 귀족의 밥상에도 밑반찬은 올랐을 테니, 피라미가 분명히 필요했을 것이다. 어머니가 만들어 주셨던 그 짭짤한 피라미 반찬은 밥반찬으로도 좋지만, 술안주로도 그만이다. 주 문왕, 주 무왕처럼 산해진미를 다 먹어본 주나라의 왕들도 피라미 반찬을 먹어봤더라면 피라미에 푹 빠졌을 것이다.

한편, 나는 중국의 인구가 많은 이유는 고대부터 민간의학이 발달한 덕분이 아닐까 하고 생각해왔다. 민간의학 덕분이 아니라, 농업 생산량 증가 덕에 인구가 늘었다고 해석하기는 어렵다. 만약 그렇다면 갠지스 강, 유프라테스 강, 티그리스 강, 나일 강 유역 등 다른 고대 문명의 농업도 고대 중국에 뒤지지 않는 수준이었기 때문이다. 그러니 분명히 민간의학이 인구 증가에 중요한 요인이었음이 틀림없다.

이렇게 대자연 속의 볼품없는 것들도 잘 활용했던 고대 사람들의 흔적은 한약방뿐만 아니라 민간요법을 기록한 여러 고서적에서도 찾아볼 수 있다. 물론 피라미에 관한 기록도 있다. 명나라 약학자 이시진은 피라미를 삶아 먹으면 위가 따듯해지고, 설사가 멈춘다고 주장했다. 이런 피라미의 약효를 고대 사람들도 알고 있지 않았을까? 어쩌면 서민부터 귀족과 왕까지, 피라미를 약으로 생각했을지도 모른다.

피라미는 수질 좋은 곳에서만 산다. 그래서 요즘 강, 연못에서는 거의 찾아보기 힘든 물고기다. 그런데 피라미가 살 수 있는 '좋은 수질'이라는 기준은 별로 높지 않아서, 그저 내가 어렸을 때 피라미를 낚던 도랑 정도만 되어도 괜찮다. 특별한 수질검사나, 보호조치는 필요치 않은, 자연 그대로의 물이면 된다. 피라미는 수면에 가까이 붙어 유유히 헤엄치기 때문에 등 부분이 얼핏얼핏 물 밖으로 드러나곤 한다. 피라미들은 무리를 지어 다니는 것을 좋아하고, 대장 물고기가 움직이는 방향에 따라 다른 피라미들도 주저 없이 따라간다. 그래서 언제 낚싯바늘을 물에 던져 넣더라도 항상 피라미를 낚을 수 있다는 것이 피라미 낚시의 가

季仙先生清屬 白石齊璜

장 큰 묘미다. 심지어 몇 분도 안 되어 피라미 무리를 전부 잡아 세숫대야를 그득히 채울 수도 있다.

독일에도 피라미가 많다. 그런데 나 같은 먹보와 달리 독일 사람들은 훨씬 생각이 깊다. 그래서 한 독일의 동물학자는 피라미를 연구해서 피라미 효과라고도 불리는 '대장 물고기 이론'이라는 것을 만들었다. 이 학자는 대장 피라미 뇌에서 행동을 제어하는 부분만 제거한 후 대장 피라미를 다시 물에 넣었다. 대장 피라미의 행동에 이상이 생겼는데도 불구하고 다른 피라미들은 여전히 이 대장 피라미를 맹목적으로 따라다녔다. 그래서 이 이론 혹은 효과는 기업관리 분야에서 리더의 중요성을 강조하는 사례로 자주 사용된다. 내가 보기에는 연구 결과라기보다 인간의 어리석음을 풍자한 우화 같지만 말이다.

보랏빛 꽃 만발한 등나무 줄기는 술 주전자를 어루만지고,
등나무 꽃 떨어지는 순간 대나무 숲에서 바람이 일어났네.
집에 돌아가기 전 꽃을 보고 취한 나 자신을 탓한 후,
연못의 피라미에게 웃으며 너도 즐거웠느냐고 물어봤다네.
紫蔓青條拂酒壺, 落花時與竹風俱.
歸時自負花前醉, 笑向鰷魚問樂無.

당나라 시인 독고급獨孤及의 시 〈수화오취후희제垂花塢醉後戲題〉를 보면, 이 시인은 피라미를 자신의 벗이자, 자유, 즐거움을 투영한 멋스러운 존재로 그리고 있다. 나 역시 한때는 이 피라미들 같은 존재였다. '사고뭉치 피라미'라는 소리를 듣던 근심 걱정 없는 그 시절을 돌이켜보면, 우리 학교 옆 도랑에 살던 피라미처럼 나

와 동무들은 무리를 지어 온 동네를 뛰어다니며 장난을 쳤다. 그래서 시인이 피라미에게 던진 질문은 내가 대신 대답할 수 있다. 오늘 참 즐거웠다고.

鰋

초보 엄마에게 안성맞춤인 보양식

메기

바닥에 진흙이 수북이 가라앉아 있고, 수초가 무성한 학교 옆 도랑은 메기가 살기 딱 좋은 환경이었다. 일요일마다 별일이 없으면, 아버지는 이곳에서 낚시를 즐기셨고 나도 아버지가 낚시하는 모습을 구경하러 갔다.

어느 날 해질 무렵 일이다. 누군가 낚시하던 아버지를 찾아와 아버지가 잠시 내게 낚싯대를 맡기고 집으로 가셨다. 그래서 나는 낚싯대를 손에 쥔 채 도랑 가에서 아버지를 기다리고 있었다.

그런데 낚시찌가 살짝 움직이기 시작하더니 갑자기 덥석 물속으로 들어가 버리지 뭔가. 서둘러 낚싯대를 들어 올렸지만, 찌를 문 녀석은 물 밖으로 나올 생각을 하지 않았다. 오히려 물고기가 당기는 힘에 낚싯대가 휘어버렸다…….

분명히 엄청나게 큰 물고기가 걸린 것이다. 나는 숨이 가빠질 정도로 흥분했지만, 최대한 마음을 가라앉히고 천천히 낚싯대를 잡아당겨 마침내 물고기를 뭍으로 끌어올리는 데 성공했다. 그렇게 그날 나는 1킬로그램이나 되는 메기, 또는 우리 동네 사투리로는 염호자鯰胡子라고 불리는 물고기를 잡았다.

그날 나는 내가 잡아본 물고기 중에 제일 큰 물고기를 잡았다. 그리고 그날 저녁 어머니는 내가 잡은 메기로 조림을 만들어 주셨다.

줄철갑상어도 있고, 철갑상어도 있고,

피라미도, 자가사리도, 메기도, 잉어도 있다네.

有鱣有鮪, 鰷鱨鰋鯉.

〈주송·잠〉

고대에는 봄, 여름, 가을의 강과 습지에서 '언鰋'이라는 물고기, 즉 우리 동네에서는 염호자라고 불렀던 메기가 발에 차일 만큼 많았을 것 같다. 지금도 외딴 시골에 가면 메기가 엄청나게 많으니까 말이다. 메기는 번식력이 좋고 어떤 환경이든 적응을 잘한다. 심지어 어떤 외국 도시의 더러운 하수도에서 득시글득시글 몰려 사는 메기를 본 적이 있다. 꿈틀거리는 모양새가 꼭 구더기 같아서 보기만 해도 입맛이 뚝 떨어졌다. 그래서인지 메기는 연못에 사는 이라는 뜻의 '당슬塘虱'이라는 고약한 이름으로 불리기도 한다.

지금도 남아 있는 고대 사람들이 북 모양 돌에 글을 새긴 석고문石鼓文에서도 메기에 관한 기록을 찾아볼 수 있다. "견예범범, 증피요연. 언리처지, 군자어지汧繄泛泛, 烝彼淖淵. 鰋鯉處之, 君子漁之"라고 기록되어 있는데 해석하면 "견하汧河의 물은 고요히 흐르고, 그 옆에는 깊은 못이 많다. 그 못에는 메기와 잉어가 살고 있어, 군자는 이곳에서 끊임없이 물고기를 잡는 즐거움을 누린다"라는 뜻이다.

이 글에서는 《시경》과 비슷한 고풍스러운 멋도 느껴지지만 메기의 흙냄새도 나는 듯하다. 예부터 사람들은 메기를 진미로 쳤지만, 나는 어렸을 때부터 메기를 별로 좋아하지 않았다. 살은 부드럽지만, 흙냄새가 너무 심해서 아무리 양념을 많이 해도 그 냄새가 없어지지 않기 때문이다. 그래도 성취감을 느낄 수 있는 메기 낚시는 언제 해도 즐거웠다.

메기 낚시만 전문으로 하는 사람이 여러 재미난 비결을 알려준 적이 있다. 예를 들면 메기는 입이 크기 때문에 미끼가 크면 클수록 메기를 쉽게 꿸 수 있으니, 참개구리와 큰 지렁이가 최고의 미끼라는 것이다. 그런데 내 생각에 아마 옛 사람들은 이런 귀찮은 절차를 생략하고, 수초 사이를 막대기로 헤치고 다니기만 해도 메기를 잡을 수 있었을 것 같다.

얼마 전 베트남인지 캄보디아인지는 정확히 알 수 없지만, 어느 동남아 국가의 아름다운 시골 마을에 관한 영상을 본 적이 있다. 수려한 자연 경관을 뽐내는 이 마을에는 야생 메기도 아주 많았다. 그런데 한 아리따운 현지 아가씨가 끝을 뾰족하게 만든 가느다란 막대기와 직접 만든 활을 메고 개울을 헤치며 걸어오더니, 화살로 물고기를 조준했다. 결국 넓적한 메기는 아가씨가 날리는 '큐피드의 화살'을 피하지 못하고 정통으로 맞고 말았다. 이 장면을 보는 내 귓가에 칭하이성青海省 지역의 민요인 〈그 머나먼 곳에서在那遙遠的地方〉의 "그녀가 얇은 채찍을 들어, 내 몸을 살며시 때려도 좋아我願她拿著細細的皮鞭, 不斷輕輕打在我身上"라는 가사가 울려 퍼지는 듯했다.

물론 메기는 이런 낭만적인 노래를 달갑게 받아들이지 않을 것이다. 육식동물인 메기는 수중 세계에서 힘깨나 쓰는 동물이다. 그러니 양저우 박물관楊州博物館에 걸려 있는 청나라 화가 이방응李方膺의 그림 족자 〈점어도鮎魚圖〉 속 두 마리 메기처럼 아가미가 볏짚에 꿰여 요리되기만을 기다리는 굴욕적인 모습으로 사느니, 바위틈이나 진흙 사이에서 자라는 수초 속에 몸을 숨겨 작은 물고기와 새우를 기다리다 죽는 편을 택할 것이다. 〈점어도〉를 그린 화가 이방응은 당시 양저우 지역을 중심으로 활동하며, 독특하면서도 괴기스러운 그림을 즐겨 그리는 여덟 명의 화가를 지칭하는 '양저우팔괴楊州八怪' 중의 한 명이었으니 분명 메기의 눈에는 공포의 대상이었을 것이다. 심지어 이 작품에는 메기 그림과 더불어 "벼 사이를 헤치고 가는 이 물고기처럼, 쌀도 물고기도 넘쳐 만사형통하기를 기원하네河魚一束穿稻穗, 稻多魚多人順遂"라는 시가 곁들여져 있다. 만약 메기가 이 시를 읽었다면 아마 화가의 소망에 반기를 들지 않았을까?

2004년 여름에는 헤이룽장성의 스런거우 어업회사石人溝漁業公司의 양어장에서 무게 35킬로그램, 길이 1.55미터에 달하는 메기가 잡혔다. 어찌나 크던지 '중국 최고의 메기'라는 호칭이 아깝지 않을 정도였다. 하지만 메기는 여러 품종이 있다. 그래서 이 메기보다 훨씬 큰 메기도 실제로 이 세상에 존재했다. 만약 영화 〈서유기〉 제작진이 봤다면 괴물로 등장시키려고 했을 만큼 정말 거대한 메기였다.

바로 2005년 한 태국인이 메콩 강에서 잡은 메기 이야기다. 세계자연기금WWF 소속 과학자까지 293킬로그램이나 나가는 이 메기를 관찰하러 와서 "이 메기를 세계 최대 민물고기 기록보유자로 지정한다"는 성명까지 발표했다.

고대 사람들은 메기 크기보다는 메기 요리에 더 관심이 많았다. 간장을 넣고 조려 먹기도 하고 두부와 함께 메기찜을 만들어 먹기도 했지만, 갓 아기를 낳은 엄마의 모유 촉진을 위한 보양식으로 쓰기도 했다. 심지어 북위北魏의 정치가인 최호崔浩가 쓴 요리백과 《식경食經》에는 메기를 먹으면 "사람의 피부에 윤기가 돈다令人皮膚肥美"라는 내용도 있다. 반면 메기 섭취에 경고를 남긴 예도 있다. 남북조시대 의학자이자 도사였던 도홍경陶弘景은 "메기 살은 사슴 고기와 함께 먹으면 근육이 오그라들 수 있다鯰魚肉不可合鹿肉食, 令人筋甲縮"라고 했고, 《본초강목》에는 "메기는 형개라는 약초와 상극이다鯰魚反荊芥"라고 기록되어 있으며, 청나라 의학자 왕사웅王士雄이 편찬한 의학서 《수식거음식보隨息居飮食譜》에는 "과다하게 섭취하면 치질로 인한 출혈, 항문의 통증을 불러일으킬 수 있다痔血, 肛痛, 不宜多食"라고 기록되어 있다. 그런데 정말 그럴까?

사실 메기에 대한 경계를 게을리하면 안 되는 동물은 사람이 아니라 남방 바닷가에 사는 쥐들이다. 이 지역 바다에는 아주 영리한 메기가 산다. 밤이면 뭍 가까이 헤엄쳐 와서 꼬리를 치켜들고 쥐를 유인한다. 유혹에 넘어간 쥐가 꼬리를 물면, 메기는 있는 힘껏 쥐를 내리쳐 물속에 빠트린 후 쥐와 술래잡기를 한다. 주로 북방 지역의 풍광을 노래한 《시경》에서는 찾아볼 수 없는 장면이다. 북방 사람들도 이 메기의 존재를 알았다면 아마 신선으로 모시고 숭배하지 않았을까.

자가사리

새롭게 재평가 된 물고기

鮟

내가 어렸을 때 살던 동네에는 왕다비王大壩라는 이름의 마을과 청나라 말기 이홍장이 이끌던 의병대인 회군淮軍 장군 주성파周盛波가 살던 저택 사이에 저수지가 몇 개 있었다. 천둥과 번개를 동반한 비가 한 차례 휩쓸고 지나갔던 어느 여름 저녁에 아버지와 나는 한 손에는 작은 통을 들고, 또 다른 손에는 낚싯대를 들고 그곳 저수지로 향했다. 그곳에 도착한 후에는 큰 버드나무 아래 자리를 잡고 낚싯대를 드리웠다.

수초와 들판에서 개구리가 울던 그날 저녁의 공기는 우리가 살고 있던 1980년대처럼 순수하고 맑았다. 조용히 낚시하는 우리에게 이따금 까치, 참새, 찌르레기 같은 새들이 날아와 귀찮게 했지만 말이다.

사방이 고요한 가운데 갑자기 '달그락달그락' 하는 소리가 났다. 그 소리를 듣고 아버지가 낚싯대를 들어 올리자 미꾸라지같이 생긴 물고기가 공중에 모습을 드러냈다. 그 물고기의 이름은 '가시뱀장어'로 등 부분의 가시에 손이 찔리는 경우가 많아 나는 조심조심 가시뱀장어를 낚싯바늘에서 떼어냈다. 그런데 몇 분 후 아버지는 가시뱀장어보다 가시가 훨씬 많은 물고기를 낚아 올리셨다. 물 밖으로 나온 그 물고기는 '꾸르룩! 꾸르룩!' 하며 울어댔다.

이 물고기의 생김새는 메기를 닮았지만, 메기보다 훨씬 덩치가 작고 누런빛이 돌며 등에는 매우 눈에 띄는 가시가 돋아있다. 우리 동네 사투리로는 '왕아汪Y'라고 부르지만, 일반적으로는 자가사리라고 하며, 《시경》 속에는 '상鱨'이라고 기록되어 있다.

줄철갑상어도 있고, 철갑상어도 있고,

피리미도, 자가사리도, 메기도, 잉어도 있다네.

有鱣有鮪, 鰷鱨鰋鯉.

〈주송·잠〉

요즘은 외국에서도 자가사리가 인기가 있어서 한국, 일본, 동남아 지역에 수출도 한다지만, 내가 어렸을 때는 잡어 취급을 받던 물고기라 시장에서 파는 일은 거의 없었고, 팔더라도 헐값에 팔았다. 그때만 해도 다들 자가사리는 살은 적고 뼈와 가시만 많아 실속 없는 물고기라고 그랬다. 자가사리를 잡다가 손이 찔리는 경우도 많아, 차라리 미꾸라지를 잡는 게 낫다며 일부러 자가사리를 잡으러 가는 농민도 별로 없었다. 그러니 《시경》 속에서는 다른 멋진 물고기와 함께 어깨를 나란히 하는 자가사리지만, 내 고향 허페이와 그 주변 지역인 장쑤성, 안후이성에서는 별 맥을 못 췄다.

가끔 급하게 자가사리를 찾는 시골 사람도 있기는 하다. 이 경우 십중팔구는 민간요법 때문에 자가사리가 필요한 경우다. 민간요법에 따르면, 자가사리는 부종을 가라앉히고, 풍을 제거하기도 하며, 해장에도 좋다. 또 어린이의 천연두 초기 증상을 잡는 데 좋아 자가사리를 약으로 주기도 한다. 이런 민간요법에 사용되는 경우를 제외하면, 내가 어렸을 때는 아무도 자가사리에게 관심을 가지지 않았다. 그런데 요즘은 고급호텔에서도 자가사리를 이용한 다양한 요리를 선보이며 신세대 식객들을 끌어 모으고 있다.

신세대 식객이라고는 했지만, 나이가 지긋하신 분들도 이 그룹에 포함된다. 예전에는 하찮다며 평가 절하되었던 많은 식재료들이 이제는 자가사리처럼 새롭게 재평가되고 있다. 중장년층이 옛날에는 거들떠보지도 않았던 식재료를 맛보고 즐기며, 칭찬하는 목적은 건강을 챙기려는 것도 있지만, 과거를 추억하고 싶어서 그렇다. 이런 감정은 나이와 시대를 막론하고 누구나 느끼는 것이니 말이다. 명나라의 천재예술가 당인唐寅도 시 〈고목도枯木圖〉에서 이런 마음을 드러냈다.

쓸쓸한 마른나무 뒤로 석양이 지니,

그러모은 낙엽 땔감으로 불 피워 자가사리를 삶았네.

또 벗과 함께 흥겹게 술을 마셨으니,

내일은 땀내 나는 옷 빨래하느라 고생이겠네.

枯木蕭疏下夕陽, 漫燒飛葉煮黃鱨.

與君且作忘形醉, 明日驅馳汗浣裳.

시와 책을 내팽개친 채 주량을 겨루는 두 친구의 모습을 그렸다. 심지어 '자가사리를 삶았다'라는 시구를 보면, 어떻게 삶았다는 구체적인 내용이 없는 것이 시인이 대충 쓴 것 같다. 아마도 내 생각에는 요즘 허페이 지역에서도 흔히 볼 수 있는 '자가사리 두부탕'이 아니었을까 싶다. 자가사리 두부탕은 주로 두 가지 스타일로 나뉘는데 하나는 참기름, 소금, 간장, 식초, 파, 생강, 마늘을 넣고 푹 곤 담백한 스타일이고, 또 하나는 쓰촨 요리에서 힌트를 얻어 마라 소스를 넣어 만든 매운 스타일이다. 두 종류 모두 계절을 타지 않고 인기 있는 탕이다.

요즘은 자가사리 사육이 아주 흔해졌고, 남방 지역에서는 특히 많이 사육한다. 그중에서도 광둥성廣東省 푸산시佛山市, 저장성 후저우시湖州市, 쓰촨성 메이산시眉山市 등 3대 양식 자가사리 산지에서 공급되는 자가사리만 해도 천문학적인 수준이다. 하지만 옛날에 잡았던 야생 자가사리의 노란빛과 달리 양식 자가사리의 몸 색깔은 청회색 빛이 도는 노란빛이다. 또 한번은 시장에 갔다가 양식 자가사리가 보이기에 한 번 들어 올려봤다. 그러나 어렸을 때 내 귓가에 울렸던 자가사리의 '꾸르룩' 하는 울음소리도 시장에서 파는 양식 자가사리에게서는 나오지 않았다. 양식장에서 너무 많은 자가사리와 부대낀 탓일까, 양식 자가사리는 피곤해서인지 끽 소리도 내기 싫어하는 것 같았다.

송나라 시인 백옥잠白玉蟾은 어느 날 한 화가의 작품을 본 후 그 그림에 감동하여 장편 시 〈증화어자贈畵魚者〉를 남겼다.

오묘한 이 그림은 손이 마음의 소리를 듣고 따라 그린 것,
그 마음의 소리는 깊고 신묘하기 이를 데 없어라.
종이 위에 도도히 흐르는 개울이 그려지니,
그 물속에 피라미와 자가사리 뛰어노는 듯하네…(중략)

畵到妙處手應心, 心匠巧甚機智深.

紙上溶溶一溪水, 放出鰷鱠二三尾.

이 시의 묘사만 보면 아주 고상한 화풍의 그림이었을 것 같지만, 실상은 시인의 상상력이 많이 발휘된 묘사다. 피라미는 길고 납작한 작은 물고기인데, 자가사리는 딱 이런 작은 물고기나 곤충을 먹고 살기 때문이다. 그러니 이 둘을 한 그림에다가 그린다는 것은 늑대와 양이 함께 뛰노는 모습을 그린 것과 마찬가지다. 베테랑 낚시꾼들도 먹성 좋은 자가사리를 낚기 위해서 큰 미끼를 쓴다. 자가사리는 천적도 거의 없어서 번식력도 아주 좋다. 물론 오염되지 않은 깨끗한 물에 한해서만 그렇다.

자가사리의 양쪽 볼살은 자그마한 마늘 조각같이 생겼는데 아주 맛있다. 그래서 어떤 미식가는 이 볼살이야말로 진미 중의 진미라고 추켜세우기도 했다. 하지만 자가사리 한 마리에서 나오는 양이 얼마 되지 않아 신나게 먹을 수 없다는 게 참 아쉽다.

한편 지역마다 자가사리를 부르는 이름이 다 달라서 때로는 우스운 일이 벌어지기도 한다. 예를 들어 항저우 길거리의 포장마차를 찾은 식객은 "사장님, 황서랑黃鼠狼 두부탕 주세요!"라며 자가사리를 찾는다. 황서랑은 족제비의 옛 이름이자 이 지역 사투리로 자가사리를 뜻하기도 한다. 허페이에서 온 식객이 만약 이 포장마차에 있었다면, 아마 항저우 식객의 주문을 듣고 '악취를 풍겨서 적을 쫓아내는 족제비의 이름을 딴 음식이라니, 너무 무신경한 것 아니야?'라며 뜨악했을 것이 분명하다.

虺

도마뱀이 아닌 진짜 뱀

살무사

1994년 봄에 나는 타이항산太行山 부근의 한 육군 내무반에서 살고 있었다.

어느 날 오후 전우들 몇 명이 우리 내무반 건너편에 있는 사택 옆에 무성하게 자란 풀들을 헤치고 뱀을 잡아 왔다. 녀석들이 숙소에서 뱀 껍질을 벗기고, 배 속을 헤집어 아직 소화도 안 된 쥐를 잡아 꺼내는 등 난리를 쳐댄 통에 온 방에 악취가 진동했다. 속으로는 울화가 치밀었지만, 저녁 안줏거리로 뱀 고기를 준비하고 있다는 걸 알고 있기에 말리지도 못했다.

한참 부산을 떨더니 녀석들은 뱀 고기를 이층침대 계단참에 널어뒀다. 보기만 해도 짜증이 나서 그걸 침대에서 멀리 떨어진 곳에 가져다 뒀는데, 이 장면을 본 쓰촨성 루저우瀘州 출신 사병이 왜 뱀 고기를 옮기냐며 내게 다가와 따지기 시작했다. 그래서 기회는 이때다 싶어서 그 건달 같은 놈을 흠씬 패줬다. 뱀 고기와 함께 거하게 술 좀 먹어보자며 전우들을 부추긴 녀석이 바로 이 녀석이었기 때문이다.

울퉁불퉁한 돌산을 오르는 내 낭군님 말도 피로하겠지.

陟彼崔嵬, 我馬虺.

〈주남·권이(卷耳)〉[170]

이 시는《시경》속 여러 시 중에서 처음으로 뱀과 관련된 글자, 즉 '살무사 훼虺'가 나오는 시다. 그러나 이 글자는 살무사를 뜻하는 것은 아니고, 병든 말의 모습을 강조하기 위해 쓴 형용사다. 시 속에 등장하는 이 피로에 찌든 말은 사무치

170 권이(卷耳)란 '도꼬마리'라는 나물의 옛 이름으로 들판에서 홀로 도꼬마리를 뜯는 여인이 전쟁터에 나간 남편을 걱정하고 그리워하는 내용이다.

는 그리움을 참지 못하고 남편을 찾아 산을 헤매고 다니는 이 여인의 모습을 투영하는 듯하다…….

근현대 작가이자 문화유산 연구가였던 선충원沈從文 선생은 '편便'이라는 글자를 싫어해서 될 수 있으면 최대한 쓰지 않으려고 노력했다고 한다. 개인의 취향이란 참으로 다양하다. 그런데 나 역시 《시경》을 읽으면서 〈주남·권이〉 속 '훼'라는 글자를 볼 때마다 선충원 선생이 느꼈던 감정을 느낀다. 뱀 중에서도 독사를 가리키는 이 단어를 보면 갑자기 그 이미지가 눈앞에 퍼뜩 떠올라 시의 정취를 망가뜨리기 때문이다. 글자에는 아무 잘못이 없으니, 내 취향이 문제인 것 같다.

때로 살무사는 용의 동의어로 쓰이기도 한다. 그러나 대부분은 진짜 용을 가리키는 것이 아니라 '용이 될 가능성'을 뜻하는 경우가 더 많다. 예를 들면 남북조시대 문인 임방任昉은 신화와 민간전설 등을 모아서 쓴 소설 《술이기述異記》에 "살무사가 오백 년을 수양하면 교룡蛟龍이 되고, 교룡이 천 년을 수양하면 용이 되고, 용이 오백 년을 수양하면 뿔이 달린 각룡角龍이 되고, 천 년을 수양하면 천지를 만든 용의 신 응룡應龍이 된다虺五百年化為蛟, 蛟千年化為龍, 龍五百年為角龍, 千年為應龍"라고 똑똑히 기록해 두었다.

일단 이 주장이 사실인지 아닌지는 둘째 치고 살무사는 굉장히 장수하는 동물이라는 사실을 알 수 있다. 심지어 장수만 누린 것이 아니라, 거북이보다 출세할 기회도 더 많았다. 전설에 따르면 천 년 동안 도를 닦은 거북이는 정령精靈이 된다는데, 그래 봐야 조그마한 요정에 불과하다. 반면 삼천 년이 지나면 살무사는 여러 용 중에서도 상당히 지체 높은 응룡이 된다고 하니, 사람으로 다시 태어나면 황제도 될 수 있지 않을까?

고대인들은 나만큼이나 강렬한 호기심을 가지고 있어서 《술이기》, 《수신기》,

《서유기》, 《요재지이》 등 이상야릇하고 재미난 이야기책을 많이 탄생시켰다. 나도 이런 책들을 아주 좋아한다. 전통문화는 너무 진지해서 고리타분하지만, 이런 이야기책들은 훨씬 가볍고 친근하게 느껴진다. 그런데 많은 고전해설가들이 고대 이야기책 속의 '훼'라는 글자를 살무사가 아니라 도마뱀이라고 해석한 주석이 많아 나는 볼 때마다 화가 난다.

십이지 중 하나인 뱀은 민간에서 꽤 대접받는 동물이라, 많은 사람이 뱀이라고 부르기보다는 '소룡小龍'이라는 애칭으로 부른다. 한편, '뱀 사蛇'자가 만들어지기 전에는 '살무사 훼'라는 글자가 뱀의 통칭으로 쓰였다. 그러니 '훼'라는 글자가 도마뱀을 뜻한다고 억지를 쓸 수야 있지만, 그래도 이 둘의 이미지나 분위기는 너무 다르다. 예를 들어 굴원이 세상의 이치와 전설에 관해 질문한 《초사》 〈천문天問〉 편에 언급되는 '머리 아홉 개 달린 살무사雄虺九首'[171]와 비교하면, 도마뱀은 모자라도 한참 모자란다.

옛사람들은 살무사를 아주 중요한 동물로 여겼다. 그래서 심지어 가끔 서주 말기에 제작된 청동기를 보면 살무사가 장식되어 있을 정도다. 고대에는 귀족이나 왕가에서만 청동기 그릇을 쓸 수 있었다. 그런 귀중한 물건에 살무사가 장식

171 《산해경》에 따르면, 옛날에 상류(相柳)라는 이름을 가진 머리 아홉 개 달린 살무사가 홍수를 일으키며 사람들을 괴롭히고 다녔다. 이에 우임금이 상류를 없앴는데, 상류의 피가 워낙 독해 상류 피가 흐른 자리에서는 곡식이 나지 않는다고 한다.

되어 있는 걸 보면 분명 살무사는 아름답고, 경사스러우며, 중요한 동물로 숭배받았다.

물론 살무사라는 단어가 나쁜 뜻으로 쓰이는 경우도 있다. 예를 들어 살무사와 물여우의 통칭인 '훼역虺蜮'이라는 단어는 사람에게 해를 끼치는 독극물이나 간악한 소인배를 뜻한다. 물론 용 중에서도 물에 빠진 사람을 잡아먹으려고 물속에서 몸을 감추고 있다 배를 뒤집는 나쁜 용도 있다. 그러나 나는 적에게 '살무사 훼'를 성姓으로 쓰라는 벌을 내린 측천무후의 행동은 잘못되었다고 생각한다. 측천무후는 당 태종의 8번째 아들인 월왕越王 이정李貞이 역적이라는 이유로 이씨 가문 사람들의 성을 '훼'로 바꿔버리는 벌을 내렸기 때문이다. 지금 자기가 다스리는 나라를 누가 세웠는지 한번 생각해 보면 좋았으련만, 참 어린아이처럼 유치한 짓을 했다.

또 다른 고대 한족 전설에 따르면 살무사는 산속에 사는 도마뱀을 닮은 괴물이다. 살무사가 오랜 시간 도를 닦으면 응룡도 된다는《술이기》속 위풍당당한 살무사와는 한참 동떨어진 이미지다. 또 살무사는《산해경》과《사기》속에서 황제黃帝를 도와 치우蚩尤를 물리치는 데 혁혁한 공을 세운 존재이기도 하니, 단순한 괴물로 취급해서는 안 된다. 만약 전설 속 인물인 황제가 실존했다면, 그 후손들은 분명 살무사에게 고맙다고 절을 하지 않았을까.

교룡에서 용으로, 용에서 뱀으로, 또 도마뱀에서 괴물로……. 살무사가 걸어온 길은 참 험난하기 이를 데 없다. '훼'라는 글자의 뜻도 얼마나 많이 변했는지, 전문가도 명확하게 정의하기 어려울 정도다.

그러나 세상 모든 것을 꼭 명확하게 정의 내려야 할까? 모든 사물을 확실하게 구분 짓는 것은 오히려 심오한 한자의 세계에 어울리지 않는 것 같다. 자로 잰

듯 정확하게 뜻매김하면 틀에 사로잡혀 어떤 가능성도 가지지 못하게 될 텐데, 이는 곧 죽은 상태나 다름없지 않을까?

요즘 우리는 천둥소리를 표현할 때 '우르릉'이라고도 하고, '쾅쾅'이라고도 한다. 그런데 옛날 책에는 천둥소리가 '훼훼虺虺'라고 표현되어 있다. 만약 우리의 상상력이 '훼훼'에 사로잡혀 있었다면, 천둥소리를 표현하는 단어가 지금처럼 다채롭고 강렬해질 수 있었을까!

아무리 엉망진창이라도, 멈춰 서서 발전을 포기해선 안 된다.

蝪

사족(蛇足)을 달아야 하는 이유

도마뱀

큰아버지 댁에 놀러 갔던 여섯 살 여름에 나는 처음으로 복도 천장에 매달려 있는 벽호壁虎, 즉 도마뱀붙이를 보았다. 누런빛을 뿜는 전구 옆에 꼼짝 않고 옹기종기 모여 있는 벽호들은 꼭 흰 석회벽에 묻은 때처럼 보였다.

전등 빛에 이끌린 나방, 파리, 모기가 전구 주위를 뱅글뱅글 돌기 시작하면 벽호들도 살금살금 벌레를 향해 움직였다. 그러다 전구 주위에 있던 나방이 순식간에 사라져 어디로 갔나 궁금해 주위를 둘러보면, 벽호 한 마리가 나방을 먹었는지 머리를 부르르 떨고 있는 모습을 볼 수 있었다.

시원한 여름 밤바람을 즐기러 밖에 나갈 때마다 나는 벽호를 관찰했다. 어느 날에는 어쩌다가 그랬는지 모르지만, 벽호 한 마리가 벽에서 떨어져 사촌 누나들이 기겁하고 놀라 비명을 질러댔다. 그때 나는 '이렇게 흥미로운 동물이 제 발로 우리 집에 찾아왔으면 기회는 이때다 하고 잡아야지, 왜 놀라는 거지? 누나들은 참 이상한 사람이야'라고 생각했다.

큰아버지 댁은 시안西安의 남쪽이면서도 친링산맥秦嶺山脈 산자락과 맞닿아 있는 곳, 바로 《시경》의 노래가 탄생한 그곳에 있었다.

슬픈 세상이로구나,

어찌 인간이 살무사와 도마뱀같이 되었을까?

哀今之人, 胡為虺蜴?

〈소아 · 정월(正月)〉[172]

172 나라와 백성의 안위를 걱정하는 한 사대부가 주 유왕과 간신을 각각 살무사와 도마뱀에 빗대어 비판했다.

이 시 속의 글자 '도마뱀 척蜴'은 작은 뱀처럼 생긴 동물, 즉 도마뱀을 뜻한다. 전 지구상에 약 3,000종일설에는 4,000종의 도마뱀이 살고 있고, 그중에서도 벽호는 가장 흔히 볼 수 있는 종이다.

요즘 길거리를 돌아다니다 보면 자동차 범퍼 부분에 작은 벽호인형을 붙이고 다니는 것을 볼 수 있다. 사고를 피한다는 뜻의 단어 '피화避禍'와 벽호의 중국어 발음이 비슷해서 자동차 주인을 보호해달라는 마음을 담아 붙이는 것이라 한다. 하지만 아무리 생각해도 이상하다. 겁먹은 벽호는 저 스스로 꼬리를 자르고 도망갈 정도로 새가슴이니, 제 코가 석 자라고 벽호가 사람을 지켜줄 리 만무하다. 이런 동물을 행운의 마스코트로 삼다니, 옛사람들의 생각과 달라도 너무 다르다. 〈소아·정월〉만 봐도 도마뱀은 악인을 상징하니 말이다.

벽호에게는 개성 넘치는 친척들이 많다. 그러니 이 주제는 깊이 들어가지 말고 가볍게 다루도록 하자. 도마뱀의 일종인 카멜레온은 생김새가 아주 귀여워 유럽이나 미국에서는 애완동물로 키우며, 애지중지 사랑을 받는다. 심지어 아이로Iroh라는 이름의 턱수염도마뱀은 2017년 미국 애리조나 주 애본데일Avondale 시 경찰서에 취직도 했다. 비록 경찰 배지를 항상 달고 근무하지는 못해도 경찰서에서 아이로에게 경찰배지도 만들어줬다고 한다. 또 아이로는 마약탐지도 할 줄 알아서 이 지역 경찰견들은 밥그릇을 빼앗길까 걱정한다고 한다.

내가 어렸을 때 봤던 못생긴 도마뱀을 생각해 보면, 옛사람들도 귀엽게 생긴 도마뱀은 거의 보지 못하고 살았을 것이다. 자료에 따르면 중국에는 150여 종의 도마뱀이 살고 있다. 그런데 내가 봤던 여러 책 속에는 어떤 종류이든 간에 고대 사람들이 도마뱀이나 벽호를 먹었다는 기록이 없었던 것을 보면, 별 가치 없는 데다 못생긴 동물이라서 살무사와 도매금으로 취급받았던 것 같다.

그런데 당나라 때 도마뱀에게도 신분상승의 기회가 찾아왔다. 도마뱀에게 비를 내려달라며 비는 작자 미상의 당나라 시 〈석척구우가蜥蜴求雨歌〉를 보면 그렇다.

도마뱀아, 도마뱀아, 구름을 일으키고 안개를 만들어다오.

세찬 비가 내리거든, 그때 너를 놓아주마.

蜥蜴蜥蜴, 興雲吐霧.

雨若滂沱, 放汝歸去.

도마뱀에게 어떻게 나라와 국민을 구할 수 있는 이런 특수한 능력이 생긴 것일까? 도마뱀의 생김새가 용과 닮아서일까? 그래서 송나라 시인 모방毛滂은 이 당나라 시 속 도마뱀의 능력에 의문을 제기했다.

…(중략) 구름을 부린다는 도마뱀 말을 누가 믿으리오.
춤을 춰서 비를 부르는 전설의 동물 상양(商羊) 덕에
비가와도 자기 공이라 하거늘.
蜥蜴舉雲誰汝信, 商羊舞雨自言功.
〈백준동관이부도우용연누효백리천세희화관조(伯駿同官以仆禱雨龍淵屢效百裏薦歲熙和官曹)〉

내 어렸을 때 기억을 다시 되돌려보면, 비가 오면 모기나 벌레가 자연이 많아지니 벽호의 먹이활동도 활발해졌다. 아마 옛사람들은 이런 벽호의 모습을 보고 거꾸로 '벽호가 신나게 움직이니 비가 오겠구나'라고 생각했던 것 같다. 어딘지 모르게 요즘 유행하는 서양식 별자리 운세와 비슷한 구석이 있는 참 귀여운 생각이다.

20여 년 전 군대에 있을 때, 나와 남녀 전우들이 모두 함께 타이항산에 갔다가 산허리에 있는 큰 바위 아래서 우연히 도마뱀을 만났다. 도마뱀도 벽호와 같은 뱀목 파충류다. 그런데 벽호와 달리 도마뱀은 동작이 빨라서 순식간에 휙 하고 자취를 감춰버린다. 도마뱀에게는 '석룡자石龍子'라는 별칭도 있다고 한다. 아마도 생김새가 용과 닮아서 붙은 것이 아닐까 싶다. 어쩌면 옛날

사람들이 용의 이미지를 만들어낼 때 벽호나 도마뱀을 참고했을 수도 있다. 송나라 시인 매요신梅堯臣의 시 〈환오장문사인시권還吳長文舍人詩卷〉에는 이런 구절이 있다.

…(중략) 우리의 시는 선현의 노래를 흉내 낸 것에 불과하니,

용을 그리려다 도마뱀을 그린 격일세.

我輩強追仿, 畫龍成蜥蜴.

이 시의 내용을 반대로 생각해 보면, 옛사람들은 정말 도마뱀을 보고 용을 그린 것이 아닐까? 이렇게 시대에 따라 미의 기준은 항상 변하기 마련이니, 도마뱀을 포함한 파충류도 앞으로는 더 좋은 평가를 받을 수 있을 것이다. 도마뱀 한 마리에도 겁을 먹고 비명을 질러댔던 내 사촌 누나들과 달리, 친구라고는 도마뱀 한 마리밖에 없는 외톨이 여주인공 아리의 이야기를 다룬 〈도마뱀〉만 봐도 그렇다. 십여 년이라는 시간이 흐르는 사이에 도마뱀은 유럽과 미국에서 자리를 잡은 후 아시아까지 진출해 제 영향력을 키워가는 중이다.

도마뱀 중에서 가장 위풍을 뽐내는 종은 영어로 '코모도 드래곤Komodo dragon'이라 불리는 코모도왕도마뱀이다. 이 도마뱀의 이름에 '용'이 들어가지만, 중국이 아닌 인도네시아 섬에서 산다. 코모도왕도마뱀은 몸길이가 3~5미터나 되는 대형 파충류로 꼭 영화 〈쥬라기 공원Jurassic Park〉에 나올 것같이 생겼다. 뱀처럼 혀를 날름대는 나쁜 습관만 고치면 당장 공룡 역에 캐스팅될 수 있을 정도로 공룡을 많이 닮았다.

아, 맞다. 뱀을 그린 다음 있지도 않은 발을 그려 넣었다는 '화사첨족畫蛇添足' 이야기는 쓸데없는 짓을 해서 일을 망친 사람을 비판할 때 자주 인용되는 고사

지만, 만약 도마뱀이나 벽호가 그 자리에 있었다면 결말은 달라졌을 것이다. "뱀을 그리려고 한 것이 아니니까 제대로 그린 것이 맞아. 바로 저기 있는 도마뱀을 그리려고 했다고!"라며 어색한 분위기를 누그러뜨릴 수 있었을 테니 말이다.

악어

선사시대의 흔적

鼉

어린 시절 나에게 악어는 악몽 같은 존재였다. 다《악어의 눈물》이라는 총천연색 삽화가 들어간 동화책을 읽은 탓이었다. 그 동화의 줄거리는 이렇다. 어느 강가에 껍질이 유독 우툴두툴한 나뭇가지가 비쭉 튀어나와 있었다. 어느 날 한 새가 이 나뭇가지를 발견하고 잠시 그 위에 앉아 쉬고 있었는데 갑자기 나뭇가지가 슬금슬금 물속으로 가라앉더니 '첨벙' 하는 소리와 함께 새는 종적을 감춰버렸다……. 잠시 뒤 이 나뭇가지는 다시 물 밖으로 떠올랐고, 이번에는 잠자리 한 마리가 또 이 위에 내려앉았는데, 종전과 마찬가지로 나뭇가지가 서서히 가라앉더니 또 '첨벙' 하는 소리와 함께 잠자리도 사라졌다.

누가 봐도 알 수 있듯이 이 '나뭇가지'는 사실 물 밖으로 내놓은 악어의 입이었다.

악어는 돼지보다 지능이 낮은 원시 동물이라서 진짜 악어는 동화 속 악어처럼 똑똑하지 않다. 하지만 그 시절의 내가 어떻게 이런 사실을 알았겠는가? 악어가 무서워 결국 멱 한번 제대로 감지 못하고 여름을 보내버렸다…….

타고 소리 둥둥 울리며, 맹인 악사들이 연주하네.

鼉鼓逢逢, 矇瞍奏公.

〈대아·영대(靈臺)〉[173]

안후이성의 쉬안청시宣城市에는 세계 최대 규모의 양쯔 강 악어 보호구역이 있다. 미국에서도 양쯔 강 악어 인공번식에 성공했지만, 아직 개체 수는 많지 않다.

173 주 문왕을 위해 백성들이 자발적으로 영대(靈臺)라는 누각을 세우고 정원과 연못을 만들었더니 다양한 동물이 모여들었고, 주 문왕이 이곳을 둘러보며 음악과 시를 즐겼다는 내용으로 주 문왕시대의 태평성대를 노래했다.

양쯔 강 악어는 중생대 때부터 지구에서 살아왔지만, 이제 남은 야생 양쯔 강 악어는 200마리도 채 되지 않아 판다보다 더 희귀한 동물이다. 그런데 〈대아·영대〉에 기록되어 있듯이, 고대에는 양쯔 강 악어가죽으로 '타고鼉鼓'라는 북을 만들어 사용했다. 제례의 시작을 알리는 타고 소리가 '둥둥' 울리면, 모든 이가 숨죽이고 그 중요한 의식을 지켜보았을 것이다……

삼사천 년 전 사람들의 삶은 무섭기도 하지만 재미도 있었을 것 같다. 그때는 지금처럼 춥지 않아서 양쯔 강 악어가 창장長江, 황허 유역에 아주 많았기 때문이다. 고대지리학, 기후학을 연구한 학자들에 따르면 한나라 이전까지 중원에는 대나무가 가득했고, 지금은 곡창지대인 화베이평원華北平原은 초원과 산림지대였으며, 심지어 사막지대인 둔황敦煌 일대는 맑은 강물이 흘러넘치는 오아시스였다고 한다. 그래서 우리의 생각과 달리 풍요로웠던 강가에는 양쯔 강 악어뿐만 아니라 코끼리와 무소도 자유를 누리며 살고 있었다. 그러니 갑골문자 중에 '악어 타鼉'라는 글자가 있는 것이 놀랄 일도 아니다. 위에서 이 글자를 내려다보면 꼬리를 살짝 치켜들고 있는 양쯔 강 악어의 모습이 연상된다.

사납기로 이름난 나일 악어와 달리 양쯔 강 악어는 성격이 순한 편이다. 아마 나일 악어보다 몸집이 자그마해서 그런 것 같기도 하다. 옛날에는 양쯔 강 악어가 아주 흔해서 옛사람들도 별로 무서워하지 않았다. 심지어 상나라 때는 악후국鄂侯國이라는 부락국가가 있었는데, 이 지역 백성들은 악어를 잡아 생계를 꾸려나갔다. 이 지역이 계속 발전해서 후베이성이 되었고, 이에 지금도 후베이성은 '악鄂'이라는 별칭으로 불린다. 한편 후베이성의 이웃인 장시성은 양쯔 강 악어의 고향이다. 이 지역은 어찌나 양쯔 강 악어가 많았던지 주민들이 키우던 가축이 잡아먹히는 등 곤란한 상황이 벌어졌다. 그래서 당 헌종의 미움을 사 이 지역에 유배된 정치가 한유韓愈는 악어들에게 일주일간의 말미를 줄 테니 악행을 멈추고 바다로 가지 않으면, 사수를 동원해 몰살하겠다고 경고하는 내용의 〈제악어문祭鰐魚文〉을 써서 붙였다. 그런데 내 생각에 지금의 양쯔 강 악어와 달리 장시성에서 살았다는 양쯔 강 악어가 훨씬 몸집이 컸던 것 같다. 그래서 백성들을 괴롭히는 데도 선뜻 나서서 소탕하지 못했던 것은 아닐까?

당나라 시인 온정균이 유송劉宋 효무제孝武帝의 성대한 열병식을 주제로 쓴 사 〈곤명치수전사昆明治水戰詞〉를 보면 "타고를 세 번 울려 천자께 알리니, 수리 모양 깃발을 달고, 맹수 조각을 새긴 전함이 파도를 일으키며 달려 나가네鼉鼓三聲報天子, 雕旗獸艦淩波起"라는 구절이 있다. 이때 타고는 아마 물난리를 가라앉히는 용도로 쓰인 것 같다. 왜냐하면 청나라 소설가 포송령蒲松齡이 지은 〈저파룡豬婆龍〉이라는 제목의 짧은 이야기를 보면, 한때 저파룡이라는 이름으로 불렸던 양쯔 강 악어는 전설 속 용과 비슷한 능력이 있었는지 물에 들어가면 "큰 파도를 일으킬 줄 알았다波濤大作"[174]라고 하니 말이다.

확실히 양쯔 강 악어와 용은 이미지도 비슷하고 머리 부분의 생김새는 특히 닮았다. 심지어 양쯔 강 악어의 옛 이름은 '타용鼉龍'이다. 그런데 어쩌다가 나중에 '돼지 아낙네'라는 뜻의 '저파룡'이라는 기이한 별명을 얻게 되었는지 모르겠다. 도대체 무슨 생각에서 이런 별명을 지었던 것일까?

옛사람들이 남긴 타고에 관한 여러 시를 보면, 양쯔 강 악어는 인간들에게 꼼짝 못하고 당했던 것이 틀림없다. 그렇지 않다면 어느 양쯔 강 악어가 흔쾌히 자기 가죽을 내어주며 북을 만들라고 했겠는가?

174 〈저파룡〉의 주요 내용은 다음과 같다. 지금의 장강 하류 쪽에 용을 닮은 저파룡이 살고 있었다. 어느 날 한 사람이 배를 타고 강을 지나가다 저파룡을 사로잡아 배에 묶어놨는데, 끈을 단단히 묶지 않은 탓에 저파룡이 강물에 뛰어들어 도망가 버렸고, 이때 큰 물보라가 일어 배가 뒤집혀 버렸다.

용처럼 긴 피리 불고, 타고를 둥둥 치니,

아리따운 여인들이 노래하고 춤을 추네…(중략)

吹龍笛, 擊鼉鼓, 皓齒歌. 細腰舞.

인생의 즐거움과 죽음에 대해 노래한 당나라 시인 이하李賀의 시 〈장진주將進酒〉를 보면 즐겁고 화려한 잔치 때도 타고가 흥을 돋웠음을 알 수 있다. 1980년에는 산시성 샹펀현襄汾縣에 위치한 타오쓰 유적陶寺遺址에서 타고를 비롯한 다양한 고대 유물이 발견되었다. 그 타고가 지금도 소리를 낼 수 있을지 궁금하다. 만약 가능하다면, 타고와 편종編鐘 합주곡을 연주해 보고 싶다. 그러면 현재를 사는 우리에게도 신비로운 힘을 주지 않을까?

한때 공룡과 함께 지구를 지배했던 양쯔 강 악어지만, 과거의 영광은 잃어버린 지 오래다. 양쯔 강 악어의 친척인 나일 악어도 형편이 좋지 않다고 한다. 수없이 많은 동물이 팽글팽글 빠른 속도로 돌아가는 지구 때문에 저 멀리 우주, 그 무한한 시간과 공간으로 밀려나 버렸다. 그런 시련을 겪고도 여전히 지구상에 남아 있는 악어는 참 위대한 존재다. 시간과 공간을 거슬러 선사시대의 흔적과 그 시대의 문화를 우리 눈앞에 생생하게 펼쳐 보여주고 있으니 말이다. 악어는 깊은 울림을 주는 동물이다.

강 너머로 해가 뉘엿뉘엿 기우니 타고 소리 들리고,

저 멀리 바다 구름 걷히니 신기루 보이는듯하네.

湖日似陰鼉鼓響, 海雲纔起蜃樓多.

당나라 시인 허혼(許渾)의 시 〈증소지(贈所知)〉

신비롭고 아름다운 자연을 무대 삼아 타고 소리가 은은히 울려 퍼지면, 누구라도 이런 상상의 세계에 빠질 듯하다……. 전설 속 삼황오제시대부터 위나라까지 고대국가의 역사를 다룬 역사서 《죽서기년竹書紀年》에는 주 목왕이 초나라를 공격하기 위해 구강九江이라는 강을 건널 때 자라와 악어로 다리를 세워 강을 건너갔다는 기록이 있다. 이렇듯 제 한몸 희생해 옛사람들의 배를 채우고, 오락거리도 제공했던 양쯔 강 악어는 이에 멈추지 않고 토목공사도 담당했다.

鱉 자라

법사님을 모시고 강을 건넌 동물

궁지에서 벗어나지 못하는 처지를 일컫는 '독 안에 든 자라' 이야기가 실제로 내 눈앞에 펼쳐진 적이 있다. 내가 어렸을 때 시골 농민들은 종종 저수지 물을 빼고 물고기며, 자라며, 거북이를 손으로 잡곤 했는데, 어떤 사람이 정말로 자라를 잡아서 항아리 속에 던져 넣는 모습을 보았다.

자라를 항아리에서 꺼낼 때는 매우 조심해야 한다. 경험 많은 농부는 밧줄을 가지고 와 항아리 속에 던져 넣은 후, 자라가 덥석 물면 그제야 줄을 감아 항아리 밖으로 빼낸다. 대부분은 항아리 옆에 미리 펄펄 끓는 물을 준비해 두었다가, 항아리 밖으로 꺼낸 자라를 곧장 물속에 담가 기절시켜 버린다. 그런데 가끔 줄을 감는 중에 자라가 입을 벌려 땅으로 떨어지는 경우가 있다. 땅에 떨어진 자라는 엄청나게 빠른 속도로 도망가기 때문에 농부는 서둘러 자라를 발로 밟아 움직이지 못하게 만든다. 이런 경우에는 어쩔 수 없이 칼로 자라 머리를 내리치는 수밖에 없다.

자라는 수년 전부터 하찮은 것, 별 볼일 없는 것으로 취급을 받아왔다. 허페이 레이마향雷麻鄕이라는 시골 마을에 살던 한 농부의 이야기만 봐도 그렇다. 이 농부는 아침 일찍부터 멜대를 메고 길거리를 돌아다니며 야생 자라를 팔려고 했으나 아무도 사가지 않자, 반나절을 허비한 것에 화가 나서 집에 돌아갈 때는 자라 뒷발을 멜대 끄트머리에 대롱대롱 매달아 놓고 집으로 돌아갔다. 그런데 멜대에 매달린 자라가 머리를 쑥 내밀고 사방을 두리번두리번하자 길거리에 있던 행인들이 그 모습을 보고 기겁해서 도망갔다고 한다. 그제야 그 농부는 "속 시원하다! 그러니까 진작 사지!"라고 말했다고 한다.

향기로운 술 가득 따라 벗에게 권하고,

자라찜과 잉어회도 곁들이네.

이 잔치에 누가 왔는가?

아, 내 충직한 벗 장중(張仲)이 왔구나.

飮御諸友, 炰鱉膾鯉.

侯誰在矣? 張仲孝友.

〈소아·유월(六月)〉[175]

지역에 따라서 자라는 갑어甲魚라고도 하고, 단어團魚라고도 하며, 왕팔王八이라고도 한다. 가장 최근에 자라를 먹었던 것은 2007년으로 말발굽 모양의 자그마한 식용 양식 자라를 먹었다. 맛은 꽤 좋았지만 한 그릇 다 먹지는 못했는데, 아무래도 자라의 생김새가 별로 마음에 들지 않아서 그랬다. 자라 요리를 친구에게 대접했다는 〈소아·유월〉 속 구절을 보면 그때도 자라 요리는 고급 요리였던 듯하다.

1990년대에 한 건강식품업체가 자라 진액을 만병통치약으로 과대 광고해 큰 화제가 되었는데, 내가 기억하기로는 이 광고가 TV에 방송된 이후부터 자라 요리는 '귀족' 대접을 받게 되었던 것 같다. 이제 그 자라 진액은 시장에서 자취를 감추었지만, 여전히 자라는 비싼 몸값을 자랑한다. 어쨌든 우스꽝스러운 자라 진액 광고 덕분에 자라와 관련된 재미난 에피소드가 추가된 셈이다.

175 주 선왕 시기 북방 이민족을 토벌하는 데 혁혁한 공을 세운 윤길보를 칭송하는 내용의 시다.

초나라 강에는 물고기, 작은 자라, 큰 자라, 악어 등이 셀 수 없이 많지 않습니까.

江漢之魚鱉黿鼉為天下富.

《묵자》의 〈공수(公輸)〉 편[176]

고대에는 물고기와 자라가 많을수록 풍요로운 지역이라 생각했다. 한편 자라는 독특한 외모 때문인지, 시간이 흐를수록 자라에 관한 추측과 전설은 늘어만 갔다. 심지어 자라가 신격화된 예도 고전 속에서 왕왕 찾아볼 수 있다.

자라는 귀가 없어 신의 기운을 몸속에 가득 품고 있다.

그래서 '신수(神守)'라는 이름을 얻었다.

鱉無耳而守神. 神守之名以此.

《회남자》와 《본초강목》 중에서

176 송나라를 공격하기 위한 무기를 발명한 초나라 발명가 공수반(公輸班)을 묵자가 찾아가 땅이 넓고, 자원이 풍부한 초나라에 비해 송나라는 작고 보잘것없으니 공격을 멈춰달라고 설득하는 내용이다.

자라는 귀가 없으므로 정기가 밖으로 나가지 않고 몸속에 모여 있다는 설명이다. 마치 자라가 도를 수련할 줄 아는 동물처럼 묘사한 것이 눈에 띈다. 한편 《서유기》 속 현장법사와 제자들을 등에 태우고 강을 건너게 해 준 자라는 이 자라보다 훨씬 신비롭다. 그런데 나는 사람을 등에 태우는 자라는 《서유기》를 쓴 작가 오승은이 만들어낸 허구의 존재인 줄 알았는데, 후에 소설과 달리 말만 못할 뿐이지 정말로 이런 거대한 자라가 존재한다는 사실을 알게 되었다.

2016년 1월, 베트남 하노이의 호안끼엠Ho Hoan Kiem 호수에 살던 100살 먹은 자라가 세상에 모습을 드러냈다. 나도 언론보도를 통해 이 자라의 사진을 봤는데 크기는 욕조만 하고, 무게는 169킬로그램이나 되고, 등판도 널찍해서 어른 한 명도 누울 수 있을 것 같았다. 이 정도 자라쯤 되면 사람을 태우고 강을 건너는 것도 가능할 법하다. 중국 사람들이 판다를 아끼는 것처럼, 베트남 사람들은 이 자라를 국보로 여긴다고 한다.

그러니 옛날이야기 책 속의 기록이나 방법을 함부로 의심해서는 안 된다. 지금 사람들 눈에는 신기하기 짝이 없는 일이라도 그 옛날에는 일상다반사였을지 모르니까 말이다.

옛 한의사들은 자라를 과로로 인한 질병을 고치고, 양기를 돋우며, 간과 신장에 부족한 음기를 채워줄 수 있다며 매우 귀한 약재로 여겼다. 그러나 아무리 의사들이 좋은 약재라고 해도, 농민들은 어느 때고 자라를 잡을 수 있으니 항상 하찮은 동물이라고 생각했다. 우리 외할아버지만 예외였지만 말이다. 외할아버지는 자라를 아주 좋아하셔서, 뚝배기에 잘게 다진 자라 고기를 넣고, 조미료와 고추를 추가해 버무린 후 자라찜을 만들어 드시기도 했다.

내가 어렸을 때 다녔던 학교 옆 도랑에도 자라가 아주 많았다. 우리 학교에서는 석탄재를 학교 급식실 서쪽에 있는 도랑 부근에 버리곤 했다. 그런데 가끔 이 잿더미에서 자라가 후다닥 달려 나와 물속으로 몸을 감추는 모습을 볼 수 있었다. 그래서 한번은 조리사 아저씨가 자라가 있던 곳을 삽으로 파헤쳐 봤더니 자라 알이 그 잿더미 속에 파묻혀있었다. 생김새는 꼭 자그마한 탁구공 같았다. 알고 보니 어미 자라가 잿더미 속에 알을 놓고 새끼 자라를 부화시키고 있었다.

주나라와 전국시대 각국의 제도를 기록한 경전 《주례周禮》를 보면 "봄에는 조상신께 자라와 조개를 바친다春獻鱉蜃"라는 내용이 있다. 먹을 것이 넉넉지 않았던 그 시절에도 자라가 제사상에 올라간 것을 보면 자라는 그때부터 귀한 재료로 취급받았다. 진나라 문인 육기陸機는 한 어부가 나라를 살피기 위해 순행하던 황태자에게 자라를 잡아서 바친 것을 주제로 글을 쓰기도 했다. 그런데 이렇게 귀중한 대접을 받던 자라도 시대의 변화에 따라 가치가 오르락내리락했다. 고대신화에 따르면, 강의 신 하백河伯의 시중을 드는 시종 역할을 할 만큼 아주 중요한 동물이었다. 이는 고대 천문지리지 《감석성경甘石星經》의 "13번째 별인 하늘자라 별자리는 남두[177]에 속해 있으며, 물을 관장하는 동물이다天鱉十三星在南斗, 主水虫"라는 기록과 일치한다.

이렇게 문화와 역사를 자랑하던 자라였는데, 지금은 아무도 거들떠보지 않는 신세로 전락했다. 접시 위에 사지를 벌리고 누워 있는 자라 요리 사진만 가끔 누군가 들여다볼 뿐, 이제 자라의 역사에 관심을 두는 이는 별로 없다. 어쩌면 한때 유행했던 자라 진액이 긍정적인 평가만 받았더라도 더 많은 사람이 자라가 가진 이야기와 뜻에 관심을 가지게 되었을지도 모른다. 그러나 과장된 자라 진액

177 궁수자리에 있는 국자 모양의 여섯 개의 별. 북두칠성의 모양을 닮은 데서 이름이 유래한다. 장수(長壽)를 주관하는 별로 전해진다.

광고는 도리어 자라에 대한 거부감만 불러일으켰다.

자라는 불쌍한 동물이다. 선량한 제 본모습과는 달리 너무 나쁜 이미지만 가지고 있다.

龜

인간과 신 사이의 매개자

거북이

나는 갑골문을 실제로 본 적이 있다. 고대의 것이 아니라 아버지가 나의 건강과 행복을 빌며, 옅은 노란색의 거북이 배에 조심조심 칼로 내 이름과 방생 날짜를 새겨주신 사랑이 담긴 갑골문이었지만 말이다.

거북이에 글자를 새긴 후 아버지는 나를 학교 옆에 있는 도랑에 데리고 가서 거북이를 내 손에 쥐어주셨고, 나는 거북이를 다시 물에다 풀어주었다. 그러면 거북이는 뒤뚱뒤뚱, 느릿느릿한 걸음으로 물속으로 사라졌다.

내가 10살도 채 되지 않았을 때 일이다. 그 후에도 아버지는 나의 건강을 빌며 최소 세 마리의 거북이를 이렇게 자연으로 돌려보내셨다.

우리 동네에 살던 거북이는 우리 아버지 손바닥 크기의 자그마한 것들이 많았다. 가끔 도랑에 가보면, 얕은 물가의 바위 위에서 드러누워 해를 쬐는 그 작고 귀여운 거북이를 구경할 수도 있었다.

왕께서 점을 치고, 도읍을 호경으로 정하셨네.

신령한 거북이의 도움 덕에 무왕께서 대업을 이루셨네. 훌륭하도다!

考蔔維王, 宅是鎬京.

維龜正之, 武王成之. 武王烝哉!

〈대아·문왕유성(文王有聲)〉[178]

신령한 거북이의 활동 모습은 은나라와 상나라의 유적이 발견된 허난성河南省 안양현安陽縣의 인쉬殷墟에서 확인할 수 있다. 예전부터 이곳에서는 상나라 글자

178 수도를 풍읍(豐邑)으로 삼고 주나라의 기틀을 닦은 주 문왕과 호경(鎬京)으로 천도해 나라를 부흥시킨 주 무왕의 공덕을 칭송하는 시다.

가 새겨진 거북이 등딱지가 많이 발견되었다. 초기에 이 거북이 등딱지를 발견했던 사람들은 '용의 뼈'인 줄 알고 약을 달여 먹었다고 하니, 참 유감스러운 일이다. 다행히 청나라 광서제光緖帝 때 금석학자인 왕의영王懿榮 덕분에 이 거북이 등딱지에 적힌 글자가 갑골문이라는 진실이 밝혀졌고, 많은 사람에게 놀라움을 선사했다.

거북이는 수명이 천 년에 달하는 영물이라 구(龜) 또는 구(久)라고도 불린다.
이 짐승은 길흉을 알고 있다.
龜之言久也. 千歲而靈. 此禽獸而知吉兇者也.
《상서》 중 〈홍범(洪範)〉 편

옛사람들은 거북이가 수천 년 전부터 인간과 신을 이어주는 매개자의 역할을 했다고 생각해서 거북이를 영물이라 불렀다. 그만큼 대접받았던 거북이니, 인쉬에서 출토된 갑골문은 분명 여러 갑골문 중 극히 일부에 불과할 것이다. 한편 거북이는 인기 있는 식재료이기도 해서, 《시경》에도 거북이의 맛을 칭찬하는 시구를 여럿 찾아볼 수 있다.

반면, 나는 한 번도 거북이를 먹어보고 싶다는 생각을 한 적이 없다. 어렸을 때 동무들은 거북이를 가지고 놀고 나면 손에서 거북이 지린내가 난다고 불평들을 했다. 실제로 거북이에게서는 지독한 흙 비린내와 오줌 지린내가 난다. 그래서 우리 중 그 누구도 거북이의 영광스럽고 신성한 과거에 대해 알지 못했다. 《주역》에 기록되어 있는 것처럼 중요한 일을 앞두고 옛사람들은 거북이와 톱풀을 이용해 점을 쳤다. 또 팔괘 모양도 거북이 등딱지에서 영감을 받아 만들었다는 설도 있다.

三壽
如石之壽如松之壽如龜之壽白石老人齊璜寫生

…(중략) 낙수(洛水)라는 강에는 우임금의 글을 새긴 등딱지를 가지고 있는 신령한 거북이가 살고 있는데, 그 글은 물을 다스리는 주문이라 한다.

有神龜於洛水, 負文列於背以授禹, 文即治水文也.

육기(陸機)의 뤄양 기행기《뤄양기(洛陽記)》

이는 우임금이 홍수를 다스릴 때 썼다는 거북이 등딱지에 그려진 그림을 뜻하는 〈낙서洛書〉 전설의 시초라고 볼 수 있다. 그런데 아직도 〈낙서〉의 그림이나 황허에서 살던 신비한 말馬이 복희씨에게 줬다는 그림 〈하도河圖〉 해석에 성공한 수학자가 없다. 우리 현대인은 해석도 못하는 신령한 거북이에 새겨진 그림을 보고 우임금은 치수에 성공했다는 이야기를 보면 옛사람들은 지금 우리와 사뭇 다른 형태의 지혜를 가졌음이 틀림없다.

신령한 거북이가 우임금께 치수의 글을 바쳤다는 내용 때문에 지어낸 이야기 같지만, 실제로 〈낙서〉라는 그림은 존재할 뿐만 아니라 심지어 거북이보다 훨씬 더 역사가 오래되었다. 그러니 "거참, 이상하네"라는 말로 가볍게 치부하지 않았으면 좋겠다. 우리도 고대 문화유산의 정수를 잘 이어받았다면, 지금과는 달리 민주주의와 과학이 없어도 되는 아름답고 새로운 세계를 만들 수 있었을지도 모르니 말이다.

주나라의 예법과 고대 의례를 담은 유교경전인 《예기禮記》의 〈예운禮運〉 편에는 "기린, 봉황, 용, 거북이는 네 가지 영물이라 한다麟鳳龍龜, 謂之四靈"는 기록이 있을 정도로 거북이는 신령한 동물로 숭배받아 왔다. 그런데 이 네 가지 신령한 동물 중에 거북이만 유일하게 실재하는 동물이다. 그러니 거북이의 지위는 생물학적인 측면이 아니라, 인류문화에 끼친 영향을 고려해 재평가해야 한다. 한때 위대한 동물로 추앙받던 거북이의 위상은 당나라 이후부터 추락했다. 그 이후 거북이는 때로는 사람을 멸시하는 욕으로 쓰이고, 때로는 비석을 짊어지는 받침돌로 쓰이면서 영욕의 세월을 견뎌왔다.

비석 받침돌로 쓰이는 거북이는 흔한 거북이가 아니라 용왕님의 아들로 '비희赑屃'라는 이름도 있다. 그런데 마치 오행산에 깔린 손오공처럼 명나라와 청나라 궁궐에서 수백 년씩이나 천근만근의 비석을 짊어지고 사는 이 거북이들을 보면, 신령한 거북이 따위는 안 하는 게 낫겠다는 생각이 든다.

중국에서는 사람에게 '거북이'라고 하면 매우 심한 욕이니 신중하게 사용해야 한다. 거북이가 욕으로 사용된 것은 명나라 기생 때문이다. 당시 기생이 밖에 나갈 때는 전족을 한 작은 발로 걸어 다닐 수 없으니 기방에서 일하는 남자 직원의 등에 업혀서 다녔는데, 그 모습이 마치 비석을 이고 있는 거북이 같아서 에둘러 '귀노龜奴', 즉 거북이 시종이라 불렀던 것에 연유한다.

위대한 예술가의 이름에도 '거북이 귀龜'자가 종종 사용되었다. 예를 들면 당나라의 예술가인 이귀년李龜年, 육귀몽陸龜蒙 등이 그렇다. 그러나 이들 이름에 들어간 '거북이'와 '거북이 시종'에 들어간 거북이는 완전히 다른 의미니 같은 기준으로 평가하면 안 된다. 인간과 신의 매개자에서 장수의 상징으로 변신한 이후 얻은 새로운 역할이 거북이 시종이라니, 참 그 간극이 크기도 하다.

다행히 거북이의 존엄은 아직 완전히 짓밟히지 않았다. 요즘 중국에서는 사회적 지위가 높은 사위를 '금거북이 사위金龜婿'[179]라고 부르는 걸 보면 아직 거북이는 잘 나가는 동물이다. 또 〈토끼와 거북이〉 이야기를 들으면, 어른이나 아이나

179 당나라 시인 이상은의 시 〈위유(為有)〉 중 "생각지도 않게 금거북이를 몸에 지닐 만큼 부유한 고관대작의 아들에게 시집왔더니, 날도 밝기 전에 조정으로 가버려 독수공방하네(無端嫁得金龜婿, 辜負香衾事早朝)"라는 구절에서 비롯된 단어다.

할 것 없이 모두 거북이를 불쌍하게 여기는 것도 그렇다.

거북이에 얽힌 이야기가 별로 없거나, 거북이를 욕으로 쓰지 않는 문화권도 있다. 그중에 하나인 캄보디아에서는 어떤 사람이 우연히 뱀 문양 등딱지를 가진 거북이를 주웠는데, 이를 행운의 상징으로 삼아 공양도 바치고, 심지어 시원하게 부채질도 해 준다고 한다.

戚施

백조와 함께 하늘 높이 날아간 두꺼비

두꺼비

어느 날 사촌 동생이 "양씨 아저씨네 넷째 형이 나흘마癩疙痲를 먹었대"라고 하기에 나는 깜짝 놀랐다. 세상 무서운 것 없던 나지만, 나흘마, 섬여蟾蜍, 두텁, 즉 두꺼비는 공포의 대상이었기 때문이다. 그 우툴두툴한 몸이라니, 정말 요사스럽기 그지없는 동물이다.

나는 사촌 동생에게 "나흘마는 왜 먹었대?"라고 물어봤다. 그러자 녀석은 "그 형이 허리가 안 좋대"라고 대답했다. 그런데 나중에 알고 보니 그 형은 중증의 신장병 환자였다. 내가 또 "그거 맛있대?"라고 물어보자, 사촌 동생은 갑자기 웃음보를 터트리더니 한 손으로 먼 곳을 가리키며 "형! 형! 나흘마 맛있어?"라고 큰 소리를 질렀다.

저 멀리 자기 집 문 앞 나무 밑에 서 있던 그 형이 우리를 향해 천천히 걸어오더니, 우리 앞에 서서 고개를 살짝 돌려 우리를 째려봤다. 초목이 파릇파릇하게 생기를 뽐내는 여름날이었는데, 갑자기 공기가 무거워짐을 느꼈다. 겨우 스무살 남짓이던 그 형은 벌써 늙은이 같아 보였다. 매미 울음소리가 울리고, 나무는 땅바닥에 얼룩덜룩한 그림자를 만들던 날이었다.

몇 개월 후에 그 형이 세상을 떠났다는 소식을 들었다. 나흘마도 형을 구하지 못했다.

금실 좋은 부부로 살 줄 알았건만, 어쩌다 두꺼비처럼 추한 낭군을 맞게 되었을까!

燕婉之求, 得此戚施!

〈패풍·신대(新臺)〉[180]

180 아들의 부인인 선강(宣姜)을 뺏은 위 선공(衛宣公)을 비판하는 시로, 제목의 신대(新臺)는 위 선공이 선강을 위해 지은 처소의 이름이라고 한다.

〈패풍·신대〉에 얽힌 불륜 이야기는 우선 차치하고, 시 속에 나오는 '척이戚施' 라는 단어만 자세히 다뤄보자. 많은 학자는 두꺼비를 뜻하는 '척이'란 단어는 추악한 위나라의 군주 위 선공을 암시한 것이며, 두꺼비를 신랑으로 맞이한 아리따운 여인은 억장이 무너지는데 백성들은 보고도 못 본체 두꺼비의 악행을 눈감아줬다고 이 시를 해석했다.

옛사람들도 나처럼 두꺼비를 싫어했던 것이다. 참 하늘도 불공평하시지, 왜 두꺼비에게는 이렇게 못생긴 외모를 내려주셨을까? 매년 셀 수 없이 많은 해충을 잡아먹어 주는 들판의 파수꾼인데도 사람들은 두꺼비를 꺼린다. 약으로라도 쓰이니 다행이지, 그렇지 않았다간 아무도 거들떠보지 않는 존재가 되었을 것이다. 그래서인지 입만 나불나불하고, 능력은 없는 나약한 사람을 허페이 시골 지역에서는 '싱거운 두꺼비 같은 놈'이라고 부른다.

《회남자》 중 〈내편·수무훈修務訓〉 편에는 "거친 대자리 같은 두꺼비, 분칠하고 검은 눈썹 그려도 아름답다고 할 수 없다네蘧篨戚施, 雖粉白黛黑, 弗能為美者"라는 문장이 있다. 두꺼비에게 화장해 준들 아무 소용이 없듯 추악한 본성을 가진 사람은 구제할 길이 없다는 뜻이기도 하다. 다행히 두꺼비가 이렇게 내리막길만 걸은 것은 아니다. 두꺼비에게 구원의 손길을 내민 두 가지 고대 전설이 있다.

첫 번째는 달에 궁전을 짓고 산다는 세 발 달린 금두꺼비, 즉 삼족섬여三足蟾蜍에 관한 전설인데, 나중에는 진나라 역사서 《진서晉書》에 나오는 이야기와 합쳐져 금두꺼비가 사는 궁전의 계수나무를 꺾었다[181]는 사자성어 '섬궁절계蟾宮折桂'로 발

181 《진서》 중 〈극선전(郤詵傳)〉 속에 나오는 이야기다. 진 무제가 극선을 현량(賢良)이라는 높은 관직에 천거한 후, 자기 자신을 어떻게 평가하는지 물어보았더니 극선은 "수많은 계수나무 중 나뭇가지 하나에 불과하고, 곤륜산에 널린 많은 옥 중 작은 조각에 불과할 따름입니다(猶桂林之一枝, 昆山之片玉)"라고 겸손히 대답했다고 한다. 후에 이 일화가 발전해 '계수나무를 꺾었다(折桂)'라는

전했고, 어렵고 힘든 시험에 합격했다는 뜻으로 사용되기도 했다. 두 번째는 금두꺼비를 동전으로 낚아 신선이 되었다는 유해劉海라는 사람에 대한 전설이다. 이 이야기는 유해희섬劉海戲蟾[182]이라는 제목으로 민간에 널리 퍼져, 부와 장수를 기원하는 그림의 소재로도 자주 사용된다.

요즘 가게에서도 부자가 되기를 기원하며 온몸에 동전을 붙여 만든 삼족섬여 조각상을 장식해 놓은 것을 흔히 볼 수 있다. 그런데 나는 이 삼족섬여 조각상을 볼 때마다 좀 불편하다. 번듯하게 생긴 재물의 신을 모시는 것은 괜찮은데, 삼족섬여 조각상은 예쁜 구석이 하나도 없어 《서유기》 속 요괴같이 생겼는데 말이다. 이런 요괴가 벌어다 주는 돈을 쓰려면 인간은 분명 무시무시한 대가를 치러야 할 것 같은데 말이다.

예부터 사람들은 두꺼비를 지네, 독사, 전갈, 도마뱀 등 독을 가져 사악한 동물이라는 뜻의 '오독五毒'이라고 부르는 동시에 두꺼비가 악귀를 물리친다는 말도 믿었다. 어떤 학자가 은나라, 상나라 청동기에 새겨진 두꺼비 문양을 발견한 적이 있는데, 이 역시 두꺼비가 예뻐서 청동기에 장식한 것이 아니라, 악귀를 물리치기 위해서 새긴 것 같다. 이런 고대 사람들의 풍속이 후대까지 이어지면서, 두꺼비에 대한 이중 잣대가 형성된 것은 아닐까? 이렇게 때로는 두꺼비를 깎아내리고, 또 추켜올리는 모순적인 행동은 수천, 수백 년간 계속되었다. 한편, 옛 문인들은 악귀를 물리치기 위해서가 아니라 계수나무를 꺾고 '저택 급제' 하고 싶은 마음

단어가 장원급제를 의미하게 되었다.

182 민간전설에 따르면 밤마다 우물에서 나와 흰빛을 뿜는 금두꺼비가 살았는데, 그 빛을 타고 하늘에 올라가면 신선이 될 수 있었다. 우물 옆에는 노모를 모시고 사는 가난한 효자 유해가 살고 있었는데, 어느 날 아리따운 아가씨로 변신한 구미호가 유해의 인품에 반해 결혼을 약속하는 사이가 되었다. 이에 영원히 함께하고자, 구미호는 유해가 신선이 될 수 있도록 흰 구슬을 여러 개 토해냈고, 유해는 그 구슬을 줄에 엮어 우물 속에 넣은 후 금두꺼비를 사로잡아 신선이 될 수 있었다고 한다.

에 두꺼비 모양 연적을 즐겨 사용했다. 여러 문인 중에 송나라 시인 유극장劉克莊은 두꺼비 연적에 관한 시 〈섬여연적蟾蜍硯滴〉도 남겼다.

모래흙을 기어가는 듯한 모양의 두꺼비 연적,
어린이들이 다투어 쓰다듬어보고 싶어 하지.
등은 천 살 먹은 노인 같은데,
배는 어찌 그리 수레바퀴처럼 둥그스름할까?
몸을 웅크리고 있는 모양새는 앙증맞다만,
네 공적은 넓적한 벼루보다 크구나.
네 몸속에는 물 몇 방울 담겨 있을 뿐이지만,
그 물은 길이길이 남을 파도처럼 큰 힘을 가지고 있구나.

鑄出爬沙狀, 兒童競撫摩.
背如千歲者, 腹柰一輪何.
器較瓶罌小, 功於幾硯多.
所盛涓滴水, 後世賴餘波.

'두꺼비 연적'에 대한 시인의 애정이 느껴지는 시 같지만, 사실 시인이 좋아한 것은 예술로 포장한 두꺼비의 이미지일 뿐, 살아서 기어 다니는 두꺼비는 절대로 이렇게 찬미하지 못했을 것이다. 이렇게 '섬여'라는 단어는 '나흘마'와 똑같이 두꺼비를 지칭하는 단어임에도 불구하고, '나흘마'로는 대체 불가능한 아름답고 고고한 것을 표현하는 대명사로 자리 잡았다. 청나라 시인 납란성덕納蘭性德의 사 〈보살만菩薩蠻·소소기엽풍겸우蕭蕭幾葉風兼雨〉 중 "베개에 비스듬히 기댄 채 가을밤이 얼마나 남았나 세어보며, 섬여가 산다는 저 상현달 바라보네欹枕數秋天, 蟾蜍下早弦"라는 구절만 봐도 '섬여' 대신 '나흘마'를 쓰기는 어려워 보인다.

집마다 섬여 사는 달이 드리우고,

곳곳에서 꾀꼬리 울고 버드나무 바람에 스치는 아름다운 날이지만,

이 모든 것이 변함없기를 바라는 마음은

허공에 칼을 던지는 것과 다를 바가 무엇 있으리오?

家家門掩蟾蜍月, 處處鶯啼楊柳風.

若謂縱橫無變異, 猶如擲劍擬虛空.

송나라 승려 석자순釋子淳의 시 〈송고頌古〉의 이 구절을 보면, 섬여는 본래 제 뜻과 더 멀어져 아예 선禪적인 이미지까지 가지고 있다. 하찮은 동물 주제에 고귀한 존재들과 더불어 우아한 문화의 아이콘으로 거듭난 것이다. 때로 제 분수를 모른다는 뜻으로 '두꺼비는 백조 고기 못 먹는다癩蛤蟆吃不上天鵝肉'라는 속담을 쓴다. 그런데 이 시 속의 두꺼비는 백조와 어깨를 나란히 하고 휘영청 달 밝은 밤을 자유롭게 날아다니고 있다…….

이 세상에 진짜 추한 동물은 없을지도 모른다. 그 옛날 양씨 아저씨네 넷째 형은 신장병을 치료하기 위해 두꺼비를 먹었다지만, 사실은 두꺼비에게서 삶의 희망을 보았던 것은 아닐까? 두꺼비 말고 또 누가 그 사람에게 살 수 있다는 희망을 줬겠는가? 때로는 엄혹한 현실을 똑바로 바라보는 것보다 미래에 대한 작은 희망이라도 품어보는 것이 더 낫다…….

조개

여름밤을 환히 빛내주는 조개

貝

내가 어렸을 때 우리 동네 도랑에는 '왜왜歪歪'와 '도도刀刀'라는 이름의 민물조개가 살고 있었다. 왜왜는 크기가 좀 크면서 껍데기 색이 옅고, 도도는 크기는 작은데 거무튀튀한 색깔이었다. 어찌나 많던지, 여름에 도랑에서 멱을 감다 보면 이 민물조개를 밟기 일쑤였다.

가끔 나는 왜왜와 도도 몇 마리를 주워 어머니께 드렸다. 그러면 어머니는 오리에게 주면 좋은 먹이가 된다고 하시며 조개를 까서 어머니가 기르시던 오리 두 마리에게 조갯살을 주셨다.

어느 날 나는 도랑변에 서서 나보다 큰 아이들이 수영하는 모습을 구경하다 어떤 아이가 자기 발만 한 크기의 큰 왜왜를 주운 모습을 보았다. 나는 그걸 어머니께 가져다드리고 칭찬받고 싶은 마음에 그 아이에게 왜왜를 던져달라고 부탁했다.

친절한 그 아이는 순식간에 여러 개의 왜왜를 던져줬다. 그런데 생각지도 못하게 날아오는 왜왜에 나는 머리를 찧어 피를 철철 흘리게 되었다.

30여 년이 흘렀지만, 여전히 내 두 눈썹 사이에 흉터가 남아있다. 그래서 나는 사람들에게 이 흉터는 세 개의 눈으로 세상을 꿰뚫어 본다는 이랑신二郎神의 세 번째 눈이라는 농담을 하고 다닌다.

빛나는 조개껍데기와 붉은 비단으로 장식한 투구를 쓴 병사들,

그 모습 위풍당당하기도 하여라.

貝冑朱綅, 烝徒增增.

〈노송(魯頌)·비궁(閟宮)〉[183]

183 《시경》 중에서 가장 긴 시로 총9장에 걸쳐 주나라의 명맥을 이은 노 희공(魯僖公)이 노나라를 부

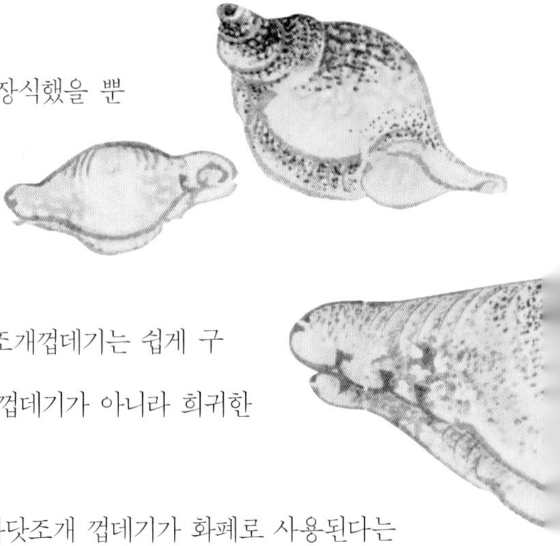

옛사람들은 조개껍데기로 갑옷을 장식했을 뿐만 아니라, 화폐로도 사용했다. 그런데 《시경》은 바다와 아주 먼 북방 내륙 지역에서 탄생했음을 생각하면, 교통이 불편했던 옛날에 화폐로 사용했던 조개껍데기는 쉽게 구할 수 있어 하찮게 여겨졌던 민물조개 껍데기가 아니라 희귀한 바닷조개 껍데기였을 가능성이 크다.

그런데 궁금한 점이 있다. 분명히 바닷조개 껍데기가 화폐로 사용된다는 것을 알고 있으니 누군가 고생을 마다하지 않고 바닷조개 껍데기를 가지고 내륙까지 들어간 것일 텐데, 그러면 왜 바닷가 사람들은 너도 나도 할 것 없이 조개껍데기를 내륙 지역에 내다 팔지 않았을까? 산둥성의 르자오日照나 칭다오青島 등 바닷가 사람들이 조개껍데기 두어 포대 정도 들고 허난성 산시성 같은 내륙까지 가려면 비용이 너무 많이 들어서 그랬을까? 순박하고 순수한 옛사람들과 달리 '똑 부러진' 현대인인 내가 한 추측에 불과하니 깊이 들어가지는 말자.

한나라 학자 유향劉向이 전국시대 책사들의 전략을 모아 편찬한 것으로 알려진 《전국책戰國策》 중 진나라의 책략을 다룬 〈진책오秦策五〉 편을 보면 여불위가 진나라 안국군安國君의 서자에 불과했던 이인異人을 태자로 옹립하기 위해 조정 실세였던 양천군陽泉君에 힘을 보태 달라고 설득하면서 "양천군께는 진주와 보석이 수도 없이 많사옵니다君之府藏珍珠寶石"라고 추켜세웠다는 내용이 있다. 이 기록 속의 진주도 바닷조개 진주일 것이다. 요즘은 민물 진주조개 양식이 가능해져, 이삼천 년 전과 달리 엄청나게 크기가 큰 양식 진주가 아니고서야 대부분은 비싸지 않

흥시키고, 사원을 지어 역대 주나라 군주를 기리고 섬김을 칭송했다.

은 편이다. 어쩌면 옛날에 조개껍데기를 돈으로 쓴 것은 좀체 얻기 힘든 진주와 관련이 있는지도 모른다. 조개껍데기나 진주나 모두 반지르르한 광택이 나니 말이다.

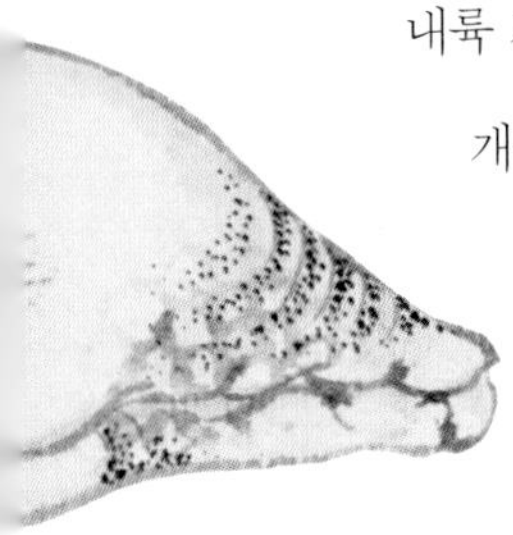

내륙 지방 출신인 나도 바지락, 가리비, 맛조개, 대합같이 맛있는 바닷조개를 아주 좋아한다. 그런데 아마 옛사람들은 바닷조개 껍데기를 돈으로 쓰면서도, 바닷조개를 맛볼 기회는 없었을 테니 그저 민물조개인 왜왜나, 도도와 비슷한 맛일 것으로 생각하지 않았을까? 이런 민물조개는 내가 어렸을 때도 도랑이며 저수지에 수도 없이 많아서 아무도 관심을 두지 않을 정도였다.

북방에 살았던 고대인도 왜왜나 도도를 먹기는 했겠지만, 그래도 더 귀한 바닷조개를 좋아했다. 그래서 여러 개의 조개껍데기를 줄에 꿰어 묶은 물건에 '일붕一朋'이라는 이름을 선사했다. 즉 한자 '붕朋'은 두 꿰미의 조개껍데기 뭉치를 형상화한 글자다. 1940년대부터 1980년대까지 교육자이자, 문인으로 활발한 활동을 펼쳤던 난화이진南懷瑾 선생은 '붕우朋友', 즉 친구를 사귀려면 돈이 넉넉해야 한다는 농담을 한 적이 있다. '붕'이 모자라면, 친구도 멀어진다는 뜻인데 참 의미심장한 농담이다.

진흙 속 진주처럼 파묻혀 있던 고대의 경제활동은 고고학자들이 고대 무덤 속에서 많은 조개껍데기를 찾아냄에 따라 비로소 빛을 발하게 되었다. 고대인은 어찌나 조개껍데기를 아꼈던지 조개껍데기를 무덤 속에 넣기도 했던 것이다. 또 조개껍데기 모양의 금속화폐 유물이 많이 출토된 것을 보면 조개에 대한 숭배행위는 금속화폐 시대까지 쭉 이어졌다. 가장 원시적이고 열등한 동물인 조개는 인류문명의 초석을 다지는 데 이렇게나 기여했다.

조개는 지금도 여전히 많은 사람의 사랑을 받는 장식품이다. 하이난성이나, 푸젠성 샤먼廈門, 산둥성 칭다오 지역을 여행하다 보면, 조개껍데기 공예품을 파는 가게를 흔히 볼 수 있다. 조잡하고 단순하기 짝이 없는 공예품이지만, 조개껍데기 그 자체의 아름다움이 인간의 서투른 예술적 감각을 상쇄한다. 또 어느 프랑스에 있는 한 오래된 지하실은 벽면 전체가 조개껍데기로 장식되어 있어 매우 아름답다. 그 외에도 명청시대의 건축물을 잘 보존한 광저우의 사완고진沙灣古鎮이라는 마을에서는 요즘도 굴 껍데기를 쌓아서 담을 만들고 있는데, 그 풍광 역시 장관이다.

안후이성에는 '벙부蚌埠'라는 이름의 교통 요충지가 있다. 옛날에는 민물조개를 '방합蚌蛤'이라 불렀던 것을 생각하면, 이 지역 이름에서 어쩐지 조개를 귀하게 여겼던 고대인들의 숨결이 느껴지는 듯하다. 앞서 소개했던 왜왜와 도도 역시 '방합'의 한 종류이기는 하지만, 우리 동네 사람들은 왜왜나 도도보다 조금 더 큰 사이즈의 민물조개만 '방합'이라고 불렀다. 우리 도랑에 살던 자그마한 왜왜와 달리, 화이허淮河 강바닥에 사는 왜왜는 훨씬 더 크지 않을까? 그렇지 않아도 언젠가 세숫대야만큼 큰 민물조개를 다룬 뉴스 영상을 본 적이 있다. 거대한 그 민물조개에서는《서유기》에 나오는 용왕의 일족인 수족水族 같은 요사스러운 분위기가 느껴질 정도였다.

아쉽게도《시경》의 속에는 조개에 관한 이야기가 많지 않다. 그렇지만 조개가 내뿜는 그 광채만큼은《시경》의 노래를 타고 내가 컴퓨터로 글을 쓰고 있는 지금 이 여름밤까지 전해져, 온 세상을 환히 비추는 느낌이다. 그래서 나는《시경》 속 조개에 관해 이야기함으로써 이미 아득한 옛날의 것이라 단편적으로만 남아 있는, 그러나 그리운 기억을 되살리려 하는 것인지도 모르겠다. 고대의 화폐

든, 오늘날의 식재료 또는 예술품이든 조개는 언제나 보기만 해도 아늑함, 평온함, 아름다움을 느끼게 하는 존재다.

역자 후기

《시경詩經》은 춘추시대의 민요를 모아 만든 시집이다. 본래 3천여 편이었으나 공자가 311편으로 간추려 정리했고, 그중에서도 305편만이 전해져 내려온다.

《시경》은 크게 풍風·아雅·송頌 부문으로 나뉜다. 풍風은 국풍國風이라고도 불리며 당시 유행했던 시와 민요가 수록되어 있다. 한편, 아는 대아大雅와 소아小雅로 나뉘며 주나라 왕실의 음악이 주를 이루며, 송은 왕실과 귀족의 제사에 사용된 음악과 시를 다루고 있다.

《시경》 시는 왕실의 제사나, 신화처럼 우리 현대인의 삶과 동떨어진 소재만 다루지 않았다. 사랑하는 연인을 향한 뜨거운 마음, 멀리 있는 가족과 친구에 대한 그리움, 부패한 권력자에 대한 분노를 담은 시를 읽다 보면 고대인도 우리와 같은 감정을 느꼈음을 알 수 있다.

이 책을 쓴 저자는 《시경》 시를 읽으며 고대인의 감정뿐만 아니라, 고대의 동물에도 공감한다. 환경 파괴로 사라져 더는 볼 수 없는 동물을 떠올리고 마음

아파하기도 하고, 과학의 발달로 더는 동물이 인간의 도구로 쓰이지 않음을 기뻐하기도 한다.

저자는 중국이 환경 파괴를 가속하기 전인 1970년대에 태어났고, 젊은 시절은 산속 병영에서 직업 군인으로 보냈다. 때 묻지 않은 순수한 자연 속에서 야생동물과 함께 자라온 저자는 자신의 과거와 현재, 그리고《시경》속 동물에 대한 단상을 다양한 중국 문학을 통해 풀어나간다.

그중에는 우리에게 익숙한《서유기》,《수호전》등도 있지만, 한 번도 접해보지 못한 원나라, 명나라, 청나라 문인들의 시·사, 소설, 산문 등도 많다. 이러한 생소한 중국 문학과 문화적 요소들은 독자들이 쉽게 이해할 수 있도록 현대적인 스타일로 과감히 의역했다.

반면,《시경》의 시는 최대한 정확하게 번역하려고 노력했다.《초사楚辭》가 중국 남방 지역의 문학이라면,《시경》은 중국 북방 지역을 대표하는 문학이다. 환경파괴가 심각한 오늘날, 중국 북방 지역의 기후·환경은 고대와 매우 다르다. 그러나 바다가 없어 호수와 강에 의존해야 했던 생활환경은 변함없다. 그래서 한자 '방어 방魴'은 방어가 아닌 민물고기 '모샘치'로, '문절망둑 사鯊'는 상어가 아니라 '모래무지'로 번역했다.

또한《시경》의 시에 대한 해석은 전통과 현대를 조화하기 위해 애썼다. 유교사상을 기반으로 한 명·청시대의 전통적 해석과 더불어 새로운 현대 학자들의 분석을 곁들여,《시경》의 시가 역사 속의 것만이 아니라는 점을 강조하고 싶었다.

끝으로 이 책이 나올 수 있도록 물심양면으로 도와주신 실크로드 에이전시, 항상 옆을 지켜준 남편, 베이징대학교 고문서 아카이브를 뒤져가며 도와준 동생에게 감사를 전한다.

B&R Book Program

시경 속 동물

글 장샤오스 | **번역** 이신혜 | **발행인** 김윤태 | **교정** 김창현 | **발행처** 도서출판 선 | **북디자인** 화이트노트
등록번호 제15-201 | **등록일자** 1995년 3월27일 | **초판 1쇄 발행** 2021년 5월10일
주소 서울시 종로구 삼일대로 30길 23 비즈웰 427호 | **전화** 02-762-3335 | **전송** 02-762-3371

값 38,000원
ISBN 978-89-6312-602-9 03820